徳間文庫

突変世界

異境の水都

森岡浩之

徳間書店

目次

第一章　水都

岡崎大希《おかざきたいき》はコンビニエンスストアの店先に佇んでいた。

秋雨の季節は終わったようだ。ここ一週間ばかりは晴れの日々が続いている。風の冷たく感じられることも多くなってきたが、仕事中はスーツとネクタイの着用を強いられているので、むしろ快適だった。

この辺りは背の低いマンションやアパートが多い。高くてもせいぜい十階建てだ。昼下がりとあって、交通量は落ち着いている。路線バスが目の前を通過していったが、乗客の姿は疎《まば》らだった。

歩道にはそこそこ人影がある。狭いのに突っ込んでくる自転車が邪魔だった。いまも二台の自転車が並んでやってきた。どちらも乗っているのは中年女性で、なにやら喋りながらペダルを漕いでいる。

大希のことなど眼中にないようなので、やむなくコンビニ側へ避《よ》けた。

だが、大希の前を通り過ぎてすぐ、彼女たちが慌てて車道へ降りるのが見えた。

自転車が空けた道を、三頭のドーベルマンがやってくる。リードは三本まとめて、男が一人で握っていた。犬も人もお揃いのアクセサリーをつけている。黒革にスパイク鋲《びょう》を打ち付けた首輪だ。その後ろからぞろぞろと十数名の男たちが歩いてくる。

ベーサーだろう。

最近、存在感を増してきた不良集団だ。ニュースでもよくその名を耳にするが、実態は薄ぼんやりしている。〝セブンスター〟や〝魁物《かいぶつ》〟など、いくつかの組織が知られているが、どこにも属していない者や、逆に複数のグループを掛け持ちする者もいるらしく、人数は誰も把握していない。

デニムやジャージのブルゾンに缶バッジをいくつもジャラジャラとつけている——というのが彼らに対する世間一般のイメージで、ドーベルマンを連れた一団もそのとおりの出で立ちをしていた。

ベーサーたちは周囲を無言で威嚇しながら、練り歩いていた。

大希もねちっこい目つきで睨《にら》まれたが、それ以上のことはなかった。

もちろん、大希のほうでも無用な揉《も》め事を起こすつもりはない。視線を逸《そ》らして、佇んでいた。

だが、ベーサーの一人がスコップとエチケット袋をちゃんと持っているのに気づいて、つい吹き出しそうになる。

大希は堪《こら》えた。好意的な笑いなのだが、ベーサーたちは多分そう思ってくれないだろう。

幸い、ベーサーたちは大希の表情に気づかなかったようだ。

ベーサーたちが行ってしまって数分経った頃、一台のプリウスが路肩に停まった。

運転席から三つ揃いを着込み、メガネをかけた男が降りてくる。

自分より五歳ほど年上だな、と大希は感じた。

つまり三十歳前後だ。

「岡崎大希さんですか」男は近づいてきて、尋ねた。

スーツの襟にはバッジが光っている。短い横棒二本で縦に長いX字の上下を挟んだようなそのマークは、甲骨文字の「五」をモチーフにとったという。

水都《すいと》グループ各社に共通する社章だ。大希も同じものをつけている。

「はい」大希は頷《うなず》いた。「神内《かみうち》さんですね」

「そうです」神内は頷いた。「ところで、なにを持っていらっしゃるんですか？」

「傘です」大希は、いつも持ち歩いているものをすこし傾《かし》げた。ショルダーストラップつきのケースに収納してあるうえ、柄がユニークな形をしているので、傘のステレオタイプを外している。「いい天気なのに、とお思いでしょうが、とても丈夫で……」

「いえ、そちらではなく、右手のほうです」神内は、大希の持つレジ袋を見つめていた。

その口調は怪訝《けげん》そうであり、非難しているようでもあった。

「上司から指示を受けて購入したものです」大希は、『指示』という部分を強調した。

神内は小首を傾げた。「つまり、西谷《にしたに》課長からですか」

「そうです」

大希は水都セキュリティーサービスの社員であり、警備第三部警護課に属している。西谷は警護課の課長で、彼の直属上司だった。神内という男と待ち合わせて、その指示に従え、と命じたのも西谷だ。

「ひょっとして、アイスですか」神内は訊《き》いた。

「ええ」

「メーカーと味は指定なし、ただし棒アイスを三本？」

「そのとおりです」

なんだ、知っているんじゃないか、と大希は思った。

神内はなぜか溜息《ためいき》をついた。「レシートをお持ちでしたら、ください」

「はい」大希は、レジ袋からレシートを取り出した。

「それは、こちらで経費として処理します。精算は次の給料といっしょに」

「こちらというのは、どちらですか？」大希は尋ねた。

神内が水都グループに勤めているのは、間違いないだろう。だが、グループには多くの企業が名を連ねており、そのいずれであるか、襟章からは特定できない。

自社ではない、と思った。勤め先は小規模なので、大希も幹部の顔ぐらいは知っている。そして、水都セキュリティーサービスの平社員がこんなに高そうなスーツを着ているはずがない。

「ああ、聞いてませんでしたか」彼はレシートと引き換えるように名刺を差し出した。「それでは、後先になりましたが、改めまして。わたくし、五百住《いおずみ》四郎《しろう》商店の神内究《きわむ》と申します」

五百住四郎商店といえば、零細店舗的な名称とは裏腹に手広く事業を展開している企業である。江戸時代に大阪で米問屋として創業し、やがて小藩の蔵屋敷をいくつか預かるようになり、手堅く稼いでいたようだ。明治に入ってからは倉庫業に転じ、大阪港周辺に多くの不動産を取得する。バブル期にはほとんどの倉庫を埋め立て地へ移転し、跡地にオフィスビルやマンションを建て、不動産業へ傾斜していく。当然、バブル崩壊では傷を負ったが、堅実な企業文化が幸いして、致命的な損害は免れた。それどころか、破綻した企業から資産を買い叩いて、規模を拡大した。

二十一世紀になると、事業部門を分割し、水都ロジスティクスと水都エステートとして独立させた。それ以降、五百住四郎商店は純粋持株会社となり、グループ全体の経営立案、傘下企業の調整を主な業務としている。

要するに、五百住四郎商店は水都グループの中核であり、司令塔なのである。グループ内では、実態から懸け離れた感のある正式名称より、単に「本社」という名で通用する。「イオショー」という略称もある。これは五百住四郎商店が事業会社だったころの呼び名でもあり、グループの外でも通じる。もっとも、会社自体に一般的な知名度がないので、同業者やその関係者になら、という但し書きがつく。

水都セキュリティーサービスが本社の仕事を受けるのは少しも不思議なことではない。だが、一介の社員へ直接のコンタクトをとるのは、理解しがたかった。

水都エステートの子会社に水都ビルメンテナンスという会社があり、その警備部門が独立したのが水都セキュリティーサービスなのである。つまり、五百住四郎商店から見れば、水都セキュリティーサービスは曾孫会社にあたるのだ。

大希は、もらったばかりの名刺を一瞥する。神内究の肩書きは「社長秘書」だった。

「失礼しました」大希は軽い驚きを覚えながら、内ポケットの名刺入れを探る。

べつに親会社の社員だから無条件に偉いとは思わない。だが、グループ本社の社長秘書から声をかけられたのは、あるべき段階がいくつか飛んでいるとしか思えず、困惑せずにはいられなかった。

「お名刺は不要です。どうか気を悪くしないでほしい。岡崎さんの社員情報はすでに把握しているという意味ですから」神内は背後のプリウスを手で示した。「それよりどうぞお乗りください。あまり時間がありません」

神内は背を向け、プリウスのもとへ戻った。リアドアを開け、大希を招く。

「恐縮です」大希は乗り込もうとした。

だが、その動きが止まる。

後部座席には先客がいた。神内と同い年ぐらいの男性だ。仕立てのよい三つ揃いをきっちり着こなしているのも同様。髪は整えられていたが、生まれつきなのか、ルーズパーマでもかけているのか、軽く波打っていた。

「やあ」男は気さくに片手をあげて挨拶した。「初めまして、岡崎くん」

大希は彼の顔に見覚えがあった。会ったことはないが、写真や動画はよく目にする。

「初めてお目にかかります」大希は頭を下げた。「五百住オーナーとお見受けしますが」

「正解や。つまり、お互い自己紹介は不要というわけやな。まあ、そんなとこに立ってはったら、ご通行の皆さんの邪魔や。お坐《すわ》り」彼は自分の隣のシートをぽんぽんと叩いた。

なんとなく落ち着かない気分だったが、「お言葉に甘えて、失礼いたします」とのみ言い、シートに腰を押しつけ、ドアを閉めた。

隣に坐っている男――五百住正輝《まさてる》は水都グループの総帥だった。五百住四郎商店社長のほか、グループ企業の役員もいくつか兼任している。水都グループ内で彼を「社長」と呼べるのは、本社の人間だけだ。傘下企業の社員にとって、五百住正輝は「グループ・オーナー」もしくは「オーナー」だった。

正輝が右手を差し出した。

握手だろうか、と考え、大希も右手を差し出した。

「ちゃう」と正輝は手を振った。「そっちを。あっ、傘やないよ」

「これですか？」大希はレジ袋を渡した。

正輝はレジ袋の中を覗《のぞ》き込み、失望の色を顔に浮かべた。「全部、同じか……」

「種類をばらけさせろ、という指示はありませんでしたが」

「しかも梨味ってどういうこと？」正輝は悲しそうな表情だった。「好きなん？」

「いえ。単に目についたものですから」大希は言った。「味の選択が重要とは認識しておりませんでした」

「そのとおり、ちっとも重要ではありませんよ」運転席に乗り込んだ神内が、シートベルトを締めながら言った。「どこに電話をかけているかと思ったら、セキュサへ連絡していたんですか。なぜアイスなんか買うよう指示したんです？」

神内が口にした〝セキュサ〟とは水都セキュリティーサービスのことである。系列会社を略称で呼ぶのは、グループ関係者しかいない場ならごく普通に行われることだった。例えば、セキュサの親会社である水都ビルメンテナンスは〝ビルメン〟である。〝エステ〟というと、グループ内ではエステティックではなく、たいていビルメンの親会社、すなわち水都エステートを意味する。ちなみに、エステと並んで水都グループの中核を担う水都ロジスティクスは〝ロジス〟である。

「なにを買《こ》うて来るかで、人物が見える」

「また、とってつけたようなことを……」神内は車を発進させた。「どうせ、急に食べたくなったんでしょ」

「もうちょっと経営者を信頼してもええんとちゃうかなあ」正輝はレジ袋からアイスを取り出し、一本を大希に渡した。

その自然な動きに、大希はつい受け取ってしまった。

さらに、シートの間から手を伸ばして、運転席の神内にも渡そうとする。

「要りません」神内は断った。「運転中ですから」

「どうせ半自動運転やん。熱々のラーメンやあるまいし、こんぐらい食べながら運転できるやろ」

「そんなみっともないこと、したくありません」神内はきっぱりと拒絶した。

「誰も見ぃへんよ」

「わたしが見ます」神内はミラー越しに正輝を睨んだ。

「わかった、わかった。無理には勧めません」正輝はアイスバーの包装を剥《む》いて、幸せそうに頬張った。

「あの」とうとう耐えきれなくなって、大希は尋ねた。「これからどこへ行くのでしょうか？」

「それはきみには関係あらへん」と正輝は即答する。

さすがに大希は呆気にとられた。

いきなり車に乗せておいて、行き先が関係ないとはどういう意味だろうか。到着まで秘密というなら、まだしも納得できるのだが。

「すみません。でも、そうなのです」神内が説明した。「われわれは、岡崎さんと関係のない仕事でとある場所へ向かう途中なのです。ただ、社長がどうしても今のうちに岡崎さんと会っておきたい、とわがままを申しまして。それにはこの移動時間しか空いていなかったものですから、ご同乗、願いました」

「こう見えて、なかなか忙しい身でね」正輝はアイスをしゃぶりながら主張した。

「それは、わかります」大希は頷いた。「しかし、わたしと会われようとした理由はお聞かせ願えるでしょうか」

「うん。きみには重要な仕事を任せたい。じかに会《お》うて、説明したかったんや」

「オーナー直々にですか？」

水都セキュリティーサービスはその出自から施設警備を主力事業とする。グループ企業が所有、または管理する物件への警備員派遣料が売上の多くを占めるのだ。

大希の所属する警護課は身辺警護を請け負う部署で、創設されたばかりである。設立にあたっては他社や官公署から人材を引き抜いてきた。西谷課長も警視庁出身で、ＳＰとして豊富な経験を持っていると聞く。しかし、絶対的人数の不足、層の薄さは否めない。

課員の質は高く、少数精鋭と評価はできる。しかし、絶対的人数の不足、層の薄さは否めない。

だから、人がいないのか、と大希は思った。重要な仕事を彼のような駆け出しに振らなくてはいけないほどに。

「ああ」正輝は頷いた。「けど車の中ではお茶も出されへん。それで、アイスを買うて来てもろたんや。ほんまやったらこういうことは、秘書が気を利かさんなんのやけど」

「どこの世界に、来客に茶菓を買って来させる秘書がいるんですか」と神内。「それでしたら、わたしにお申し付け下さい。コーヒーでも買ってまいりましたのに」

「コンビニのコーヒーなんか不味《まず》うて飲めるかいな」そう言うと、正輝は大希に視線を向けた。「そういうことやから、遠慮せずにお上がり。溶けてまうよ」

「はあ」

コンビニのアイスは不味くないのか、と大希は訝《いぶか》しんだ。

「まことに申し訳ありませんが、給料のうちだと思って、社長の気まぐれに付き合ってやってください」神内が口添えする。

彼がアイスを受け取らなかったのは、気まぐれに付き合うほどの給料をもらっていない、とさりげなくアピールしているのかもしれない。

大希はいまの待遇におおむね満足していたので、やむなくアイスバーを囓《かじ》った。酸味と甘味が口の中に広がる。

「それで、わたしの仕事とはなんでしょうか?」大希は促した。

「女王となるべく育てられたお嬢さんのボディーガード」と正輝。

「それはつまり」大希は推測を口にした。「どこかの国の王女さまの警護でしょうか。来日されている間だけ……」

「いや、日本人」

「はあ……」大希は戸惑った。

皇族に〝女王〟という称号があるのは知っている。だが、それは生誕時に与えられるはずだ。むしろ成長して結婚すれば、失うと定められている。女王となるべく育てられることなどない。

「時間がないのに、どうしてそんなに曲がりくねった話の仕方をするのですか、社長は」

神内が割り込んだ。「岡崎さんは〝アマツワタリ〟をご存じですか?」

「ええ。最近できた宗教団体ですね」

「ちゃう」正輝が大希の思い違いを訂正した。「勢力を拡大したのは、ごく最近、チャゴス諸島沖異変からこっちのことやけど、創立からはもう何十年にもなる」

「そうなんですか。それで……」と尋ねかけた大希は、口を噤《つぐ》んだ。前のシートの背には液晶パネルが嵌《は》め込まれていた。そこに、女性の顔が映し出されたのだ。美少女と評価していいだろう。慈愛に満ちた笑みを浮かべている。

「天川煌《あまかわきら》さまです」と神内。「アマツワタリの指導者です」

「別の方ではありませんでしたっけ」大希は首を捻《ひね》った。「ニュースで見たことがありますけれど、年輩の男性が代表だったと記憶しています。最近、替わったんですか？」

「岡崎さんの仰《おっしゃ》っているのは、沢良木勝久《さわらぎかつひさ》さまでしょう」神内は説明した。「宗教法人アマツワタリの代表で、今回、岡崎さんにお願いする仕事の依頼主です。天川さまはまだ未成年ですから、宗教法人の役員になれません。いわば法律上の代表が沢良木さま、教義上の代表が天川さまです。天川さまの存在は、秘密とされておりませんが、セキュリティーの問題もありますので、あまり外へ出ていません。ちなみに天川さまは、教団内でミヨシさまと呼ばれていらっしゃいます」

「ミヨシいうのは役職や。教主ぐらいの意味かな」正輝が口を挟んだ。「もう察しているやろうけど、きみにはミヨシさまをガードしてほしい」

「はい」ボディーガードなら真っ当な業務である。まさにそういう仕事をしたくて、水都セキュリティーサービスに入社したのだ。喜びこそすれ、拒む理由などない。だが、仕事をするにあたって確認しておきたいことがあった。「天川さまは誰かに狙われているのでしょうか」

「可能性はあるな」と正輝は頷いた。「なにしろ、大きな教団や。敵も多いやろう」

ずいぶん曖昧な答えだった。

「具体的な危険はない、というわけですね」

「……。まあ、そう思うてもろうてええ」

正輝の返答には間があった。

その短い沈黙が気にかかる。だがすぐ、〈おれが知っていても仕方がないか〉と思いなおした。

警護対象のスケジュールに干渉できる立場なら、敵を知ることも重要だろう。刺客の潜んでいそうな場所から遠ざけることができる。

しかし、大希にそこまでの権限は与えられるまい。天川煌が行きたいところへ付き従い、危険があれば排除するだけだ。それなら、むしろ予断を持つべきではないのかもしれない。

もう一つ疑問が出てきた。だが、訊くべきかどうか迷った。なかなか口にしづらい質問なのだ。

幸い、神内は察しがよかった。大希の逡巡《しゅんじゅん》を感じ取ったらしく、尋ねる前に疑いを解いてくれた。「念のために言っておきますが、社長はべつにアマツワタリの信者じゃありませんよ。付け加えると、わたしも違います」

「そのとおり」と正輝。「うちの宗旨は真言、まあ、法事の時以外は忘れとるけど。他にも昔からのしがらみで、あっちゃこっちゃのお宮さんに折々の玉串を納めさせてもろうてます。けれども、アマツワタリとは純粋に商売上の付き合いや。そう思うといて。もっとも、ぼくらやきみ自身が信徒であろうとなかろうと、きみの仕事の質に変わりはない。そう考えてかまへんな？」

たしかにこれもまた、大希が知っていても仕方のないことだった。

「もちろんです」大希は頷いた。「それで、業務の期間はどのようになっておりましょうか」

「退院から元気になるまでかな、とりあえず」と正輝。

「ご病気なんですか？」

「いや、怪我。交通事故に遭わはって、いま入院中やねん」

「それって、ほんとうに事故だったのですか。事件ではなく？」

大希が訊くと、正輝は笑みを浮かべた。

「ええ質問や。けど、残念ながら、轢《ひ》き逃げで、犯人は捕まってへん。そやから、わざとかどうかは、ぼくにもわからん」

「しかし、意図的だった可能性があるから、身辺警護が必要だということなんですね」

「それも理由の一つや。けど、退院してもしばらくは車椅子で生活せなあかんらしい。ミヨシさまへ害を加えるには絶好の機会や。轢き逃げが偶発的なアクシデントやったとしても、身辺が危ういことに違いがない。そやから、とりあえず駆けっこができるぐらいに快復しはるまで、きみにガードしてほしいねん」

「では、介助もしなくてはならないのでしょうか」

　ちょっと困った。介助には知識も経験もないので、思わぬミスを犯してしまいそうだった。しかも相手は若い女性で、多くの信者を抱える教団のトップだ。彼の人生にとっても致命的な失敗となりかねない。

「いや、身の回りのお世話は、女性の信者さんがしはるはずや。まさか、男のきみにトイレの中へついて行ってもらうわけにはいかんからな」

「そうですか」大希は安心した。

「沢良木さん、ミヨシさまの世話は信者さんに任せはったのに、ボディーガードは外部のぼくらに頼みはった。その意味はわかるな？」

「プロとしてそれだけ期待されているということですか」

「そうや。そやから優秀なボディーガードの推薦を頼んだんや。ぼくも期待してるよ」話は終わったとばかりに正輝はアイスの残りを平らげにかかった。

「ご期待に添えるよう、全力を尽くします」大希は心から言った。「それで、チームは何人でしょうか」

「チーム？」正輝は不思議そうな表情で、口からアイスの棒を抜いた。「いや、あんまり目立つことはしたくない、というのが先方のご希望や。基本、きみ一人でガードしてもらうことになる」

「わかりました。単独で仕事をするのは初めてですが、気を引き締めてまいります」

正輝は眉根に皺《しわ》を寄せた。「いままではチームで仕事をしてきたわけか」

「チームというよりペアですね。先輩の補助につくことが多かったです」

「補助される立場、つまりきみがチーフになったことは？」

「まだありません。いつもアシスタントばかりです」

「では、チーム・リーダーの経験もない？」

「はい」大希はそこはかとない不安を覚えた。「あの、ご期待に外れてしまったでしょうか」

「いや、そんなことはないよ。よろしく頼みます」正輝はそう言ったが、なにやら考え込む様子だった。

束の間、沈黙が車内を支配した。

沈黙を破ったのは、神内だった。

「ドライバーもお願いしますね。岡崎さんの運転技術はなかなかのものと伺っていますよ」

「いえ、たいしたことはありません」謙遜ではなく、大希は本心から言った。「FIAのライセンスも持っておりませんし、二種免許もようやくこの間、取得したばかりです」

「まあ、ぼくらが信じるのは、免許証なんかよりグループの評価や」と正輝。「せやから、その点については心配してへん。セキュサの人事評価が、きみの運転技術にS判定を出しているんやから、ぼくらにとって重要なんはそれや」

「轢き逃げ犯の正体によっては、カーチェイスをしなくてはならないわけですからね」と神内。

本気で言っているのか、冗談を飛ばしているのか、大希には判断がつかなかった。

「もしものときは微力を尽くします」と無難に応えて、別の質問を口にする。「それで、ご退院はいつでしょうか?」

「まだ決まっていません」神内が答えた。「すくなくとも、これから二十四時間はありません。一週間以上先ということも考えにくい。まあ、明後日か明明後日あたりにご退院というのがいちばんありそうです」

「それに備えて、待機してくれ」と正輝が補足した。

「つまりご退院の瞬間からわたしの業務が始まるわけですね」

「そう」正輝は頷いた。「せやから、昼間はなるべく身体《からだ》を休めていてくれ」

「え?」大希は意外だった。「ということは、夜に退院なさるんですか」

「わからへん。けど、昼に退院しはるんなら、きみは迎えに行かいでよろし。深夜の退院になったら、きみの出番や」

「深夜の退院……」あまり医療制度に詳しくないが、それが異例であることぐらいはわかる。「それは、ひょっとして例の交通事故と関係が……」

「念のためや、念のため」正輝は大希の質問を遮った。

答えになっていない、と思ったが、質問を重ねる雰囲気ではない。

車のスピードが緩み、路肩に寄りはじめた。

停車する。

「それでは、ここで降りてください」神内が告げた。

「ここで、ですか?」大希は困惑した。「降りてどうすれば……」

「それはご自由に」神内は前を見たまま言った。「具体的な指示の伝達は後ほどになりますが、関係資料はすぐ岡崎さんが閲覧できるようにします。アマツワタリや天川さまに関すること、それから例の事故についてわかっている限りの詳細、そんなことをまとめたものです。わたしなら、どこか寛げる喫茶店にでも入って、それを読みますね」

「喫茶店ですか……」

大希は車の窓の外を見た。

車の停まっている側には大きな公園があり、道を挟んだ向かい側には、倉庫らしき建物とマンションが並んでいた。喫茶店があるようには思えなかった。

〈だいたい、ここはどこだ?〉大希の戸惑いは深まった。

「それじゃあな」正輝は初めて会ったときと同じ屈託のない笑顔を見せた。「お時間、ありがとう。また近いうちに会うことになるやろう。おっと、これを」とレジ袋を押しつけた。「一本、余ってもうた。これも食べて」

「はあ」大希の片手には一口囓っただけのアイスキャンディがある。だが、しかたがない。レジ袋を受け取って、外に出ると、頭を下げた。「それでは、失礼します」

プリウスが走り去ると同時に、いつも右耳に装着している片耳ヘッドセットから声が流れた。

「スイツールからのお知らせです」スイツールというのは、水都グループ内で情報を共有するためのアプリで、系列会社の業務用端末にはインストールが義務づけられていた。広く普及しているグループウェアをベースとしているが、水都グループ用に高度なカスタマイズが施されている。ファイルの概要を読み上げますか?」

「ファイル〔業務番号CS04—592関連〕へのアクセスが許可されました。ファイルの概要を読み上げますか?」

「いや、あとでいい」大希は言った。アマツワタリ教団関連の資料だとわかりきっている。

「了解しました」

資料の目次だけでも読んでおこうか、とスマホ本体を取り出そうとしたが、アイスが溶けかけていることに気づき、急いで食べた。

海が近いのだろう。風に潮の匂いがあった。

レジ袋にアイスの棒を放り込む。もう一本の手つかずのアイスキャンディを見て、げんなりした。

大希は公園へ歩きだした。資料を読むなら、コーヒーショップでカフェモカをすすりながらのほうが好みだが、木枯らしの吹きすさぶ屋外のベンチで棒アイスをしゃぶりながらというのも、たまには乙なものだろう。

「西谷課長から電話です」片耳ヘッドセットが囁《ささや》いた。

「繋《つな》いで」大希は言った。かすかな音が、通話状態に入ったことを示す。「はい。岡崎です」

「すぐ会社に戻ってこい」課長は言った。「社長がお呼びだ」

＊

水都グループは、大阪ベイエリア、とくに人工島を本拠地にしていた。

不動産事業を行う水都エステートは咲洲《さきしま》に本店を構え、物流倉庫業を担う水都ロジスティクスは舞洲《まいしま》に拠点を置く。

舞洲と夢洲《ゆめしま》には、水都ロジスティクスの主力倉庫群と車両基地があるだけではなく、水都マテリアル、水都リサイクル、水都シリアル、水都ケミカル・ストレージ、水都ファームなど「水都」の二文字を冠した企業の事業所や社宅が目立つ。

分社化されたとき咲洲にあった水都セキュリティーサービスは、昨年、夢洲に建設された新社屋へ引っ越している。

夢洲には自動車で入るしかない。路線バスもあるが、水都グループは従業員と訪問者のため無料の循環バスを運営していた。

岡崎大希もふだんの通勤などにはこのバスを利用する。

だが、即刻帰社の指示だったので、より速い交通手段を使うことができる。タクシーに乗りたいところだが、その前に社用ライドシェアリングを試さなければならない。水都グループの営業車のうち、たまたま近くを走っていて、目的地が合致するものをスイツールで検索し、便乗させてもらうのだ。

ライドシェアリングが強く推奨されているのは、もちろん経費節減のためである。世知辛い話だ、と大希は思う。

該当車があるとは限らないから、いつでも利用できるわけではない。適当な車がない場合、ライドシェアリングと同じ画面からタクシーの手配ができる。

しかし、水都関連企業の車が多い大阪市内では、そこそこ実用的だった。今回も、タクシーでの帰社を望む大希の思いを裏切って、うってつけの便が見つかってしまった。夢洲へ帰るのに目の前の通りを通過するらしい。あと三分ほどだ。

スマホの画面には、その車のナンバーと正面からの写真が表示されている。

大希は画面をタップして、便乗を要請した。

「申請中……」と表示されていた文字がすぐ、「許可されました」へ変わる。

大希を拾ってくれたのは、クラマネこと水都クライシスマネージメントのバンだった。

クラマネは水都ロジスティクスの子会社で、個人宅やマンションを対象とした、防災備蓄品コンテナのレンタルを主な業務とする。同種のサービスは以前からあるが、クラマネではいち早く、農業キットなど新型災害に対応した備蓄品を提供することで、近ごろとみに業績を伸ばしていた。

バンに乗っていたルートセールスによると、数軒の顧客を回って、消費期限切れの保存食や医薬品、種子を入れ替え、ついでに新商品の紹介をしてきた帰りということだった。

やがて、クラマネの夢洲倉庫に着いた。タクシーではないから、便乗できるのはそこまでだ。だが、目的地はそう遠くないので、大希は歩くことにした。

水都セキュリティーサービスの社屋は会社の規模に相応で、こぢんまりとした三階建てだ。が、敷地は広い。その敷地にはトレーニングジムやランニングトラック、道場などがあり、社員の鍛錬に活用されていた。みょうに細長い空き地もあって、「法令が改正されて、民間警備員にも銃器の所持が認められるようになった暁には、射撃練習場が建てられるのだ」とまことしやかに噂されている。

大希はその空き地を横切って、社屋へ急いだ。

入口脇のパネルに社員証で軽く触れる。いつもなら、すぐドアが開くのだが、今日はその前に声が流れた。

「お帰りなさい、岡崎さん。お疲れのところすみませんが、まず社長室へ顔を出してください」

「わかりました」

アイスのレジ袋のことを思い出した。たまたま目についたゴミ箱に放り込んできたのだ。さすがに新品のアイスを捨てるのには胸が痛んだが、この季節に二本も立て続けにアイスを食べるのはさすがにきつい。もし持ち帰って、「オーナーからです」と社長に進呈したら、喜んでくれただろうか。

望み薄だった。たぶんなにかの侮辱と受け取られるだろう。怒りの矛先がオーナーに向くなら結構なことだが、賭ける気にはなれなかった。

社長室の前で西谷課長と鉢合わせた。

「おう。おれも同席させてもらうぞ」そう言うと、彼は社長室のドアに、「西谷と岡崎、入ります」と声をかけた。

即座に入室を促す声がした。

水都セキュリティーサービス社長の塚本香織《つかもとかおり》は、二年前に陸上自衛隊からヘッドハンティングされてきた。退官時の階級は一等陸佐だったと聞いている。偶然だが、現在の自衛隊大阪地方協力本部長の河原田《かわらだ》陸将補とは同期だそうである。それだけではなく、二人とも数少ない女性幹部自衛官で、なにかと男性の同僚にはわからぬ苦労をしてきたらしい。いまでも、家族ぐるみの付き合いのある親友だという。

大希は課長と並んで、社長のデスクの前に立った。

塚本社長はまったくの無表情で大希を見つめ、おもむろに口を開いた。

「きみ、クビだって」

大希は唖然とした。

「おい、お前、なにかしでかしたのか」西谷課長は目を剝いた。

神内秘書だけではなく五百住正輝とも会ったことは、すでに報告した。大希がオーナーのご機嫌を損ねるようなことをやらかした、と疑っているのだろう。

大希に思い当たることは一つしかなかった。

「梨味のアイスがそんなに気に入らなかったのでしょうか……」と呟《つぶや》く。

「同じ味のアイスを三本、買っていったらしいね」と塚本社長。

「そうです。そんなことで解雇になるのでしょうか」

「なるわけない。わが国の労働基準法を舐《な》めるな」

「すみません」反射的に謝って、いまのは、おれが謝罪すべき事項だったのだろうか、と大希は訝しんだ。

「アイスのことはいい。でも、きみの経験のなさを心配したみたい。単独の仕事は初めてでしょ」

「はい」

「だから、手綱をつける、と」

大希はますます困惑した。「わたしはクビにされたうえに手綱をつけられるんですか?」

「意味、わかる?」

「いいえ」大希は首を横に振った。

「オーナーの話し方はいつもそう。神内秘書がすぐ解説してくれたからよかったけれど、そうでなかったら、わたしにもわからなかった」塚本は声を潜めた。「ここだけの話だけど、五百住オーナーってひょっとしてコミュニケーション障害なんじゃないかと思うことがある」

「わたしもそれほど親しくしていただいているわけではありませんが、それは違うと思いますな」西谷が穏やかに異を唱えた。「聞いた話から推測すると、他人を煙《けむ》に巻くのがお好きなだけのようです。わかりにくい話し方をなさるのは、わざとのようで。秘書がついていらっしゃらないときは、明快な会話をなさるとか」

「甘えているのね、秘書に」塚本は溜息混じりに呟くと、顔を上げて、大希の目を見た。「ともかく、オーナーが望んでいるのは、きみをグループ本社へ、つまり五百住四郎商店へ転籍させること。形としては、いったん水都セキュリティーサービスを辞めてもらう。もちろん解雇なんてできないから、自主退職ということになる。そして、時を置かず五百住四郎商店に採用されるの。つまり、岡崎大希警護員は我が社を辞めて、グループ本社に就職するわけ」

「いつですか？」

「今日。いますぐ」

「ちょっと待ってください」大希は抗議した。「いくらなんでも、そんなに急に……」

「大丈夫」塚本は軽い調子で手を振った。「退職届だけ書けば、ＯＫ。あとは、きみはなにもしなくていい」

「この不況の折り、退職届を書くには、ものすごく勇気が要るのですが」

「おいおい。社長を信用しないのか」西谷が咎《とが》めた。

「いや、いい。もっともだわ」塚本は、立て掛けスタンドにセットされたタブレットＰＣに指を走らせると、目を丸くした。「呆れた。もう本社では岡崎大希警護員の採用辞令を下ろしている。日付は明日だけど」

「さすが、オーナー直々のお声掛かりですな」西谷も驚いたようだった。

「そうね。転職してからこっち、仕事の回るスピードに驚かされることが多い。役所と民間の差かと思っていたけど、このグループに特有の、個人商店的企業文化なのかもしれない。トップの決断があっという間に末端にまで行き渡る。それはともかく、岡崎警護員」

「はい」

「この部屋を出たら、その足で本社へ行きなさい。きみの背中を見たら、採用辞令をすぐ交付するよう電話するから。退職届は、辞令を受けてからでいい。ただし、届の日付は本日、提出期限も今日の深夜零時までを厳守のこと。企業文化がどうあろうと、わたしは最低限の形式は守りたい。これで、ＯＫ？」

「はい。お心遣いに感謝します。しかしながら、新しい配属先を前もって教えていただけると、もっと安心できます」

「配置は変わらない」

「え？　でも、所属が変わるのでしょう？」

「いや。我が社に出向ということになる。所属は警護課のまま。指示も西谷課長から受けてほしい」

「待遇はどうなるんですか？」いささかの期待を込めて、大希は尋ねた。

「それも変わらないはず。少なくともすぐには」

「なんだ」彼は拍子抜けした。「では、なんの意味があるのですか」

「重要な局面では、神内秘書、あるいは五百住オーナーからじかにきみへ指示が下る。その指示は、西谷課長やわたしの命令より優先されなければならない。変わるのはそれだけ。オーナーからの指示がないときは、きみは西谷課長の業務命令に従い、セキュサからいままでどおりの給料を受け取る、というわけ。外部の人間に所属を問われた場合は、水都セキュリティーサービスと申告なさい」

「おめでとう。大出世だな」西谷が気怠《けだる》げな拍手をした。大希に向ける顔は、苦虫を嚙《か》み潰《つぶ》したかのようだ。

皮肉であることぐらいはわかる。

「いえ、給料も変わらないようですから……」大希は言った。しばらくは西谷に仕えなければならないのだ。オーナーだかなんだか知らないが、今日、初めて会ったような人間の気まぐれで、彼との関係を壊されたくなかった。

「そんなことはない」西谷はしかつめらしい表情を崩さなかった。「おれはセキュサのプロパー社員だ。しかし、塚本社長は本社の社員で、ここには出向していらっしゃるのだ。役員の皆さんは全員、そうだ。お前もその一員になったわけだ。いわば、ノンキャリからキャリアに登用されたのと同じ。五年、十年と経つうちに、大きな差が開くんじゃないか」

「いや、そんなこと……」否定しようとしたが、それだけの知識もない。

「水都グループは役所じゃない」代わりに塚本が訂正した。「課長のいた警察でもなければ、わたしのいた自衛隊でもない。民間企業よ。しかも急成長していて、まあ、そこが魅力ではあるけれど、反面、安定しているとは言い難い。突如、崩壊するような危うさがある。五年後、十年後がどうなっているかわからない。うちの息子がここに就職したがったら、頭ごなしの反対はしないけど、よく考えるようアドバイスするつもり」

「役所だって、安定しているとは限りませんよ。突変《とっぺん》現象なんてものがある世の中じゃ。なにしろ地面ごとどこかに消えちまうんです。政府だっていつ消えちまうのか、わかったもんじゃない」

「まあね」

「とにかく、納得いきませんな」西谷は不快げだった。「転籍させる必要まではないのではありませんか。ガード中、ダイレクトに指示をしたいのであれば、そのように依頼してくれればいい。無理にわれわれを経由してもらう必要はありませんよ。敢えて言わせてもらえば、この件に関して、本社はクライアントに過ぎない。客は客としてわがままを仰ればよろしい。我が社としてはクライアントのご要望に最大限、応えるまでです。無理を通すほどの料金をいただければ、道理などいくらでも引っ込めますよ。わたしは警官上がりですが、その程度のビジネスの基本は弁《わきま》えています。なにも資本関係を盾に、現場を振り回すことはない」

「これは推測だけど、課長、あなたの人選にも疑問を持っているみたい」塚本は言った。

「ほう？」

「これが重要な業務であることは伝え、優秀な警護員を選抜するよう指示したはずね」

「ご指示に従いましたよ」西谷の声の調子は穏やかだが、表情は険しい。「現に岡崎は優秀な人材でしょう。本社に登用されるほどなんですから」

「書類上は、ね。けれども、突発的な事態に臨機応変な対応ができるか、実績がないので判断のしようがない。いわば、カタログスペックは抜群だけど、バトルプルーフがまだなわけ。オーナーは、物怖《ものお》じしないところは気に入ったが、アイスを梨味で揃えてくるようでは、全面的な信頼はできない、と」

大希は思わず反論した。「購入するアイスの種類で能力を評価されるのは、あまりに理不尽ではないでしょうか」

「同感」塚本は頷いた。「言っちゃあなんだけど、ご大層な企業グループも、その根っこにあるのは浪速商人のメンタリティってところね。必ずしも合理的な理由ではなく、トップの感覚で人材が評価される。しかし、あなたに現場責任者としての経験がないのは、事実でしょ」

「それは、そのとおりです」大希は認めた。

塚本は西谷に視線を移した。「しかも、岡崎警護員が身辺警護の訓練を受けたのは、ごく最近、我が社に入ってからだ」

「成績は優秀ですよ」と西谷。

「でも、我が社はいまのところ修羅場を潜っていない。ということは、岡崎警護員にもそのチャンスはなかった。我が社には厳しい職場から移ってきたボディーガードもいる。あなたをはじめとして、ね。なのに、なぜ彼なの？」

「人手不足ですよ。こっちも余裕がないのにやりくりしているんだ」

「重要だとは認識していなかったってこと？」塚本は目を細めた。

「契約条件を見るかぎり、特別扱いしなくてはならない案件とは思えなかったのです」

「でも、宣伝効果というものがある。依頼を堅実に完遂すれば、我が社の信用も高まるというもの。とくに身辺警備サービスには新しいビジネスとして伸びてもらわなくてはいけないから、このジャンルで競争力を高めていきたい」

「それはけっこうですが、信用的にはプラスよりむしろマイナスが多いでしょう。なにしろ相手は宗教団体ですよ。新宗教というだけでとかく胡散臭く見られるものです。特定宗教と懇意だという理由で依頼を躊躇《ちゅうちょ》されることすら考えられるでしょう。まして、かの教団はベーサーどもとの関係も噂されている。オーナーにとっては、あるいは五百住家にとっては重要かもしれませんが、我が社にとってはそうでもない、むしろできれば避けるべきなんじゃないですか」

「え？」大希は西谷の横顔を見た。彼の言わんとするのは、五百住家がアマツワタリと深い関係にあるということではないのか。「オーナーは、ご自身が信者ではない、と明言されましたが」

「オーナーの信仰については、なにも知らん。だが、天川飛彦《とびひこ》こと佐藤吉太郎《さとうよしたろう》氏と、先代の五百住慶輝《よしてる》オーナーのあいだに深い付き合いがあったのは確かだ。お二人とも故人だが、今回の話がその繋がりと無関係とは思えないな」

「天川飛彦？」

首を傾げると、西谷に睨まれた。

「なぜ知らんのだ。アマツワタリ教団の創設者、つまり教祖だよ。今回の護衛対象の父親でもある。神内さんがお前に教団の資料を渡したそうだが、読んでいないのか？」

「すみません、その時間がありませんでした」大希は弁解した。「便乗させてもらった車のユーザーが話し好きな方で……」

「資料は、あとでゆっくり読めばいい」塚本が割り込んだ。「なんたって、今夜は無職なんだから暇でしょ。ともかく、西谷警部殿はそう思うわけね。この案件は、先代オーナーと教祖の個人的友情ゆえに特別扱いされている、と」

前の職名で呼ばれたのが気に入らないのか、西谷は口をへの字に結んだ。「社長はそう思われないのですか」

「無関係とまでは断言しないけれど、それだけとも思わない。課長の言うとおり、水都セキュリティーサービスにとっては、通常の業務に過ぎないわ。しかしこの契約は、水都グループ全体の利益には関わっている可能性がある」そこで、塚本は眉根に皺を寄せた。「いま思いついたけれど、岡崎警護員を本社へ引っ張るのも、その辺りのことが関係しているのかも。つまり、商売人の横車なんかじゃなく、冷静な戦略に基づいた決定とも考えられる」

「なるほど、高度な政治的判断というやつですか」西谷は顔を顰《しか》めた。「それを持ち出されると、現場としては黙るしかないですな」

「成功すると、グループ全体の利益になるんですね」大希は確認した。

「直接には結びつかないが、長い目で見れば、期待できる」塚本は頷いた。「さっきも言ったとおり、十年後、二十年後、水都グループがどうなっているかはわからない。しかし、できれば現在よりさらに発展し、盤石な状態であってほしい。うちの息子に就職先として勧めたくなるほどね。奉職したからには、全力を挙げて業務に取り組むつもりだし、きみにも努力を期待する」

「はい、期待にお応えできるよう心がけます」大希は笑顔で頷いた。西谷を不愉快にさせることはわかっていたが、顔が綻んでくるのを抑えきれない。ようやく認められ、一人前になれたような気がした。

「お気楽だな、お前は」西谷は呆れたようだった。「裏を返せば、失敗はグループ全体の損失に繋がるかもしれない、ということだぞ」

「でも、テンション上がるじゃないですか」大希は言った。

「まあ、やる気があるのはいいことだ」西谷は感情のこもらぬ口調で締めくくると、塚本に質《ただ》した。「しかし、肝心なことを伺っておりませんでした。この仕事がグループ全体と関わる、というのには、どんな根拠があるんですかな?」

塚本は即答しなかった。しばらく黙り込んで、ようやく口を開いた。だが、出てきたのは回答ではなく、質問だった。

「混生代防災研究所って知っている?」

＊

一般財団法人・混生代防災研究所は花博記念公園鶴見緑地に本部を置いていた。その建物はもともと、〝国際花と緑の博覧会〟のパビリオンとして建設され、その後、一部が大阪市の施設として利用されたが、紆余曲折を経て、現在は研究所が借り受けている。

もっとも、研究施設はほとんど舞洲《まいしま》にあり、本部は事務局が置かれているにすぎなかった。その事務局も建物のごく一部を利用するだけであり、施設の大半を広報用の展示スペースに充てて、積極的に見学者を受け入れていた。

その日も、東淀川区にある私立淀陽《てんよう》学院中等部一年の生徒たちが見学に訪れていた。

研究所本部の玄関を潜ってまず目につくのは大きな水槽だ。

見学者の一人、出灰《いずりは》万年青《おもと》はその水槽を眺めていた。

魚が三尾、泳いでいる。だが、身体をくねらせながら泳ぐその姿は奇妙だった。鱗が大きすぎる。貝殻のような鰭《ひれ》が左右に三枚ずつある。そして、黒真珠のような目は柄の先についていた。異形である。

「クスユロプテリユギィ、日本語で言うたら木鰭類や」誰かが得意げに言うのが聞こえた。「魚類やないねん。こう見えて、節足動物や。甲殻類なんかと近縁関係にあんねん」

別のクラスの男子生徒だ。あまり似合っていない下縁メガネをかけたその顔は、何度か見かけたことがある。だが、名前までは知らない。

彼は熱心に説明していたが、級友たちの反応は薄かった。

「チェンジリングでええやん」誰かがしらけた口調で突っ込んだ。「なんで、クロスプリティとか言わなあかんねん」

「チェンジリングにも、いろいろ種類があるねん」下縁メガネはムキになった。「だいたいなんや、クロスプリティって？」

「おまえが言うたんちゃうんか」

「クスュロプテリュギイやっ」

「早口言葉か」

「学名が発音しにくいんはしゃあないやん」

「いや」別の生徒が口を挟んだ。「おれ、テレビでこれ見たことあるけど、シャクトリエビの仲間って言うてたぞ」

「せやから、木鰭類にもいろいろおるねん。シャクトリエビいうのもその一つや。木鰭綱シャクトリエビ属、いや、シャクトリエビ目やったかな、まあ、ええわ。とにかく、ある動物が哺乳類であると同時にネコの仲間であっても、おかしゅうないやろが」

「はいはい。賢いな、お前は」

「バカにしとんのか」

「やっぱ、わかるか」

万年青は、下縁メガネとそのクラスメートたちとの会話を聞き流しながら、水槽の様子を観察した。最初はあまり興味なかったが、見つめるうち、引き込まれるような思いになった。

水槽の中の生き物は一種だけではなかった。底には砂が敷き詰められ、その上を半透明の生物が歩いていた。体長は数センチほど。それが何十匹も一列になって行進していた。

もちろん、水槽の広さには限りがあるので、列はカーブし、半円を描いていた。

ふいに、毒々しい色をした、チューブのような生物が砂の中から頭をもたげた。ちょうど列の真ん中辺りだ。

半透明の生物が十匹ほど砂とともに舞い上がる。砂はすぐ落ちたが、生物はゆらゆらと水中を漂う。まるで泡のようだった。

チューブの先端が裂け、そこから紐のような器官が何本も現れた。紐は斑《まだら》に発光しつつくねり、半透明の生物を搦《から》め捕って、巻き戻る。

そこからは動画の逆戻しを見ているかのようだった。チューブはふたたび砂のなかに消える。

途中で断ち切られた形の列は、すぐくっつき、一本に戻った。ほんのちょっとだけ短くなったが、なにごともなかったように行進を続けた。

三匹の魚もどきは、騒ぎなどなかったかのように、悠然と泳ぎつづけている。

「はい、みんな、注目！」引率の男性教師の声がした。

教師の隣に、見慣れぬ女性が立っていた。

彼女は研究所の広報担当だと名乗り、「お待たせして申し訳ありません。私立淀陽学院の皆さま、本日はようこそお越しくださいました」と挨拶した。

「見学をはじめる前に、なにを見せていただけるか、生徒らに教えてやってくれませんか？」教師が頼んだ。

「まず皆さんには十分ほどの映画を見ていただきます。当研究所の名前にもついております『混生代』とはなにかを説明する映像です。正確には、当研究所では混生代をどう捉えているか、をご紹介するものです。皆さんも学校で習われたでしょうが、さまざまな説がありますから」

「いや、それについては、まだ教えていませんよ。なにしろ、こいつらまだ中一ですから」教師が横合いから口を出した。「そのビデオも中学生に理解できる内容であればええんですけど」

「淀陽学院は優秀な生徒さんが集まっていると伺っていますから、大丈夫ですよ」広報は如才なく笑顔で応じた。

「ああ、いやいや」教師は曖昧な反応をすると、水槽を指さした。「ところで、あれは久《く》米島《めじま》の？」

「はい」広報は頷いた。「一昨日、搬入されたばかりなんです。ですから、まだ説明のプレートもなくて、申し訳ありません。後でご説明いたします。では、皆さん、こちらへ」

　生徒たちは五十席ほどのミニ・シアターに案内された。

　淀陽の生徒たちは躾《しつけ》がよかったので、すぐ照明が落ち、かわりにスクリーンが明るくなった。

まず海をバックに大きく年月日が表示された。三年前の五月八日だ。

日付が消えると、カメラが一隻のトロール漁船に寄った。そして、「インド洋、チャゴス諸島沖」と文字が出る。

甲板で忙しく働く漁師たちの姿が映る。

「彼らはたいへん幸運でした」とナレーションが入る。「一日、いえ、もしかしたらほんの数時間、出漁が早ければ、彼らはこの地球から消えていたかもしれなかったのです。しかし、それに気づくのは後のこと。そのとき彼らはむしろ、自分たちはついていない、と感じていたでしょう」

漁師たちが驚きの声を上げ、口々になにごとか叫びはじめる。外国語だ。万年青には何語なのかすらわからなかった。

「彼らのお目当てはキハダマグロなどの魚介類でしたが、網にかかったのは見たことのない、不気味な生物だったのです。これからお見せするのは、漁船員の撮った実際の映像です」

ナレーションが告げると同時に、画質が一気に悪くなった。

船の甲板に引き上げられた網が映った。

ズームアップする。

網は漁獲物で膨らんでいたが、中で蠢《うごめ》いているのは異形の生物どもだ。

ふいに悲鳴が聞こえた。

カメラがそちらへパンする。

腕から血を流した男が、喚《わめ》きながら網を蹴りつけていた。もちろん一言も理解できないが、悪態をついているのは万年青にも見当がついた。

網からするすると触手のようなものが伸び、男の足に巻き付いた。

男は悲鳴を上げた。

仲間が駆けつけ、男を救出した。ある者は男を後ろから抱きかかえて網から離そうとし、ある者はシャベルで触手を断とうとしている。

網の一部が盛り上がった。

いや、網が裂け、そこから生き物が溢れているのだ。網から数メートルはありそうなムカデのような生き物が頭をもたげていた。ただムカデと違い、その生物には大きなハサミが備わっていた。これで網を切り開いたのかもしれない。

悪夢のワン・シーンのようだった。

画面の外で誰かが叫んだ。命令らしい。

異形の生物でふくらんだ網が、船尾のスロープを滑り落ちた。

だが、甲板には何十匹という生物が残っていた。

それを、漁師たちがシャベルやタモ網で掬《すく》い、海に戻しはじめた。

高画質に戻り、航行するトロール漁船の遠景になった。

「彼らはその日、獲れたものを網ごと海に捨てました。網を失った漁船は虚しく帰るしかありません。しかし、網にかかった生物のごく一部はサンプルとして、あるいは船員の個人的な手土産として持ち帰られました」

それから動画は、持ち帰られた生物のうち五種類ほどを紹介し、いずれも既知の体系では分類不可能だったことを語った。

生物のアップが映ると、女子生徒たちが気持ち悪そうにうめいた。

彼女たちにとって幸いなことに、画面はすぐ海の風景に戻った。カメラは何隻もの船を遠くから映したあと、ある船の甲板に寄った。そこでは、黄色いヘルメットを被《かぶ》った作業員たちが網のような機材で生き物を海から採取していた。

「インド洋異常帯と名づけられたこの海域から漁業者が去ると、科学者が集まりました。最初は新種の生物が大量発生したのかと思われました。しかし、それどころではないことがはっきりとしてきたのです。科学者たちは在来の生物も採取しましたが、それは日を追うごとに割合を増してきたのです。これを逆算すると、トロール船が網を海に入れたとき、インド洋異常帯に既知の生物はほとんどいなかったことになります。つまり、ある時点、ここから既知の生物が一斉に消え去り、代わりに未知の生物群が出現した、と思われるのです。単に新種の生物が大量発生したという解釈では片付けられないことは明白でした。科学者たちはここで発見された生き物をチャゴス生物群、あるいはもっと簡単にチャゴシアンと総称しましたが、アメリカの海洋生物学者シュリュズベリイ教授がチェンジリングと呼びはじめました」

画面は一転して、幻想的で陰鬱な細密画を映し出した。

「チェンジリングとはヨーロッパの伝説にある取り替え子のことです。妖精が人間の子どもを攫《さら》い、代わりに自分の子どもを置いていく、という昔話があるのです。妖精というと皆さんは、美しく愛くるしい姿を連想するかもしれません。しかし、ほとんどの伝承においてチェンジリングは、容姿も性格も醜いのです」

スクリーンはふたたび甲板のサンプル採取作業に切り替わった。

「つまり、この海域にいた生物を何者かが持ち去り、代わりにチャゴス生物群を置いた、というのが、シュリュズベリイ教授の主張でした。教授は本気ではありませんでした。あくまで冗談でした。しかし、チェンジリングという呼び名はたちまち人口に膾炙《かいしゃ》しました。現在でも、異源生物と正式名称で呼ぶよりも、チェンジリングと呼んだほうがはるかにわかりやすいのは、ご存じだと思います。さらに生態系がなんらかの原因によってそっくり入れ替わった、という考えはチェンジリング仮説と称されるようになりました」

それからしばらく動画は、インド洋異常帯で行われた科学調査の模様を紹介した。

万年青は知らなかったが、海洋生物や海水だけではなく、掘削船が投入され、海底のボーリング調査も行われたらしい。

その結果、生物相のみならず、海底の地質も一変していることが判明した。

「ある研究者は、チェンジリング仮説すら常識的すぎた、と評しました。真実はもっととんでもなかったのです。人類はそれを容赦のない形で知らされることになります。チャゴス諸島沖の異変から約三カ月後、すなわちその年の八月二十四日、アメリカ合衆国のネバダ州で」

画面がニュースの画像になった。右下隅に「Ｌｉｖｅ」とある。草で覆われた大地に何十台も軍用トラックが停まっている光景を空から撮っているようだ。

画面の外でアナウンサーらしき人物が早口でなにごとか喋っている。相変わらず万年青には意味がとれないが、英語であることだけはわかった。

「ネバダ州ランダー郡とチャーチル郡の境を含む地域が、一瞬にして変貌を遂げたのです。今回は人的被害も出ました。人口密度は低いものの、広大なその土地には農園があり、人が住んでいたのです。たまたま通過中だった自動車もありました」

画面はめまぐるしく切り替わった。いずれもニュース映像だ。海外のものばかりではなく、ときおり日本のニュースも混じっている。

何枚もの顔写真、切れた道路、空を飛ぶ歪《いびつ》な影、地を這《は》う異形の生き物、嘆く人々、怒る人々、祈る人々……。

「今度は陸上の異変でしたので、地形が変わったことは一目瞭然でした。地質調査も海底よりはるかに簡単だったので、大規模に行われました。そして、無数の化石が発掘されました。そのほとんどは、アメリカ大陸のみならず世界中で知られていなかった生物のものでした。科学者たちは慎重で、変貌の原因について議論していましたが、一般の人間には、どこかから土地がやってきたのは明白に思えました」

画面に「突然変異現象」という六文字が映った。

「日本では、この現象を〝突然変異現象〟と呼びました。しかし、ほどなくして違う文字が使われるようになりました」

画面の下から「移」という文字が現れ、「突然変異現象」の「異」を押しのけて、その場所に居坐った。

「どちらも意味はほとんど同じ、変わってしまうということですが、どちらかといえば、変わり異なるほうの〝変異〟が一般的です。それなのに、あえて変わり移るほうの〝変移〟が使われるようになったのは、二つの理由が挙げられるでしょう。一つは、異なるほうの〝突然変異〟が生物学の用語として馴染みが深く、現象を誤解させる可能性があること。もう一つは、どこかの土地が転移してきた、つまり移ってきた、とほとんどの人々が考えるようになったことです。これからお見せするのは、突然変移現象の瞬間を捉えた貴重な映像です」

森の中のコテージを背景に、愛犬と戯れる兄弟を映した動画だった。犬はクリーム色の毛をした大型種で、兄弟は四歳と二歳の男の子だ。

〈ああ、ルーマニアのあれか……〉万年青はその動画を知っていた。何度もテレビで見たことがある。有名な映像なのだ。

登場する人々の名前は忘れたが、この後、どうなるかは憶えていた。

それでも、見入ってしまう。

兄弟たちは無邪気に犬を追いかけていた。画面の外からは、撮影している母親の笑い声が聞こえていた。

弟が転んで、地面にしがみつくようにして、泣きだした。

母親が慌てて駆け寄って、抱き起こす。

画面からはわからないが、ビデオカメラは三脚で固定されており、その姿をしっかりと捉えていた。

泣いている弟のもとにやってきたのは母親だけではなかった。犬も戻ってきて、弟の顔をぺろぺろ舐め回したのだ。その様子を兄が不思議そうに見つめている。

弟はすぐに機嫌をなおし、母親も撮影に戻った。

次にカメラは父親の姿を捉えた。彼は荷物を抱えて、笑顔でなにか言った。

父親は手を振ると、コテージの入口に歩み寄った。

その背中を、母親がなにか喋りながら撮る。

父親がドアを開けた瞬間、コテージが消えた。さらにその背後にあった森も変化した。それまではまっすぐな木が、馬が走れるほどの間隔をあけて生えていた。だが、いま画面をしめる森は、鬱蒼としていた。生えているのは樹木ではなく、濃緑色の竹、もしくは育ちすぎた草のような植物だった。

母親は沈黙した。兄弟たちもカメラに背を向けたままじっとしていた。

初めに動いたのは犬だった。

唸《うな》りつつ、跳ねるようにして、小刻みに移動しはじめたのだ。だが、視線は、出現した森から外さない。

母親がふたたび画面に現れた。兄弟を抱き寄せて、夫の名前を叫ぶ。

ほぼ同時に、犬が激しく吠えながら、森の中へ駆け込んだ。

母親と兄が名を呼んで止めようとするが、犬はまっしぐらに森へ駆け込んでいく。

やがて断末魔が上がり、吠え声が絶えた。

愛犬を心配し、駆け寄ろうとする息子たちを、母親が懸命に押さえていた。

そのとき、森からチェンジリングの一群が飛び出してきた。翅《はね》が何対もある、棒状の生き物だ。

母親は悲鳴を上げ、兄弟たちを両脇に抱えて、画面の外へ消えた。

それからしばらくカメラは、変わり果てた森とそこに棲まう者たちを同じアングルから映しつづけた。

以前、見たテレビ番組によると、それから約三十分後、母親と兄弟は無事に保護されたそうだ。また数時間後に、ビデオカメラは無傷で軍隊に回収されたらしい。軍隊は犬の死体も発見したが、父親の行方を突き止めることはできなかった。

「このような映像を見れば、空間がどこかから転移してきた、としか考えられないのは当然でしょう。では、もう一つの疑問が湧きます。いままであった土地、そしてそこに住んでいた人々はどこへ行ったのか？　それは、残されたわたしたちにとっても切実な疑問です。なぜなら、いまも突然変移現象が起こり、人類にそれを止める手立てはないからです。つまり、この疑問はこう言い換えることができるのです――そのとき、わたしたちはどうなってしまうのか？」

いくつか突然変移現象の映像が出た。いずれも定点カメラが捉えたもので、ルーマニアの家族動画ほど有名ではないが、ほとんどのものをニュースなどで見たことがあった。

「どこへも行かないで、素粒子、あるいはエネルギーのレベルにまで分解してしまうのだ、という恐ろしい説もありました。だが、それを覆す証拠がいくつか出てきました。その中の一つがこれです」

一枚の円盤が映った。近ごろではめったに見かけなくなった光ディスクだ。

「このDVDには、BNメッセージと呼ばれるデータが納められていました。BNには二つの意味があります。まずブルー・ナイル、つまり青ナイル川の略称です」

スクリーンにアフリカ大陸北部の地図が映り、青ナイル川の位置が示された。

「BNメッセージを作製したのは、青ナイル川の畔《ほとり》からほど近い村に住んでいたグオル・ガラン氏です。彼は知られる限り三例目の突然変移現象に巻き込まれました」

スクリーンは何枚かの人物写真を立て続けに映した。一人だけのポートレートもあれば、集合写真もある。室内で写したものもあれば、屋外で撮ったものもある。外で撮った写真の背景はどこか変だった。単に外国だからというだけではなく、もっと異質な印象を醸しだしている。

「自分や家族、友人たちがまだ生きていることを、もとの世界に残された人々に伝えたい。ガラン氏はそう考えました。そして、伝えたいことを電子データ化し、手に入る限りのメディアにコピーしました。とくに重要だと考えた事柄は紙にプリントアウトして、メディアといっしょにケースに入れました。最初、ガラン氏は周辺の土地に埋め、目印の旗を立てたようです。ふたたびその土地が突然変移現象に呑まれ、もとの世界へ戻ることを期待したのです。もちろん、ほんとうに彼が期待していたことは、自分の住む村がそうなることだったでしょう」

映像は、人々ではなく、異世界の風景に焦点を当てたものへ変化した。写真もあれば、動画もある。

サソリのように尾を立てた、醜悪な生物が映り、一部の生徒に悲鳴を上げさせた。

「ガラン氏はなるべく広範囲にメッセージを残すつもりでした。しかし、地面に埋めるという方式ではあまりに効率が悪い。しかも、ガソリンが欠乏し、遠出もままならぬ状態に陥ったようです。そこで、彼は防水性と浮力を持たせたケースにメッセージを封入し、青ナイル川に投入したそうです。さらに、空に飛ばすことも考えました。川に流したものと同様のパッケージを水素ガス入りの風船に結びつけ、空に放ったのです。その一つがセバ異常帯で発見されました。セバ異常帯の大半はブルキナファソという国の領内にありますが、一部は隣国ニジェールにはみだしていました。そこで、別名をブルキナファソ―ニジェール異常帯、略してBN異常帯と言います。BNメッセージという名のもう一つの謂われです」

異様な姿の樹木を兵士たちが取り巻いていた。枝に引っかかっているなにかを回収しようとしているようだ。

「しかし、土に埋めるのと違い、空に飛ばす方法ではあまり重いものを選ぶわけにはいきません。ですから、プリントアウトはA４サイズのものが四枚しかありませんでした。また、時代遅れのDVDが使われたのは、記憶容量の多いメディアが尽きたから、と考えられています。それでも、ＢＮメッセージは多くの貴重な事柄をわたしたちに教えてくれました」

地球のイラストが二つ、映った。太平洋を中心に大陸や日本列島などが描かれているが、あまり写実的ではない。

「異変が起こってすぐ唱えられた仮説の一つに、時空交換説がありました。どこかに地球そっくりの惑星があり、そことわたしたちの地球との間で時空が交換されたのだ、というのです。このようにね」

それぞれの地球から太平洋の一部が切り取られた。まったく同じ形だ。それが左右に入れ替えられて、また嵌め込まれた。短いアニメーションが終わると、元のように地球のイラストが二つ並んだ。

「この説がより強力になったのです。ＢＮメッセージには偽造説があります。ＣＧなどを駆使して何者かがでっち上げた偽物だ、と主張する人々がいるのです。しかし、ＢＮメッセージ以外にも時空交換説の証拠はたくさんあります。そのうちいくつかはより厳密です。でも、その証拠はちょっと退屈でもあるので、ここでご紹介するのは控えます」

万年青はほっとした。大部分の生徒も同様だったに違いない。

「科学者たちは、地球そっくりの惑星を、異常帯の彼方、トランスアノマリーと呼んでいます。そして、それがどこにあるのか、そもそも一つしかないのかについて議論をしています。突然変移現象には、まだ結論の出ていない多くの謎がまとわりついているのです。しかし、はっきりしていることもあります。それは人類のみならず地球にとっても新しい時代がやってきた、ということです」

地質時代の区分図が示された。

「この新時代をIUGS、国際地質科学連合は〝カオゾイック・イーオン〟と名づけました。これを日本語に訳したものが〝混生代〟です」

区分図に「Chaozoic eon」という文字が重なった。その英字が「混生代」という漢字へモーフィングする。混生代の三文字は枠で囲われて、区分図の上に乗り、一体化した。

「冥王代、始生代、原生代、顕生代、そして、混生代です。そう、約五億四千万年続いたと考えられる顕生代は終わったのです。否応なく、わたしたちは新時代に適応しなくてはなりません。それには、従来には考えられなかった現象、すなわち突然変移現象に伴う災害に対処する必要があります。その方策を探求するのが、わが混生代防災研究所なのです。さあ、わたくしどもとともに不安定な時代に立ち向かっていきませんか!」

映画が終わり、照明がついた。

なにも映っていないスクリーンの前に広報の女性が出て、笑顔で一礼した。

「お疲れ様でした。映像は以上です。それでは、皆さん、これから展示物を案内させていただきます」

「すみません、その前に一つだけ質問、いいですか」引率の教師が発言した。

「なんでしょう？」広報担当者は応じた。

「この映像はいつつくられたものなのですか？　国内での突変に触れられていないようですが……」

「ええ。去年の三月に完成したものですから、久米島移災の起こる一カ月ほど前です」

「そしたら、ウランチャブ事件の後ですね」万年青のすぐ横から声が飛んだ。例の下縁メガネの生徒だ。「あれに触れられてないのは不自然な気ぃがするんですけど」

「もちろん、ウランチャブ事件のような災害、すなわち近傍に出現した突然変移領域からもたらされる生物災害への対策も、当所の研究対象です。しかし、一本の映像になにもかも詰めこむわけにはいきませんから」

何度も説明したことらしく、広報担当者の口調は淀みがない。

「そうですけど……」

「いや、ちょう待て」下縁メガネがなおも続けようとするのを、教師が止めた。「質問は後でええやろ」

「けど、先生が質問、始めたんですやん」下縁メガネは唇を尖《とが》らせた。

「あほ。おまえらの代表として伺《うかご》うただけや。てんでに質問したら、時間がいくらあっても足らへんわい」教師は手を二回、打ち鳴らした。「はい。みんな、順番に出ろ」

ドアへ向かう生徒たちの私語で室内はざわめいた。

――防災牧場って見せてくれるかな。

――なんでそんなん見たいん？

――せやかて、子豚、可愛いやん。

――そう言えば、ここってチェンジリングの食べ方も研究してるんやろ。

――食べさせてくれるかな。

――うぇっ、気色悪いこと、言わんといて。

ぼんやりと他の生徒の会話を聞き流していた万年青は、ふいに名を呼ばれてはっとした。

「おい、出灰」

下縁メガネだった。

「なに？」万年青は応じた。

話すのは初めてだが、彼は万年青のことを知っているらしい。

万年青は自分のことをごく平凡な人間だと思っていた。成績も中ぐらいだし、部活はサッカーをやっているが、一年生チームでもレギュラーがとれない。

だが、面識のない人間が自分のことを知っていて、面食らうことがある。どうやら彼は学内ではちょっとした有名人らしいのだ。たぶん「出灰」という珍しい苗字のせいだろう。

「おまえ、万年青いう名前なんやろ。知ってるか、万年青って草、毒、あんねんで」

「ああ、そうらしいなあ。聞いたこと、あるよ」

なぜそんなくだらないことで声をかけてきたのか、万年青は訝しく思った。

「それで、おまえの姉さん、鈴蘭《すずらん》、いうんやろ」

「ちゃう」

「なにがちゃうねん」下縁メガネは眉間に皺を寄せた。

「鈴ちゃんは妹や」

万年青は異性双生児で、鈴蘭という名のもう一人も淀陽学院に通っている。不相応に目立っているのは、そのせいかもしれなかった。

万年青のほうが十数分、先に生まれたらしいから、兄となる。ところが、鈴蘭はいつのころからか「後から生まれたほうが上や」と主張するようになった。この奇妙な考えはおそらく、半年前まで同居していた祖母が吹き込んだものだろう。

万年青にすれば、どうでもいい話である。しかし、鈴蘭がみょうに拘《こだわ》るものだから、つい意地になってしまう。

「まあ、ええわ。とにかく、鈴蘭にも毒があるねんで」

「そら、万年青も鈴蘭も観るために育てるもんやからなあ。喰うたらあかんやろ。けど、それがどないしたん？」

「どないしたって、それが言うておきたかったんや。おまえら、毒々双子やって」

「しょうもな……」万年青は逆に感心して、下縁メガネの得意げな顔を見つめた。そのうち、あることに気づいた。「きみ、鈴ちゃんと同じクラスちゃうかったっけ?」

「そやけど、それがどないした」

「ひょっとして、鈴ちゃんのことが好きなん?」

「あほっ」とたんに、下縁メガネは顔を赤くした。「なに、言うねん、いきなり」

「鈴ちゃん、ここには来てへんよ」

今日の午後、淀陽学院中等部一年生は社会見学に出ることになっているが、全員が混生代防災研究所に来ているわけではない。十数カ所の候補があって、行きたい場所を生徒自身が予《あらかじ》め選ぶシステムだ。

研究所を見学場所に選んだと、問われるまま鈴蘭に教えたときのことを、万年青は思い出した。

『ケン・キュー・ショ』鈴蘭はゆっくり区切りながら言ったものだ。『いやあ。あんたもマザコンやなあ。まあ、男の子らしゅうてよろしい。改造されて、超能力とまでは言わんけど、芸の一つでも身ぃにつけて帰ってきてくれはったら、お姉ちゃんも嬉しいわあ』

鈴蘭がどこを見学しているのかは知らない。彼女は自分から教えようとはしなかったし、万年青もわざわざ訊くつもりはなかった。混生代防災研究所でないことだけは確かだ。

「知っとるわっ。けど、べつにどうでもええねん、そんなこと」そう言い捨てて、下縁メガネは小走りで去った。

可愛らしいやっつやな、ショーモナイコトイイやけど、と思いつつ、万年青は彼の背中を見送った。そして、自分が最後の一人になっているのに気づいた。

＊

五百住四郎商店はもともと堂島にあったが、一九九〇年代、咲洲に新築した本社ビルへ移転した。事業部門を切り離してスリムになっても、しばらくはそのビルの最上階で業務を続けた。

夢洲に移転したのは、三年前である。

ロの字型の二階建て、銅板葺《ぶ》きの社屋は、企業グループの本社というより、保養所といったたたずまいを見せている。もっとも、周囲を取り囲んでいるのは緑の森ならぬ赤白二色のクレーン群であり、敷地を海と隔てるのは白砂のビーチならぬコンクリートの岸壁だ。

大希は新入社員研修で、グループ本社社屋は地下施設も重要と教わった。

夢洲はすべてが埋め立て地である。五百住四郎商店社屋を建てるときは、ケーソンを沈めて基礎とした。ケーソンは、ただ地上の建物を支えるだけではなく、広大な地下室としての役割も果たしている。「むしろ地下構造物こそが社屋の本体だ。見える部分はおまけだ」とさえ研修の講師は言った。さらに彼は、ケーソンに納められた施設のなかでもいちばん重要なのはデータセンターだと主張した。

水都グループはイントラネットで系列各社の事業所を結んでいた。大阪ベイエリアには専用線が網の目のように張り巡らされ、サーバーは本社社屋地下のデータセンターに納められている。

イントラネットを物理的な脅威から守る業務は、多くが水都セキュリティーサービスに委託されていた。だが、もっと本質的な脅威、サイバー攻撃に対処するのは、五百住四郎商店IT戦略室の仕事だった。噂によると、塚本社長はこの仕事も自社に持ってこられないか、と画策しているらしい。

自分には関係のない話だ、と大希は思った。

彼はボディーガードである。サイバー警備は面白そうだが、さっぱりわからない。そして、施設警備は志望していない。もっとも、施設警備は水都セキュリティーサービスの主力事業だから、もし警護部門が立ち行かなくなったら、そちらへ配転されるかもしれない。しかし、そのときは転職するつもりだ。あくまでボディーガードという職業に興味があり、水都グループの一員であることには拘りがなかった。

実を言うと、大希が五百住四郎商店を訪れるのは初めてだった。

正面から入ると、受付がある。

大希は名前と来意を告げた。

「はい」受付嬢は大希の襟章を一瞥し、「では、社員証をお願いします」と手を差し出した。

大希は言われたとおりにした。

辞令を受け取りに来たというのは、来社の理由にしてはずいぶん突飛で、怪しまれるのではないか――そう大希は危ぶんでいたのだが、受付嬢は慣れているようだった。

受付嬢は社員証を読み取り機に通し、モニターへ視線を向けた。

「採用辞令は人事部長から受け取ってください」

「わかりました。どこへ行けばいいですか。部長室？」大希は訊いた。

「案内の者がつきます」受付嬢は笑顔で社員証を返して寄越した。

礼を言って振り返ると、女性警備員がいた。水都セキュリティーサービスの社員、つまりいまのところはまだ大希の同僚だ。一期先輩だと記憶している。

「どうぞこちらへ」

何度か話をしたことがあるのに、彼女は完全な営業モードで対応した。だが、それは受付から見える間だけだった。

「なに、しはったん？」廊下の角を曲がるなり、彼女は興味津々の様子で尋ねた。「人事部長に呼ばれるなんて、よくよくのことやよ」

「そうなんですか」大希は意外に感じた。「辞令を受け取るんだから、人事部長であっているんじゃないですか」

「そんなことぐらいで、番頭はんがいちいち出て来はらへんよ」

「番頭はん……?」

警備員によると、「番頭はん」というのは常務取締役執行役員兼人事部長・松尾潔《まつおきよし》の渾名《あだな》らしい。五百住正輝のことを「社長」でも「オーナー」でもなく、「若店主」と呼ぶ老人が何名か現役で頑張っている。彼らはいずれも先代を若い頃から、当代の正輝に至ってはおむつをしていたころから見知っているという。松尾はその代表格だった。

五百住四郎商店の社名を「水都ホールディングス」へ改名しようという動きがある。それが実現しないのは、松尾の強力な反対のせいだという噂である。

「ほんなら、気をつけて」部長室の前につくと、警備員はそれまでのフレンドリーな態度から一転、顔を引き締めて敬礼した。「健闘を祈ります」

大希は少し悩んでから敬礼を返し、ドアをノックした。

ドアが内側から開いた。

「お待ちしておりました。どうぞ」ドアを開けたのは、上品な中年女性だ。どうやら秘書らしい。

応接セットの向こうにマホガニーのデスクがあった。さらにその向こうには、老人が坐っている。松尾常務兼人事部長だ。

松尾は無言で立ち上がり、デスクの前に出た。その間、視線を大希から外さない。彼は七十歳をとうに超えている。背が高い。堂々たる体軀に三つ揃いを着こなすその姿は、大物財界人の風格を漂わせていた。その禿頭すらもなにやら威厳を感じさせる。

「岡崎大希、参りました」大希は腰を深く折った。

「おまはんが岡崎か」

口を開いたとたん、彼の纏《まと》う大物財界人の雰囲気はたちまち雲散霧消し、〝番頭はん〟が出現した。

「はい、岡崎大希です」大希はもう一度、大声で名乗った。

「べつに耳は遠ない」松尾は不機嫌そうに言った。

「はあ。失礼しました」

気の回しすぎのようだった。

松尾は手を秘書のほうへ伸ばした。

その手に秘書が一枚の紙を載せる。

「岡崎大希殿」松尾はいきなり読み上げはじめた。「採用辞令。貴殿を株式会社五百住四郎商店の社員に採用する」

翌日の日付と発令者である五百住正輝の役職氏名まで音読すると、辞令を大希のほうへ差し出した。

大希は両手で受け取り、〈なにかスピーチをしないといけないのかな〉と悩んだ。

さいわい、松尾は期待していないようだった。すたすたと大希の横を通りすぎると、応接セットのソファに坐った。

「おまはん、急いでへんねやろう」と禿げた後頭部を向けたまま、大希を手招きする。

「帰る前にちょう年寄りの相手をしたって」

「はい」

どうせ今日は退職するだけである。時間はあった。

大希は松尾の正面に坐り、思わず、「うおっ」と声を出してしまった。腰を下ろすと、まるでソファが存在しないかのように身体が沈み込んだからである。

いったん腰を浮かせて、慎重に坐りなおす。

「ふかふかやろ」松尾は面白がっているような表情を浮かべた。

「ほんとうですね。こんないいソファには、坐ったことがありません」

「それがええ。若いうちから柔こい椅子に慣れるもんやない」そう言って、指を二本立て、秘書に向けて振った。

コーヒー・セットが来た。

松尾は砂糖を五杯も入れ、ミルクを溢れんばかりに注いだ。軽く掻き混ぜて、一口すると、またミルクを追加する。

そして、近ごろの気候の話を前振りに、阪神タイガースの戦力補強について批判したり、大希に好きな芸能人を尋ねたりした。

ひょっとしてほんとうに暇つぶしの茶飲み話に付き合わせられているだけなのか、と大希が疑いだしたころ、松尾が言った。

「まさかテンコーキョーがあない大きゅうなるとは思わなんだなあ」

「テンコーキョー……ですか？」

大希の知らない言葉だった。

「ああ。アマツワタリ教団のことや。今はカタカナ使うけど、もとは漢字やった」とテーブルの上に〝天航教〟と指で書いた。「これで、〝あまつわたりきょう〟と読ますんやが、まあ、知らなんだら、百人が百人、〝てんこうきょう〟と読むわな。それで、わしらもそう呼んどった。そのほうがアマツナンチャラより言いやすいやろ。先代は、『自分らどうしで符牒にするんはかまへんけど、教団の人の前では控えとけや』、言うてなはったわ」

「なるほど」納得がいった。

「けれど、おまはん、なんで知らんねん。たしか神内が……」

「はい。神内秘書から資料をお示しいただきました。しかし、時間がなくまだ眼を通しておりません。まことに申し訳ございません。明日の朝までには熟読精査する所存です」大希は一息に述べた。

「そない早口で言わいでも」松尾は呆気にとられたようだった。「まあ、ええわ。本番までによう勉強しといとくれ。なにしろおまはんには、教団の内情をよう知っといてもらわんなん」

「それはどういった意味でしょうか」大希は意外に感じた。「もちろん、警護対象者さまの抱えていらっしゃる事情についてはある程度、知っていなければならないと心得ております。が、なにかとくに教団の内情を知っておくべき理由があるのでしょうか」

「おまはん、口が達者やなあ」松尾は感心したようだった。「ボデーガードいうたら、もっと無口なものかと思うとった」

偏見だ。自分よりお喋りな〝ボデーガード〟を、大希は何人も知っていた。だが、ここは逆らわないことにした。

「申し訳ありません」

「べつに謝るようなこっちゃない。弁が立つ、いうのはええこっちゃ」

「仕事中に私語はいたしませんので、ご安心を」

「いいや、仕事に差し支えるようではかなわんけど、できる限り天川のお嬢さんとお喋りしてほしい」

「親しくなれ、とのご指示ですか」訝しく思いつつも、確認する。

「口説け、言うとるわけやないで」松尾は大希をぎょろりと睨んだ。「けど、まあ、そうやな。お友達程度にはなってくれ。それで、お嬢さんの真意を確かめてほしいんや」

降参だった。なにを期待されているのか、さっぱりわからない。業務関連ファイルを読み込めば、理解できるのだろうか。だが、ファイルのサイズから考えて、すべて読むにはそれなりの時間が必要だろう。

ここで、「確かめるべきは、なにに関する真意なのか」と尋ねるのは簡単だ。だが、本能は、「即刻、この場を辞するべきである」と警告を発している。

「申し訳ありません。資料を読んでから出直したいと存じます」そう告げて、立ち上がった。

「その必要はない。神内がどないな資料を渡したか知らんけど、たぶんこのことには触れてへんやろ」

「しかし……」

「まあ、ええから、坐りなはれ。もうちょい付き合《お》うてくれてもええやろ。老い先短い年寄りに、つれのうするもんやないで」

松尾は大希に撤退を許すつもりがないようだ。

それまで部屋の隅でデスクワークをしていた秘書が席を立ち、大希とドアの中間にさりげなく移動した。

力尽くで押し通るのは、これまた簡単だ。だが、そんなことをしたら、大希の評判は地に落ちる。

諦めて坐りなおしながら大希は、〈これが大人になるということなのかな〉と考えた。

「このこと、とはなんでしょうか」と訊く。

「つまり、お嬢さんがほんまに教主になりたいんかどうか、や」

「はあ……」

なにやら複雑な事情がありそうだ。

「ちゃんと説明するから、聞いたり」

「拝聴します」

俎板《まないた》の上の鯉になった気分だった。

「つまりな、天川飛彦はんは教団が潰れる、思うてはったんや。一時は景気よかったが、あるときから信者の数は減る一方やった。ほんまやったら、盛り返しを考えなあかんはずやけど、飛彦はんは……」そこで、松尾は言葉を切り、大希を見つめた。「念のために訊くけど、おまはん、飛彦はんは知っとるやろうな」

「もちろんです」大希は力強く頷いて見せた。「アマツワタリの教祖で、天川煌さまのお父さまでしょう」

「せや」松尾は安心したようだった。「さすがに知っとったか。とにかく、飛彦はんは教団の行く末をえろう悲観してはった。どこぞのカルトが凶悪な事件を起こしたのも、逆風になった。あの頃は、集団生活しとるような教団はみんなカルト宗教扱いやったからなあ。天航教は一部の信者はんが住み込みで働いとっただけのことやったんやが、外からはカルトに見えんこともなかった。わしらに言わせれば、あんな緩いカルトがあるかいな、てなもんや。けど、やっぱ信者はんの家族は心配しはるし、本人も嫌気が差してくる。信者はんが脱落しても、飛彦はんは引き留めようとしはらなんだ。去る者追わずや。その辺もカルトからほど遠い……、ああ、話がずれた。ともかく、そんなこんなで、飛彦はんは教団は保たんと考えはった。それでも、ついてきてくれる信者はんを見捨てられなんだんやろうなあ。せめて、お嬢さんも普通に育てるべきやったんやけどなあ、そう、しはらなんだ。いや、できなんだ。なにしろまだいっしょに生活している信者はんがおらはった。普通に育てようと思うたら、お嬢さんを教団から出してどこぞへ預けるか、いっそ教団を解散してしまうしかない。どっちもようせなんだんやろう。なにしろ教団は飛彦はんの人生そのものやった。解散なんてとんでもないし、娘さんを預ける先も見つからなんだはずや」

「不器用な方だったんでしょうね」

なんとなく、そう思った。

「よう知らんくせに、生意気なことを言うもんやない」松尾は窘《たしな》めたが、その口調は柔らかかった。

「申し訳ありません」

「まあ、変わったお人やったなあ。宗教を立ち上げるような人なんやから、しゃあないんやろうけど。どちらにしろ飛彦はんには時間があらなんだ」

「と仰いますと……?」

「癌《がん》やった。見つかったときは、手の施しようがない、いうほどでもなかったんやが、覚悟を決めんなん病状ではあった。飛彦はん、ずいぶん頑張らはったんやけど、残念ながら数年後に力尽きてまいはった」

「教祖が亡くなってからずっと、警護対象者さまは教団で育てられたわけですか」

「それから、ちゅうか、生まれたときからやな。飛彦はん、教団本部で生活してはったよって。お嬢さんは生まれたときから、トコヨの女王となるべく育てられたんや」

「トコヨ?」

「それは資料にちゃんと書いたあるはずや」松尾は面倒くさそうに言った。「書いてなんだら、神内にでも訊け」

「失礼しました。後で調べます」

「そうし。ともかくや、わしはお嬢さんとは長いこと会うたことがない。前に会うたときには、まだ小学校にも行ってはらへんころやった。どんな女性に成長しはったかは、よう知らん。そこで、おまはんの出番や」

「宗教団体の代表になる意志があるかどうかを確かめるのですか？」

「せや」松尾は満足げに頷いた。「お嬢さんはもうすぐ成人や。ほんまやったら、あと二年、猶予があるはずやったんやけどな、ほら、成人年齢が十八歳に引き下げられてもうたから。成人したら、教団を正式に継がはることになってる。それまでに、ほんまはどないしたいんか、訊いておきたいんや。教団を導いていきたいんか、それとも、市井で暮らしたいんか」

「つまり……」聞いたことを大希は自分なりに咀嚼《そしゃく》した。「進路の希望をお伺いすればいいんですね。教主となるか、平凡な女性となるか」

「そうそう。進路相談や」松尾は嬉しそうに頷いた。「こないだ、うちの娘と孫が進路のことで大喧嘩して、わしのところへ……、いや、そんなん、どうでもかまへんねん。とにかく、天川のお嬢さんの進路相談に乗ったっとくれ」

その前に、進路相談をする気にさせなくてはならないわけで、大希にはずいぶん難事業に思えた。

「それで、もし教団を抜けたい、とのご希望なら、その意向に添うのですか？」

「わからん」松尾は禿頭を横に振った。「仮にそうするとしても、おまはんがいま、気にすることやない。おまはんに手伝ってもらうかは、なおさら、わからへんさかい」

〈ということは、手伝わされることもありうるということじゃないか……〉大希はげんなりした。同時に、〈そうなったら、面白そうだな〉とも感じていて、自分の性格が厭《いと》わしくなる。

だが、根本的な疑問が残されている。

「警護対象者のプライベートにそこまでコミットする理由をお聞かせ願えるでしょうか」

「ああ、簡単なこっちゃ。先代と飛彦はんの約束やからや」

「約束？」

「そうや。最前も言うたように、飛彦はんはそのうち天航教はなくなると思うてはったわけや。それも時の流れや、いうて達観しはったもんやった。けれど、心配なんはお嬢さんのことや。それで、先代にお願いしたわけや。もしも娘が困るようなことがあったら、面倒みたってくれって。なにも一生、とは言わん。二十歳になるまででええからってな。まあ、当時は二十歳で大人やったからやろうけど、ちょうどええ感じで余分の二年が出来た。わしらぐらいの歳になると、そんなもん、縁側の端でぼけぇっとしとるうちに過ぎてまうけど、若いときの二年は黄金や。そんだけあれば、将来のためにいろいろ出来る」

〈なんだ、課長の読みのほうが正しかったのか……〉

大希は脱力した。昔に交わされた個人的な約束を果たすため、彼はグループ本社に引き抜かれたのだ。美談かもしれないが、グループの命運とは関係なさそうだった。

しかし、これでは答えの半分にしかなっていない。

「なぜ先代オーナーはそのような約束をなさったのでしょう？」

「ちょうど若店主がお亡くなりになったばっかりのことやったんで、絆《ほだ》されたんやろうなあ」

大希はぎょっとした。

若店主が五百住正輝のことだとしたら、今朝、会ったばかりだ。

もちろん、オカルトじみたことを恐れたのではなかった。もっと現実的なこと、つまり松尾の認知症発症を疑ったのである。

だが、すぐべつの可能性を思いついた。

「若店主というのは、ひょっとして和輝《かずてる》さまのことですか」

「当たり前やないか」松尾はぎょろと眼を剝いた。「わしが若店主と呼ぶんは、和輝はんと正輝はんだけや。亡くなったんやから、和輝はんに決まっとるやろ。縁起でもないこと口にしたら、あかんで」

「すみません」

五百住和輝は先代社長五百住慶輝の息子で、ずいぶん遣《や》り手だったという評判だ。中小企業だった五百住四郎商店がそれなりの規模の企業グループへ急成長したのも、彼の手腕に因《よ》るところが大きいという。

「和輝はん、わしより歳はだいぶ下や。いま生きてはったら、ばりばり現役やろうなあ」

松尾は遠い目をして、当時のことを語りはじめた。

その話をまとめると、こうである。

十五年ほど前、年齢のこともあって、慶輝は名ばかりの会長職に納まり、社長の席を息子に譲ることを考えた。彼が最後の仕事と決めたのは、五百住和輝の社長就任のために大規模な祝賀パーティーを開くことだった。ただ金をかけるだけでなく、政財界から大物を呼ぶ。これで財界における存在感を増し、目覚ましく躍進したとはいえ、未だ関西ローカルに留まっている観のある水都グループを、一気に全国規模、果ては世界規模の企業集団へ育て上げる契機とするつもりだったようだ。

慶輝はパーティーを盛り上げるため、ありとあらゆるコネを使った。それだけでは足りず、伝手《つて》を頼り、東奔西走した。松尾も慶輝の命を受け、あちこち駆けずり回ったらしい。

経営は和輝に任せていれば安心だった。役職は専務だったが、彼がすでに実権を握っていたのだ。

だが、パーティーを一カ月後に控えて、和輝は脳卒中で急逝した。まだ五十歳にもなっていなかった。

慶輝はいきなり、後継者問題に直面した。跡継ぎは決まっていた。和輝の息子、正輝である。だが、彼はまだ学生でとてもすぐには無理だった。したがって、彼が実力を養う間、経営権を預ける人間が必要だった。

中継ぎの経営者も五百住家の者でなければならなかった。その理由について松尾は言葉を濁していたが、要するに、血縁のない人間に家業を任せるには、慶輝は因循すぎたのだろう。

慶輝にとって和輝は長男で、下に次男と長女がいた。だが、どちらも選ぶわけにはいかなかった。次男には健康上の問題――松尾は語らなかったが、先天的な知的障害――があった。長女は、夫が職業不詳で、しょっちゅう実家に金を無心していた。松尾は、夫婦の主な収入は五百住家からの援助で、彼らに会社を委ねるのは、食い物として差し出すも同然だ、とまで言い切った。

慶輝自身の兄弟たちとは確執があり、信用していなかった。なにより彼らは慶輝と似たり寄ったりの高齢者だった。

けっきょく、慶輝が老骨に鞭打って、経営の最前線に復帰するしかなかった。

アマツワタリの教祖、天川飛彦と約束したのはそのころの話だった。まだ幼い娘の行く末を心配する飛彦に慶輝はいたく同情したらしい。

正輝が一人前の経営者になった姿を、慶輝は自分の眼で見ることができるか心許なく感じていた。だから、天川飛彦の気持ちが痛いほどよくわかったに違いない、と松尾は語った。

「……あるいは、父親を亡くしたばかりの孫と、父親に死なれそうなお嬢ちゃんの境遇を重ね合わせたのかもしれん」松尾は述懐した。「お心の内まではわからん。わしが知っとるのは、『よろしゅうおま。この件、五百住がまるまるお受けいたしました』と先代が力強う仰ったことや。わしはこの耳ではっきり聞いた。つうても、先代かて歳やった。命に関わるような病気に罹《かか》ってはったわけやあらなんだけど、いつぽっくり逝ってもおかしゅうなかった。実際、お嬢さんが成人するまでよう生きてはらなんだわけやからなあ。それで、自分があの世へ去《い》んでも、お嬢さんが二十歳になるまでは面倒見るように、と言い残さはったんや」

「わざわざ遺言をなさったのですか」

大希は意外に感じた。慶輝にとってよほど重大なことだったに違いない。

「まあ、わざわざいうても、先代の遺言は分厚い帳面二冊にぎっしりや。ご自分が亡き後に遺《のこ》さんなん思うたことは、元気なうちから片っ端に書き留めはったんや。その一つに過ぎん。この件は遺言二〇七号やな。それでも遺言には違いない」

「そうですね」大希はこの日何度目かの脱力感を味わった。「しかし、状況が変わったのではありませんか」

「どういうこっちゃ」

「アマツワタリは潰れそうにないですよ」大希は指摘した。

「そこが問題や」松尾は言った。「天航教は突変を利用して大きゅうなった。皆がそう言っとる。けど、飛彦はんの教えは突変なんかと関係あらへんねん」

「すると……、どういうことですか？」

大希は尋ねた。教義が変質している、と松尾は言いたいのだろうか。

そして、ふと、松尾は元信者で、教団の変化に不満を抱いているのではないか、と感じた。

「さあな。どういうことやろな。ともかく、いろいろあるねん」松尾は言った。

「いろいろとは？」

「いろいろは、いろいろや。所帯が大きゅうなったら、あっちゃこっちゃ込み入ってくるやろが。天航教もうちも同じこっちゃ」

はぐらかされているのか、それとも単に松尾の危惧が具体的でないだけなのか、大希には判断がつかなかった。

いずれにしろ、大希自身の教団への知識が足りない。資料を読んでから、人事部長の言葉も考えてみよう、と思った。

「とりあえず、天川煌さまの意志を確認すればいいのですね」

「そういうこっちゃ」松尾は頷いた。「お嬢さんがそのまま天航教の天辺《てっぺん》に立ちたい、そう仰るんやったら、五百住にできることは、なあんもない。金銭尽くでおみ足の治るまでお守りするだけや」

「それで、ご意志を確認したあと、西谷課長に報告すればよいのですか?」

「西谷って、誰やっ?」松尾は大声で訊いた。

「わたしの上司です」大希は慌てて説明した。「転籍しても、当面、もとの部署で勤務するよう伝えられておりますので……」

そこへ秘書がタブレット端末を持ってやってきた。画面を松尾に見せながら、小声で説明する。

どうやら松尾の質問の相手は、大希ではなく彼女のようだった。

「思い出した。セキュサの課長さんやないかいな。こないだ、お役所から引っこ抜かれて来なはったお方や」松尾はタブレットから視線を大希に戻した。「いや、枝の者には関係ない話や。遠回りなことせいで、わしに直接、上げてくれたらええ」

「いや、しかし……」

「この子に、な」と松尾は大希を指さして、秘書に命じた。「わしの直通番号、教えてやったって」

「はい」秘書は一礼すると、大希に告げた。「常務の電子名刺をメールします。あとでご確認ください」

「ついでにお駄賃もやってくれ。三千力《りき》ほど。ここの社食はええもん出すぞ。美味《うま》いもん喰うて、精つけて帰ったらええ」

〝力〟というのは、水都グループのグループ内通貨の単位である。通貨そのものを指すときには、力だけでは紛らわしいので、日本円や米ドルに倣《なら》って、水都力と呼ぶこともある。電子通貨で、一力が一円に相当した。従業員を対象に、ちょっとした報奨として、あるいは社員割引の代わりの特典として与えられる。ブラウザ上でも使用できるが、社員証をプリペイドカードのようにして使うことも可能だ。

店頭での使用には対応する決済用端末が必要だが、グループ各社の社員食堂や社内に設置された自動販売機でならたいてい使えた。

換金こそできないが、夢洲で働く水都の従業員には日本円同様の価値があった。ここには一般の飲食店がほとんどないので、社員食堂を利用することが多いからである。

大希も社食を愛する一人だった。水都セキュリティーサービスの社食は、味はともかく、量にはまったく不満がない。それに夢洲や舞洲にはグループ企業共同の社員向け飲食店もあって、なかなかバラエティに富んだ食事を提供しているのだ。

「ありがとうございます」いちおう礼を言いながらも、大希は当惑していた。

この件に関しては、上司が多すぎる。それでも、五百住オーナー、神内秘書、塚本社長、西谷課長は命令の優先順位がはっきりしているから、まだしも対処できる。だが、松尾人事部長はこのラインのどこに位置するのか。

それに、ボディーガードという仕事の特殊性もある。警護対象者にはときどき、ボディーガードと付き人を区別しない類の人間がいる。こういう人間にあたると、ストレスがたまる。掃除までやらされかねない。

もちろん、不当な要求は毅然とはねのければいいだけの話だ。だが、松尾は警護対象者から真意を聞き出せと言う。そのためには、職務を超えて、融通を利かせなければならないかもしれない。

天川煌という女性がどんな性格の持ち主かは知らない。女王となるべく育てられたのなら、慈愛に溢れた、公正な人物である可能性もある。だが、当てにはできなかった。

我儘《わがまま》な警護対象者は往々にして、上司のように振る舞うだろう。天川煌もそのタイプではないか。いや、身の回りの世話をする信者たちがついているのだった。最悪の場合、煌が女主人、おつきの信者たちが上司として接してくる可能性すらある。

我が儘な客の対応に苦慮しているところに、別の場所から何本も指示が飛んできてはたまらない。

「これですべて段取りはすんだな」松尾は言った。

「お言葉ですが」大希は反論を試みた。「わたしは組織の人間ですので、業務命令には従わなければなりません」

「あたりまえのこっちゃ」松尾は不快そうに眉根に皺を寄せた。「こっちゃ、給料、払《はろ》うとんねやさかい、言うことは聞いてもらわな、かなん」

「しかし、相反する指示が来ればどれに従えばよいかわかりません。わたしは人事部の所属ではないと理解しております。指揮系統が……」

「若いくせに頭の硬いやっちゃな」松尾は面倒くさそうに手を振った。「指揮系統やら役人めいたこと忘れて、わしの言うことを、おとなしゅう聞いとったらええねん」

「しかし、例えば五百住オーナーからの指示と常務の指示が違っていた場合……」

「そんときゃ、若店主に――ああ、こっちゃ、正輝はんのことやけど、『松尾がこう申しておりましたんで』ちゅといたら、ええがな。ほしたら、若店主も『ああ、そうか。ほな、しゃあない。松尾の言うとおりにしとったら、間違いない』と、こう仰るに決まっとる」

松尾は自信たっぷりだったが、大希にはとうてい信じられなかった。

彼は呆然と〝番頭はん〟を見つめた。そして、戦慄とともに理解した。

〈あっ、おれ、いま、丁稚扱いされてるんだ……〉

もちろん大希に、丁稚奉公へ上がったつもりはない。

「オーナーが……、いえ、五百住社長が納得なさらなければどうするんですか？」

「まあ、要らん心配やが、万々が一、そないなことになっても、わしの言うことに従《したご》うたらよろし。若店主はあとで叱っといたるさかい」

「そんな無茶な」大希は悲鳴を上げたくなった。「社長の命令に逆らうなんて、とてもできません。いたしかねます」

「もっともですわ」秘書が口を挟んだ。「常務、若い人を苛《いじ》めたらあきませんよ」

松尾は唸った。大希と秘書を交互に見ていたが、ついに言った。

「わかった、わかった。おまはんらこそ、老い先短い年寄りを蔑《ないがし》ろにしよってからに。ほんなら、若店主の仰るとおりにしたらええ。けど、憶えとけよ、おまはんら、わしの葬式に呼んだらへんからな」

「あらあら」秘書は余裕のある笑みを浮かべた。「わたしが段取りせなんだら、通り一遍のお式にしかなりませんよ。常務はそれでよろしいんですか？」

「そんな遠い将来のことより」さりげなく宥《なだ》める言葉が咄嗟に出てきたことに自分で感心しつつ、大希は言った。「神内秘書のご指示も、社長の完全なる了解の元に出されると思いますので……」

「わかったって、ひつこい」松尾は手を振った。「神内の抜かすことも、わしの言うことよりも大事にしたらええがな」

「西谷課長の……」

「そりゃ、わしの指示が優越する」松尾は大希の質問を予想していたようだった。「塚本社長の命令よりも、や。まあ、塚本はんがこの件に関して、おまはんに指示を下すことはないと思うけど。それでええな」

「はい」大希は頷いた。他にどうしようがあるというのだ。

「それからな」松尾の眼光が鋭くなった。「例え若店主のせいやとしても、わしの言いつけに背いた場合、その都度、報告してくれな困るで。メールやなんて洒落臭《しゃらくさ》いことせいで、電話してくれ。わしゃ、耳は遠ないが、目えは霞むねん」

第二章　強行退院

天川煌は岐阜県下呂市の南飛病院に入院していた。

彼女が退院するとき、迎えの車を差し向けるのが、大希の仕事だ。運転免許さえあれば誰にでもできるような仕事のはずだが、それにしてはずいぶん物々しい準備がなされていた。

まず、彼女を待たせてはいけないのだが、退院日時がはっきりしないものだから、病院の近くに詰めている必要があった。

適当なホテルやマンスリーマンションがなかったので、空き民家が用意された。ハウスクリーニングされて、それなりに清潔だったが、もう何年も、下手をすると十年以上も捨て置かれていたようで、全体的に荒んでいた。ライフラインも通っておらず、住宅用蓄電池や仮設トイレなどでなんとか健康で文化的な必要最低限度の生活が営めるようになっていた。

実際のところ、ホテル並とはいかないが、キャンプに比べればはるかに快適だった。そう長く滞在するわけではないから、じゅうぶんだった。夏場なら虫に悩まされただろうが、それもない。光熱費など生活コストはかなり割高だが、どうせ会社持ちだ。

五百住四郎商店の社長秘書、神内究から電話が入ったのは、大希がこの家で三回目の夜を過ごしているときだった。そのとき、大希は腕立て伏せをしていたが、片耳ヘッドセットを装着していたので、床に手をついたまま電話に出ることができた。

「お疲れ様です。三分以内に出てください」神内は言った。

「三分もくれるのですか」大希は立ち上がって、壁の時計を見た。午前一時五分を回ったところだ。

予め、退院時間は夜になるだろうと知らされている。だから、睡眠は昼間に取り、夜は起きているよう心がけていた。

「頼もしいですね」

身支度はほとんど済ませてある。緩めているネクタイを締め、ジャケットを羽織るだけだ。

ジャケットを吊《つる》すハンガーは、鴨居に引っかけてあった。

座卓の上にハンガーを放り投げ、ジャケットの袖に手を通しながら、大希は台所へ行った。

小型冷蔵庫がある。大希はミネラルウォーターのペットボトルを取り出した。コップ二杯分ほど残っていた水を一気に飲み干す。

冷蔵庫もその中身も会社が持ち込んだものだ。放置してかまわない。ついでにゴミも業者が処理してくれるはずだった。

大希はそのまま部屋を出ようとしたが、慌てて引き返し、ハンガーをとった。これは私物なのだ。

家の中には私物がもう一つあった。ベッドのヘッドボードに立て掛けてある傘だ。こちらも忘れずに持って、外へ出た。

庭先にトヨタ・エスクァイアが駐《と》まっていた。もちろん、これも今日この日のために会社が用意した車である。

エンジンはすでにアイドリングを始めていた。

大希は運転席に乗り込んだ。

そのとたん、「Ｗｅｌｃｏｍｅ、Ａｇｅｎｔ。Ｏｋａｚａｋｉ……」と片耳ヘッドセットから神内の声が流れた。

なにかのパロディなのかな、と大希は思った。

「すみません。どうやってノったらいいのか、わかりません」と正直に告白した。

「運転席に着いたことを確認したかっただけです」

「はあ。着きました」

「誤解なさらないでください。さっきのはわたしの趣味ではありませんよ。社長がそう言え、と主張するものですから、しかたなく申したのです」

「オーナーもそこにいらっしゃるのですか？」

「ええ。すぐそばでわれわれの会話をモニターしています。鬱陶しいだけで役に立たないから、さっさと帰ってほしいんですが」

大希は囁いた。「聞こえるんじゃないですか？」

「そりゃ、聞こえるでしょう」事も無げに神内は言った。「社長にだって耳がありますからね」

どうやら五百住正輝と神内究との間には、社長と秘書のそれに留まらないフランクな繋がりがあるらしい。

「すぐ出発しますか」大希は確認した。

「ええ。発車してください」

大希は車を出した。

南飛病院は山頂にある。たぶん、長期入院患者に素晴らしい眺望を提供するためだろう。街灯もない夜道を、ヘッドライト頼りに車で登っていく。

「エンジンは、神内さんがかけてくれたのですか？」大希は訊いた。

「ええ。いけませんでしたか？」

「そんなことはありませんが、ドライバーが必要なのか、と思いまして」

大希は、インパネのリモートドライブの表示を確認した。ロックがかかった状態だ。つまり、ハンドルとアクセルはドライバー以外に操作できないはずである。

「リモドラは社長がやりたがりましたが、阻止いたしました。リモドラ制限距離を超えますし、山道は電波状態が不安定ですし、社長ですし。なにより、岡崎さんはドライバーではなく、ボディーガードとしてそこにいることを忘れないでください」

「心得ております。それで、わたしはどこまでお迎えに上がればいいのですか？　病室まで？　それともロビーまででいいのでしょうか」

深夜である。こんな時間に部外者が病院へ立ち入ってもいいものか、不安だった。

「いったん、病院敷地の外で待機してください。場所はカーナビ上で指示します」

「そこで待っていればいいのですか？」ちょっとほっとした。

「まだはっきりしないのです。そこでミヨシさまをお迎えするか、それとも病院の玄関につけるかは、状況を見て指示します」

「では、ミヨシさまはお一人でいらっしゃるのですか？」

「まさか。お付きの信者さんたちがいます」

「ああ、そうでした」大希は思い出した。「では、信者さんたちが一緒に……」

「はい。しかし、信頼できるお付きの方は一人だけです」

カーナビのディスプレイに女性の顔が映った。やや丸顔で、目も丸い。写真の下に「中《なか》村桃葉《むらももは》」と表示されている。年齢までは出ていないが、二十歳前後だろう。

「信頼できるのは、この中村さまということですか」大希は質問した。

「正確には、ご依頼主さまが信頼しているのはこの方だけ、ということですね。ほかの方は、ミヨシさまの特別なお許しがない限り、車に乗せないでください」

〈なるほど、残りは東京派か……〉大希は思った。

神内から渡された資料によると、アマツワタリ教団には二大派閥があるらしい。

一つは沢良木教団代表を中心とする派閥。アマツワタリは大阪に総本部を置いており、沢良木もそこに居住していることから、大阪派と呼ばれている。

もう一つは岩尾《いわお》東京本部長を中心とする派閥で、当然のように東京派と呼ばれている。

もっとも、自分たちで大阪派だの東京派だのと称しているわけではない。もっぱら、自分たちと考えの違う人々を指して、「東京の連中」あるいは「大阪のやつら」と呼んでいるのだった。

いま、両派閥のもっともホットな争点は、教団総本部の移転にまつわる事柄だった。

大阪にある総本部ビルは、教団創設以来のもので、手狭だった。やむなく教団は総本部近くのオフィスや倉庫を借りるなどして凌《しの》いでいた。ネットがあるので、事務所が分散していても日常業務はこなしていけるのだが、やはり欠点はある。ちょっとした規模の集会のためにいちいち会場を借りなければならない不便はまだ忍べるが、上司の目の行き届きにくい事務所がいつの間にか教団職員の私用に供されるような、不正の温床になっているのは見過ごせない。

しかし、最大の欠点は、宗教施設にあってしかるべき威厳が欠片《かけら》もないことだろう。資料には総本部ビルの写真もあったが、大希の目には小汚い雑居ビルとしか映らなかった。特徴といえば、屋上に乗っている天体ドームぐらいだ。

したがって移転そのものには、両派とも賛成らしい。

だが、移転先が違うのだ。

岩尾は東京本部を総本部とすることを主張している。東京本部ビルはまだ建設が始まったばかりだ。が、完成の暁には、収容人数五千人超を誇る多目的ホール、千部屋を超える宿泊室、広大な地下倉庫を備えた一大拠点となるだろう。さらに事務関係の施設は、将来の教勢拡大を睨んで余裕のある設計になっている。なにより外観が荘厳だ。あくまで完成予想図を見る限りでは、だが。

一方、大阪派は〝マホロバ〟への移転を推進していた。

マホロバというのは、アマツワタリの信者だけが暮らす町である。地域ぐるみ突変しても大丈夫なように、必要物資がじゅうぶんに備蓄され、食料などは自給自足できる体制が整えられる。その中心に新たな総本部施設を据えようというのだ。

もっとも、現時点ではマホロバは存在しない。未完成という点では、建設中の東京本部ビルも同じだが、マホロバは建設予定地すら定まっていなかった。

ただ有力な候補地はいくつかに絞られており、その一つが岐阜県にあった。そこを視察中に、天川煌は轢き逃げされたのである。

そのとき、煌らアマツワタリ関係者たちは車から降り、不動産業者から現地について説明を受けていた。

煌自身は、候補地のあちこちを指し示しながら熱心に話す業者から、やや離れたところに立っていたらしい。インフラや買収予定価格といった話に退屈していたのだろう。

そこへ一台の乗用車が突っ込んできたのだ。

一同の背後から来たものだから、気づくのが遅れた。煌を含めた四人が跳ね飛ばされた。

車はそのまま逃亡した。

被害者たちは、駆けつけた救急隊員によって応急措置を受けた。他の三人がどうなったのかは資料にないが、ともかく煌は、比較的近距離にあって、なおかつ設備の整った南飛病院へ搬送され、そのまま入院した。

一瞬の出来事だったので、無傷だった同行者も車を追うどころではなかった。それでも、一人が機転を利かせて、ナンバープレートをスマホで撮影した。しかし残念ながら、ドライバーの身元確認には繋がらなかった。盗難車だったのである。のちに車は乗り捨てられた状態で発見され、加害者は未だ確保されていない。

偶発的な事故ではなく、計画的な犯行だと強く疑われるのは当然のことだった。警察も事件事故の両面から捜査しているとのことだった。

大希が知らなかっただけで、この轢き逃げ事件はそれなりに話題になっていた。

ネットには、憶測が溢れていた。資料にもそのごく一部が抜粋されていた。当然、記事の選択には資料作成者の意志が色濃く反映しているはずだ。

資料作成者が暗に支持しているのは、「東京派による謀略だ」というものだった。まもなく教団代表への就任が予定されている天川煌を暗殺することによって、マホロバ建設計画を頓挫させ、一気に教団の実権を大阪派から奪うつもりだ、というのだ。

むろん、大阪派、あるいは沢良木現代表その人が犯人だという説もある。

しかし、岡崎大希は正義の味方ではなく、会社勤めの警護員に過ぎない。そして、会社のクライアントは沢良木勝久なのだ。事件の真相はどうあれ、沢良木の意志に添うしかなかった。

それに、水都グループとしても、煌に東京へ行かれては困る。

彼女が負傷したとき、水都エステート高山支店の支店長も一緒にいた。

そう、マホロバ建設計画には水都グループも深く関わっている。

要するに水都グループとアマツワタリ教団はきわめて良好な関係にあるのだが、それも大阪派の人脈があってこそ。
教団の実権が東京派に握られることがあれば、協力関係を保つのは難しい。大阪派とともに徹底的に排除されるだろう。あるいはマホロバ建設計画そのものが白紙に戻されるこ
ともありうる。
　マホロバ建設事業、あるいはアマツワタリ教団関連事業すべてから手を引かざるをえな
くなった場合、水都グループが失う利益は莫大なものになるだろう。大コンツェルンに成
り上がった水都にとって、致命傷になるほどではない。しかし、グループ・オーナーが
直々に乗り出してきてもおかしくない程度には、重要なプロジェクトだった。
　五百住慶輝と天川飛彦。二人の故人が残した約束ゆえに、この業務が重視されているの
は事実である。その点、西谷課長の憶測は当たっていた。が、塚本社長が言ったように、
グループ全体の利益と関わっているのも、また間違っていないのだ。
　マホロバ建設計画自体は秘密でもなんでもない。教団の公式サイトでもトップページで
謳《うた》われている。だが、ウェブページではマホロバを「いつか実現すべき夢」ぐらいのニュ
アンスで扱っていた。用地選定が最終段階へ入っていることや、水都グループが噛んでい
ることは、まだ公になっていない。
　教団のほうは知らないが、水都グループ内部では秘密が保たれている。現に西谷課長は
知らなかった。塚本社長は知っていた可能性が高いが、西谷の前では明言するわけにはい

かなかったのだろう。だから、彼を納得させるのに混生代防災研究所を持ち出すしかなかったのだ。研究所も、教団とグループの共同事業には違いないが、規模ではマホロバに見劣りがする。

そして、岡崎大希が水都セキュリティーサービスから五百住四郎商店へ転籍したのも、情報保全のためだった。天川煌を警護すれば、いやでもマホロバ建設にまつわる事柄が耳に入ってくる。

ディスプレイはふたたびロードマップを映しだし、進むべき道筋を示した。といっても、ほぼ一本道だ。二車線の舗装道路は病院へ続く道だけで、脇道も少ない。迷いようがなかった。なにより道順は頭に叩き込んである。

病院へ行くだけならカーナビを見る必要もないのだが、いまは待機場所を確認しなくてはならなかった。

さいわい、一目で見つかった。病院のすぐそばに赤いピンが表示されていたのだ。

「このピンのところで待てばいいんですね」と確認する。

「ええ」

数分で到着した。

病院の駐車場の入口だ。しかし、チェーンで封鎖されている。

「それで、どうすればいいんですか?」大希は尋ねた。

「ちょっと待ってください」

ライトが消え、エンジンが止まった。また神内が遠隔操作したのだろう。

つづいて、助手席のほうでなにかが開く音がした。見ると、グローブボックスが開いている。

中を探ってみると、プラスチックの塊が出てきた。インパネからのかすかな光で、形状を確かめる。ヘッドギアのついた望遠鏡のようなもの――暗視ゴーグルだ。

「ええと、これをつければいいんですか？」

「そうです。その先五メートルほどに入口があります。救急車が来ることもありますから、夜間でも開いているはずですが、念のため確認してください。徒歩で静かに。くれぐれも見つからないようにしてください」

「あの、一つ質問があるのですが」暗視ゴーグルを装着しながら、大希は言った。「これは合法的な業務なんでしょうね？」

「社長は、出所したら金バッジを許すと……」

「その冗談、まったく面白くありません」

「同感です。まあ、社長のジョークですからね、ウケるのも給料のうちですよ」

「冗談だということを保証してもらいたいのですが」大希は頼んだ。

「保証します」神内は即答した。「病院とは話がついています。不法侵入にはならないし、弾みでなにか壊してしまっても、会社が責任を持ちます。でも、できれば壊さないようにしてください」

「それを聞いて安心しました」

警戒するのは東京派信者だけでいい、ということだ。

大希は車を出た。

見つからないようにしろ、と言われても、姿勢を低くし、素早く動くぐらいしか対策のとりようがない。

病院の敷地の周囲には木が植わっていた。その木々を伝うようにして、大希は入口へ急いだ。

神内の言ったとおり、扉もチェーンもなかった。

暗視ゴーグルのスイッチを切って、入口脇の木の陰から病院を見る。

灯りのついている窓は疎らで、「南飛病院」というLEDサインが青白く光っていた。

ざっと見た限り、屋外は無人だ。特別に警戒している様子は見て取れない。

車に戻る。

「さて、これからどうすればいいんですか？」大希はヘッドセットを通して神内に訊いた。

「合図があるまで待機です」と神内が答える。

「だと思いました」

いつでも飛び出せるよう運転姿勢を保って、前方の暗闇を凝視する。

五分ほどもそうしていただろうか。

「まもなくです、岡崎さん」ヘッドセットから神内の声がすると同時に、エンジンがかかった。

ひょっとすると、リモートコントロールで発進させられるのではないか、と大希はハンドルにしがみつく。

さすがに発進はしなかったが、ライトがついた。

大希は、必要のなくなった暗視ゴーグルを外す。

「すぐ玄関へ行ってください」神内から指示が飛んだ。

「玄関ですか？　救急入口ではなく」大希は確認した。

「正面玄関です。急いで！」

大希はアクセルを踏み込む。

病院の構内図がディスプレイに出るが、見なくても頭に入っている。

右折して病院の敷地に入った。

車のライトに人の姿が浮かび上がった。

驚いたような顔でこちらを見つめているその女性は、間違いなく中村桃葉だった。写真ではわからなかったが、かなり背が高い。大希の身長は一八二センチだが、彼女のほうが上回っているように思えた。

桃葉は誰かを横抱きに抱えていた。こちらも女性だ。左腕と両脚をギプスで固められており、痛々しい姿だ。右腕は桃葉の首に回している。彼女が天川煌だろうが、顔が見えない。

桃葉は立ち竦《すく》んでいる。

怯《おび》えている様子はない。とつぜん走り込んできた車に、どう対処していいのか決めかねているようだ。

不用意に近づくと逃げてしまいかねなかった。

追いかけて捕まえることはできるだろうが、怪我人になにかあってはいけない。

大希は運転席のサイドガラスを下ろし、声を張り上げた。「天川煌さまと中村桃葉さまですねっ。お迎えに参りました」

ギプスの女性がこちらを向いた。やはり天川煌だった。だが、写真のような笑顔ではない。

微笑むシチュエーションではないから当然のことだが、大希はその目つきの悪さが気になった。気のせいか、怒っているようだ。

煌が口を開いた。

声は聞こえなかったが、唇の動きはどうも「バカ」と言っているように思えた。

気のせいに違いない、と思いたかったが、神内からも叱られた。

「大声を出さないでください」

「でも、どうせ車の音が……」とつい言い訳する。

「だからって、お名前を呼ぶ必要はないでしょうっ」

そのとおりだが、相手はこちらを警戒しているのだ。せめて名前を知っていることぐらいは証明しないと、警護に来たことを納得してもらえないではないか——という意味の反論をしようとしたとき、いきなり絶叫が聞こえた。

病院の窓の一つに数人の人影が見えた。慌てているようだ。

すぐ全員が見えなくなった。

こちらへ向かっているのかもしれない。

〈やっぱり、これっておれのせいなんだろうな〉大希は焦った。

彼らは東京派なのだろう。一刻の猶予もない。

二人を迎え入れるため、大希はパワースライドドアのスイッチへ手を伸ばした。しかし、指がスイッチに触れる前にドアが開いた。リモートコントローラーを握る神内も同意見ということだろう。

「お詫《わ》びは後ほど改めて。いまは、すぐ乗ってください」心持ち声を落として、大希は二人に言った。

煌が桃葉の耳元に口を寄せた。

桃葉は頷くと、大希を睨みつけ、「うわっ」と叫んだ。

「え?」大希は戸惑うしかない。

「うわっ、うわっ」桃葉は繰り返す。

その腕の中から、煌が険しい眼差しを大希へ注いでいる。

さっぱり状況が把握できない。いったい自分になにが期待されているのか。

大希が神内に指示を請おうとした矢先、ヘッドセットから彼の声が聞こえた。

「宇宙船のウです」

〈ああ、駄目だ……〉大希は絶望した。〈神内さんまで錯乱してる……〉

病院のロビーから何人か飛び出して来た。

「ミヨシさまっ、お戻りくださいっ」と叫んでいる。

煌と桃葉も気づいたようだ。

桃葉は背後を一瞥する。ふたたび大希へ顔を向けたときには、焦りをあからさまにしていた。それでも、車に乗ろうとしない。険しい目つきで、「ううううっ、うううっ」と唸りだした。

「なにをしてるんですか」と神内。「宇宙船のウ、と言ってください、早く」

相変わらず訳がわからないが、少なくとも実行可能な指示ではあった。

「宇宙船のウッ」大希は叫んだ。

煌が頷くと同時に、桃葉が駆け寄ってきた。車内に上半身を突っ込み、抱きかかえた煌をそっと坐らせると、自らもシートに納まる。

大希か神内が操作するまでもなく、桃葉が手でドアを閉めた。勢い余ったらしく、重い低音が響くと同時に車が揺れる。

病院から煌たちの跡を追ってきたのは三人のようだ。中年女性二人に初老の男性が一人。全力で走っているようだが、ここに来るまでにはまだ十数秒の余裕があるだろう。その後ろにも数人が立っている。服装から見て病院の関係者だ。騒ぎに誘われて出てきただけらしく、追いかけようとする様子はない。

「あの人たちは無視していいんですね」念のため、煌に確認する。

「ええ」と冷たい声が返ってきた。

「わかりました」大希は車を出した。

バックモニターで追いすがってくる三人の様子を観察する。車が病院の敷地を出る前に、走って追いつくのは諦めたようだ。賢明な判断である。

だが、まだ油断はできない。車で追いかけてくるかもしれない。なにしろ病院から国道に出るにはこの道しかない。脇道は行き止まりばかりだ。

「ところで、あなた、どなた？」と煌。

「五百住四郎商店から参りました岡崎大希と申します。天川さまのお身体が癒えるまで、お側《そば》で警護するよう言いつかっております。それと……」大希は付け加えた。「先ほどは配慮が足りずまことに申し訳ありませんでした」

「ほんとうに」煌の口調は素っ気ない。「それで、どこへ連れてってくれるのです?」

「お聞きじゃないんですか?」大希は驚いた。

「ええ。山の中より便利なところ、とだけ」

「それは、沢良木さまからお聞きになったのですか?」

「ええ」

具体的なことを問い詰めなかったのは、煌が沢良木を信頼しているからだろう。そして、沢良木が詳しく伝えなかったのは、煌の身近にいる東京派を警戒したからに違いない。

「大阪のホテル咲洲です」大希は質問に答えた。「アクセシブルスイートをお取りしています。ドクターとナースも待機しております。そのままご快癒まで滞在いただくか、他の病院に移っていただくかは、後ほど沢良木さまよりご指示があると承っております」

「いま、沢良木と話せませんか? 電話が持ち出せなくて」

もっともな要望だった。

「これをお使いください」大希はスマホを差し出した。

桃葉が受け取った。

「かけて」と煌が言うのが聞こえた。

「わたし、ウカミさまの番号なんて知らないんですけど、ミヨシさま、ご存じですか？」

戸惑う桃葉に、大希は告げた。

「沢良木さまの番号は登録されております」

煌が務める〝ミヨシ〟が典型的だが、アマツワタリは内部で独特な役職名を用いる。〝ウカミ〟もその一つで、教団創設以来、沢良木がその地位を占めていた。

「あっ、本当だ」

相手が出たらしく、桃葉は煌の頬に電話を添えた。

煌は小声でなにごとか話す。ほんの三十秒ほどで通話を終えた。

「ありがとうございました」と桃葉が電話を返そうとする。

「どうぞそのままお持ちください」大希は言った。「天川さまに使っていただくために用意したものです」

そのスマホには、沢良木のものだけではなく煌にとって必要であろう連絡先が登録されていた。こんなものまで準備しておいた神内の手回しの良さに、大希は舌を巻くしかない。それとも、誰か他の人間の指示だろうか。いずれにしろ、有能な人間がこの強行退院計画に関わっているようだ。

「そうさせてもらいます、ありがとう」と煌。「それでは、しばらくよろしくお願いします」

「こちらこそ、よろしくお願いいたします」大希は緊張しつつ言った。なにしろ初めての単独業務なのだ。「ご要望があれば気軽に仰ってください。中村さまもよろしくお願いします」

「はい」桃葉は言った。「そういえば、わたしの名前もご存じなんですね。さっきフルネームを呼ばれて、びっくりしちゃいました」

「ええ。伺っております。名前をお呼びしてしまったことは、重ねてお詫び申し上げます」

「そうか、聞いているんですか」なにが嬉しいのか、桃葉はにこにこした。「あっ、そうだ。車椅子。持って来れなかったんですけど、ホテルにあります?」

「ホテルにもあると存じます」大希は答えた。「でも、この車のシートがそのまま電動車椅子になるんです。いま、中村さまが坐っているほう」

「そうなんですか」桃葉は腰を浮かせた。「どうしよう、席を交替しないと」

「慌てなくていいと思いますよ」大希は言った。「高速使っても四時間以上かかります。休憩を挟まないとお疲れになるでしょう。そのときに交替なさればいかがですか」

「わたし、普通に眠いんだけど」煌が不満げに言った。「大阪まで起きてなきゃいけないのですか?」

「でも」と桃葉がなだめるように言う。「運転手さんは休憩を入れないとたいへんじゃないですか」

「いえ、お気になさらず」運転手ではなくボディーガードなのだ、と訂正したいのを大希は我慢した。「道中、楽に過ごしてください。それより、シートベルトをなさってください」

「忘れてました」桃葉はまず煌にシートベルトを着用させてから、自分が締めた。「でも、どうしよう。ホテルへ行くのに、わたし、こんな格好で……」

どうやら桃葉は、自分がジャージ姿なのを気に病んでいるらしい。

「緊急事態ですから、お気になさらず」と大希は安心させようとした。

「そうよ」と煌。「あたしなんか、パジャマよ」

「でも、高かったそうですよ、そのパジャマ」桃葉が言った。「わたしにはよくわからないけど……」

「いくら高級でもパジャマはパジャマ。安物フォーマルにも負ける」

二人の会話を聞き流しながら、大希はサイドミラーに視線を走らせた。いまのところ後続車は見当たらない。もっとも、カーブの多い山道だから、よほど接近しない限りわからないだろう。安心はできなかった。

「あの、中村さま」大希は声をかけた。「一つ質問いいですか？」

「なんですか」と桃葉。

「さっきの、うわっ、うわっというのはなんだったのですか？」

「さあ？」桃葉も知らないようだった。「ミヨシさまに言えと仰せつかったから、言っただけです」

「ただの合い言葉です」煌がつまらなさそうに教えた。

「うわっ、と叫ばれたら、宇宙船のウと応えるのがですか？」

「桃葉さん、どうしよう」煌は嘆かわしげに言った。「この人、教養がないわ」

大希はさすがにむっとしたが、ここは大人の対応をとることにした。相手は世間知らずの未成年者なのだ。

「申し訳ありません」と謝る。

「社長も同意見だそうです」と片耳ヘッドセットから神内の言葉が聞こえた。

「だと思いました。ところで、天川さまとお話なさらなくていいのですか」

「ご挨拶するタイミングを計っていたところです、社長が」

「ああ。出番待ちをしていらっしゃるんですね」大希は納得した。「僭越《せんえつ》ながらいまがそのタイミングだと思うのですが。天川さまもお疲れでしょうから、まだ起きていらっしゃるうちに」

「まだ劇的効果が薄いとか言い張っています。ホテルでじかにお目にかかってご挨拶するつもりなのだそうで……あっ、出て行ってしまいました」

「よかったじゃありませんか」大希はつい言った。「それで、神内さんはどうなさるんですか」

「そうですね。わたしはご挨拶させてもらいます。ちょっと紹介してもらえますか？」

大希は承知して、後部座席の二人に言った。

「天川さま、中村さま。うちの上司がご挨拶したいそうです」

上司でないことは承知していたが、神内と自分の関係については、大希自身にもよくわかっていないので、そう表現した。同僚と呼ぶよりは正確だろう。

「それはご丁寧に」と煌が応じた。「でも、どうすればいいの？　ヘッドフォンはつけなくて大丈夫？」

「どうかそのままで」という神内の声は、天井から聞こえた。「五百住四郎商店社長室の神内究と申します。ミヨシさまには何度かお目にかかっておりますが、憶えていらっしゃいますかどうか……」

「もちろん、忘れておりません。お世話になっています、神内さん」と煌。

「恐縮です。それでは改めまして、ご挨拶申し上げます、ミヨシさま。初めまして、中村さま。これからしばらくは弊社の岡崎がお側で警護いたしますので、彼になんなりとお気軽にお申し付けください。レイ・ブラッドベリも知らぬような無教養者ですが、わたくしがバックアップいたしますので」

「ブラッドベリはいい。どうせ沢良木の趣味だし」煌は答えた。「でも、合い言葉は前もって知っておかないと意味ないんじゃないかな、と思います」

大希もまったく同感だった。

「ごもっともです」と神内。「しかし、セキュリティーとの兼ね合いがございまして、合い言葉を事前に教えることは控えさせていただきました」

「そう……ですか」煌の声はやや硬かった。

「ああ、いや」神内は弁解口調で付け加えた。「もちろん、弊社は人選に自信を持っておりますので、その点、ご安心ください。ですが、どこでなにがあるかわかりませんから」

完全に信用されているわけではないことを知って、大希は愉快でなかった。だが、無理もない、と気を取りなおす。彼はまだ新人なのだ。先ほども、大声で警護対象者の名前を呼ぶという失態を演じて、不慣れであるのを露呈したばかり。信用はこれから積み上げていけばいい。けれども、合い言葉が存在することぐらいは教えてくれてもいいのではないか。

「あっ、わたしも教えてもらっていませんでした」桃葉がショックを受けたように言う。

「そんな暇、なかったでしょ」煌の口調はなだめるようだった。「いつもあの人たちがいたんだから」

あの人たちというのは、おそらく東京派の信者を指しているのだろう。

ふと違和感を覚えた。

エスクァイアのものとは別に、エンジン音がする。

二車線道路より山頂側、すなわち左側に林道がある。

そこを車が走っているのだ。音だけでなく、光も木々の間から見えた。

正確な数はわからないが、一台でないことはたしかだった。

二本の道はこのすぐ先で合流するはずだ。

嫌な予感がした。

病院からこの林道を通って来ることはできないはずだった。だが、ありとあらゆる可能性を考えるべきである。地図には載っていないだけで、病院から林道への抜け道があるのかもしれない。あるいは、最近になってつくられたのかもしれない。またこうも考えられる——予め誰かが待機していたのかもしれない。

「神内さん、側道を車列が並走。情報は？」大希は早口で囁いた。

「ありません」

最後まで聞かず、大希はアクセルを踏み込み、声を張り上げた。「すみませんっ、ちょっと乱暴な運転をするかもしれませんっ」

「してるっ。もう、してますっ」桃葉が悲鳴混じりに指摘した。

二車線道路が林道と合流するY字路にさしかかった。

クラクションが聞こえる。どうやら、停まれ、と言いたいらしい。

停まるつもりはなかった。こちらが優先道路だ。向こうが一時停止するべきだ。

負けじとクラクションを鳴り響かせ、Y字路に突っ込む。

通過する瞬間、強烈なライトが大希を襲った。車種まではわからないが、四トントラックのようだ。その車幅は林道の幅とほぼ等しい。道にはみだした枝をへし折りながら、突進してくる。

ぎりぎりトラックに先んじることができた。

エスクァイアのバックドアを削り取らんばかりの勢いで、トラックが二車線道路に躍り出る。

相手はおそらくこちらの行く手を遮ろうとしたのだろうが、大希がスピードを上げたせいで、衝突しそうだった。

「いまの、危なかったんじゃない?」と煌。冷静だ。

「まだ危ないです」大希は答えた。

気を抜くわけにはいかなかった。

トラックはタイヤを軋《きし》ませながら、ガードレールをバンパーで擦った。だが、すぐ体勢を立て直し、エスクァイアの後ろを追う。

それだけではない。

トラックの後ろからもエンジン音が聞こえる。

「警察に通報しました」神内がスピーカー越しに言った。「少し我慢してください」

「いいけど、大丈夫なのっ？」

煌の質問は無意味だ、と大希は思った。だが、訊きたくなる気持ちもよくわかった。なぜなら、彼自身が尋ねたくて仕方がなかったからだ。

「大丈夫。岡崎にお任せください」と神内は即答した。

「任されました」と大希はなるべく力強く響くよう言った。とはいえ、内心は不安でいっぱいだった。

あのトラックだけなら振り切るのは難しくない。だが、トラックの後に続く車が、無関係な第三者とは思えなかった。

案の定、トラックの後ろからライトが現れた。

自動車ではなかった。一〇〇〇ccクラスの大型バイクだ。

バイクはトラックをたちまち抜き去り、エスクァイアと束の間、並走する。

乗っているのは、典型的なベーサースタイルの男だ。

大希は緊張した。

チェーンやバールのような、物騒なものは手にしていない。だが、缶バッジをジャラジャラつけた革ジャンの内側にもっと剣呑なものを潜ませていないとも限らない。

バイクのライダーはヘルメットを被っておらず、薄汚い金髪を靡《なび》かせていたが、目から下はフェイスガードで覆っていた。

ライダーはすっとエスクァイアの前に出た。

そして、スラロームを始める。
二、三回、バイクのテールランプが左右に大きく揺れるのを眺めて、パターンを摑む。
灯りが右側に流れ、ふたたび左へ振れようとした。

その瞬間を見極め、大希はクラクションを長押ししつつ、アクセルを踏む。

さすがに命が惜しかったのだろう、ライダーは左へ寄せるのを躊躇《ためら》った。

その間に、バイクの前へ出る。

だが、機動力で四輪は二輪に敵《かな》わない。

簡単にまた並ばれてしまった。

ライダーは大希を睨みつけた。

そして、幅寄せしてくる。

〈ぶつけてやろうか……〉大希の頭を凶暴なアイデアがよぎる。

横からの一撃を受ければ、バイクはひとたまりもなく転倒するだろう。そのまま、ガードレールを突き破って、麓まで転がり落ちるかもしれない。

爆炎が谷間を照らすイメージまで脳裡に浮かんだが、すぐ振り払う。

正当防衛の範疇《はんちゅう》を超えていそうだ。そんなことをすれば、もらえるはずの金バッジを心のよすがに、永いお勤めを果たす羽目になる。

なにより、相手の意図もわからないのに、こちらから手を出すのは賢明とは言えない。

だが、かといって、接触を避けてやるつもりもなかった。

これで事故が起こったら、向こうの責任だ。

大希は車線から外れないことだけを心がけて、車を運転した。

バイクはくっつきそうな距離で並ぶ。スピードも合わせているようだ。

もとより、直線道路ではない。曲がりくねった山道だ。この状況ではいつ事故が起こっても不思議ではない。むしろ、起こらないほうが奇妙だ。

「事故っても、逃げてください」片耳ヘッドセットから神内の声がした。「会社の指示だと仰ってけっこうです」

「警察に、という意味ですか？」大希は小声で確かめた。

「ええ。事情聴取ぐらいは覚悟してほしいのですが、岡崎さんの経歴に傷がつかないように努力します」

同じ逮捕の可能性の仄《ほの》めかしでも、金バッジ云々《うんぬん》と言ったときに比べてはるかに真摯《しんし》な口振りだ。今度は真剣な話ということだ。

それに、納得できる話だった。

バイクが事故を起こしたのを知っていたのにこの場から立ち去ったら、それは違法行為である。だが、この状況なら、緊急避難が認められてもよさそうなものだ。

神内が言いたいのはそういうことだろう。きっと腕のいい弁護士をつけてくれるに違いない。もちろん、司直と関わらずに済めば、それがいちばんだ。

遵法と安全の狭間で、大希の理性は揺れ動いた。が、すぐ安全を第一に考えようと決心する。

なにしろ女性二人——しかも一人は怪我人——を守らなくてはいけないのだ。ライダーを救助しようとした隙に、彼女たちが襲われるようなことがあってはならない。それくらいなら自分が刑務所に行くほうがましだ、と大希は思った。

幸い、時間はこちらの味方である。

パトカーの赤色灯を目にするまで停められなければ、勝ちだ。

相手にとってはチキンランだが、こちらにとってはちょっとエキサイティングなドライブに過ぎない。

裏返せば、相手が不利だということで、そのことは本人たちも承知しているだろう。

このまま手を拱《こまね》いていてくれればいいのだが、そうも行かないようだ。

バイクのさらに右をもう一台、大型バイクが抜けていく。先行するバイクより一回り大きいクルーザーだ。たぶん一七〇〇ccクラスだろう。こちらのライダーはヘルメットをつけていた。ただし、アメフト用。

爆音を轟《とどろ》かせながらクルーザーが追い抜いていく。

クルーザーが完全に前に立つと、エスクァイアの横にぴったりついていたバイクも距離をとり、スピードを上げた。どうやら、クルーザーのための道を確保していたらしい。

二台の大型バイクはエスクァイアの前に並んだ。まるで露払いをしているかのようだった。

だが、それも一瞬のことだった。すぐにスピードを上げて、エスクァイアを引き離す。

一方、後ろには四トントラックが相変わらずついている。他に車はいないようだ。

トラックはなぜかスピードを落とし、車間距離を空けはじめた。

大希が訝しく思っていると、ブザーが鳴り響いた。

注意を前方に戻した大希は、反射的にブレーキを踏んだ。ほぼ同時に自動ブレーキも作動し、エスクァイアは急停止した。

後席で女性たちが悲鳴を上げた。

「大丈夫ですか、ミヨシさまっ」

桃葉の慌てた声が聞こえたが、大希に対応する暇はなかった。一瞥するのが精一杯。

煌は顔を顰めているものの、大きな怪我はなさそうだ。彼女のことはひとまず桃葉に任せることにした。

道をさっきのバイクが塞いでいた。車線に対して直角に停まり、縦に並んでいるのだ。点灯したままだが、ライダーの姿はなかった。

自動二輪車も排気量一〇〇〇ccを超えると、重量は数百キロに達する。とても跳ね飛ばすことなどできない。大希が運転しているのはミニバンであって、ブルドーザーでも装甲車でもないのだ。

前が駄目なら後ろしかない。病院へ戻るわけにはいかないが、とりあえず障害物から距離をとるべきだった。

大希はシフトレバーをRに叩き込み、急いで後方を確認した。

トラックが斜めになって横滑りしながら迫ってくるところだった。

大希は慌てて、シフトレバーをDに戻し、アクセル・ペダルに足を置いた。トラックに追突されるより、バイクを押し倒す方がまだしも被害が少なくて済みそうだ。

さいわい、ペダルを踏み込む前に、トラックは停止した。

大希はほっとしたが、道路は後ろも完全に封鎖されてしまった。

トラックの運転席のドアは閉じたままだ。ただでさえ暗いのに、サイドガラスにスモークフィルムが貼られているものだから、中のようすを窺《うかが》うことはできない。

無人運転だろうか、と考える。

見極めようとしたとき、光点に気づいた。トラックの左に光が這っていたのだ。昼なら谷越しに山肌が見えるはずの辺り。明らかに車のヘッドライトだ。病院にいた東京派が乗っているのではないか。

常識的に考えれば、信者が天川煌を暴力で拉致するはずがない。ベーサーどもはただ足止めするのが役目で、あとから追いついた東京派が煌を説得して病院へ連れ戻す手筈《てはず》になっている、というのがもっともありそうなことだ。

だが、そもそも煌を轢き逃げした犯人が東京派に与《くみ》している可能性を忘れてはいけない。この機会に煌を亡き者としようと企んでいてもおかしくない。あの車には、凶器を持ったベーサーどもが、みっちり詰まっている恐れもあるのだ。

いずれにしろ、彼らが来るのをここでおとなしく待っているわけにはいかなかった。敵だと断言できるわけではないが、少なくとも味方が来る予定は知らされていないのだから、時間を空費していいことなど何一つない。

彼らがここに到着するまであと数分だろう。

急がなくては。

ライダーの姿を捜しながら、リモートドライブのロックを解除した。

「リモドラ・ロックの解除を確認」と神内。「電波状態は良好、リモドラ可能です。でも、どうするおつもりです？」

「念のためです」神内に答えると、後席の女性たちへ声をかけた。「ちょっと待っていてくださいっ。絶対、出ないで」

返事も聞かず、愛用の傘を摑んで、外へ出る。

ライダーどもが近づいてくるところだった。

二人とも手にナイフを持っている。

パンクさせるつもりで用意したのかもしれない。

しかし、いまは、タイヤでなく大希の身体に突き立てるつもりだろう。

大希は改めて、彼らのつけている缶バッジをチェックした。さすがに所属を匂わせるものはつけていない。マニアなら、なにかを読み取ることができるかもしれないが、大希にはただの記念バッジにしか見えなかった。

前に出たのは、アメフト用ヘルメットを被ったライダーだ。

ナイフを顔の前でゆらゆらさせながら、大股で歩いてくる。

〈いちおう、メット被っているから死にはしないだろう〉と判断して、大希は傘を振りかぶり、相手の脳天めがけて勢いよく降ろす。

フットボーラーもどきは無造作に左腕でガードした。

傘と腕が接触した瞬間、嫌な手応えが大希の手元に伝わってくる。

同時に男の口から悲鳴が漏れた。

〈折れたな……〉大希は冷ややかな気持ちで、相手の肘と手首の間に出来た曲がりを観察した。

大希の傘は丈夫なのである。チタン合金の中軸を持つ、護身用のアンブレイカブル・アンブレラだ。もちろん雨具としても役に立つが、鈍器としてはさらに有用である。人間の腕を折ったぐらいでは、歪み一つない。

フットボーラーもどきは、骨折した左腕を右手で庇《かば》おうとして、ナイフを取り落とした。

大希はすかさずナイフを蹴り飛ばし、一歩踏み込んで、傘の持ち手のほうを相手の顎へ突き出す。

きついアッパーカットを喰らって、フットボーラーもどきは引っ繰り返る。

あと一人だ。

金髪頭でフェイスガードをつけたライダーは、姿勢を低くして、突進してきた。

傘で身体を支えながら、大希はその頭を全力で蹴飛ばした。

彼の靴は先芯が鋼板製の安全仕様である。キックの威力は尋常でない。

だが、あいにくクリーンヒットとは行かなかった。

フェイスガードが外れて飛んだが、ライダーのダメージはさほどではないようだ。

さすがに足は止まった。

今度は大希のほうから接近して、傘を揮《ふる》う。

脇腹に命中した。肋骨が砕けたかもしれない。

金髪男は怯まず、大希の胸をめがけてナイフを繰り出した。

大希は辛うじて避けた。

相手は蹈鞴《たたら》を踏む。

その手元を狙って傘を振り下ろす。

当たった。

金髪男の手からナイフがこぼれ、道で跳ねた。

彼は腰を屈め、落とし物に手を伸ばした。

わりと迂闊《うかつ》な人だな、と大希は微笑ましく思いながら、その無防備な背中をしたたかに打ち据えた。

数回、殴ると、金髪男は身体を丸めて、動かなくなった。

むろん死んではいないが、完全に戦意を喪失している。

大希はトラックを確認した。

運転席のドアが開き、スキンヘッドの男が降りてくるところだった。やはりベーサースタイルで、素肌の上に羽織ったジージャンに缶バッジをたくさんつけている。

大希は好戦的ではないつもりだった。できれば戦わずに済ませたい。

傘を小脇に挟むと、一〇〇〇cc級バイクに駆け寄った。サイドスタンドを上げ、車体を前に押し出す。幸い、ハンドルロックはかかっていない。

数メートルほど進めると、後ろでブレーキ音がした。神内がエスクァイアを遠隔操作で数メートル進めたのだ。

「乗りますか？」片耳ヘッドセットから神内の質問があった。

「もちろん」大希は答え、バイクのハンドルから手を離した。

神内は車を大希の背後で停め、運転席のドアを開けた。

バイクの倒れる音を背後に聞きながら、大希はすぐさま運転席に飛び込んだ。

スキンヘッドは追い縋って、エスクァイアのバックドアに手をかける。

大希はそれにもかまわずアクセルを踏んだ。

スキンヘッドは何歩か走ったが、諦めたようだ。

「申し訳ございませんでした」大希は女性たちに謝った。「お怪我はありませんでしたでしょうか？」

「痛い……」煌がぼそりと言った。「いまので傷口が開いたかも」

「本当に面目ございません」

「もうあんなことはないんですよね」と桃葉が尋ねる。

「なければよいとは思いますが……」大希は言葉を濁さざるをえなかった。

「大丈夫ですよ」スピーカーから神内の声がした。「ほら、耳を澄ましてみてください」

行く手のほうからパトカーのサイレンが聞こえた。

＊

田頭誠司《たがしらせいじ》は額に堅いものがあたるのを感じた。情婦のミキがスマホで彼の頭を殴っているのだ。

「起きい、電話や」

たしかに、着信音が聞こえる。

「誰から」目を開かず、誠司は訊いた。

「藤代《ふじしろ》、カッコ、中京連合、カッコ閉じ、やて」ミキは発信者の名前を読み上げた。「着拒する？」

「貸せ」誠司は手を伸ばし、スマホを受け取った。

「申し訳ないです、田頭さん。こんな夜更けに」中京連合の藤代総長の声がした。たしかまだ二十代、誠司より一回り以上年下のはずだ。

「いえいえ」と寝そべったまま応える。「名古屋の総長はんがしょうもない用件で電話して来はるはずがありませんからなあ。なんぞありましたか」

「いや、プレッシャーかけないでください。うちにとっちゃ、重大な用件なんだが、田頭さんほどの人にとっちゃどうだか」

相手に見えないのをいいことに、誠司は冷笑を浮かべた。つまらないおべっかだ。どうせろくでもない頼みがあるのだろうが、聞かないわけにはいかない。

「まあ、そう仰らずに。なんですか?」

「いまから一時間以内に大阪市内で、兵隊を二十人ばかり集めてもらえないですか」

誠司は呆れた。

「えらい急な話ですなあ。まあ、事と次第によっては、二十人ぐらい叩き起こさんこともないですけど……」

「協力いただければ、三本、出しますよ」

「銭金の問題やないですよ、総長」思ったより不機嫌な声が出たが、取り繕うつもりはなかった。「うちは派遣屋でも便利屋でもないんでね。なんのために集めるのか、聞かせてもらわんことには」

「失礼しました」藤代は謝った。「時間がないから手短に言います。うちに加入しているベースがアマツワタリから頼まれ事をしたんですよ」

「ほう」

「つまり、教祖の娘さんが入院しているんですが、その子を誘拐するという計画があるんで、それを阻止してほしいと」

アマツワタリ教団の亡き教祖の娘で次期教主、天川煌が奇禍に遭い、入院したことは知っていた。彼女の身柄を巡って、教団の総本部と東京本部で綱引きが行われていることも。

「そりゃ。けしからん企てですな。けど、入院したはるんは、岐阜の病院やって聞いてましたけど」

「その通りです。そこから攫って、大阪へ連れて帰ろうとしとるんです」

大阪に連れ帰ろうとしているのは、総本部に拠《よ》る大阪派だろう。つまり、いま天川煌を保護しているのは東京派ということになる。そして、中京連合は東京派から仕事を請け負っているわけだ。

「せやったら、名古屋のほうでしっかり病院を固めはったらよろしいやないですか。人が足らんゆうことはないでしょ」

「それがですね、病院にうちの連中を配置するのは勘弁してくれ、というのが先方の希望でしてね」

「気持ちはわかるけど、勝手な言い分ですなあ」

誠司は、自分の配下たちの姿を思い浮かべた。総じて柄が悪い。実直な銀行員で通りそうな風貌の持ち主はごく少数だ。

藤代の傘下にいるのも似たような連中だ。

それに、アマツワタリはその教義からベーサーとの関係を取りざたされている。教団にとっては好ましいことではない。次期教主の身辺に一見してそれとわかるベーサーが屯《たむろ》していては、よからぬ噂が真実みを増すと考えたのだろう。

「まったくっす。でも、まあ、クライアントの意向っすからね。無視するわけにも行かないんで。しょうがないから、病院の近所でこっそり見守っていたんですが……」

「ひょっとして、お嬢ちゃんはもう病院を抜け出していはるんですか？」

「そうですよ」藤代は、なにを今さら、と言わんばかりだった。「だから、急いでいるんです」

「ええと、つまり、いま、岐阜の病院からこっちへ向かってはるとこなんですな」

「そうです、そうです」

「要するに、おたくさんとこは失敗しはったわけですな」

「それを言われると辛い。けど、弁解させてもらうと、おれも下の組織がこんなシノギをしているとは知らんかったんす。いきなり泣きつかれたものの、うちではどうしようもない。それで、田頭さんにこうしてお縋りしているわけです。幸いと言っちゃあなんですが、行き先は大阪です。ですから、そちらで待ち構えてもらえれば……」

「つまり尻ぬぐいをせぇ、と」

「そんな言い方をされますと、身も蓋もない。まあ、ぜひここは、大阪を仕切る田頭さんのお力を貸してもらいたいんですよ」

「しかし、雲を摑むようなお話ですなあ。車でしょ？　待ち構えるって、えらい気楽に言うてくれはりますけど、高速のインターだけでもなんぼあると思うてはりますねん？　ましてや、下から来られたら……」

「あっ、それは大丈夫です」藤代は言った。「教団の人の言うには、阪神高速の南港北から出るはずだってことです。車種はエスクァイア。ナンバーもわかっています」

ミキがベッドを抜け出した。全裸のまま、部屋を出て行く。

彼女の垂れはじめた臀部をぼんやりと眺めるが、欲望も湧かない。

なにやら面倒くさくなってきた。

「誘拐と仰るなら、警察へ届けはったらどないですか？　というか、藤代はんがしはらんでも、教団が通報しはったんちゃいますか。誘拐は凶悪犯罪ですぜ」

「それが、警察にはなるたけ嘴《くちばし》挟ませたくないんっすよ。なにしろ主犯は教団代表で、娘さんの後見人ですからね。こっちが悪者にされちまう」

「ひょっとして、大阪派にもガードが？」

「もうぶつかりました」藤代は声を潜めた。「言いたくないんですが、負けちまいましたよ。まさか、田頭さんのところの若い者じゃないでしょうね」

「さあて。わしも藤代さんと同じで、若い連中がなにしとんのか、一から十まで把握しているわけやない。けど、そんな話、聞いたこと、ないんだけは、断言できます」

「心当たりないですか。今どき、スーツにネクタイで、リーマンっぽかったそうですが」

「そんな、ポヤヤアンとしたこと言われても、なんも思い浮かびませんわ。まあ、サラリーマンぽかったんやったら、サラリーマンちゃいますか。それで、そのサラリーマンは何人ぐらい、付いとるんです？」

「それが……」藤代は言い淀んだ。「一人だけだったそうで」

「一人？」つい嘲りが言葉に滲んでしまう。「たった一人のサラリーマンにしてやられたんですかいな」

暴力において、アウトローがサラリーマンを凌駕するのは、腕力に優れているからとは限らない。並のチンピラより強い会社員などいくらでもいるだろう。だが、サラリーマンには法を犯す覚悟がない。いったん、塀の中へ落ちてしまうと、社会的に復活するのが難しい。その点、アウトローにとって刑務所での服役は経歴の疵《きず》にならない。却《かえ》って箔が付く。

だから、サラリーマンは正当防衛に拘って、先制攻撃の利を捨ててしまう。喧嘩のさなかにも、過剰防衛を恐れて、手を縮めてしまいがちだ。

これでは勝てる喧嘩も勝てない。つまらない規則に縛られているぶん、ハンデを背負っているようなものだ。

そんな相手に負けたというのだ。冷笑の一つも浮かぼう。

「いや、見かけがリーマンぽかっただけで、ヤクザ、いや、傭兵とかかも……」

「でも、一人やったんでしょ」

「そうは仰いますがねえ」藤代は不満げに言った。「スポンサーからの条件が厳しくて、人数がつけられなかったんすよ。十人、いや、五人、回せれば……」

「まあ、よろし。わしに言い訳されても、しゃあない」

「言い訳のつもりじゃないっすよ。でも、それじゃ、兵隊を回してくれるんですね」

「えらい申し訳ないけどなあ、藤代はん、それは無理ですわ」本音を言えば、誠司は負い目などまったく感じていない。

「なぜです」藤代の声は硬い。

「当ったり前やないですか。下手うちゃ、こっちが誘拐犯や。三本ぐらいの端金《はしたがね》で警察を敵に回せますかいな」

「それは……、クライアントがなんとかしますよ」

「クライアントってどなたさん？」

「ですから、アマツワタリですよ。さっきからそう言ってるじゃないですか」

「言葉は正確に使わんなりませんよ。クライアントは、アマツワタリにいはる一部の人や。肝心の教団代表は反目《はんめ》にいたはるんでしょうが。いわば謀反や。下手に手ぇ突っ込んだら、クライアントといっしょにキャンちゅう目にあわされかねん」

「いや、これからは岩尾さんが教団を仕切るんですよ」藤代はアマツワタリ教団東京本部長の名前を口にした。「それが時代の流れってものでしょう」

彼は教団に肩入れしすぎているな、と誠司は危惧した。ひょっとすると入信しているのかもしれない。あとで探ってみなければ、と考えた。

「そうかもしれませんけど、いま、仕切っとるのは大阪や。それが一時間や二時間で変わるとは思えません。なんにしろ、お断りですわ」

「そいつぁ、ちょっと薄情じゃないっすか？　頼りがいのない。ジャンボリーへの参加も考えなおさなきゃあ……」

「おい、われ」誠司は低い声で言った。「いま、なに抜かした。それは、あれかい、ブスタの下にでもつく、言うんか。気ぃつけて、物言わなあかんで」

「いや、あの……」藤代は狼狽したようだった。「そんなつもりで……、冗談ですよ」

「なんや、冗談ですか」誠司は猫撫で声で言った。「シャレの通じん野暮天ですんまへんなあ。けど、わしら、なにかと目ぇつけられやすいですからな、官とはなあなあでやっていかな。ここぞというときに、ガツーンと喰らわすためにも、普段はおとなしゅうしときましょ」

「いや、おれの押さえも効かなくなっちまうんですよ。下の連中が勝手にそれこそブスタ辺りへケツを持ち込んで行きかねない」

「それを抑えるのが藤代はんの器量やけどね。押さえきれへんのやったら、うちらのほうで締めるん手伝うてもええですよ」と藤代の組織への介入を匂わせた。

「いや、そんなご迷惑をかけるわけには。わかりました」

藤代は納得していないだろう。ただ諦めただけだ。

いまのところはそれでいい。心服されることなど期待していない。

「まあ、わかってもらえたら、ようおましたわ。ほな……」誠司は電話を切ろうとした。

しかし、藤代はまだ話を続けるつもりらしい。「そう言えば、ちょっと小耳に挟んだんですが」

「なんですか?」

「田頭さんがアマツワタリにいらっしゃったって聞いたんですよ。本当ですか?」

「ああ、本当ですよ。いまの総本部に住んでましたんや」

「え?」藤代は素《す》っ頓狂《とんきょう》な声を出した。「じゃあ、ばりばりの信者じゃないですか」

「ちゃいますよ。身ぃ隠すつもりで寄せてもろうただけです。それも大昔のことです」

「大昔と仰いますと?」

「二十年近く前かな」

「そんな前にアマツワタリがあったんですか?」疑わしげな口調だ。

「おました。はっきり言うて、藤代はんの勉強不足やな。検索でもしてみなはれ。秘密でもなんでもあらへんから、裏付けがざくざく出てくるはずですわ」

「はあ、すみません。じゃあ、いまは……」

「まったく関係ないですわ」誠司は即答した。「いざとなったら、アマツワタリの総本部にもカチ込み入れてやりますわ。警察にも。それだけははっきり言うときます。けど、いまはそのときやない、つーことです」

「いや、わかりました。またなにかありましたら、そのときはお願いします」

ようやく電話が切れた。

スマホをミキに渡そうとしたが、まだ戻っていない。

舌打ちして、スマホを布団の上に抛《ほう》り投げた。

そして、教団にいたのは何年前だっけ、と記憶を探る。

誠司は生まれも育ちも高松だ。高校も高松市内の底辺校だった。

そこを出たのがちょうど二十年前だ。留年してもおかしくないような成績だったが、なんとか卒業できた。というよりむしろ、学校に体《てい》よく追い出された、という感覚がある。

その後は進学も就職もせず、高校時代に出来た悪友仲間とつるんで、ぶらぶらしていた。遊ぶ金はもっぱら気の弱そうな連中に提供してもらった。

荒んだ日々を送るうち、地元のヤクザとトラブルを起こした。女を巡る諍《いさか》いだった。いまから思えばたいした揉め事ではないのだが、高校を卒業したばかりの若者にとっては、ずいぶん恐ろしかった。

あげくに、頼った先輩は裏でヤクザと手を組んでおり、もう少しで山奥の飯場へ売られるところだった。築いてきた人間関係の希薄さを思い知った。

他の仲間や先輩たちもすべてそのヤクザと繋がりがあるように思え、信頼できなかった。地元から離れたかったが、金も伝手もない。

思いあまって、それまで蔑んできた両親に相談した。逃走資金でも借りられれば御の字と考えていた。逃亡先についてはまったく期待していなかった。なにしろ父方の親戚は香川県内に集中しており、母の親族とは絶縁していた。家族ぐるみで付き合ってきた遠方の知人、といった存在も記憶にない。

幾ばくかの金をもらって、東京にでも行き、住み込みの仕事を捜す――それが漠然と思い描いていたプランだった。

だが両親は、アマツワタリ教団に潜伏することを勧めた。

二人とも教祖の古い知り合いだったのだという。

その後、教祖が宗教に走ったため袂《たもと》を分かち、父の郷里である高松に帰ってきたが、教祖をはじめ、当時の知り合いが何人もいるらしい。

喧嘩別れしたわけではないので、しばらく面倒ぐらいは見てくれるだろう、というのが両親の推測だった。

大阪は近すぎるのが気に入らなかったが、とりあえずの落ち着き先があるのは助かった。

誠司は、両親の紹介状を持って、アマツワタリを訪ねた。

それが高校を出た翌々年の冬。つまり十八年前だ。

当時の教団は本当にちっぽけな集団だった。自前のビル、つまり現在の総本部ビルを所有していたが、それ以外にめぼしい資産はなかった。

ビルには教祖・天川飛彦をはじめ五十人ばかりが暮らしていた。

最初は不安だった。私物を取りあげられてセンスの悪い服を着せられたりするのではないか、毎日、座禅を組まされて理解できない呪文を唱えさせられるのではないか、とびくびくしていた。喧嘩慣れしているつもりだったが、〝狂信者〟という存在には、漫画仕込みの不気味なイメージを抱いていた。

しかし、杞憂だった。

紹介状を一読した天川飛彦は、あっさり誠司を受け入れた。

与えられたのは、大部屋のベッドと朝夕の食事に過ぎなかった。しかし、なにしろ無料なのだから、ありがたかった。

ビルに暮らす連中は狂信者のイメージから懸け離れていた。気弱でオタクっぽいのが多かった。高松で恐喝した相手と同類だったが、教団には恩義を感じていたので、身を慎んだ。

食事は不味くなかったし、食べなくても咎められなかった。昼食代やその他の小遣いは、両親からもらった金を切り崩したり、日雇いのバイトで稼いだりして賄った。入信は強要されるどころか、勧誘すらされなかったので、誠司は拍子抜けした。規則と言えば門限ぐらいだった。それも、夜十一時から翌朝六時のあいだはビルに出入りできないというだけで、無断外泊してもペナルティはなかった。

じつに気楽な居候暮らしである。

滞在一カ月もしないうちに、女性信者の一人と情を交わした。空き部屋やラブホテルで逢瀬を重ねたが、彼女は人目も憚《はばか》らず誠司にかいがいしく尽くしたので、ほどなく二人の仲を知らない者は教団からいなくなった。

だからといって、トラブルに発展することはなかった。むしろ二人を祝福するムードがあった。

誠司にとっては迷惑な話だった。天川飛彦から、「いつ頃、結婚するのか」と笑顔で尋ねられたときなど、心底、うんざりしたものだ。

なぜなら、誠司は彼女を恋人と思っていなかったからである。彼にとって彼女は、性欲の捌《は》け口で、身の回りの世話を焼いてくれ、ときどき小遣い銭をくれる、便利な女に過ぎなかった。歳も十ばかり上で、結婚相手と考えたことはなかった。

ある日、女からもらった金でパチンコをし、大勝した。気分をよくした彼は、たまたま目に付いたキャバクラへ飛び込んだ。制限時間を延長してキャバ嬢の一人を口説き落とし、その夜のうちに彼女の部屋へ転がり込んだ。

キャバ嬢には一月ばかりで叩き出されたが、誠司はその後も教団ビルに帰らなかった。正確な月日は忘れたが、あれは大阪に来た翌年の春だった。つまり、教団には半年ほどしかおらず、しかも、その教義についてはまったく学ばなかった。

だから普段は、自分がアマツワタリにいたことも忘れていた。だが、今夜のように思い出したときには、教団に入っていれば、今ごろどうなっていただろう、と想像することがある。

当時は、教団が変人どもの集団にしか見えず、とても未来があるようには思えなかった。それが移災、つまり突然変移災害のおかげで大成長だ。案外、大幹部としておいしい生活をしていたのかもしれない。

もっとも、現実の誠司も移災をネタに喰っている。ベーサーの有力者と警察に見なされているのだ。

BNメッセージが発見されたあと、ニュースでやたら〝ライト・プレッパー〟という単語を耳にするようになった。

なんでも、破滅した世界で生き延びるべく、普段から準備に努める人々を〝プレッパー〟と呼ぶらしい。プレッパーは米国に多い。備え方は人それぞれだが、もっとも一般的なのは、核シェルターに必要な物資を蓄えておくことだという。

文明の崩壊に備えるプレッパーに対して、ライト・プレッパーは文明からの隔離に備える。移災によって異世界へ飛ばされる現象、すなわち時空転出に遭っても、なるべく不自由が少なくなるように準備をしておくのだ。

同じ非常事態でも、プレッパーが想定する核戦争や破滅的パンデミックといったものに比べて、時空転出はまだしも対処がやりやすいと考えられている。なので、ライト・プレッパーの備えも、本家本元よりはやや軽い傾向がある。

〝ライト〟と冠されるゆえんである。ライト・プレッパーという単語自体は和製英語だが、このカテゴリーに含まれる人々は世界中で増大していた。

 もっとも、プレッパーも皆が皆、要塞のようなシェルターに膨大な物資を蓄えているわけではない。特別な避難施設を持たず、防災備蓄も一般家庭より多い程度というプレッパーも多い。

プレッパーが持っていて、ライト・プレッパーが持っていないもの、それは武力である。

武装の有無こそが両者を隔てる本質的な違いだった。

平時から、プレッパーは政府に不信感を抱いている。まして、文明崩壊後の公的機関はまったく当てにしていない。非常事態が起これば、銃をとって自分と家族の生命財産を守る覚悟がある。彼らにとって治安とは、友人たちと協力して維持するものだった。そのため、彼らは武器弾薬を備蓄品として食料や貴金属と同様に重視し、射撃の訓練を怠らない。人民の武装権を憲法で認めているアメリカだからこそ出来ることである。日本では考えられない。

ゆえに、日本のライト・プレッパーたちは、異変後も公的機関による治安維持を強く望んだ。しかし、飛ばされた地域に警察があるとは限らない。あっても、駐在所の一つや二つでは心許ないだろう。あるいは、警察権を握った人間が独裁者になることも考えられる。

そこで、事前に自警団を組織しておこうという動きが出はじめた。いざというときは、警察などと協力して、あるいは独力で治安を守る組織だ。

もっぱら、自治会や青年団、消防団などが母体となってつくられたが、専門のＮＰＯも現れた。

一方、その頃、誠司は囲い屋で生計を立てていた。ホームレスに生活保護を受けさせて、役所から支給される金を家賃や食費、光熱費などの名目で取りあげる商売である。保護費のほとんどを徴収するが、見返りの住環境や食生活は、かつてアマツワタリが誠司に無料で与えていたものより粗末だった。

宿泊所を運営するためにＮＰＯ法人を設立したが、そこで働く男たちに、「福祉施設の職員」という言葉から連想される温かみなど欠片もなかった。公園や駅でホームレスをスカウトし、宿泊所に入居させるのが彼らの主な仕事だ。住所がなければ生活保護が受けられないからである。また、入居者となった元ホームレスはとかく不平不満を唱えがちだった。不当な要求は毅然と——ときには暴力を用いてでも——退けるのも、職員たちの重要な仕事だった。

始めた頃はずいぶん儲かった。しかし、世間の貧困ビジネスへ向ける目が厳しくなるにつれ、入居者のための規則が次々と押しつけられ、うまみが失われていった。世間の偏見に反して、誠司は福祉活動で社会へ貢献しているつもりだった。だが、正当な報酬はあってしかるべきなのだ。立派な仕事には立派な見返りがなくてはならない、というのが彼の信念だった。

誠司は、人助けと金儲けが両立する新しい稼業を模索していた。

移災に備えて各地で自警団が組織されているのを知ったとき、誠司は「これだ」と思った。

大きなビジネスになる、と直感したのだ。しかも、人々が本当に困っているとき、助けの手を差し伸べることが出来る。平時には心ない誹謗中傷が飛んでくるだろうが、それを受け止めるだけの自信もあった。

決断すると素早かった。誠司はすぐ〝独立自警団・魁物〟という組織を立ち上げた。

団員は、職員をそのまま横滑りさせたほか、入居者からも集めた。元ホームレスにも使えそうな者が何人かいたのである。選ばれたのは、刑務所暮らしのうちに帰る場所を失ったり、粗暴すぎてどこも勤まらなかったり、といずれも素敵な経歴の持ち主たちだった。使えそうにない入居者は追い出し、宿泊所は倉庫に建て替えて、備蓄品を詰め込んだ。団員には会員を集めさせた。会員には、非常時に魁物の備蓄品を使う権利がある。

もちろん、それだけではない。治安が乱れたとき、魁物団員は会員を守ることになっている。むしろ、この付帯条件のほうが重要だった。

会員の証は書類でもカードでもなく、バッジだ。バッジをつけていれば、被災したときに物資を受け取ることが出来るし、保護も受けられる。バッジのほかに旗もある。それを掲げた店舗や家屋も、魁物の警備対象だ。

バッジや旗といったシンボルには、隠された、そしてより重要な意味があった。「警察が無力になっても、これをつけていれば襲わない」という意味だ。逆に言えば、「法秩序が崩壊したとき、バッジを着用していない人間や、旗を掲揚していない建物は略奪する」ということになる。それを匂わせることで、魁物は会員を増やしていったのだ。

いざというときに約束が守られる保証はなにもないが、会員は増えていった。お守りのつもりでバッジを購入する者もいたが、ほとんどの会員は強引な勧誘に耐えきれなかったのだろう。

しかも、バッジには有効期限があり、更新する必要があった。いったんバッジを購入してしまうと、買い換えを拒むのは難しく、会員は何度も金を払う羽目になる。

さらに、記念バッジもあった。移災が起こると、「この災禍を忘れぬように」と、地名や発生年月日などを記した缶バッジを発行するのだ。あるいは、幹部団員が標語を思いついてしまったときにも製作される。記念バッジは会員でなくても買える。別の言い方をすれば、会員でなくても売りつけられる恐れがあった。そして、圧力に負けて買ってしまうと、しばしば会員になるまでさらに圧力をかけつづけられた。

会員集めが軌道に乗ってくると、団員をマルチ商法式で増やした。会員から有望な人材をスカウトして、団員にするのである。非会員から一足跳びに団員へなるケースもあった。

バッジは、代表である誠司が幹部団員に卸す。幹部団員は、自ら勧誘した下位団員に売る。下位団員はそのさらに下位の団員へ売る。そういった段階を経て、会員の手へ渡るのだ。マージンを抜くので、下位団員や会員を多数抱えているほど、儲かるシステムになっている。もちろん、いちばん儲かるのは代表の田頭誠司だ。

バッジの値段は安く抑えさせた。会員とは、細く長い付き合いを目指したのである。その代わり、臨時収入がある。ときどき移災と関係のないトラブルの処理を頼まれるのだ。持ち込まれるのは、法に解決を委ねると、無闇に時間がかかったり、依頼者の望まない決着がついたりする類の揉め事だ。厄介事を解消したときの礼金は別料金である。団員によっては、むしろこちらの収入が多い。そして、組織が大きくなるほど、持ち込まれる案件は増えてきた。それだけでなく、規模が大きく、したがって礼金も莫大なものが依頼されるようになった。

このビジネスモデルを編み出したのは自分だ、と誠司は自負していた。だから、ある週刊誌の記事に、横浜の〝セブンスター〟という団体が始めた、と書かれたのを目にしたときは、憤慨したものだ。もっとも、冷静になって考えると、あっちこっちに同じようなことを思いついた人間がいたとしてもおかしくはない。

ともあれ、こんなおいしい商売が独占できるわけがなかった。

気がつくと、同業者がいくつも出現し、会員の奪い合いが始まっていた。

会員獲得競争の場に投入されたのは、ノベルティグッズを抱えたにこやかな営業マンではなく、凶器を隠し持ったチンピラどもだった。当然、血の流れる局面もあった。

魁物は、獲得した会員を守るだけでなく、積極的に他の組織を切り崩した。後発の弱小組織を次々に制圧していったものの、全戦全勝というわけにはいかなかった。とくに暴力団を母体とする組織は手強かった。

こういった抗争に警察やマスコミが注目しはじめ、メディアで大きく扱われるようになった。

自分たちが〝ベーサー〟と呼ばれているのを知ったのも、この頃だ。

ベーサーとは、基地を意味する〝Ｂａｓｅ〟に〝－ｅｒ〟をくっつけた単語である。ライト・プレッパーと同じく和製英語で、海外では通用しない。

この場合のベースとは、独立自警団の持つ備蓄品倉庫である。

同業者の襲撃を警戒して、倉庫には交替で団員が詰める。詰所には、非番だが他にやることのない団員も屯しているのが常だった。一朝ことがあれば、団員の集合場所になるし、そのときに使う物騒な道具も置いてある。

たいていの組織は真面目に備蓄していないので、ベースはむしろ詰所が主で、倉庫が付属施設といった趣があった。

誠司が今いる、魁物・南森町《みなみもりまち》ベースもそうだ。三カ月ばかり前に魁物の本部として竣工した地下二階地上五階のビルだが、倉庫に使われているのは地下二階だけだ。地下一階が駐車場、一階が詰所と作業場、二階は本部事務所や応接室など、三階は仮眠所や食堂、トレーニング室など、四階は団長室と会議室に充てられ、そしてこの最上階は誠司の住居になっていた。

魁物は、大阪市内を中心に二十数カ所のベースを持っていた。もっとも、鉄筋コンクリートの新築は南森町ベースだけだ。あとは、鉄筋コンクリートでも築三十年を超える年代物、鉄骨のアパートや木造の住宅、プレハブ倉庫や野積みコンテナといった粗末な施設ばかりだった。

それでも、簡易宿泊所改装のベース一軒から始めてまだ二年も経っていないことを考えると、急激な発展と言えよう。

ミキが帰ってきた。裸にXLのTシャツを被っただけのなりで、缶酎ハイを持っている。

「長いトイレやったな」と声をかける。「クソか」

「アホ」ミキはベッドに腰掛け、缶のタブを引いた。「ややこしい話みたいやったから、気ぃ遣《つこ》うて、席外しただけや。あんた、いつもキレるやん、仕事の電話しているとき、側におったら。どうせジャンボリー関係の話やろ」

そう言うと、ミキは酎ハイを呷《あお》った。

「おい。わしの分は？」

「自分でとってきたらええやん」

「気ぃ遣うついでに、持ってきてくれたらええのに」

「そやかて、あんたの好みがわからん」ミキは缶を振って見せた。シークワーサーの酎ハイだ。「これと同じでええの？」

「いや、ビールがええ」

「それって、取りに行け、っていう意味か」

「いまからジャンボリー関係のこと話さなあかんねん。ケータイ、とってくれ」

「あんたが持っとったんちゃうの？　どこにあんのん？」

「捜せや。どっかそこら辺に……」

「ああ、あった、あった」ミキは布団からスマホを拾い上げて、誠司に渡した。「ほんなら、お仕事、せいぜい頑張ってや」

誠司は、ミキがふたたび部屋から出て行くのを見送った。

ジャンボリーというのは〝第一回サバイバー・ジャンボリー〟のことだ。

魁物ではときどき非常食パーティーを主催する。組織の内外から参加者を集め、消費期限切れの近い非常用保存食を振るまう行事だ。もっともこれは建前。実際に供されるのは、パーティーのために買い集められたものがほとんどだった。消費期限の切れそうな、あるいはとっくに切れたレトルト食品や缶詰をわざわざ捜すのである。もちろん、安く買い叩く。それどころか、処分料を取ることもあった。

初期の頃、非常食パーティーは資金集めという位置づけだったので、バカ高い値段でチケットを売り捌《さば》いていた。だが、最近のパーティーは勢力を見せつけるイベントになっていた。儲けは二の次で、なるべく多くの参加者を集め、有名人をゲストに呼ぶ。

その非常食パーティーの集大成を目指すのが、サバイバー・ジャンボリーだった。来年、大阪ドームを借り切って、行う予定だ。グラウンドにステージとVIP用パーティースペースを設け、スタンド席は無料で開放して、売り子を回らせる。目標参加者は五万人。

実行委員会の会長には元野球選手を据えた。現役時代は地元球団の主力選手として関西では絶大な人気を誇ったが、引退してからは、事業に失敗したり、アルコール依存症になったり、と人生の坂道を転げ落ちていた。知名度はまだあったので、拾い上げたのである。

もちろん、お飾りに過ぎない。

委員会の実権を握る委員長には田頭誠司自身が就任し、委員長直属の事務局は腹心で固めた。委員には魁物の大物団員や友好団体の代表が顔を揃えている。中京自警団連合の藤代も委員の一人だった。

ただのお祭りで終わらせるつもりはない。ジャンボリーで誠司の勢いを内外に見せつけ、魁物団員の忠誠心をより確かなものにするとともに、実行委員会を母体とした恒久的な巨大組織を立ち上げるのだ。もちろん、新たな団体の頂点には誠司が立つつもりだった。

ジャンボリーの成功のためには骨身を惜しんでいられなかった。

誠司は電話をかけた。

相手は南港ベースだ。当番の若者が出た。

誠司が名乗ると、相手はずいぶん緊張した様子で、「ベース長をすぐお呼びしますんで」と言った。

「かまへん」誠司は止めた。「あいつに用があんねやったら、最初からケータイへ電話するわい。どうせこの時間、飲んだくれてワヤクチャやろ」

「はあ、まあ」苦笑の気配が電話越しに伝わってくる。

「いや、たいしたことやないねん。何人か見繕うてな、阪神高速の南港北出口へ行ってくれ。明日の朝まででええ、ブスタが来《こ》うへんかどうか、それだけ見張っといてくれたらええ」

ブスタとはセブンスターの略称である。いまや、日本最大の独立自警団だった。魁物が関西でちまちまと抗争している間に、横浜生まれのこの団体はたちまち首都圏を制圧し、圧倒的な資金力を背景に全国規模に成長した。あつかましくも、この大阪にまで支部を置いているのだ。

ジャンボリーにセブンスターは呼ばれていない。むしろ、彼らへの対抗策の一環がジャンボリーなのだ。

「それで、ブスタの外道どもが出張って来やがったら、どないします？　シバきあげたったらええんですか」と若者は勇ましいことを口にした。

「そんなん、せいでええ」誠司は言った。「ただ、わしに報告してくれたら、ええねん。くれぐれも余計なこと、すなや」

「へえ。わかりました」

電話を終えて、誠司はすこし考えた。

いまの状況でセブンスターと正面衝突するのは得策ではない。やつらを潰すのは、ジャンボリーを成功させて、日和見している団体を魁物の元に糾合してからだ。

ただ、もしセブンスターが天川煌の身柄を押さえにかかるとしたら、それは中京自警団連合の依頼を受けてのことだろう。つまり、藤代が誠司を見限り、セブンスターと組もうとしているると推測できるのだ。

いま、中京自警団連合に離反されると、正直言って痛い。そんな動きがあれば、兆候を見逃さず、手を打たなければならない。どうするかは……、実際に動きを摑んでから考えよう。

「おーい」誠司はミキを呼んだ。「ビール、まだかいっ」

＊

岡崎大希が神内から連絡を受けたのは、エスクァイアを東大阪ジャンクションから阪神高速に乗り入れてすぐだった。

「いま、例の件について警察発表がありました」片耳ヘッドセットを通じて神内は言った。

「はい」

大希は緊張した。

例の件とはもちろん、天川煌の帰阪を阻止しようと、ベーサーが襲ってきた件である。

正当防衛が認められるだろうが、絶対とは言えない。

「自損事故と、それを切っ掛けに起こったベーサーどうしの喧嘩、ということで始末がついたようです。現場にいた関係者がそう証言したみたいですね」

「ということは、わたしの事情聴取は?」

「大丈夫でしょう。あとでなにか言ってくるかもしれませんが、法務部が対応します」

「そうですか」大希は安心した。やましいことはないが、取り調べを受けるのはやはり面倒だった。どうやら相手は表沙汰にしたくないようだ。事情はよくわからないが、素直にありがたい。「それで、現場にいた関係者とやらの正体も発表されましたか」

「発表はされていませんが、中京自警団連合という集団の構成員のようです」

岡崎大希は後部座席の様子を窺った。

天川煌は眠っているようだが、中村桃葉は目をかっと見開いて正面を睨みつけている。

「なるほど」桃葉に聞こえないよう、声を潜める。「ひょっとして、天川さまを轢いたのも……」

「それはわかりません。先走りすぎでしょう」

「失礼しました。それで、そのベーサー集団に動きは見えますか」

自動車道に上がってからのドライブは順調そのものだった。

とくに、名神高速草津パーキングエリアからは、水都セキュリティーサービスの車が二台、大希の運転するエスクァイアに帯同している。

したがって、先行きにも不安がないが、念のためだ。

「阪神高速の南港北出口で目つきの悪いライダーの皆さんが睨み合いしていましたが、警察を動かして、退いてもらいました」

「睨み合い？　そのライダーもベーサーなんですね」

「魁物とセブンスターのメンバーと推測されます」

「奪い合いでしょうか」

「案外、手を組んだのかもしれませんよ」と神内。

「え？　だって、睨み合っていたんでしょう？」

「魁物とセブンスターといえば仲が悪いので有名ですからね、トップが手を組んでも、下っ端は納得いかないでしょう。睨み合いなんて、あの人たちにとっては挨拶みたいなものでしょ。とにかく殴り合いはしていなかったみたいですから、友好的な雰囲気と言えるんじゃないですか」

　ちょっと厄介だな、と大希は思った。今夜のことは心配していないが、明日からもしばらく煌の警護をしなくてはならないのだ。ベーサーが団結して襲ってくるのでは、かなりやりにくくなる。ホテルに引き籠《こ》もるのが最善だろうが、クライアントはそれを許してくれるだろうか。

「それで、ホテルでは地下駐車場に入ればいいですか」

「いえ。正面につけてください」

「目立ちすぎませんか」大希は疑問に感じた。

「かまいません」神内は即答した。「ミヨシさまの滞在をいちばん隠さなきゃいけない相手は、東京派の人たちなんですが、もう知ってるようですから」

「そうなんですか」

根拠を聞いてみたい気もしたが、自粛した。天川煌本人が乗っている車の中では、相応しくない話題だろう。

「そうです。ですから、気にせずエントランスの真ん前に車を寄せてください」

「了解しました」

神内との通話を打ち切って、ルームミラーに視線を向ける。

相変わらず、桃葉は表情をこわばらせている。

大希は監視されているように感じた。

「お休みにならないのですか？」大希は訊いた。

「ええ。ミヨシさまをお守りしなくてはなりませんから」桃葉は生真面目な口調で答えた。

やはり信用されていないな、と大希はひそかに苦笑した。

「間もなく着きます」大希は告げ、運転に専念した。

ホテル咲洲・エントランス館の正面に大希が車を寄せたとき、お迎えの列が出来ていた。

すぐさまベルボーイが二人、駆け寄ってきて、エスクァイアのドアを開ける。予め教えられているらしく、てきぱきとセカンドシートを繰り出しはじめた。煌を乗せたまま車外へ露出したシートから、車輪が出た。

車輪が地に着くと、シートは車椅子として移動可能になる。電動だから、使用者が自分で運転するのも可能だが、いまの煌は手も不自由なのでそれもままならない。桃葉がすかさず背もたれのハンドルを握った。

そのときにはコンシェルジュが傍らに待機しており、厚手のショールを煌に羽織らせた。大希は車をボーイに預け、二人のすぐ側に立って辺りを警戒する。ただその場にはホテルの警備員が何人もいたので、所在なかった。こんなとき、自分が不要の人間に思えて、落ち着かない気分になる。

人々の列から一人の男が両手を広げて進み出た。

「お久しぶりです、ミヨシさま」

五百住正輝だった。傍らには秘書の神内も寄り添っている。

「あら、八月七日にお会いしましたわ」煌がにこやかに指摘した。「お忘れでしょうか？夏休みだったものだから、あの日の打ち合わせにわたしも同席して、ご挨拶もさせていただいたのですけど」

「そんなの、三カ月も前の話やないですか、大昔ですよ」正輝は言い張った。「お久しぶりです」

「こちらこそ、ご無沙汰しております」煌は諦めたように応じた。「それにしても、ずいぶん大仰なお出迎えですわね」

「そりゃあ、御教団は弊社の大切なビジネスパートナーですから」

「盛大なお出迎えはありがたいですけれど、どうせならふさわしい格好をしているときになさってほしいものです」煌はクレームをつけた。「なんだか恥ずかしいです。いまのわたしはただの高校生ですよ、それもパジャマ姿の」

「なにを仰います。もうすぐ、代表にご就任やないですか」

「早くても来年の話です」

「あっという間ですよ」

「三カ月前が大昔なら、来年は遠い将来ではないのですか？」

「過去はね、二度と手ぇ触れることができしません。その意味で、昨日のことも百年前のことも同じです。けどね、未来はこれから流れてくるんです。受け止めるにせよ受け流すにせよ、ちゃんとするには、いろいろ支度せなあきません。時間がいくらあっても足りへんでしょ」

「なかなか含蓄あるお話ですが」と四十歳前後の男が言った。ダウンジャケットを着ているのがやや場違いな印象を醸しだしていた。「ご挨拶はその辺りにしていただいて、うちの次期代表を中へ入れてやってくれませんか」

煌はパジャマ姿である。ショールを肩に掛けているとはいえ、秋の夜には薄着すぎる。

「それはまことに失礼いたしました」さすがに正輝もはっとしたようだった。

「峠《とうげ》さん」煌がダウンジャケットの男に呼びかけた。「峠さん一人？　小父《おじ》さんたちは来ていないの？」

大希に渡された資料に、峠の名はあった。アマツワタリの古参信者だ。煌が生まれる前から、ずっと教団での活動を継続しているという。

「ああ。教団代表が動くと目立つからね。おれは古いだけで下っ端だから、お嬢の……」と言いかけて、訂正した。「ミヨシさまの密かな退院をお出迎えするにはうってつけなんですよ」

「でも、ばれていたみたいだけど」

「どこから情報が漏れたか、犯人捜しはこれからだけど、ミヨシさまはゆっくりお休みください。それじゃあ、おれはこれで」

「帰っちゃうの？」

「ああ。ミヨシさまがホテルに入るのを見届けたら、帰ってこいって命令です。そんなことより、風邪をひかないうちに入ってください」

「わかった。じゃあ、小父さんたちによろしく」

神内が車椅子の傍らに進み出た。

「では、どうぞこちらへ」

一行は館内へ入った。

煌の乗った車椅子の右隣を正輝が歩く。車椅子を押す桃葉のすぐ後ろから大希と神内が並んでついていく。

そして五人の前後左右を、水都セキュリティーサービスからホテルへ派遣されている警備員が固めていた。

「ご苦労さまでした」神内が小声で大希を労《ねぎら》った。

「ありがとうございます」大希も小声で応じた。「ところで、いまのが社長にとっては劇的効果の高い出番だったのでしょうか」

「意外と意地悪ですね、岡崎さんも」神内は微笑んだ。

別に意地悪のつもりはないが、と大希は心外だった。

フロントには寄らず、エレベーターに乗る。

エレベーターが下降しはじめたとき、正輝がなにかに気づいたように桃葉の顔を見つめた。

「なんですか?」桃葉は気味悪そうに尋ねる。

「どこかでお会いしたことがありませんでしたか?」正輝は訊いた。

「沢良木に聞いたことがありますわ」煌が眉を顰《ひそ》めた。「遥か太古の昔、ナンパという聖なる儀式があり、その際、よく唱えられた呪文が……」

「そんなんやないですよ」と正輝。「ほんまにどこかで見覚えがあるような……」

「はあ」桃葉も考え込んだ。「言われてみれば、わたしもどこかで会ったような……」

「五百住さんは有名でいらっしゃるから」煌は桃葉の顔を見上げた。「ニュースかなにかで見たんじゃない？」

「いえ、そんなんじゃなく……」

「ああっ」正輝が素っ頓狂な声を出した。「マルチブレード百刃《ももは》！　百の刃《やいば》と書いて、モモハやっ」

桃葉は目に見えて動揺した。

「なぜそれをご存じなんですかっ」

「プロレスを心から愛しているからです」

正輝がなぜか得意げに答えるとほぼ同時に、エレベーターのドアが開いた。

大希がまず外へ出た。

海中トンネルだ。誰もいない。

「桃葉さんってプロレスラーだったの？」背後から煌の声が聞こえた。

「ほんのちょっとのあいだだけです」桃葉が応じていた。「小さな団体で、お客さんも少なくて。言われてみれば、お客さんの中に社長さんがいらっしゃったかも……」

ホテル付き警備員がつづいて出て、先に立つ。

大希はドアを押さえて、煌たちが出てくるのを待った。

「ぼくは忘れませんよ」エレベーターの中では、正輝が満面の笑顔を桃葉に向けていた。

「サイン、ください」

「え……。いやですよ。字に自信がありません」

「ほなら、手形でも……」

「お相撲さんじゃありませんっ」

神内と目があった。彼は咳払いした。

ようやく、煌の車椅子がエレベーターを出た。

海中トンネルにはガラス窓があるが、あいにく深夜なので真っ暗だ。もっとも、天気のよい昼間だろうと、ここは南海ならぬ南港の海、泳ぎ草臥《くたび》れたアジでも見られれば御の字で、色とりどりの熱帯魚の群れなど望むべくもない。

六〇メートル先に、本館のエレベーターホールがあった。

ホテル咲洲本館は海上に建つ円筒形のビルで、客は皆、この海中トンネルを利用する。

煌の泊まるアクセシブルスイートは二十五階にある。

正輝と神内はその部屋まで同行するつもりのようだ。

水都グループがアマツワタリ教団との関係を重視していることの表れ、と大希は思いたかった。しかし、五百住オーナーは移動中の時間をもっぱら、マルチブレード百刃のサインのために費やした。

煌が不機嫌になっていくのが手に取るようにわかり、大希ははらはらする。

神内がマホロバ予定地の話題を振って、それとなくフォローしていた。

アクセシブルスイートでは、すでに医師と看護師が待っていた。

ベッドに横たわる前に、煌は簡単な診察を受けることになっているのだ。

正輝は、診察が始まる間際までサインを桃葉にせがんでいたが、神内が引き立てるようにして、辞去した。

アクセシブルスイートには寝室とリビングルームがある。

寝室で煌が診察を受けている間、大希はリビングルームでホテル側と簡単な打ち合わせをした。

やがて、診察が終わり、医師たちが帰った。

「お疲れのところまことに恐縮ですが」大希は寝室のドア近くから声をかけた。「お休み前に、明日のご予定をお聞かせ願えると助かります」

煌はもうベッドに入っていたが、横たわってはいなかった。半身を起こし、無表情で大希を見つめる。

煌のベッドの横にはエキストラベッドが用意してあった。桃葉のためだろう。彼女は二十四時間、煌に付き添うようだ。

「明日は別に予定はありません」煌は言った。「できれば、一日、寝ていたいわ」

「わたしもです」桃葉が同調した。

「承知いたしました。明日の朝、お食事といっしょに伺います。八時でよろしいでしょうか？」

「一日、寝ていたい、と申したんですけど」と煌。

「でも、お食事はなさるか、と」煌は怪我人だが、消化器系に異常はないはずだった。

「しますけど、なぜ朝八時から食べないといけませんの？」

「とくに根拠はありませんが、それ以上、遅くなると朝食とは呼べない気が……」

「気のせいよ」煌はぴしゃりと言った。

確かに明確な定義はないな、と思いなおし、改めて提案する。「では、九時でいかがでしょうか」

「朝はどうしても食べなきゃ駄目なの？」煌は苛立たしげに言った。「せっかく病院から出られたんですから、好きなときに好きなことをしたいわ」

「朝食は要らない、と仰るのですか」大希はショックを受けた。

「そういうわけではないけれど……」煌は眉根に皺を寄せ、桃葉を見た。「どうしよう、この人、融通が利かないわ」

「あの、ミヨシさまの食事はわたしがホテルに頼みます」桃葉が申し出た。「運転手さんはどうかお気遣いなく」

「ええ」煌も頷く。「さっきも言ったけど、明日は一日、引き籠もるつもり。外出しないから、あなたもいらっしゃらなくてけっこうです」

「わたしは運転手ではなく、ボディーガードです」大希は主張した。「外出なさらなくても、控えておりますので、ご安心ください」

二人は微妙な表情をした。どう受け取っていいものかはわからないが、喜んでいないことだけは確かに思えた。

なにやら小声で話し出す。

ときおりこちらへちらちらと投げかけられる視線が気になる。会話はまったく聞き取れないが、唇の動きから「ストーカー」と発音しているかのように思え、ますます落ち着かない気分になった。

「あの、ええと、ボディーガードさん」桃葉が遠慮がちに質問した。

「はい」ようやく身辺警護役と認識してもらって嬉しかった。「ボディーガードの岡崎です」

「じゃあ、岡崎さん。ミヨシさまがホテルにいらっしゃるあいだも、付き添われるんですか?」と迷惑そうな表情で訊く。

「それが仕事です。誠心誠意、務めますので、鬱陶しくお感じでしょうが、お二人の安全のため、受け入れてください」

大希はちょっと情けなくなった。なぜ懇願しているような気分になるのだろう？

「仕方ないわ」と煌。

思わず礼が口からこぼれそうになったが、踏みとどまった。

「でも、さすがに夜はご帰宅ですよねぇ」と桃葉。

「いえ、隣の部屋で休ませていただきます」

隣室はコネクティングルームである。内扉を使えばアクセシブルスイートのリビングへ直接、出入りが可能だった。廊下とのドアもあるので、内扉をロックすれば独立した客室としても使用できる。もちろん、煌が滞在している間は開錠しておくことになっていた。

「こっちの寝室には入らないでくださいね」と煌。

「やむをえず入室させていただくときは、ノックをします」大希は応じた。

「当たり前です」煌は唇を尖らせた。「そうじゃなくて、入らないで、と言っているんですけど」

「申し訳ありません。天川さまのプライバシーは最大限尊重させていただきますが、安全確保を優先させていただく場合がございますので、ご了承ください」

「了承できない、と言ったら？」

「さようですか、と聞き流します」

　これは譲れない一線だった。警護対象者から反感を買うのは好ましくないが、危険を見過ごすわけにはいかない。

　煌は大希を睨んでいたが、やがて溜息をついた。「まあ、誠実ではありますわね」

「どうしてですか？」桃葉が不思議そうに訊く。

「だって、入らないと約束しておいて、いざというときには破ることもできたわけだから」煌は説明した。

「ご理解いただけて、幸いです」大希は言った。「いきなり全面的に信頼してくださいなどとは申しませんが、あまり警戒しないでいてくださると助かります。わたしはボディーガードですから、安心していただくのが仕事です」

「わかりました」と煌。「でも、スケジュールはわたしが決めていいんですね」

「少なくとも、わたしの決めることではありません」

「よかった。じゃあ、お休みなさい」

「はい。お休みなさいませ」

　大希はコネクティングルームへ引き取った。煌たちの寝室よりは狭いが、一人で使うには贅沢すぎるスタンダードツインだ。

　ベッドに腰掛け、一息つく。そして、自分がどれだけ緊張していたかに気づく。まだ神経が昂《たか》ぶっているし、起床が夕方だったので、眠くはない。それでも、明日のために睡眠をとっておくべきだった。

ベッドに横たわり、「信頼か……」と呟く。

警護対象者にはもうちょっと信頼してほしいものだ。

いまの状況では、煌の希望する将来像を聞き出せ、という松尾常務の指示をこなすことなど夢のまた夢だろう。

当面、松尾の指示は忘れてもいいが、警戒されたままでは護衛も満足にできない。

大希は悩みつつも、煌に同情していた。彼女のまわりには信頼できない大人が多いようだ。さぞかし気の抜けない毎日だろう。

だからこそ、このホテルに滞在している間ぐらいは心穏やかに過ごしてほしいのだが。

そんなことを考えているうちに、大希は眠りに落ち、ずいぶん久しぶりに死んだ妹の夢を見た。

第三章　教団

翌朝、岡崎大希は八時にリビングへ出勤した。

もちろん、誰もいない。暖房は効いているのに、みょうに冷えびえとした雰囲気だ。

大希は寝室のドアの横で立哨《りっしょう》を始めた。

九時過ぎにドアが開いた。中村桃葉が出てきたのだ。

「おはようございます」

大希が挨拶すると、彼女は驚いたようだった。

「一晩中、立っていらしたんですか？」

「まさか」大希は苦笑した。「ぐっすり休ませていただきました。心身ともにすっきりしております」

「それはよかったです」

「天川さまはまだお休みですか」

「はい。やっぱりお疲れみたいで」桃葉は客室ファイルを取り上げた。「でも、わたし、なんだかお腹が空いちゃって……」

「そうでしょう」

なにしろ九時過ぎだ。この時間には朝食を食べ終えているのが、健康な人間の生活というものだ。

桃葉は客室ファイルのページをめくり、悲しげに溜息をついた。「ホテルのルームサービスってやっぱり、高いんですね」

「そうですね。外で食べていらっしゃいますか？　わたしがここでガードしておりますから、大丈夫ですよ」

「いえ、そういうわけにはいきません」桃葉は即座に首を横に振った。

「そうですか」

やはり信用されていないんだな、と大希は落ち込んだ。もちろん、仕方のないことだと理性ではわかっている。大希が桃葉の立場でも、眠っている主人を、昨日会ったばかりの自称ボディーガードと二人きりになどしない。だが、少しぐらい悩むそぶりを見せてくれてもいいと思うのだ。

「わたし、ミヨシさまのご用を果たすためにいるんですから、目を覚まされたときに側にいないと」

そう説明したのは、桃葉なりに気を遣ったからだろう。

「ええ。わかります」

「岡崎さんはもう食べたんですか」

名前を憶えてくれたらしい。信頼醸成へ一歩近づいたようで、大希はかすかな喜びを感じた。

「はい。八時からの勤務ですので、その前に済ましました」

「どこでですか？」

「このホテルにも社食があるんです。安くてうまいし、なにより早朝から営業しております。そこで食べました」

口には出さなかったが、グループ内通貨〝力〟が使えるのもいい。おかげで大希は日本円を使わずに今朝の食事を賄うことができた。

「え？　岡崎さんって、このホテルの人なんですか」

「いえ、違いますが、わたしの勤め先はこのホテルと系列が同じなので、利用できるんです」

「じゃあ、わたしは駄目ですよね……」

そんなことを訊かれても困る、と大希は思った。

「よくわかりませんが、難しいのでは？」

「ですよね。使えても、ルームサービスまではしてくれませんよね」

「さらに難しいでしょう。でも、ご朝食付きのプランじゃないんですか？　それでしたら別料金はかからないはずですが」

「あいにく、お部屋だけ借りているんです」

「なるほど」

桃葉の食事代ぐらい教団が持つだろう、と思ったが、口出しはやめておいた。大希には関係のないことである。

「あの……」桃葉は言いにくそうに切り出した。「厚かましいんですけど……、パンか何か買ってきていただくことは……」

意外に遠慮がないな、と大希は思った。「申し訳ありませんが、もう勤務時間なので、業務外のことで離れることはできません」

「ですよねえ」

「でも、次の休憩まで待っていただければ……」

「ああっ」と桃葉は唐突に叫んだ。

「どうしました？」大希は緊張した。

「よく考えたら、わたし、そもそもお財布、持っていません」

「病院に置いたままですか？　昨夜はずいぶん慌ただしいご退院でしたからね」

「ええ。カードも置いたままなんです。ミヨシさまのデビットカードも。止めてもらわなくっちゃ」

「それは急がれた方がいいですね。もしカード会社の連絡先がわからないなら、コンシェルジュに訊くのが早いでしょう」

「そうします」

桃葉は寝室に戻った。内線電話でコンシェルジュに連絡しているのだろう。

三分ほどして戻ってきた桃葉は、ずいぶん幸せそうだった。

「カードのこと、うまくいきましたか？」

「ええ」桃葉は頷いた。「ほとんど手続きも代行してもらって。でも、本人確認が必要でしたから、仕方なくミヨシさまに起きていただいたんです」

「天川さまはお目覚めなのですか？　では、挨拶させていただいてもよろしいでしょうか」

「いえ。二度寝する、と仰ってました」

「承知しました。後にいたします」

それにしても不思議だった。カードの紛失手続きがうまく行っただけにしては、桃葉は上機嫌すぎた。

その謎はすぐ解けた。

ノックの音とルームサービスだと名乗る声が聞こえた。

桃葉が立ち上がろうとするのを手で制し、大希はドアの隙間から確認した。

たしかにワゴンを押したボーイがいた。

「ミヨシさまにお許しをもらったんです」桃葉が弁解口調で言った。「朝ご飯を頼んでもいいって……」

「中村さまがご注文されたのですね？」大希は確認した。

「ええ。でも、ほんとうに許可はいただいて……」

「でしたら、よろしいのです」

彼にとって重要なのは、この部屋からオーダーが実際になされたか、だ。言い換えれば、廊下にいる人物が、ホテル・スタッフを騙《かた》る不審者でないと確信できればいい。たとえ桃葉が空腹に耐えかねて横領を企てているのだとしても、それは彼女と教団の問題であって、大希の知ったことではない。

大希は用心を重ねて、ボーイを部屋に入れなかった。自分が廊下に出てワゴンを受け取り、テーブルのセッティングは断った。

テーブルクロスを敷こうとすると、さすがに桃葉が「自分でやります」と申し出る。

朝食はたっぷりしたブリティッシュ・スタイルだった。

桃葉は手を合わせ、小声で「いただきます」と言うと、食べはじめた。

他人の食事風景を眺めるのは不躾だ。大希は視線をテーブルから外す。

だが、何かの拍子に桃葉と目があった。

彼女は食べるのを中止して、大希を見つめた。そして、苦渋の表情でパン籠《かご》を持ち上げる。「岡崎さんもお一ついかがですか」

「いえ。お気になさらず」

大希が断ると、桃葉はあからさまにほっとした様子を見せた。

「じゃあ、すみません」とあっさりパン籠を引っ込める。

「わたしのことはいないものと考えてくださってけっこうですから」と大希。

「それは無理ですよ」桃葉は、困ったような笑顔で言った。「岡崎さんは、どうして朝ご飯にこだわるんですか？」

「朝飯にこだわる？　わたしがですか」

「ええ。ミヨシさまが仰ってました。なぜあの人、朝ご飯を食べさせようとするんだろうって」

「規則正しい生活を心がけておりますので」大希は言った。「ときどきそうでない方もいらっしゃることをつい失念してしまうのです」

彼は少年時代を思い出した。朝起きて、三食を食べ、夜眠る——そんな平凡な生活に強烈な憧れを抱いていた。

桃葉は吹き出した。「そうでない人のほうが多いと思いますよ」

「そうかもしれません」

「岡崎さんって、徹底的な体育会系なんですね」

的外れな理解だったが、大希は訂正しないことにした。

「中村さまも体育会系でしょう。プロレスラーでいらしたぐらいですから」

「ですから、レスラーをしていたのは、ほんの短い間だったんですって。たいして稼げなかったし、レスラーというよりグッズの売り子だったし」

桃葉が世間話をしたいように見えたので、大希は付き合うことにした。実のところ、立哨というのは退屈な仕事なのだ。もちろん姿勢は崩さない。

「レスラーをやめてから、天川さまのお側に付くようになったのですか」

「いえ。その前に自衛隊に」

「自衛隊？　ますます体育会系じゃないですか。同僚にも自衛官出身は多いんですよ。わたしは違いますが」

「同僚の方ってボディーガードですか」

「いえ。そうと限りません」

水都グループは自衛隊から就職援護業務を請け負い、自らも多くの退職自衛官を受け入れている。水都セキュリティーサービスのガードマンにはもちろんのこと、水都ロジスティクスのドライバーなどにも自衛隊出身が少なくない。

そんなことを説明しているあいだに、桃葉は食事を終えた。

「わたしも任期いっぱい勤めていれば、岡崎さんの同僚になっていたかもしれませんね」

とテーブルの上を片付けながら言う。

「自衛隊、途中でやめちゃったんですか」

言ってすぐ、〈いまのは非難がましかったかな〉と反省し、取り繕おうとしたが、桃葉は気にしていないようだった。

「はい。すぐ辞めちゃいました。なんだか、あそこもわたしの居場所じゃないように思えて」

「でも、いまは居場所を見つけられたわけですね」

「そうだといいんですけどね」

「違うんですか？」

「まだわかりませんよ」

「でも、天川さまのお側にいらっしゃるわけですから……」

「思い違いなさってません？」

「そうですか？」

大希が口にした「居場所」とは、教団を指していた。だが、どうやら嚙み合っていなかったようだ。

「わたしの言っているのは、トコヨのことですよ」と桃葉は説明した。

〈ああ、そういえば、そんな宗教だった……〉大希は改めて思い知らされた。

＊

一九七〇年代、日本はオカルト・ブームに沸いていた。テレビでは超常現象を扱った特別番組がゴールデンタイムに放送され、書店にはよりマニアックな情報が溢れていた。活況を呈するオカルト業界の片隅に佐藤吉太郎という男がいた。本業はライターだったが、イラストも手がけた。

平易な文章を自筆のイラストで補完する佐藤の記事は、そこそこ評判がよかった。超常現象ならなんでも取り上げたが、得意なのは太古宇宙飛行士飛来説だった。つまり、遠い昔に異星人が地球を訪れ、人類に文明を教えた、といった類の説である。

彼は初めての単著を出したのをきっかけに、〝天川飛彦〟というペンネームを使いはじめた。さらには、ライターやイラストレーターを志望する若者を集めて、〝天川プロダクション〟という事務所を立ち上げるまでになった。飛彦自身、まだ二十代の若者だったことを考えると、たいした成功だった。

やがて彼は、〔古事記は宇宙人の来訪記録だった〕という本を世に問うた。

その本の中で飛彦は、太古に地球を訪れた存在が、類人猿を知性化して、人類を創り出した、と主張した。その存在は古事記や日本書紀で〝別天津神《ことあまつかみ》〟と呼ばれているという。別天津神たちは地球以外の惑星でも、知的生命体の創出を行った。その惑星はこの本で〝トコヨ〟と称されている。

トコヨは地球より高度な文明を持ち、人類がまだ金属器を知らなかった時代に宇宙旅行を実現した。そして、地球を訪れ、さまざまな文明を与えた。その交流がきわめて不正確ながら、記紀に記されているのだという。〝常世国〟あるいは〝常世郷〟に関するエピソードがそれである。

あいにく〔古事記は宇宙人の来訪記録だった〕は、出版社の期待したほどには売れず、続きが商業出版されることはなかった。しかし、飛彦は充分な手応えを感じており、天川プロダクションで出版事業を立ち上げることに決めた。

天川プロダクションの書籍は通販か特約書店でしか購入できなかったが、熱狂的な読者を獲得した。彼らに向けて、飛彦は次々に著書を送り出し、独自の太古宇宙飛行士飛来説を深化させていった。ついには、トコヨ人と超常的な方法で交信していると主張しはじめた。

ついていけないと感じて飛彦の元を去るスタッフもいたが、それ以上に信奉者が集まった。その結果、東京新宿区のビルの一室にあった天川プロダクションは、次第に手狭になっていった。

移転を検討せざるを得なくなった頃、飛彦は大阪市内の土地を相続した。東京を離れることでいろいろ不利益も考えられたが、飛彦は迷わず移転を決意する。相続した土地にビルを建て、事務所と住居を移した。

大阪に本拠を移して二年後、天川プロダクションは雑誌〔天航〕を創刊する。

その頃、飛彦はこう主張していた。

「トコヨ人はすでに霊的な存在に進化して肉体を捨てた。故郷であるトコヨからも離れ、宇宙空間を自由に移動している。トコヨ人は地球人を選別し、合格者を、汚染された地球から、原始の楽園となったトコヨへ移すのだ」

天川プロダクションはますます宗教じみていったが、支持者も順調に増えた。

その発行物は相変わらず普通の書店に置かれず、通販主体だったが、〔天航〕誌は部数を増やしていき、不定期刊から季刊、そして月刊となった。そして、月刊化一周年記念号では、発行母体の天川プロダクションが宗教法人・天航教になったことが発表された。

宗教団体の代表になっても、天川飛彦の生活はそれほど変わらなかった。トコヨ人のメッセージを受け、ひたすら本を書いた。

変わったのは、彼の周辺の人々だった。トコヨ移住のために準備を始めたのである。

五百住四郎商店と関係ができたのはこの頃だ。多くの信者がトコヨで使う物資を教団に献納したが、その全てを収めるのに天航教のビルは手狭すぎた。

そこで、倉庫業者である五百住四郎商店に物資の保管を依頼したのである。当時、天航の幹部に五百住家の遠い親戚がおり、その縁だったらしい。

その程度の伝手だったので、商店にとってはあくまでビジネスである。優遇することもなく、天航教の荷物を正規の値段で預かった。

だが、当時の五百住四郎商店社長、五百住慶輝と天川飛彦はみょうに馬があったらしい。やがて、商売抜きで親しく交友を持つようになった。

しかしその頃、教勢は衰えつつあった。〔天航〕の発行部数は緩やかな下降線を描き、書籍やグッズの売上も減っていった。

あるカルト教団が一連の凶悪事件を起こしたことも、深刻な一撃となった。天航教は決して出家宗教ではないのだが、一部の信者が本部ビルで集団生活をしていた。そのため、凶悪なカルト教団と同類視された。

妙なもので書籍の売上は却って増えたのだが、その一方で、中核で活動を支える信者たちが次々に離脱していった。その多くは家族や友人の説得に負けたためだった。

この頃、天航教は〝アマツワタリ〟と名を改める。宗教色を薄めようという狙いがあったらしいが、むしろカルト臭がきつくなったという評価もある。

肝心の書籍も、売上が増加したのはほんの一時のことで、急激に売れ行きが鈍った。

そして、教祖・天川飛彦は幼い娘を残して病死した。

沢良木勝久が代表として教団を存続させたが、衰退は止まらなかった。機関誌の〔天航〕は無期限休刊となり、本部ビルの一階にあった直営書店も閉鎖された。出版事業は細々と継続したが、関わっていた専従信者たちに報酬を払う余裕がなくなった。自らの生活と教団を維持するため、アルバイトする者もいたが、多くは去っていった。残った者も熱烈な信仰のゆえではなく、行き場がないから、留まらざるをえないのが大半だった。

教団の消滅も時間の問題と思われた。

そこに、突然変移現象が起こった。

この異変は各方面に深刻な影響をもたらした。宗教界もその例外ではなかった。いや、宗教こそもっとも大きなインパクトを受けた分野かもしれない。

まだ異変の理由を解明できない科学の代わりを務めるべく、いくつもの宗教が発生した。既存の宗教も説明を迫られたが、ほとんどは教義との折り合いをつけることができなかった。その場合、伝統的な宗教はそれほどではなかったが、歴史の浅いものは大きなダメージを受けた。

アマツワタリは格別にうまく適応した。教義を変更したのである。

教義の根源である〝トコヨへの移住〟は取り下げないが、それにまつわる事柄に変更を加えていったのだ。

教祖・天川飛彦は、「トリフネという無人の宇宙船が迎えに来る」と説いていた。移住希望者はトリフネに乗り込むだけでいい。あとは自動的に船がトコヨへ乗客たちを送り届ける、というのだ。

現代表・沢良木勝久は突変を受けて、「トリフネは来ない。トコヨへ行くには、土地ごと移るしかない。つまり、突変とはトコヨ移住に伴って起こる現象なのだ」と大胆な教義の変更を行った。

こんなことが可能だったのは、生前の飛彦自身が「新たな報せを受け取った」と称して、頻繁に教義を変えたからである。また、晩年、彼はほとんど文章を書かず、絵画でトコヨ人からのメッセージを伝えていた。「頭の中にイメージが浮かぶので、それをそのまま描く」と語っていた。「瞼《まぶた》の裏に見えるものをそのまま画布に写しただけで、それ以上のことはわからない」とも述べ、絵画の内容を解説することは滅多になかった。

したがって、沢良木は新説にふさわしい絵を選ぶだけでよかった。飛彦は膨大な絵画を遺していたのだ。未完成のものやラフスケッチも多かったが、そういったものは却っていろいろな解釈が可能で、都合がよかった。

教団のウェブサイトの閲覧数は鰻登りとなり、緊急出版された『メアリー・ロバートソンはトコヨにいる』は教団の発行物で歴代最高の売上を記録した。とくに、電子書籍版のダウンロード数は目覚ましく、アマツワタリの知名度向上にも貢献した。

だが、残念ながらアマツワタリの教勢拡大には結びつかなかった。この新説には大きな欠陥があったのである。

まず第一に、トコヨのイメージの悪化が挙げられる。

突変によって新たに出現した土地は、トコヨの一部ということになる。しかしその有様は、教団がそれまで喧伝していた、緑あふれる楽園からほど遠かったのである。とくに、そこに棲まうチェンジリングどもは、煉獄にこそ相応しい姿をしていた。

そこで、沢良木は〔チェンジリングの故郷はトコヨではない〕という書籍を上梓する。その中で、沢良木は〝押し出し説〟を唱えた。すなわち、〝カタス〟という第三の世界から空間が転移してくると、地球に元からあった空間がトコヨへ押し出される、という主張である。つまり、地球に出現したのはカタスの土地だというのである。

「なぜシンプルにトコヨと地球との間で空間を交換しないのか」という疑問に、この本の中でははっきりした答えが示されていない。ただ、説得力のない、いくつかの仮説を羅列した挙げ句に、「今後の研究が待たれる」と抛り投げているだけである。それでも、この本はそこそこ評判になった。

第二の欠点はより深刻だった。

仮にアマツワタリの主張が完全な真実だとしても、入信するメリットがなにもないのである。突変すれば、信者であろうとなかろうとトコヨへ移住することになる。教団は移住のための備蓄を維持していたが、それは大阪にあった。大阪に住んでいないのなら、地元の独立自警団――セブンスターや魁物のような――に入るか、自らライト・プレッパーとなるほうが合理的だ。

そこで、教団はマホロバの建設をぶち上げた。惑星トコヨ行き宇宙船であるトリフネに替わるものを、地上に建設するというのがその主旨だ。もちろん、マホロバは宇宙船ではなく都市である。この街には近代的な設備と当面の生活物資が準備され、周囲のインフラから切り離されても、現代的な生活を送ることができる。アマツワタリに入信すれば、この街に家を持つ権利が得られる。そして、都市ごと楽園惑星トコヨへ移住する日を待つ。転移したのち、マホロバは惑星トコヨの首都となるだろう。そして、先に準備不足のまま転移してしまった人々を救い、後から来る人々を迎える準備を整えるのだ。

もちろん、新都市の建設には多額の費用が要る。そのために教団は寄付を求めたが、当初、集まりは今一つだった。

それでも、教団の状況は改善した。電子版限定ながら〈天航〉誌が復刊し、教団主催のセミナーにも人が集まりだした。

セミナー参加者に、岩尾颯馬《そうま》という青年がいた。前歴は芳しくない。詐欺紛いの商法で莫大な利益を上げた会社で働いていたらしい。その会社は、経営者が脱税で逮捕されたため解散したが、岩尾はそこでさまざまな説得の技術を叩き込まれたようだ。

この岩尾が教団職員となり、多くの信者を獲得した。勧誘した信徒にはセールストークを叩き込み、布教活動に勤《いそ》しませた。そして、地方組織をほとんど独力でつくりあげた。

それは教団にとって結構なことなのだが、岩尾は教義にない考えを布教に使用した。すなわち、アマツワタリを信じる者だけがトコヨへ行き、不信心者はカタスへ飛ばされる、という考えだ。

沢良木はそれを知ったとき、「そんな非科学的な……」と漏らしたらしい。

しかし、岩尾は「その可能性がある」とのみ主張したので、完全に否定するのは困難だった。

メッセージを受け取るのは、あくまで亡き飛彦だけ。遺された者に許されるのは、それを解釈することだけなのだ。その点、教祖の娘である天川煌も、教団代表の沢良木勝久も、新参信者の岩尾颯馬も平等だった。

最近では、独自の解釈をさらに進め、「地球と空間を交換するのはあくまでカタスである。心悪しき者は、土地ごとカタスへ飛ばされるのだ。一方、心正しき者は、トコヨへ身一つで行く。荷物は持っていけないが、心配することはない。トコヨにはすべてが揃っている。あなたがなくした想い出の品すらも」などと説いているらしい。むろん、心の正しさは献金額に比例するわけだ。

岩尾の解釈が正しければ、マホロバの意義は大きく変質することになる。トコヨへ行くような敬虔な信者にとっては意味がない。地獄のようなカタスへ堕とされる不信心者のみが、その存在に感謝することになる。

要するに岩尾の考えでは、マホロバは不信心者に恵んでやる恩恵だった。マホロバ建設のために献金することは、トコヨへの道を開くと同時に、哀れな無知蒙昧《もうまい》な人々を救うことだ。優越感を刺激され、気持ちよく献金できる。

だが、その場合、都市は必要ない。文明の維持に必要な物資を詰め込んだ倉庫が、より目的に適《かな》っている。分散配置すればなおよい。また、教団主流派の主張するように、マホロバに教団の中枢を移転して、トコヨ移住に備えることは、まったく無駄なことになってしまう。

マホロバ建設に反対して、分離独立してしまえばいいようなものだが、いまのところ、岩尾は天川煌の教団継承と沢良木勝久の解釈を表向き支持している。

岩尾が東京本部長の地位に甘んじている理由について、さまざまな憶測があった。

ほとんどの信者は、彼が心の底からアマツワタリの教えを信奉しているからだ、と無邪気に考えている。いや、そもそもそういった人々は疑問すら感じない。入信からの年数だけを考えれば、岩尾は大抜擢されたように見えるのだ。

だが、なにか不祥事があったときに、沢良木や古参幹部に全責任を被せて逃げるためだ、という穿《うが》った見方もある。さらに、岩尾による教団の乗っ取りを危惧する向きもあった。

煌をアマツワタリ、ひいてはトコヨの指導者とするのは教祖の遺志だ。そのことは、曖昧な絵ではなく、明晰な言葉で示されているので、新解釈の余地がない。したがって、もしアマツワタリを支配するつもりなら、煌の承認は不可欠となる。

そのために岩尾は、煌の拉致監禁すらやりかねない、と疑う者もいるのだ。

天川煌が教団と自分自身の未来をどう考えているか――それについては、岡崎大希に渡された資料に記されていない。

＊

独立自警団・魁物では週に一度、最高幹部会が行われる。

最高幹部会といっても、仰々しいものではない。冗談半分でそう呼ばれているが、団長の田頭誠司と腹心たちが団長室に集まり、昼食をともにとるだけだ。

レギュラー・メンバーは、誠司の他、井上《いのうえ》本部長、北島《きたじま》渉外委員長、末長《すえなが》掩護《えんご》隊長の四名だ。とくに決まりがあるわけではないが、いつのまにか、「他の者は呼ばれない限り出席しない」という不文律ができあがっていた。料理は出前を取る。どこから取るかは、誠司の気分しだいだ。会議の内容もそのときどきで変わる。重要事項が決定することもあれば、単なる雑談に終始することもあった。

その日は欠席者もゲストもなし。メニューはデリバリーのピザだった。そして、話題は昨夜の中京自警団連合との一件だった。

誠司は、中京自警団連合の藤代総長が深夜に電話してきたところから、アマツワタリにまつわる顚末をメンバーに聞かせた。もちろん、バイアスがかかっている。わからないことも多い。

しかし、誠司にとって、教団の内部事情は知ったことではなかった。どうでもいい。

重要なのは、中京連合とセブンスターの関わりだった。天川煌を乗せた車が出てくるという阪神高速の南港北出口にセブンスターの連中がいたのだ。

誠司には、偶然とは考えられなかった。彼らは天川煌を待ち伏せしていたのだ、と確信していた。

教団がじかに依頼した可能性もあるが、もし中京連合経由で知らされたのだとしたら、由々しきことだった。

「それで、中京の連中がブスタの下につく、言うたら、どないすんねん」末長が言った。

誠司は彼と付き合いが長い。中学時代の一年後輩で、昔はよく懐いていた。大阪に逃げてからしばらく音信が途絶えていたが、十年ほど前にふたたび連絡を取り合うようになり、魁物を立ち上げた後、高松から呼び寄せた。腕っ節も強く、誠司がもっとも信頼する男である。

だから、掩護隊を任せている。掩護隊はどこのベースにも属さず、フリーハンドで活動する集団だ。警察でいう機動隊のようなものである。その隊員は胆力と腕力を基準に選抜される。

「また、映画でも撮りまひょか」と北島が言った。

彼は以前、スカウト会社を経営していた。女性をスカウトし、風俗店や芸能プロダクションへ斡旋する仕事である。ずいぶん羽振りがよかったらしいが、規制が厳しくなり、数年前に廃業してしまった。

ただ、その頃に培った人脈は生きている。警察や暴力団にも知り合いが多い。それだけではない。もともと人当たりがいいから、新しい人脈も簡単に築いていく。

そんな北島に渉外委員長という役職はうってつけだった。外部との折衝全般を担当するが、主な役割は同業者との付き合いである。中立の、あるいは敵対する独立自警団と友好関係を結び、保つのが彼の最も大切な仕事だ。そのためには、情報を握らなくてはならない。大袈裟に言えば、情報機関の元締めじみたこともしているのだった。

謀略も行う。北島が「映画」と口にするとき、それは誰かの弱みになる動画のことだ。盗撮などしない。堂々と撮影隊を引き連れ、カメラの前で対立する組織のトップを陵辱し、許しを請う姿を撮影するのだ。

「また、ホモ映画か」末長が嫌悪感を剝き出しにした。「おっさんが泣きながらセンズリこいとるとこなんか撮ってなにがおもろいねん」

魁物と対立する組織のトップはほとんどが男性だった。取り繕ったところで、ベーサーが棲息するのは、暴力が幅を利かす、雄どもの世界なのだ。だから、北島の「映画」もいまのところすべて、主演は男性が務めている。

「ほなら、たまにはあんたが掘ってみるか、末ちゃん」北島が面白そうに言う。

「そんな趣味ないわい」末長はむすっとした。

「舐めさせるとか」

「ええ加減にしてくれ。だいたい、みっともない動画撮って、脅しのタネに使う、いうんが気に喰わん。どついたったらええやないか」

「まあ、あんまり大っぴらにするわけにゃいかねえだろうが。いまは大切なときだ」井上が言う。

魁物の金庫を預かる彼は、誠司の運営していた宿泊所の利用者だった。つまり元ホームレスである。だが、宿無しのころからじつに偉そうだった。無一文に転落する前は不動産ブローカーだったらしい。企業舎弟だったという噂もあるが、はっきりとはわからない。

「大切って、ジャンボリーが近いつうことかい。それこそ、どついて、キャンって鳴かせたったらええねん」末長は頑なに言い張った。

「ジャンボリーのことだけじゃない」井上は言った。「知ってるか、官製自警団をつくる動きがあるみたいだぜ」

「環境警備官たらいう連中とは別にでっか?」北島が片眉を上げる。

移災は生物災害ももたらす。青ナイル熱は、南スーダン異常帯が発生源とされ、病原体となる細菌もチェンジリングと考えられている。あるいは、大型のチェンジリングの脅威もある。中華人民共和国内モンゴル自治区のウランチャブ市に出現した異常帯から、大型で凶悪なチェンジリングが溢れだし、周囲で多数の住人が被害を受けた。

諸外国では、おおむね軍隊がこういった生物災害に対処する。だが、日本には、軍事組織に拒否反応を示す人々がまだ多い。官僚たちの思惑もあって、結局、環境省の所管のもとに公安職を新設することになった。それが環境警備官である。

「あんな軍隊もどきじゃなくて、消防団とかのノリで、ボランティアに銃を持たすみたいだぜ」井上が言った。

「銃?」北島は驚いたようだ。「そんなアホな。わしらかて、大っぴらに持てへんのに、ボランティアに持たすんですかいな」

「まあ、対人用じゃなくて、チェンジリング用だろうがな。猟友会みたいなもんか」

「どうせ利権やろ」末長が吐き捨てるように言った。「政治家やら役人やらが食い物にするねん。環境警備官とかも天下り先やないか」

環境警備官の幹部が警察や自衛隊の出身者によって占められていることは、秘密でもなんでもない。そもそも、任務に就いているのも元警官や元自衛官がほとんどで、一般からの採用者は訓練中だ。生え抜きの一期生が現場に出てくるのは来年と言われている。ましてや、彼らがトップに就任するのは、何十年も先の話だろう。しばらくは、警察のキャリアや自衛隊の将官に再就職先を提供することになる。

「まあ、そうかもしれん」と井上。「いちばんの問題は、官製自警団なんかができちまったら、おれたちの出る間がなくなるってこった」

井上の言う〝官製自警団〟の噂は誠司も聞いていた。

ウランチャブ移災のとき出現し、大きな被害をもたらした生物は、モンゴリアン・デス・ビートルと呼ばれていた。全長一・五メートルほどの楕円形の胴体から、約二メートルのサソリの尾に似たものが生えている。胴体に付いている口は巨大で、中型犬ぐらいなら一飲みにできた。さらにたちの悪いことに、毒針を放つのだ。石灰質の針はタール状の神経毒で覆われており、牛馬も一瞬で麻痺させる。人間なら即死しかねない。

この化け物じみたチェンジリングが人間を襲い、食い散らかす画を日本のテレビは放送しなかった。あまりに残虐すぎるからである。だが、ネットでは簡単に無修正のものが視聴できる。誠司ももちろん見た。それだけではない。彼は、捕獲された実物を見物するためにわざわざ大連の動物園にまで行っている。

誠司のように強い衝撃を受けた人間は珍しくない。その結果、鉄砲所持許可申請が急増した。あんな化け物と対峙する羽目になるなら、せめて手元に猟銃の一挺《ちょう》ぐらいほしい、というのは自然な感情だ。

これを受けて、対チェンジリングに特化した鉄砲所持資格を創設しようという動きがあるらしい。この資格により従来よりも簡単に銃器の所持が許される。その代わり、官製自警団に所属し、いざというときには、環境警備官の下働きをしなくてはいけない。

「やっぱ、東京はええなあ」誠司はつい呟いた。

「は？　なんですねん、いきなり」北島が首を捻った。

「いやな、ブスタが食い込もうとしとる、ちゅう噂があんねん」

首都圏に本拠を置く独立自警団セブンスターは、政治家に取り入り、官製自警団に浸透しようとしているらしい。新組織の中枢にセブンスターの構成員を大量に送り込み、派閥を形成することを考えているようだ。

誠司が気づいたときには、セブンスターが政権内のキーパーソンとのコネクションをがっちり握っていた。今さら他の団体が食い込むのは、至難の業だろう。

誠司の説明を聞いて、北島は言った。「ほんなら、わしらは反対運動でも焚きつけてみまひょか」

「いや、やめといたほうがいい」井上が反対する。「リスクが高い。裏におれたちのいることがバレたら、却って推進派のポイントになっちまう」

「ほな、旗振り役の政治家か役人の映画でもとりまひょか。わし、普通に女が主役の映画が好きですねん。最近は議員の先生や役所の偉いさんにもべっぴんが増えてきたから、楽しみですわ」

「だから、リスクが高ぇ、つってんだよ」と井上。「そんなことが表沙汰になってみろ。官製自警団とか関係なしに、おれたちゃ跡形もなく潰されちまうぜ」

「ほなら、派手なことはできまへんなあ」北島は嘆かわしげだった。「地味にネットかどこかで論陣を張って、様子見てみるぐらいですか」

「まあ、そのぐれえだったら、いいかもなあ」井上も消極的に賛成した。

誠司には効果があるとは思えなかった。しかし、手を拱いてばかりいるのも業腹だ。

「ほな、北島、やってみてくれるか」誠司は命じた。

「はあ」自分で提案したくせに、北島は気が進まないようだった。

「中京のことも忘れんといてくれ」

「わかってま。ちゃんと心根を探ってみます。その片手間に、ネットでの議論に強いやつ、何人か見繕っときますわ」

「辛気くさいのう」末長が呟いた。

しい。

＊

教団代表の沢良木勝久が、ホテル咲洲に天川煌を見舞ったのは、午後三時過ぎのことだった。

沢良木の来訪を岡崎大希は中村桃葉から知らされた。煌に渡した電話に連絡があったら
大希は廊下で沢良木を待つことにした。

やがて、エレベーターから沢良木が出てきた。白髪交じりの鳥の巣頭で、黒縁眼鏡をかけ、よれよれのスーツを着ている。資料によれば七十歳近いはずだが、もっと若く見えた。

沢良木には中年女性が付き従っていた。会ったことはないが、事務局長の久保《くぼ》だとわかった。資料に写真があったからだ。プロフィールには、チャゴス諸島沖異変以前からの古参信者で、煌や沢良木からの信頼も厚い、と記されていた。

「アマツワタリの沢良木代表と久保事務局長でいらっしゃいますね」大希は一応、確認した。沢良木が頷くのを見て、一礼し、ドアを開ける。「天川さまはこちらです。どうぞお入りください」

「あなたは？」久保が警戒するような目を大希に向けた。

「水都の者です。天川さまのご身辺を警護するよう申しつかっております」

「信用できるのですか？」久保は沢良木に訊いた。

「できるんじゃないかな」沢良木は答えた。バリトンだ。声だけは宗教指導者に似つかわしい。

「なにを根拠に？　ミヨシさまの退院のことがどこから漏れたかも、まだはっきりしないんですよ」

「こちらから漏れたという可能性もある」

「ありえません。時刻やルートまで正確に知っていたのは、わたしたちとあと、峠さんぐらいですよ」

「それでも、ぼくは信頼しているよ。ちゃんとこうしてホテルまでわれらがミヨシさまを連れてきてくれたじゃないか」

大希は素直に嬉しかった。

「ありがとうございます。社長も喜ぶと存じます」

そう礼を言っている間に、沢良木はさっさと入室した。擦れ違うとき、彼のスーツから煙草臭が漂った。

廊下には大希と久保が残された。

久保は大希へ検分するような視線を向けている。

気まずい空気が流れた。

「どうぞ、事務局長も」

大希が促すと、ようやく久保も部屋に入った。

最後に大希が戻ったとき、沢良木はすでに寝室にいた。

「なんだ、寝ていればよかったのに。具合がいいのかね、ミヨシさま」

「相変わらずデリカシーがない」煌が文句を言っていた。「少し待っていてくれたら、そっちへ行くのに。なんでいきなり入ってくるのよ」

「いきなりじゃない。ちゃんと電話したじゃないか」

「ベッドルームにノックもせずに入ったことを怒っているの」

「自慢じゃないが、ノックなどしたことがないね」

「どうしてそれが、ちょっとでも自慢になると思うのよ」

寝室のドアは開けっ放しである。リビングにいた大希にも、二人の言い争いがよく聞こえた。

仲のよい親子が喧嘩しているように、大希は感じた。

煌が父を亡くしたのは七歳の時だ。それ以来、彼女は教団に育てられた。後見人は沢良木勝久である。書類上の関係に留まらず、日常でも父親代わりだったのだろう。

頭を掻きながらリビングへ出てきた沢良木に、煌が続いた。パジャマの上にカーディガンを羽織っただけの姿で、桃葉の押す車椅子に乗っている。

沢良木と久保はリビングのソファに腰を下ろした。桃葉は、テーブルを挟んだ反対側に煌の車椅子を据え、その傍らに立った。

大希は廊下へのドアの側で控え、彼らの様子を見守った。

「お茶の用意をお願い」久保が大希に言った。

大希は軽く驚いた。そういうのもボディーガードの仕事なのだろうか。逡巡したが、

「承知しました」と頷く。

「それから、わたしたちが話をしている間、外へ出ていてください」久保は重ねて要求した。「席を外してほしいんです。わかるでしょ」

「それはいたしかねます」大希は即答した。業務の範囲外だが、茶菓の手配くらいはしてもいい。また退出も、煌か沢良木に要請されたのなら、検討しなくてはならないだろう。だが、それ以外の教団関係者に要求されて、明確な業務命令違反を犯すわけにはいかない。

「あなたねえ……」久保の目がすうっと細くなった。

「ぼくはコーヒーだ」沢良木が大声で言った。「ポットでくれ。それと、灰皿がないな。ついでに頼む」

「メニューはないの？」と煌。

桃葉が客室ファイルのルームサービスメニューを見せた。

煌はミルクティーとガトーショコラのセットを頼み、桃葉も同じものをオーダーした。

そして、桃葉はファイルを久保に差し出した。

久保は受け取ろうとせず、大希を睨んでいる。

「ご注文はいかがしましょう」大希は訊いた。

「ペリエで」そう言うと、久保は大希から顔を背けた。

内心、ほっとしつつ、大希は内線電話で注文を伝えた。だが、返事を聞いてうんざりする。悲報を伝える義務が生じたようだ。

「申し訳ございません、沢良木代表」大希は言った。「ここは禁煙ルームなのだそうで、お煙草はご遠慮いただきたいと……」

「ここもそうかっ」沢良木は両腕を挙げた。「ご遠慮いたしますとも。どこに行っても、われらが種族は迫害されるさだめ。スモーカーの生存圏は日増しに狭くなっていくばかりだ」

嘆く沢良木へ煌は冷たい眼差しを向けた。

「病院も禁煙よね」彼女は言った。

「近頃はどこもそうだ」沢良木は悲しげに溜息をついた。「喫煙室すらない。それどころか、屋外でも敷地内は吸っちゃ駄目と来る」

「それが病院まで来なかった理由？」

「え？」

「思ったんだけど」煌は言った。「小父さんが南飛病院まで迎えに来てくれたら、昨日の晩みたいな大騒ぎをしなくて済んだんじゃない？」

「面白かっただろう」と沢良木。

「はあ？」煌は切れそうだった。「わたしを楽しませるためにしたってわけ？」

「いやいや。まあ、いい経験になったんじゃないか」

「車に轢き逃げされただけでもお腹いっぱいなんですけど」煌は唇を尖らせた。

「ぼくはいちおうウカミだからね、長時間、総本部から離れるわけにはいかないよ」

沢良木の別名ともなっている〝ウカミ〟という役職は本来、トコヨへの移民船であるトリフネの来訪をいち早く知るために設置された、と資料にあった。総本部ビルの屋上に設置された天体ドームから空を観測するらしい。教義を変更したいまも、監視を続けているようだ。

「どうだか」煌は声に不信感を滲ませた。「毎日、新型コンピュータを見に行っているんでしょ」

「モグワイ03のことか？　毎日は行っていないぞ。今日は行ってきたが。面白いぞ。また、新しいデバイスを要求しているらしい。目的がなにか、飼育係たちが悩んでいる」

「飼育係？」桃葉が小首を傾げた。「コンピュータなのにですか」

「ああ、モグワイ03はコンピュータはコンピュータでも、世界に十七台しかない万能量子コンピュータだ。自分を成長させる、という課題を与えられている。そのため、モグワイ03はいろんな要求をする。管理者はその妥当性を判断し、必要に応じて満たす役割があるわけだ。飼っている気分になってもしかたないだろう？　なるべくおねだりには応えるようにしているようだが、すべてに、というわけにはいかない。コストの問題があるし、なにより三つの約束を守らないといけないんだ」沢良木は桃葉に指を三本、立てて見せた。「一つ、ネットを使わせないこと。二つ、ロボットを与えないこと、三つ、電源はいつでも落とせるようにしておくこと」

「そうなんですか」桃葉は、困ったような笑顔で頷いた。

「もちろん、実際の譲渡契約書は膨大で、小難しい言葉で記してあるがね、管理者の義務で大事なのはこの三つ。そうしないと、愛嬌のある小動物は、敵意を剝き出しにした化け物になって、人類を支配してしまう。そんな事態をグレムリナイゼーションというんだが、科学者たちは本気でこいつを恐れている。早晩、モグワイかその眷族はシンギュラリティを超えるだろうが、悪い方向へ行きそうになったら、速やかに破壊しないといけない」

「はあ」

「だから、ぼくは自爆装置をつけるべきだと常々、主張しているんだ。モグワイ03が教団の所有なら文句なくそうするんだが、あいにく、混生代防災研究所と懐徳堂大学の共同所有だ。そういえば、懐徳大の連中、あれを九州へ持っていくつもりだった。冗談じゃない。懐徳堂と組んだのは、あの学校が大阪にあるからだぞ。いくら日本が狭くなったとはいえ、スタンドアローンのコンピュータを……」

「いい加減にして」煌がうんざりした口調で言った。「お見舞いに来てくれたんじゃないの？」

「もちろん、そのつもりだよ。なにか変かね？」

「いいえ、ちっとも。いつもどおりの小父さん」煌は桃葉に目を向けた。「質問なんかしちゃ駄目よ。相手のことなんかお構いなしに、何時間も話すんだから。どうしても必要なら仕方ないけど、会話を弾ませるためとか、そんな軽い気持ちだったら、迂闊にものを尋ねちゃ駄目」

「わかりました」桃葉はまた頷いたが、今度は真剣な面持ちだった。

このやりとりを、大希は意外に感じた。煌のもっとも身近で世話をする役目を与えられているのだから、桃葉は沢良木からも信頼を得ているのだ、と思い込んでいた。側近とは言えないまでも、それに近い立場にいるはずだ、と。

だが、さすがに初対面ということはないだろうが、桃葉と沢良木はあまり面識がない様子だった。

沢良木が桃葉を疑っていないのは、煌が彼女を信用しているからか、と大希は考えた。

ようだ。

大希自身についても、五百住正輝の保証があるという理由で、全幅の信頼を寄せている

見込んだ人間の下した評価は全面的に受け入れる、というのが沢良木の流儀なのかもしれない。

「長時間、大阪を離れたくないのは、そのモグワイとかのせいじゃないの」煌が拗《す》ねたような口調で沢良木に言う。「コンピュータに夢中でわたしが入院しているのも忘れてたんでしょ」

「ミヨシさま」久保が険しい口調で言った。「そんなことはありません。ウカミさまはずっと心配なさっていました」

「じゃあ、迎えに来てくれてもいいじゃない」

「いや、向こうの医者からもうちょっと回復してからのほうがいい、と言われてね」

「はあっ？」煌は顔を顰めた。「おかしいじゃない。じゃあ、なんであんなに慌てて乱暴な退院をさせたのよ。それも深夜にっ。傷口が開いちゃうかと思ったわ」

「落ち着いてください、ミヨシさま」久保が口を挟んだ。「東京の岩尾がお母さまと連絡をとった、という情報があったのです」

その言葉を聞いたとたん、煌は顔色を変えた。

資料によれば、煌の母親は由美《ゆみ》という。天川飛彦と正式な結婚はしていない。当時、総

本部ビルには三十人ばかりの信者が共同生活を営んでいたが、彼女はその一人だった。だが、出産後すぐ、由美は脱会し、生まれたばかりの煌を置いて故郷の山口県に帰ったらしい。両親が強引に連れ戻したのだと資料には記されている。

飛彦は煌をすぐ認知し、娘として養育した。このとき、彼はすでに五十代だった。妻帯したことはなく、煌以外の子もいない。

飛彦が病死した際、教団は由美を探し出し、煌の養育について話し合いを持ったらしい。だが、すでに結婚していた彼女は、煌と関わり合うことを拒否した。

当然、現在は教団と完全に無縁だ。資料には写真すらなかった。

煌に母親との想い出があるのだろうか、と大希は思った。

「今さらなんの用で？」煌は不快げだった。

「ミヨシさまはまだ未成年なんですよ」久保は言った。「親の許しを得ないと、いろんなことができないのです」

「後見人はちゃんといるわ」煌は沢良木を見た。

「そうですけど、わが国の法律は、血のつながりを重視しますから」

「もういいから、久保くん」沢良木が穏やかな声で言い、煌に向きなおった。「あくまで噂だ。過度に気にする必要はない」

「再来週辺り、ウカミさま自ら迎えに行く、という予定を立てていたんです。ところが、東京の動きが慌ただしくなって。でも、ウカミさまの予定を早めても、さらに先手を打たれる恐れが……」

「久保くん」ふたたび、沢良木が制止した。

「すみません。でも、これだけは言わせてください」久保は言葉を続けた。「ウカミさまはミヨシさまのことをいつも第一にお考えです」

「知ってる」煌は答え、ちょこんと頭を下げた。「ごめんなさい」

「いいんだ。でも、もしもお母さんに会いたいのなら……」

そう沢良木が言いかけると、煌は首を大きく横に振った。その拍子に傷が痛んだらしく、「つっ」と呟き、眉根に皺を寄せる。不機嫌そうな表情のまま、彼女は言った。「会いたくない」

「気を遣わなくてもいいんだよ」

「自慢じゃないけど」煌は得意げに答えた。「小父さんに気を遣ったことなんかない」

「確かに遣われた憶えはない」

ノックの音がした。お茶が来たのだ。

第四章　災厄の日

南飛病院を強引に退院してから約一カ月経ったが、天川煌はまだホテル咲洲にいた。岡崎大希の目には、順調な回復に見える。まだ移動に車椅子が欠かせないものの、上半身の包帯は目だって減った。

とはいえ、煌はほとんど外出しない。まだ轢き逃げの犯人が捕まっておらず、当然のことながらその背後関係も不明なので、気軽に出歩くわけにはいかないのだ。

ホテルから出るのは、病院へ行くときぐらいである。通院はもちろん、大希が送迎し、警護する。

煌がホテル咲洲に逗留していることは、教団内でも大っぴらにされていない。にもかかわらず、お見舞いと称する来客がやってきた。煌が許可すれば通したが、ほとんどは断ることになった。もちろん、彼女の体調の問題もある。だが、やはり意図不明の来訪者も少なくなかった。

それも近頃では落ち着いてきた。

ホテルに移って三日後には、遠隔授業も始まった。

煌は、総本部にほど近い私立淀陽学院に通っていた。中等部から入学して、いまは高等部二年生である。

入学当初は、煌も普通の生徒に混じって登校していた。だが、教団が巨大化し、周囲がかまびすしくなってくると、学校側からやんわりと遠隔授業を勧められたらしい。

煌がどう思ったかはわからない。友だちと日常的に会えなくなって辛かっただろうが、案外、引き籠もり体質で、渡りに船だったかもしれない。

少なくとも今回は好都合だった。

機材は、それまで使っていたものを総本部から運んでくればよかった。運搬は教団の職員が担当した。受講方法は煌がよく知っている。したがって、ホテルでの授業はスムーズに開始された。

授業のおかげで、大希の仕事もやりやすくなった。

朝八時に朝食のワゴンが運ばれてくる。大希は寝室のドアの傍らでテーブルセッティングを見守る。

ボーイが退室したら、寝室のドアをノックし、煌を起こす。たいていはその前に中村桃葉が彼女の身支度を調えて待っている。

八時四十五分から授業が始まる。通院のない日は、コ・メディカルがやってきて、リハビリを行う。煌はこれを「体育の時間」と呼んでいた。

授業は三時半に終わるが、煌はその後も勉強を続けた。十時には寝室に引き取るが、桃葉の話では、ベッドでも勉強しているという。

煌は、沢良木の組んだカリキュラムに添って自習していた。その内容は哲学、心理学、人類学などで、トコヨの女王となるために必要な教養の基礎となるらしい。

松尾常務からの指示、つまり教団継承の意志が煌にあるかどうかを確かめることは、まだ果たせていない。煌は、通院や授業の合間に、来客や電話の応対もしなくてはならず、さらにそれ以外の時間は勉学に打ち込んでいる。話しかけるのも一苦労だ。それでも、いくらか打ち解けた。その証拠に、煌は大希に敬語を使わなくなった。が、立ち入ったことを尋ねるのにはためらいがある。それに、訊くまでもないと思いはじめていた。彼女の精励ぶりに接するうち、喜んで教団を継ぐつもりなのだ、と確信するに至ったのだ。

大希は、悪の教団から少女を救い出すのも面白そうだ、と心の片隅で期待していたので、ほんのちょっと失望した。

逗留三週間目のある日、松尾に自分の判断を報告した。

「ほうか」松尾はあっさりしたものだった。「ご苦労はん。まあ、これでわしも肩の荷が一つ、降りたわ。あとは本ちゃんの業務、頑張ってな」

大希も松尾の指示は忘れ、身辺警護に専念する心持ちを固めた。

朝食は必ずルームサービスだが、昼食と夕食はそうでもない。腕のギプスがとれて、食事に介助が必要なくなってから、煌は外で食べたがるようになったのだ。

通院の日にはホテルの外で昼食をとることもある。部屋で食べる場合でも、桃葉がなにか買ってくることが多い。彼女が買い物に行く間、アクセシブルスイートには大希と煌が二人きりで残ることになる。煌は授業中なので、会話があるわけではないが、信頼されている証と感じられ、大希は満足だった。

夕食はホテル内のレストランを使用することが多かった。

とくに煌のお気に入りは最上階のフレンチレストラン〔シェ・シマザキ〕だった。

その夜も、煌は桃葉とともに〔シェ・シマザキ〕の窓際の席にいた。

大希は隣のテーブルから、周囲に目を配る。

食事はしない。ホテル・レストランで毎晩のように食事するのは、安月給ではとてももたないし、会社に請求しても通らないだろう。西谷課長に怒鳴られるのが関の山だ。一度、「うちで払って上げるから、こちらで召し上がったら?」と煌から提案されたことがある。その気遣いには心から感謝したが、残念ながら服務規程違反だ。

むろん、大希も食事しなくてはならないが、それは煌たちが食べ終わった後だ。部屋に送り届けて、一時間ほどホテルの警備員に任せ、その間に手近な場所で食事を済ます。

そういうわけで、大希は空き腹を抱えたまま、コーヒーを飲みながら、煌を見守っていた。コーヒーも一般の喫茶店より高いが、このくらいは経費で出る。一人で辺りを睨みつけていては目立ってしまうので、タブレットを持ち込んで、出張中のビジネスマンのふりをしている。

タブレットの画面にはニューストピックが並んでいる。

大希はさりげなく顔を上げて、煌と桃葉のテーブルを見た。二人はなにごとか話しながら、サラダを食べている。

このレストランのセールスポイントは、大阪ベイエリアを一望に収めることができることだ。とくにディナータイムには、都市の光が織りなす景色を楽しむことができる。当然、窓際の席が特等席になっていた。

煌と桃葉が坐っているのも、特等席の一つだった。その向こうには、大阪湾を隔てて、神戸の夜景が広がっていた。

とくに異状はないようだ。

タブレットに視線を戻そうとする。だが、視界の隅に違和感を感じ、顔を上げた。

瞼を瞬く。

神戸が消えていた。

＊

帰宅ラッシュに差しかかり、神戸三宮行きの阪急電車はやや混んでいた。

出灰万年青は最後尾の車両に乗って、二人の友人ととりとめのない話をしていた。彼らは大平《おおひら》と古川《ふるかわ》といい、サッカー部のチームメートだった。

時間はもう午後七時に近い。十二月なので、もう日はとっぷり暮れている。部活動のため、閉門ぎりぎりまで学校にいたので、こんな時間になってしまった。

彼の通う淀陽学院はクラブ活動が盛んなので、最終下校時刻の六時半まで多くの生徒が残っている。また、阪急電車を利用して神戸方面から通う生徒も珍しくなかった。

そのため、車内にはスーツに混じって、淀陽学院の制服も目立った。

万年青は、同じ車両に、双子の妹、鈴蘭がいるのに気づいた。彼女も数人の友人たちと一緒にいた。万年青は前寄りのドアの付近にいるが、鈴蘭たちは乗務員室の手前に固まっていた。

妹との仲は悪くないと思う。

兄妹の家は西宮市にある。二人いっしょに登校する。駅までの道では、よく話す。だが、鈴蘭には同じ電車に乗るグループがあって、駅に着くと、さっさと彼女たちのほうへ行ってしまう。万年青には、同じ駅から乗る友達がいないので、一人取り残されてしまう。ただ、同じ電車を利用する友人たちはいるので、先に乗った連中と車内で合流できる。学校ではクラスも別だし、たまたま会っても話すことはない。今日のように帰りが一緒になることもあるが、お互いに知らんぷりをしてしまう。帰り道では話すこともあるし、自宅では普通に会話する。

要するに、同じ学校の生徒の目があるところでは、話しにくいのだ。なぜなのかは、万年青にもわからなかった。たぶん、鈴蘭にもわからないだろう。

今夜も妹を無視して、友人たちとの話に興じた。

スマホの通知音がした。

「ちょう、ごめん」と断ってスマホを取り出す。

見ると、メッセージングアプリの家族専用チャンネルに投稿があった。大東市に職場のある母からだ。「ワガママ坊やのお守りで遅くなる。先に食べてて」とあった。

万年青は、「了解」とのみ返信した。

間を置かず、書き込みが現れた。「晩飯当番は帰宅済み、仕込み完了。今日はハンバーグだ。なるべく早く帰っといで。うちのツインズはどこ？」

今夜の夕食当番は父だ。両親ともあまり料理をしない。惣菜や半調理品を買って済ますことが多い。

ハンバーグもたぶん、成形済みのタネを買ってきたのだろう。付け合わせはきっと、オーブントースターで焼いた冷凍フライドポテトと、電子レンジで温めた冷凍ブロッコリーだ。豆腐とワカメの吸い物もつくに違いない。これは出汁を昆布と鰹節から丁寧に引く。この点、父には拘りがあるようだ。しかし、あの吸い物はハンバーグには合わない、と思う。

「ぼくは電車の中。もうすぐ帰ります」万年青は追加で打った。

間を置かず、鈴蘭の発言が現れた。「万年青と同じ電車です」

どうやら彼女はとっくに万年青の存在に気づいていたらしい。

顔を上げて、妹を見た。

鈴蘭は知らんぷりで、友だちと談笑している。

万年青はふと、自分以外にも妹へ視線を向けている生徒に気づいた。先月の社会科見学で、彼に絡んできた生徒だ。下縁メガネをかけて、出灰兄妹を毒々双子とか呼んだショーモナイコトイイだ。

この時間の電車に乗っているのだから、彼も部活帰りなのだろう。誰かと話している様子はないが、近くにいる男子生徒たちは部活仲間なのかもしれない。

「なあ、出灰」と友人の一人、大平に名を呼ばれた。

「え？」と顔を上げる。

「ユニグリ、やっとう?」彼は、万年青の顔ではなくスマホを見ていた。

「ユニグリってなに?」

「ゲームやんか、スマホの。ほら、ユニバース・グリ……」

結局、〝グリ〟がなにの略かは聞きそびれた。

「急停車します。ご注意ください」と自動アナウンスが響いたのだ。

「なんや?」大平は眉を顰めて、きょろきょろした。

万年青は手近な吊革を摑む。

たしかに進行方向へ引っ張られるような感覚があるが、思ったほどではない。通常のブレーキとさほど変わりがないように思えた。

安心して吊革を持つ右手から力を抜いたとき――。

突然、電車は上下に大きく揺れた。

悲鳴が上がる。

重力の方向が変わった。

電車の後ろが下となる。

考えるより早く身体が動いた。ふたたび右手に力を込め、左手も吊革に添えた。その拍子に持ったままだったスマホが飛び、床を滑っていったが、構っていられない。

踏ん張りきれずに、足が浮く。

さらなる衝撃が来た。

＊

田頭誠司は外での打ち合わせを終え、南森町ベースの団長室に戻った。

団長室には、留守番をさせていたミキ一人だった。彼女はスマホに夢中だった。

「おう、電話とかなかったかい」誠司は訊いた。

「あらへんかったよ」スマホの画面を見つめたまま、ミキが答えた。

「まあ、せやろな」

団長室直通の電話は番号が公開されていない。番号を知っている少数の人間は、用があれば、誠司の携帯電話にかけてくる。事務所に誠司宛ての電話がかかってくることがあっても、団長室の電話が外部から鳴らされることは滅多にない。外からかかってくるのは、誠司自身が留守番に用を言いつけるとき、使うぐらいである。

誠司は特注の革張りの椅子に腰を下ろした。

「おい、コーヒー、淹れてくれ」とミキに命じる。

「いま、手ぇ離せへん」とミキ。

「手ぇ離せへんって、ゲームやろう。あれか。あの、ユニグリつうやつか。しょうもない、あんなもんになんで金、注ぎ込めるねん」

「うちの勝手や」

「もうちょっと女らしい無駄遣いせぇや。ブランドもんのバッグ買うとか……」

「買うてくれるん？」

「あほ。ガチャ回す金あったら、後に残るもん買うたらどないや、つう話や」

「称号かて、後に残るわ」

「称号？」

「いまのイベで、すごい称号が取れそうやねん」

誠司は呆れた。「その称号って、要らんようになったとき、どこぞで買い取ってくれるんかい」

「手に入れるときから、手放すこと考えて、どないすんねん。男のくせにみみっちいこと、言わんとき」

「みみっちいってなんやねん」誠司は怒鳴った。「おまえがなにに金使おうがかまへんけどな、その金かて出所はわしやろうが。コーヒーぐらい淹れてくれても、バチは……」

「ああっ」ミキが大声で叫んだ。「なんしてくれてんねん、こらっ」

「なにがや」逆ギレか、と誠司は思った。

だが、そうではなかった。ミキは誠司の方には目もくれず、スマホ画面を睨みつけていた。

「サーバーエラーやっ、この大事なときにっ。詫びポイント、ようさん貰《もら》わな納得いけへんで」

「なんや、ゲームの話か……」誠司は拍子抜けした。どうやらサーバーとの接続が切れ、ゲームが続行できなくなったらしい。「ちょうどええわ。直るまでにコーヒー、淹れてくれや」

そのとき、固定電話が鳴った。珍しいことがあるものだ、と思ったが、外線ではなく、内線だった。

誠司は受話器に手を伸ばしかけたが、一瞬早く、ミキが電話に出た。

「はい。こちら団長室です。……お疲れ様です」とちゃんとした企業の受付嬢のように気取った声で言う。コーヒーを淹れるのは違うが、電話に出るのは自分の仕事と心得ているのか、それとも、ゲーム・サーバーと再接続されるまでの暇つぶしなのか。「ご在室です。お待ちを」と言って、ミキは受話器を差し出した。「二階の当番さんや」

「二階」というのは、二階にある本部事務所のことだ。

誠司は受話器を受け取った。

「おう。わしや」

「団長」事務所当番長の声が流れた。「えらいことです。突変ですわ」

＊

十二月六日午後六時五十二分三十七秒――。

関西大移災が発生した。

全域が転移したのは、大阪府大阪市、摂津市、寝屋川市、守口市、門真市、四條畷《しじょうなわて》市、大東市、東大阪市、八尾市、柏原市、藤井寺市、松原市。

区域の過半が転移したのは、大阪府豊中市、吹田《すいた》市、羽曳野《はびきの》市、堺市。奈良県生駒《いこま》市、香芝《かしば》市、西和市。兵庫県尼崎市。

その他、区域の一部が転移したのは、大阪府茨木《いばらき》市、高槻市、枚方《ひらかた》市、交野《かたの》市、大阪狭山市、富田林《とんだばやし》市。奈良県葛城《かつらぎ》市。兵庫県伊丹市。

これだけの領域が地球から失われ、トランスアノマリーの土地と入れ替わった。

時空を超えて移動してきた土地を〝転移領域〟といい、もとから存在する土地を〝原始領域〟という。その境界線は〝生態系不連続線〟と呼ばれた。その近くでは、さまざまな悲劇が起こった。

生態系不連続線に肉体を切断され、生命を落とした者も少なくない。命は取り留めたものの、障害を負った者もいた。事故も多発した。

だが、生態系不連続線から少し離れると、意外なほどに平穏だった。その理由としては、電気と電話、そして放送の健在が大きい。

まず電気供給の維持には、スマートグリッドが大きく寄与した。これは分散制御システムを備えた送電網であり、需給状況に大きな変化が表れても対応することができる。むろん外からの供給は絶たれたが、南港発電所と堺港発電所は領域内にあり、ほかにも電力会社でない企業の発電所、一般家庭の太陽光発電設備など、電力供給源は多かった。物理的な断線で停電した地域もあったが、ほとんど混乱はなかった。

ただし、先の見通しは暗い。南港発電所も堺港発電所も液化天然ガスを燃料としている。ストックが尽きれば、調達するめどは立っていない。自家発電も規模の大きいものはたいてい火力であり、こちらも早晩、燃料切れとなる。あとは太陽光や風力だが、これはとうてい必要供給量を満たすことはできない。蓄電設備も足りない。供給が不足すれば、スマートグリッドといえども送電を維持することは不可能だ。

しかし、今夜のところはまだ、人々は照明の下で夜を過ごすことができた。

電話網も瞬時に再編成が行われた。電話交換局で稼働する人工知能が連携し、転移領域内の端末であれば、自由に通話できるよう構成したのだ。ただ、転移していない電話へのアクセスは膨大で、移災直後には断続的な通話不能状態があちこちで発生した。その混乱は一時間もしないうちに収まった。だが、もはや時空の彼方に隔たってしまった電話にアクセスしようと虚しく努力する人々は、ずっと後にも存在した。

テレビ放送が継続できたのは、大阪府とその周辺を対象区域に持つ生駒山送信所が転移したからである。キー局からの配信は途絶したものの、たまたまローカル・ニュースの多い時間帯とあって、放送を中断したチャンネルのほうが少なかった。放送を一時停止した局もすぐ、大阪のスタジオから再開した。

ラジオは明暗が分かれた。ラジオ局の一部は転移領域外に送信所があったのだ。それらの局は放送停止を余儀なくされた。

衛星放送は言うまでもなくすべて途絶した。

水道は、電気のように行かなかった。水道管が途中で消失し、断水した地域もあった。逆に下水管が閉塞したため、汚水が逆流したケースもあった。もっとも、そういった被害にあったのは、被災家屋の一割以下で、大部分の施設では普通に上下水道を使うことができた。あくまで六日の夜に限った話だが。

ガスの供給はただちに停止された。ガス管の破断が検出されたからである。供給再開の見通しは立たない。供給すべきガスがほとんどないのだ。液化天然ガスから都市ガスを製造する工場は一つも転移しなかった。ガス供給所はいくつか転移したが、そこに設置されたガスホルダーが蓄えている量などたかが知れている。

インターネットの状況はさらに深刻だった。ルートサーバーをはじめ、ほとんどのDN

Sサーバーから切り離され、ネットは完全にダウンした。その影響で、工場のIoT機器が機能を停止したが、さいわい、激甚な事故には繋がらなかった。より日常的な原因でもネットから遮断されうるので、対処がなされているのだ。

また、GPS衛星からの電波が途絶えたことで、カーナビが機能しなくなり、交通の混乱も起こった。とくに自動運転車はネットからの切断もあって、緊急停止した。これもプログラムに従い、搭載された人工知能が路肩など安全な場所に駐車した。

通信インフラは一瞬にして前世紀のレベルにまで後退した。

物心ついた頃からコンピュータネットワークを空気のように享受していた若い世代は、そこはかとない不安を感じた。一時的にネット環境を失うことがあっても、それはすぐ回復した。だが、今回の場合、インターネットの復旧には少なくとも年単位の時間がかかる。それどころか、回復の糸口がつかめるかもあやふやだった。

だが、年寄り世代はちょっとレトロな気分を味わい、みょうに元気になった。その夜、落ち込む若者に意気揚々と説教する中高年の姿がそこかしこで見られた。

インターネットの壊滅により、もっとも大きな影響を受けたのは流通だろう。多くの商店では、レジが使用できなくなったのを口実に、シャッターを下ろしてしまった。もはや、貨幣は信用を失った。それよりも物資が大切だった。

災害に際しても、日本人は平静を保つとの評判がある。だが、それはすぐ救助が来ることを信じているからだ。しばらく不便をしていても、水や食料が届けられ、餓死することはないと考えていたから、理性的に振る舞うことができたのだ。

しかし、移災の場合、どこからも救助はやってこない。自分たちでどうにかしなくてはならないのだ。

突然変移現象の発生直後、被災地の秩序は保たれていた。だが、それはいまにも崩壊しそうな緊張を孕《はら》み、夜が深まるにつれ、そこかしこで軋みが聞こえはじめた。

*

「電話は外へも通じるんか」田頭誠司は訊いた。

「大丈夫みたいですわ」内線電話の向こうで、当番長が答えた。「いま、目の前でケータイ、使《つこ》うとるやつがいます」

〈なんや、ケータイが使えるんかい〉田頭誠司は失望した。

非常事態に備えて、魁物の各ベースには無線機が備え付けられている。電話網が壊滅したときには、強力な武器になるはずだった。しかし、携帯電話が使用可能なら、そのアドバンテージも怪しくなる。

「とりあえず、全部のベースに連絡せえ」気を取りなおして、そう指示した。

「けど、セクチャがあきません」

〝セクチャ〟はメッセージングアプリである。高度なセキュリティを備えているので、魁物の内部連絡用に使われていた。

「あほ。手分けして電話せんかい。そんくらい、頭、使え」

「すんません」

「連絡ついた所には、『とにかく団員を集めぃ』、言うとけ。無線機には必ず人をつけること。それとな、連絡のついたベースとつかなんだベースのリストをつくれ。あとは……」

そのとき、ジャケットの内ポケットで携帯電話が鳴った。なるほど、確かに使えるようだ。画面に〝井上本部長〟と出ている。「ちょう待っとれ」

携帯電話に出た。

「おう、通じたな」井上の野太い声がした。

「どっからや？」

「阿倍野で飯を喰ってた」井上は答えた。「いま、車を回させているところだ」

誰かの怒鳴り声が背景音として聞こえた。

「団長室へ来てくれるか」

「もちろん、そのつもりだ。移災だろ？」

「気づいてたか」

「ったりめえだ。団長こそ、気がついてねえんじゃねえかって、こうして電話してるんだよ。とにかくすぐ本部へ行く。ベースを纏めてやらなきゃな」

各ベースは団長に直属していることになっているが、形の上のことで、実際に統括しているのは本部長だった。

「ああ、頼りにしている。いちおう、ベースに集まれ、いう程度の指示は出しておいたがな」

「ふむ」井上は声を潜めた。「それで、G装備はどうする?」

〝G装備〟のGは〝gun〟の頭文字である。つまり、G装備とは銃器で武装することだった。

魁物の団員にも、合法的に猟銃、あるいは競技用銃を所持している者は多い。だが、いくら合法的な所有者でも、めったやたらと持ち歩けるものではない。銃を持って集まれば、凶器準備集合罪に問われるだろう。ベースでまとめて保管するのも違法だ。

もし団員に「G装備で集まれ」と命じれば、それは重大な犯罪であり、内乱罪かその予備罪に問われる可能性すらある。

だが、これからしばらくは混乱するだろう。武力を手にしておかなければ、対立組織に潰される。

〈いま、わしは後戻りのできん川を渡ろうとしてる……〉

答えは決まっていた。

もちろん、セブンスターや暴力団、有象無象の不良集団がやりたい放題を始めるだろう。それを抑えて、秩序を守る勢力が必要だった。

警察はあてにできない。これから官僚機構は弱体化する。警察組織も例外ではあるまい。いや、逆に掣肘《せいちゅう》から解き放たれ、暴走する恐れもある。

〈わしらが仕切ってやろうやないか〉誠司は高揚を感じた。

それには武力が必要だった。旧時代の法律などに囚われている場合ではない。もし囚われている連中がいたとすれば、それは時流も読めぬ愚か者だ。言葉が届かぬようなら、実力で排除するしかない。

「どうするんだよ？」井上が焦《じ》れた様子で返答を促した。

「やらいでか」誠司は答えた。「G装備や。隠し道具も持ってこさせ」

隠匿していた銃器も目立たぬ暗がりから出し、堂々と携えよ、という指示である。魁物には合法的に銃を所持している団員も多いが、非合法に所持している団員もまた多いのだ。

「じゃあ、アンタコにも声をかけておくかい」

アンタコと渾名で呼ばれる安西《あんざい》は団員の一人で、町工場を経営している。ガンマニアでもあり、手持ちの設備で製造できる銃を設計した、と自慢していた。材料も準備し、いつでも量産体制に入ることができると豪語している。

「せやな。あいつの言うことがホンマかどうかわからんけど、造りはじめるよう言うてくれ」

「じゃあ、あいつの工場も守らせなきゃいけねぇな」

「ああ。銃砲店や射撃場、ガソリンスタンドも守らなあかん。会員さんの店だけやのうて、それ以外の店も」

「押しかけ警備か。スーパーとかはいいのか」

「そら、会員さんの店は守らんなん。いくら日本人がおとなしいちゅうたかて、さすがに今回は略奪があるやろう。けど、全部は面倒みきれんわ。手が回らん」

「いや、食い物や飲み物は確保しなくていいのかって話なんだが」

「とりあえず弾薬と燃料や。それさえ押さえとけば、あとはどうとでもなるわい」

「なるほど……。おお、車がやっと来やがった」

電話の向こうで井上が、『あんまり遅《おせ》ぇから、フケたかと思ったぜ』と叫び、それに対して、謝っている若者の声が聞こえた。

「こっちも忙しいから、そろそろ切るで」誠司は告げた。「細かいことは本部で話そうや」

「それはいいが、一つ聞かせておいちゃくれないか」

「なんや？」

「おれたちゃ正義の味方で行くのか？」

「当たり前やないか」誠司は即答し、電話を切った。

誠司が通話している間に、ミキがテレビをつけていた。

「繰り返しお伝えしておりますように、大阪市を中心とした地域が転移した模様です」女性アナウンサーが険しい表情で告げていた。「被災地域の正確な範囲はまだこちらには伝わっておりません。ただいま入った情報に拠りますと、寝屋川市北部を生態系不連続線が横切り、淀川が氾濫している模様です。また、大阪府と奈良県の境のすぐ東に生態系不連続線が走っているのを確認いたしました。続きまして……」

誠司は北島のことが気になった。渉外委員長という役目柄、彼は出張が多い。昼に本部で会ったとき、今夜は京都で地方議員と会食する予定だと聞いた。

誠司は北島に電話した。

「なんでっか」と眠たそうな応答があったので、誠司は脱力した。

「なんでっか、やあらへん。移災や」

「どこが?」

どうやら事態をまったく把握していないようなので、誠司は手短に状況を教え、「今夜は京都やったのとちゃうんか」と尋ねた。

「約束は九時からですねん」北島はのんびりとした口調で答えた。「もう一時間もしたら出かけよう思っとったんですけど、あの先生と飲んだら、お開きはいつも朝になってまうんですわ。そやさかい、ちょっと仮眠をとってたんです」

「なんや、寝とったんかい」

「おかげで、頭がすっきりしてますわ。ほな、さっそく、お偉方を抱き込みにかかりますか」

誠司はすぐには返答できなかった。

自分たちが転移した場合、行政を取り込むのは既定方針だった。首長や有力議員、府庁の幹部など、主立った人間の身辺に警護の名目で張りつくのだ。対象人物の一部はすでに籠絡《ろうらく》済みだった。

準備は整っているのだ。だが、人手が足りるのか、と誠司は危惧した。

「とりあえず、お偉いさん連中の居場所だけ調べといてくれ」誠司は指示した。「そういえば、府知事には渡りをつけてあるんやったな。知事さんだけでも、警護をつけさせてもらうか。なにしろ、東京と連絡がとれんのやったら、あの人がトップや。警察もつけるやろうけど……」

「いや、知事はん、いま、東南アジアですわ。なんや、大阪を売り込むとかで、張り切って出かけはりました」

「はあ？」誠司は腹を立てた。「あいつに取り入るのに、結構な金を使うたんとちゃうんか。知事の分際で外交ごっこして、肝心なときにお留守か。どうもならん」

「団長」北島が面白そうに訊いた。「その怒りは、なんに対する怒りですねん？」

「決まっとる。役に立たん政治屋どもに怒ってんねん」

「そらよかった。てっきり、無駄金、使うてしまったことに気ぃ悪うしてはるんか思いました」

「まあ、それも少しはある」誠司は認めた。

「怖い、怖い」北島はそう言いながらも、笑っていた。「ほな、名誉挽回せなあきませんな。大阪府警本部長を手の内に引きずりこんだら、褒めてくれますか」

「え？」誠司は驚いた。「そんなん、できたら、褒めるどころか拝ませてもらうけど、ほんまにできるんかい」

「まあ、やってみますわ。秘策がありますねん。けど、末ちゃんの手が借りたい」

末ちゃんとは掩護隊長の末長のことだ。もっとも、彼をそう呼ぶのは北島ぐらいだが。

「まあ、ええけど、掩護隊にもいろいろやってもらわんなんことがある。打ち合わせのために本部に来い」

「末ちゃんとチョクに話したいんですけど……」

冗談ではない、と誠司は思った。掩護隊は独立自警団・魁物の精鋭部隊だ。まさに現在のような状況に備えて組織したのだ。北島がなにを考えているか知らないが、結果が確実でない作戦に専従させるわけにはいかない。

口のうまさで、末長は北島にとうてい敵わない。誠司はそこを危ぶんだ。直接交渉などさせたら、掩護隊は北島の私兵になってしまいかねない。

正直なところ、誠司は北島を警戒していた。団を乗っ取るつもりなのではないか、と疑ったことも一度や二度ではない。

「いや、それは困る。わしの知らんところで、勝手な真似をされるわけにはいかん。わしは置物になるつもりはないぞ」

「団長を飾るつもりは、こっちにもおまへん。けど、あっちゃこっちゃ行きたいところがありますねん」

「例えば？」

「知事には食い逃げされましたけど、こんなこともあろうかと副知事の内、お二方までは仲良うさせてもろうてますねん。しかも、その一人は危機管理担当の萩原《はぎわら》はんや。萩原はんだけでも抱き込んでおきたいんですわ。向こうも忙しいでしょうから、急がんと」

「そうやな。そうしてくれ」

「まあ、なるたけ早う本部に顔を出しますわ。団長も入れて、末ちゃんと打ち合わせさせてください」

「そうせぇ。団長室で臨時幹部会を開く」

「了解、団長。十分で段取りつけて、いつ顔を出せるか連絡しますわ」

電話を切って、内線電話が繋がったままなのを思い出す。

「待たせたな。けど、まさかほんまにボーッと受話器、握っといたんちゃうやろな」

「へえ、若い者に手分けして電話させてます」

得意げな返事を聞いて、誠司は当番長をかわいく思った。

「正解や。それで、末長がそこにおるやろ？」

誠司が帰ってきたとき、出迎えのため、末長は他の団員といっしょにロビーに並んでいた。つまりこの南森町ベースにいるはずだった。

「さっきまでいてはりましたけど、飛び出して行かはりました」当番長が答える。

「どこへや？」

「お尋ねしたんですけど、すぐ戻る、とだけ」

「ドアホ。褒めたったら、すぐこれや。誰か付いて行かさんかい」

「すんません」

〈まあ、ええか……〉誠司は思った。事態は把握しているようだし、ちゃんと理由があって行動しているのだろう。なんと言っても、誠司は末長を信頼していた。裏切りは心配していなかった。能力的にも、頭が回る方ではないが、取り返しの付かないようなミスもしない。

「ほなら、あいつのケータイへ電話せい。ほいで、用が済んだら、団長室へすぐ来るよう伝えといてくれ」

「わかりました。いったん、切らせてもろうてよろしいか」

「いや、その電話も若い者にさせ。ほかにも急ぎの用があるねん。まずな、団長室へ通してええのは、末長と本部長、それから渉外委員長や。それ以外の幹部は会議室へ通せ。第二のほうやぞ。万が一、余所《よそ》からのお客さんがいらしたら……」と誠司は確認や指示をいくつか行った。

受話器を戻すのとほぼ同時にコーヒーが出てきた。

顔を上げると、トレイを持ったミキが神妙な顔つきで立っていた。

「おう、すまんな」誠司は笑顔で礼を言ったが、カップには手を伸ばさない。

カフェインへの欲求はもう消えている。代わりに別の欲望を覚えた。

誠司は勃起していた。

「飲まへんの？」

「ああ、そんなことよりな……」誠司は自分の腿を軽く叩いて見せた。「パンツ脱いで、ここへ跨《また》がってくれ」

「はあ？」ミキは顔を顰めた。

「わしも脱ぐから」彼女の顔を見つめたまま、誠司はズボンのジッパーを降ろす。

「アホか」ミキは吐き捨てるように言った。「なに考えてるねん。もうすぐ、みんな、ここへ来はるんちゃうん?」

「誰も来んうちに、ちゃっちゃっと済まそうやないか」

「ふざけんな、カス」ミキは罵《ののし》った。「だいいち、ゴム持ってるんか。うちは持ってへんで」

「そんなもん、なくてええがな。ガキ、こさえようや」誠司は自分の言葉に興奮した。「そうや、これから新しい時代が来るねん。わしのガキをばんばん産んでくれ。名前考えるのもうんざりするぐらいいな。そいでな、おまえとわし、わしらのガキどもで、チェンジリングを蹴飛ばし、わしらの土地を広げていくんや」

「え……」虚を突かれたようにミキは黙り込み、目を潤ました。だが、それは一瞬のことだった。首を激しく横に振ると、声を張り上げる。「それやったら、なおさら嫌や、こんなとこでするのっ。ベッドでやったら、いつでも相手したるから、いまは我慢しとき」

ミキの荒っぽい気性を誠司は好んでいた。だから、反抗されて、ますます昂ぶった。

「ええから、脱げや」

「嫌や、言うてんねん」ミキは、コーヒーが半分ほど残ったサーバーを取り上げた。「ぶっかけるで」

「おい、こら」誠司は本気で腹を立てた。「優しゅう言うとるあいだに、聞き分けといたほうがええで」

男の本気を感じ取ったのか、ミキは立ち尽くした。いまにも泣き出しそうな顔ながらも、誠司を睨みつける。

誠司の劣情はさらに刺激された。

そのとき、ドアが開いた。

革ジャン姿の末長が入ってきた。

「隊長……」ミキはほっとしたようだった。「コーヒー、要らん？」

末長は興味なさそうな視線をミキに向け、無言で首を横に振った。

まだ股間のものは滾《たぎ》っていたが、たとえ相手が気心の知れた末長であろうと、他人に行為を見せつける趣味はない。誠司はジッパーを戻した。

末長はそれに気づいただろうが、とくに感想はないようだった。

「ここはええわ」誠司はミキに命じた。「おまえは上へ行ってな、準備しとけ」

〝上〟とは最上階にある誠司の住居を指す。そこでなにの準備をするかは敢えて口に出さない。ミキは察しのよい女だから、言う必要もない、と考えている。

ミキも問わなかった。無言で頷き、そそくさと出て行く。

その背中を見送って、誠司は末長に言った。

「井上にはもう言うたんやけどな、みんなにG装備、させるつもりや。もちろん、おまえんとこもや。隠しとる道具も持って来させ」

末長は誠司をぎろりと睨み、「ああっ?」と不機嫌そうに唸った。

「なんや、気に入らんのか」

誠司には意外だった。末長は大喜びするだろう、と予想していたのである。

末長は黙ったまま、革ジャンの裏側からピストルを二挺、取り出し、デスクの上に置いた。自動式のマカロフPMと回転式のスミス・アンド・ウェッソンM36だ。「どっちか団長にやる。好きな方、取ってくれ」

*

出灰万年青は床から顔を上げた。

「おい、きみ、行けるか?」

坐っていたスーツ姿の男が心配そうに見下ろしている。

怪我はしていないようだ。転んだ拍子に床についた手が痛むぐらい。驚かされはしたものの、衝撃はそれほどでもなかったのだろう。

「大丈夫みたいです」と答える。

男が中腰になって手を差し出し、立たせてくれた。

万年青は礼を言い、辺りを見渡した。友人たちと目が合う。

彼らにも目立った傷はない。

床に這いつくばっている乗客も多いが、彼らもぞもぞと立ち上がる。

万年青は、妹の鈴蘭がいたあたりを目で探った。

彼女はすぐ見つかった。

鈴蘭は万年青と視線が合うと、頷いた。そして、顔の前で手先をひらひらさせた。

生まれたときからの付き合いである万年青には、彼女の言いたいことがよくわかった
――わたしは、どうもない。せやから、いちいち寄ってこんでええよ。

ああ、はいはい――という意味を込めて、万年青も彼女に頷いた。

鈴蘭のすぐ背後に車掌室の窓がある。女性車掌は乗務員扉を半開きにして、前方を確認していた。

「お客さまに申し上げます」車掌がアナウンスを始めた。「ただいま、非常事態が発生いたしました。状況を確認しておりますので、そのままお待ちください。現在、非常電源を使用しておりますので関係で空調は切らせていただきました。ご不便をかけますが、危険ですので、くれぐれも外へ出ないようお願いいたします。また、周囲に怪我をなさったお客さまがいらっしゃる場合、まことに恐縮ですが……あっ、外へは出ないでくださいっ」

窓の外を男が一人、線路を駆け戻っていく。

万年青はぎょっとした。彼が泥だらけだったからである。

車掌の言葉を無視して外へ出たのは、彼一人ではなかった。前の車両から何人も乗客が降りている。

万年青はドアの引手に指をかけ、引いてみた。ちゃんとロックされている。前の車両では非常用ドアコックが使われたのだろう。

駆けてきた男は乗務員扉の下まで来て、車掌となにごとか話しはじめた。

「おい、あれっ、なんや?」古川が北東を見て、叫んだ。

赤く輝く煙が夜空にむっくりと立ち上ろうとしていた。距離が相当にあるらしく、音は聞こえない。それが却って不気味だ。

「伊丹の方やな。……空港ちゃうか?」

大平の推察が正解かどうかはわからない。万年青はただ不安な思いで爆煙を見つめていた。

「失礼しました」アナウンスが復活した。「突然変移災害が発生した模様です。お客さまにはたいへんご迷惑をお掛けいたします。塚口駅から救援がこちらへ向かうとの連絡がございました。いましばし、お待ちください。ドアは決してご自分で開けないでください。いまより、車掌が最後尾の車両に避難ばしごを設置いたします。そこから順番にご降車ください。本車両の床から線路まで、高さが一メートル少々ございます。ドアから飛び降りると、たいへん危険ですので、お控えください。現在、架線に通電しておりません。また、阪急神戸線は全面的に運転を見合わせております。従いまして、感電、及び後続車両の危険はございませんが、それ以外の危険性については保証いたしかねますので、ご了承ください。車内で救助をお待ちいただいてもけっこうですが、避難される方のため、通路は空けていただくようお願いいたします。お叱り、お尋ね、いろいろございましょうが、なにとぞ事態解決のため、車掌を業務に専念させていただけますよう、なにとぞ、よろしくお願いいたします」

避難ばしごは乗務員室の前の筐体に収められていた。ちょうどそのすぐ横に立っていた鈴蘭とその友人たちが車掌に場所を譲った。

代わりにサラリーマン風の若い男が車掌に話しかけ、はしごの設置を手伝いはじめた。

「ちょっと、降りないんだったら、そこをどいて」と背後から声をかけられた。

驚いて振り返ると、女性がいた。

貫通扉から前の車両の乗客が数人、移っていた。女性もその一人のようだ。

前の車両はすべての扉が開き、人々が飛び降りている。

万年青は、「でも、もうすぐはしごが……」と言いかけた。

「待っていられないわよっ、前は泥に浸かっているんだから！」

わけがわからない。

開け放たれたままの貫通扉から喧噪が耳に届く。隣の車両はまだしも平穏なのだが、その先の車両で乗客たちが騒いでいるようだ。

ここまで泥が来てる。もっと後ろから出ろ――そんな怒鳴り声が聞こえた。

前方車両からの人の波は隣の車両まで雪崩《なだ》れ込んでいる。

万年青は試しにまたドアを開けてみた。少し重いが、今度はあっけなく動いた。大平と古川の顔を見る。

「降りよう」古川が言った。

万年青は鈴蘭の様子を確かめる。妹はおとなしくはしごの設置を待っているようだ。

安心して万年青は扉を開放し、飛び降りた。

「早く退《の》いてっ」先ほどの女性が叫んだ。

あわてて、万年青はその場から離れた。

といっても、すぐ目の前にフェンスがあるから、前へ進むには限度がある。梅田方面へのレールを跨いだところで止まった。

線路を隔てるフェンスは隣の武庫之荘駅まで途切れることなく続いているはずだった。

だが、万年青の位置から神戸方面に数十メートル行ったあたりですっぱりと断ち切れている。そこより先はトランスアノマリーなのだ。

〈裏地球や……〉万年青は呆然とした。

突然変移現象を〝裏返り〟、トランスアノマリーを〝裏地球〟と呼ぶケースは、近頃、急速に増えていた。

風は生態系不連続線の向こう、原始領域から吹いている。かすかだが、不快な匂いがした。

万年青はこのときになって、自分たちが移災に巻き込まれたことを実感した。

生態系不連続線の手前に人垣ができていた。その向こうに、後ろから四両目の側面が見える。斜めに傾いで、地面にのめり込んでいる。その先の車両は逆側に曲がっているらしく、万年青の位置からはよく見えない。しかも、先頭近くの車両は車内灯も消えているらしく、なおさらよくわからなかった。

街も停電している。その範囲はさほど広くない。遠くのビルには灯りが点《つ》いている。しかし、生態系不連続線の向こう側を照らすほどの光量はない。

電車は塚口駅を出たばかりだった。まだ百数十メートルしか離れていない。線路が直線なので、視認できる。駅も停電を免れており、煌々《こうこう》と輝いている。そのせいで、駅は実際よりもさらに近くに見えた。

もう一度、神戸方面へ視線を戻す。

騒がしいが、電車からの灯りだけでは状況が把握できない。ただ、電車の周囲で誰かが藻掻《もが》いているのは見えた。

「みんな、手を貸してくださいっ」喧噪の中からパンツスーツ姿の女性が叫んだ。「泥にはまって動かれへん人がっ」

生態系不連続線から先は泥沼らしい。それに気づかず飛び降りてしまった乗客がいる模様だ。

「しゃあない、行こうぜ」古川が促し、呼び掛けに応じようとした。

「待て。あかん、あかん」と誰かが制止した。淀陽学院高等部の生徒だ。「きみら、中等部やろう。覚悟は立派やけどな、足手まといになるから、おとなしく帰り」

「先輩……。無茶、言わんといてください」古川は神戸方面に広がる闇を指した。「ぼくの家はあっちです」

高校生は呆けた表情で闇を見た。そして、とつぜん、弾けるように笑い出した。

万年青はぎょっとした。彼が発狂したと思ったのである。

さいわい、彼はすぐ笑いやんだ。「そらそうな。きみの言うとおりや。おれも帰られへんわ。まいったな」

「先輩はどうされます?」と大平。

「とりあえず、救助を手伝うわ。まあ、足手まといにならんよう気をつける。きみらは、そうやな、学校へ行ってみたらどうや。おれもここが片づいたら、そうしてみるわ」

「はあ、そうしてみます」気の抜けたような声で、古川は言った。

高校生は頷くと、沼のほうへ小走りで向かった。

万年青は名を呼ばれて振り向いた。鈴蘭だった。スマホを耳に当て、優雅な足取りで避難ばしごを降りているところだった。万年青は避難ばしごのほうへ急いだ。大平と古川も無言でついてくる。

「お母さんから」鈴蘭はスマホを差し出した。「万年青にもしたけど、出えへんって、えらい心配したはる」

万年青は自分の携帯電話をなくしたことに気づいた。電車の中を捜せば出てくるかもしれないが、いまはそれどころではない。

「電話、替わりました」万年青は電話に出た。

「二人とも大丈夫なんやな」

いつもと変わらぬ母の声が聞けて、万年青は心の底からほっとした。

「うん。けど、お父さんは……」

「あっちにはお祖父さんもお祖母さんもいたはるから、お父さんも大丈夫やわ」母はごく冷静だった。

母は姑、つまり万年青にとっての祖母と折り合いが悪い。両親は子どもたちに隠しているつもりらしいが、半年前に祖父母との同居を解消したのもそのせいだ、と万年青は知っていた。たぶん、鈴蘭も勘づいている。

今年の春まで一家の住んでいた、父の実家は京都にあり、祖父母はいまもそこで暮らしている。

「京都とは離れてもうたん？」

「そう。ニュースによると、寝屋川のあたりが北限らしいわ。高槻や枚方も南のほうがちょこっとこっちにひっついてきた、言うたはったな。とにかく、京都は向こう側」

「でも、お父さんもこっちにおる、いう可能性、ないかな」

「ないな」母は断言した。「もう帰宅したって書いたはったやん。お父さんはしょうもない嘘はつかはらへん」

ずいぶんあっさりしたものだった。彼女は夫の安否にあまり興味がないのかもしれない。

〈ぼくが電話しよう〉万年青は決めた。父が気の毒になったのである。

だが、とりあえずは母に伝えるべきことを言っておかなければならない。電話もいつまで使えるか、わかったものではない。

「ぼくらは学校に戻るつもり」万年青は言った。「それでかまへん？」

「ええよ。できたら、お母さんもあんたらの学校へ行くわ」

母の勤め先は大東市にある。双子の通う淀陽学院から電車で一時間足らず、車で四十分前後といったところだろう。だが、あくまで通常時なら、の話である。いまはどれだけ時間を要するか、万年青には見当もつかない。

「じゃあ、また連絡します」と言って、万年青は電話を切った。

「終わったん？」鈴蘭が右手を差し出した。無言でスマホの返却を要求しているのだ。

「もうちょっと貸しといて」万年青は言い、不通は覚悟の上で父の携帯電話にかけた。

録音されたメッセージが聞こえた——おかけになった電話番号にはもはやお繋ぎすることができません。

万年青は戦慄した。

気を取りなおして、今度は家の固定電話にかけてみる。やはり同じメッセージが返ってきた。

万年青は鈴蘭へスマホを返した。

「どこへかけたん？」受け取りながら鈴蘭は訊いた。

「お父さんとこ」と答える。「やっぱ繋がらへんわ」

鈴蘭は小首を傾げて、万年青の顔を見つめた。そして、おもむろに口を開く。

「あのな、わたし、お父さんに言わなあかんことがあってん」

「なに？」

「ハンバーグにお澄ましは合わへんって」

「そうやな」万年青は同意した。「それはぼくも言いたかった」

気がつくと、まわりには、淀陽の生徒が集まっていた。中等部の生徒ばかり十名あまり。

例の下縁メガネの同級生もいた。

「とりあえず、塚口駅へ行こう」女子生徒が提案した。

反対する生徒はおらず、皆、歩きはじめた。

〈塚口から電車に乗れたら、めっちゃ楽なんやけど〉万年青はプラットホームを眺めた。

そのとき、背後で悲鳴が上がった。

＊

ホテル咲洲のレストラン〔シェ・シマザキ〕から、いつもの静謐は失われていた。怒鳴り声を上げるような、行儀の悪い客こそいないが、皆、携帯電話を手にしていた。インターネットはダウンしているが、通話や、テレビ、ラジオの視聴は可能だ。その音に負けまいと、会話も大声になる。しだいに喧噪が増していった。

岡崎大希は、天川煌と中村桃葉のつくテーブルの傍らに立ち、店内を睥睨《へいげい》した。不審な人物は見当たらないが、頭の中で襲われた場合の行動をシミュレーションする。

「移災なの？」と煌。

「そのようです」大希は周囲を警戒しつつ答えた。

「じゃあ、ここはトコヨなんですか？」桃葉は窓の外を見つめていた。「それとも、あそこがカタス？　つまり、裏返ったのはどっちなんですか？」

「こちらのようですね」大希は言った。

タブレット端末のネット接続が切れたのが根拠だ。

ところが、そのとき、大希の片耳ヘッドセットが囁いた。

「スイツールからお知らせです。メッセージを……」

「待って」大希は思わず言った。

「待機します」スマホのＡＩが答えた。

スイツールは水都グループ制式のグループウェアである。メッセージを受信できるということは、ネットが繋がらなくなったと早とちりしただけなのだろうか。

〈突然変移したのは神戸の方？　もしかして、移災じゃなくて、大停電？〉大希の胸に希望が生まれた。神戸一帯の停電であることを心から願った。

大希は片耳ヘッドセットの背面を長押しした。

「なんでしょう？」片耳ヘッドセットが反応する。

「質問。インターネットにアクセスできる？」

「できません」ＡＩの答えは端的で無慈悲だった。

「じゃあ、なぜスイツールは生きている？」

「水都グループのイントラネットに接続できれば、スイツールをお使いになることができます。現在、水都グループのイントラネットにＷｉ－Ｆｉで接続しています。もっと詳しい説明が必要ですか？」

「いや、いい」ホテル咲洲も水都グループに属している。知らないが、グループのイントラネット専用回線が館内に張り巡らされていても不思議ではない。「さっきのメッセージについて教えて」

「最新のメッセージについてご報告します。水都グループより系列各社の従業員へ宛てたビデオメッセージです。タイトルは〔突然変移災害の発生に際して皆さんにお伝えしたいこと〕です」

スマホ本体は内ポケットに入っているが、取り出すのが面倒だ。

「音声のみ再生して」

「わかりました」

「皆さん」落ち着いた口調で、男が語りかけた。大希には、声の主が神内秘書だとわかった。「お気づきでしょうが、突然変移現象が発生いたしました。いま、このメッセージをお聞きになっている皆さんは、トランスアノマリー、あるいは裏地球と呼ばれる世界にいます。この事態に臨んで、水都グループを代表して五百住正輝より、皆さまへのメッセージがございます。それでは、五百住オーナー、お願いします」

「ヒャッハー！」正輝の挨拶はいささか奇矯な挨拶だった。「皆さん、もうモヒカン刈りにしましたか。ボウガンや鉄パイプの用意はお済みですか。もしかして、愛車に鉄の爪でも付けたりしているところですか。でも、ちょっとその手を休めて、わたしの話に耳を傾けてほしいんです。こんな事態になってなにが会社なんだ、そうお思いになるのは当然ですけど、今からベーサーに転職したかて、どうせうだつなんか上がりっこありませんよ」

視界の片隅で、スーツ姿の男女が顔を見合わせた。偶然かもしれないが、彼らも五百住正輝のメッセージに耳を傾けているように思われた。

別のグループが食事を切り上げて出て行く。たぶん、正輝の言葉とは無関係だ。彼らなりに状況を分析した結果に違いない。

それを皮切りに、続々と客が帰りはじめた。店員は反応しない。

「会社は大きな家族である」正輝のスピーチは続いている。「わたしの祖父、先代オーナーである五百住慶輝は口癖のようにそう言っていました。しかしわたしは、その考えを古くさく、馬鹿げていると、ずっと嫌悪しておりました。人を安く使う方便です。そんな方便に頼るような、情けない経営者にだけはなるまい、と心がけてきたつもりです。しかし、いま、こんな状況だからこそ敢えて言いましょう――水都グループを大きな家族としなければなりません」

〈家族か……〉大希は心の裡で呟いた。

大希は独身である。恋人もここ一年はいない。いまの住まいは門真の賃貸マンションだが、そこでは誰も待っていないのだ。家庭がないから、警護対象に四六時中張りつかなくてはならない仕事に選ばれたのだろう、とひそかに拗ねていた。

事情があって、大希は叔父に育てられた。その叔父はいま、ボリビアに住んでいる。両親は存命らしいが、あまり関心がない。

要するに、大希が気にかけなければいけない家族は、誰も被災していないということだ。

身軽なのは喜ばしいが、一抹の寂しさを感じる。そんな想いで、正輝の言葉に耳を傾けた。

「誤解なさらないでください、皆さん。わたしは愚かな選択を強いるつもりはありません。つまり、古い家族を捨て新しい家族のもとに集うべきだ、などと詭弁を弄し、皆さんと生活をともにする人々、すなわちパートナー、お子さん、ご両親、そういった方と会社を秤にかけろ、と迫るつもりはこれっぽっちもないのです。ご家庭のほうが大切に決まっているではありませんか。会社はまだ家族ではありません。わたしが希望しているのは、皆さまのご家族こぞって集い、新しく大きな家族を築くことです。そして、お互いに助け合いましょう。将来的にはともかく、当面は、水都グループの枠組みを利用してください。それがもっとも効率的なのです。

先ほど食事と住居の確保を指示しました。しかし、現状、人手が不足しています。

オフタイムの皆さん。こんな時間に恐縮ですが、可及的速やかに所属部署へ連絡し、指示に従ってください。職場と連絡が取れない場合、まずご自身とご家族の安全を確保し、出社してください。ライフラインも大きな影響を受けておりますし、これより治安の悪化、チェンジリングによる危害も懸念されます。強要はいたしませんが、ご家族とともに出社することを心から勧めます。

皆さんご自身やご家族がなにかお困りなら、遠慮なく会社に言ってください。助けると確約することはできません。ですが、皆さんのお力があれば、助けられる可能性がより高まります。

また、オンタイムの皆さんにもお伝えします。一刻も早くご自宅に駆けつけたいでしょう。踏みとどまって、仕事を続けろ、とは申しません。しかしご帰宅は、どうか中断による影響を最小限に、できれば皆無となるよう処置した上で、なさってください。それだけはお願いいたします。われわれの未来がかかっているのです。この『われわれ』とは、もちろん水都グループのことではありません。被災者全員のことを指しているのです。それも、今回の被災者だけではなく、先に被災した、あるいはこれから被災する人々が、人間らしい生活を送ることができるかどうか、皆さんの働きにかかっているのです。

皆さん。素早い出社を望みます。そのためには融通も利かせましょう。身を切る思いで、就業規則を緩和します。すなわち、モヒカン頭での勤務を認めましょう！　ですから早まった方も、そのままでけっこう。でも、鋲付きの服は危険ですので、着替えてから来てください。どうかよろしくお願いいたします」

「五百住オーナーからはとりあえず以上です」神内が硬い声で締めくくった。「しかし、今後とも状況の推移に合わせ、情報を発信してまいる予定ですので、聞き逃さぬようご注意ください。また、ただいまのメッセージを受信できなかった従業員も多数、いらっしゃるはずです。ですから、ご近所の水都グループ社員に会社の方針を伝えていただければ、幸いです。それでは、いったん終わります」

メッセージは終わった。

レストランの店内は相変わらず騒がしい。

煌は電話をかけはじめた。最初にかけた相手は出なかったらしく、顔を顰めて切り、別の連絡先をタップした。

今度は通じたようだ。

「久保さん、そっちは大丈夫?」と煌は言った。相手は教団事務局長の久保らしい。

「……そう。それはよかった。でも、小父さんが電話に出ないんだけど……。はあ。そうなの。小父さんらしいわね。じゃあ、また連絡する」溜息をついて、電話を切る。

「総本部におかけになったんですか?」大希は確認した。

「ええ。総本部もミワタリしたわ」

「あの……」桃葉が遠慮がちに尋ねた。「小父さんって、ウカミさまのことですよね。ウカミさまがどうかなさったんですか?」

「ミワタリしたってわかったらすぐ、ウテナに飛び込んじゃったんですって」

神内から渡された資料と一カ月にわたる警護業務のおかげで、大希はアマツワタリ独特の用語がほぼ理解できる。

〝ミワタリ〟というのは、トコヨへ移住することだ。かつては宇宙旅行のことだったが、現在の教義では突然変移現象を指す。そして、〝ウテナ〟とは教団総本部ビルの屋上に設置された天体観測ドームの名称だった。

煌は呆れたような表情をしているが、大希には、ウカミさま、つまり沢良木教団代表の行動が妥当に思われた。天体観測は現在位置を探るのに有益だろう。ここが仮に異星だとしたら、地球との位置関係が判明するかもしれない。むろん、わかったところで、すぐ連絡できるような距離ではないだろうが。

キッチンからコックコートを着た男性が出てきた。オーナーシェフの島崎《しまざき》だった。

「お客さま……」島崎はそう呼びかけた後、しばらく絶句した。「本当にこの度はなんというか……、いまの状況を申しますと、ガスが止まっており、もうお料理ができません。この店ももうおしまいです……。わたしは……残念で……」

ふたたび絶句して、島崎は深々と頭を下げた。気がつくと、彼は嗚咽《おえつ》を漏らしていた。

給仕長が島崎のもとに近づいた。あるテーブルを指し示しながら、なにごとか耳打ちする。

そのテーブルには三人連れが着席していた。十歳ぐらいの少女とその両親らしい男女だ。少女は泣きそうな顔でオーナーシェフを見ている。

島崎は何度も頷くと、涙を拭いた。

「取り乱しまして、申し訳ありません」スピーチを再開したとき、島崎は落ち着きを取り戻していた。「調理が不可能になりましたので、サーブはここまでとさせてください。もちろん、料金はいただけません。当店はこれより無期限休店とさせていただきます。いつかまた、皆さまをお迎えできる日が来ることを信じております」

給仕長が、キャンドルの立ったケーキを持ってきて、例の親子のテーブルに供した。

「ご予約いただいたお誕生日ケーキでございます」給仕長は声を張り上げたので、音声の錯綜する店内でもよく聞こえた。

両親が少女を元気づけようとしている。

少女は笑顔でキャンドルの火を吹き消した。両親だけではなく、店員や他のテーブルの客までもが拍手した。

店の雰囲気が和んだ。

だが、大希は、少女の笑顔がぎこちないのを見て取って、〈大人だな〉と思った。

「オーダーはストップさせていただいておりますが、せめてものお詫びとしてデザートを用意いたしました」島崎が言った。先ほどとは打って変わって誇らしげだった。「甘いものだけではなく、チーズとハムもお切りいたします。ワインもお出しいたします。よろしければ召し上がってください」

また拍手が起こった。

店内の客は突変前の半分ほどに減っていた。いま残っている客は、これからの行動を決めかねているのか、それとも、帰る場所が消えてしまったのか。

警護対象者はどうするつもりなのだろう、と大希は横目で窺った。

煌と桃葉はメインディッシュを食べている途中だった。

「とりあえず、いただきましょう」煌は、食べかけの仔羊のローストにナイフを入れた。

「まともなお料理は当分お預けみたいだから」

「そうですねえ」桃葉は言った。「でも、トキジクもきっとおいしいですよ」

〝トキジク〟もアマツワタリ用語である。トコヨに生えている果実で、人間にとっての完全食とされている。教祖・天川飛彦は、トコヨに用意されている食料はこれだけで、他のものが食べたければ、人類が自力で生産する必要がある、と説いた。そのため、教団はいまも、種苗や農耕器具などを備蓄している。

「父はそう言っていたけどね。試食したわけじゃないし、だいいち一種類じゃ飽きる」

「そうですね。この点は岩尾先生が正解だったらいいな」

「そう思うの？」その口調は険しかった。

「いえ、冗談ですよ」桃葉は慌てたようだった。

岩尾東京本部長は、トコヨにはなんでも揃っている、と主張している。彼が正しければ、仔羊も飼われているはずだ。いや、はじめからこじゃれた料理の姿で存在しているのかもしれない。

大希はアマツワタリの信徒ではないので、まったく楽観的になれなかった。人類を供応する準備がすべて整えられていることはもちろん、トキジクのような便利な果物も期待していない。

ここはチェンジリングの故郷なのだ。チェンジリングの中には食えるものもあるという話だが、どうせまずいに決まっている。

とりあえず、教義のおかげで二人がパニックに陥っていないのは助かった。

桃葉がギャルソンを呼び止めた。彼の押すワゴンにはスイーツが並べられている。

どうやら、デザートも堪能していくつもりらしい。

〈ちょっと能天気すぎでは?〉と大希は危惧した。

「スイツールからのお知らせです」スマホ搭載のＡＩが伝えた。「水都グループ各社全従業員の安否確認を行います。至急、画面から入力してください」

大希はスマホ本体を取り出した。すでにスイツールの安否報告の画面が開いている。

まず氏名と社員番号が表示され、間違いがないか問われた。〝はい〟をタップすると、現在地の確認に進む。衛星測位システムはダウンしていたが、アクセスポイントによる位置測定は可能だ。現在地は予め入力されており、ＯＫボタンをタップするだけで事足りた。それが終わると、支障の有無を訊かれた。これは、ラジオボタンにチェックを入れれば回答できるようになっていた。そして、最後の質問が出た。

〝水都グループの一員として業務を続行する意志がありますか？〟

大希は悩むことなく、〝ある〟のラジオボタンを選択し、送信した。

今度は煌のスマホが鳴った。

「はい。久保さん、なに？……え？　さんしになさん？　それって数字なの？　なにかの番号？」煌は、車椅子に着けたポーチからペンを抜き出し、紙ナプキンに〝３４２７３〟と書き付けた。「これってなんの番号なの？　……いえ、わたしにはわからない。……あ、そう。うん、わかった。いや、小父さんの言ったことはわからないけど、久保さんがどうしてほしいかはわかった。とにかく、すぐ帰る。……それは要らない。岡崎さんがいるから……、え？」

自分の名を耳にして、大希は煌を見る。

彼女も大希を見上げたので、目が合った。

大希は察した。

「総本部へお帰りになるなら、お送りいたしますよ」

煌は頷き、「大丈夫だって。だから、迎えは要らない」と言った。だが、話は終わらず、軽い口論を始めた。

煌の言葉の端々から推測するに、久保事務局長はあくまで総本部から迎えを差し向ける、と主張しているらしい。それを煌が断っているようだ。

久保は大希を信用していないのだろう。あるいは水都グループそのものに信頼を置いていないのかもしれない。

裏を返せば、煌は大希を信頼しているわけだ。

煌が強引に話を打ち切ってスマホを置いたとき、思わず礼を言ってしまうぐらいに、大希は感激した。

「なにが？」感謝されて、煌は不思議そうだった。

「信じてくださるのでしょう。ボディーガード冥利に尽きます」

「そんなんじゃない」と煌。「いまはまともじゃないんだから。総本部からここへ来るだけでリスクがある。久保さんが誰を差し向けてくれるつもりだったか知らないけれど、うちの人間をなるだけ危ない目に遭わせたくないの。ホテルに到着しても、スムーズに合流できるとは限らない。それに、迎えを待つということは、そのあいだ、こちらも束縛されるということでしょ。リスクを減らすには、シンプルな方法がいちばん。この場合、シンプルなのは、岡崎さんに連れていってもらうこと。それだけ」

「それでも、一定の信頼を寄せていただけているということですから」大希は言いつつも、〈へえ、いろいろと考えているんだな〉と感心した。

「それってなんの番号なんですか？」桃葉が紙ナプキンの数字を指す。

「さあ？　久保さんにもわからないんだって。久保さんは逆に、わたしが知っているかもって期待したみたいだけど。小父さんがいきなりウテナから降りてきて、『３４２７３を探さねば』って叫んで、また戻っていったんだって」

「気になりますね」桃葉は名残惜しそうに目の前の皿を見た。まだ手をつけていないフルーツタルトが載っている。気になるのは、番号の謎ではないようだ。

「慌てなくていいわ」煌は言った。彼女の前にもカップケーキがある。「でも、急ぎましょう」

「はい」桃葉は手早くフルーツタルトを片づけた。

食後のコーヒーまで付き合っていられない。

二人がデザートを食べ終えたのを見計らい、大希は声をかける。

「ホテルを出る前にお部屋へ寄りますか？　できれば、ここから車まで直接、行きたいのですが」

煌と桃葉は小声で短い相談を交わした。

「寄らなくて大丈夫です」と桃葉が答える。

「では、参りましょう」

大希が促すと、桃葉が立ち上がり、煌の車椅子を引いた。

店内ではもう従業員も坐っていた。デザートや飲み物は隅のテーブルに置かれており、セルフサービスで提供されていた。

惜しいとは思ったが、大希は足早にその側を通りすぎる。

店を出て、警戒する。ホテルの廊下は静かだった。

まだ店内にいる煌と桃葉に頷きかける。

二人が出てきた。

エレベーターホールへ向かおうとするのを、大希は止めた。

「階段で参りましょう」

ホテル内の設備は問題なく稼働している。だが、いつ停まってもおかしくない。

煌の車椅子には階段昇降機能があり、安全に降りることができる。時間はかかるが、エレベーターに閉じ込められる危険を冒すよりましだった。

大希、煌、桃葉の順で階段を降りる。

降りながら、スマホでホテルの館内監視システムにアクセスする。ホテルの防犯カメラからの映像が見えるようになる。

駐車場はエントランス館にある。本館から行くには短い海底トンネルを使わねばならない。トンネルのゲスト用通路はさすがに混雑していた。通ることができないほどではないが、車椅子での通行には適さない、と大希は判断した。

そこで、一般客には知られていない資材搬入用通路を使った。

スムーズにトンネルを抜け、エントランス館地下の駐車場に到着する。

駐車場は照明が半分に落とされていた。いつもバレーパーキングに頼ってばかりなので、車を見つけるのに手間取る。

背後の二人の視線が痛くなってきた頃、見覚えのあるエスクァイアが目に入り、大希はほっとした。

桃葉と協力して、煌を車椅子ごとエスクァイアに乗せ、運転席に納まった。

エンジンをかけると同時に、カーナビが警告音を発した。画面に〝位置情報が取得できません〟と出る。

鬱陶しいので、カーナビを切った。総本部ビルまでの道筋はちゃんと頭に入っている。ブルートゥース接続でカーナビ画面にスマホ画面をミラーリングした。

車を出した。

また警告音が鳴った。

「交通管制システムとリンクできません」車の警報装置が告げる。「可能ならば、リンクが確立するまで運転を控えてください。もし運転する場合は、じゅうぶんにご注意くださ

「もちろん、大丈夫よね」と煌が言った。

「ご安心を」大希は応じた。「わたしが最初に運転した車には自動ブレーキもついていまい」

せんでしたよ」

アクセルを踏み、地上へ出た。大阪港咲洲トンネルへ向かった。

道は空いている。走っている車はほとんど見ない。交通管制システムがダウンしているため、信号はすべて黄色で点滅していた。

安全運転を第一に心がけることにした。煌に怪我でもさせたらたいへんだ。ふだん運転支援システムに頼り切ったドライバーが半ばパニックになって家路を急いでいるかもしれない。それに、車椅子で快適に乗降できることを第一に考えたので選ばれたが、エスクァイアは決して頑丈な車ではないのだ。

車があろうとなかろうと交差点では一時停止する。

二度目の一時停止のとき、「スイツールから警告です」と片耳ヘッドセットからスマホが告げた。「サーバーに接続できません。インターネットにアクセスできません。ダイヤルアップ接続を試みますか?」

ホテルから離れたので、水都グループのイントラネットに接続できなくなったのだ。それにしても、ダイヤルアップ接続とはなんだろう? 聞いたことはあるが思い出せない。

ヘッドセットの背面を長押しして囁く。「ダイヤルアップ接続ってなに？」

「検索しようとしましたが、検索サイトが見つかりません」ＡＩが答えた。「インターネットアクセスがありません。インターネットに接続してから、ふたたび試してください」

〈ああ、そうだった……〉大希は自分の迂闊ぶりに落ち込んだが、同時に、〈けど、わかりもしない単語を使うなよ〉とＡＩに向かっ腹を立てた。

以前なら、外出先でもインターネットを通じて水都グループのイントラネットに接続できた。イントラネットに繋がりさえすれば、スイツールのサーバーにアクセスできる。

イントラネットへの直接アクセスもインターネット経由のアクセスも不可能になったから、スイツールは第三の道を提案しているわけだ。

トンネルの入口が見えてきた。スイツールからの提案は、トンネルを抜けるまで保留することにした。

トンネル内は平常通りだった。照明は点いているし、事故も起きていない。

地上へ抜け、みなと通を進む。

こちらも渋滞はないが、ところどころ、路肩で停まっている車を見た。路上駐車ばかりでないのは、乗ったまま呆然とした顔をしている人間がいることで知れる。自動運転機能が停止し、かといって手動で運転することもできないのだ。

大希はスイツールのことを思い出した。よくわからないままに、ダイヤルアップ接続を許可する。

「通話料金がかかります。それでも実行しますか？」と警告される。

これから通話料はどこに納めるべきなのだろうか、という疑問が生まれた。まあ、いい。どこに払うにせよ、このケータイの通話料は会社が持つ。

「ＯＫだ」大希は呟いた。

接続には三十秒ほどかかった。

「接続に成功しました。未読メールが一件、あります。西谷課長から警護課課員への一斉メールです」

大希は読み上げるよう命じた。

内容は、まず塚本社長をはじめ主立った幹部とは連絡が取れているので、安心してほしい、とあった。つづいて、〝スイツールの現状確認アンケートに回答していない場合、速やかに入力してください。入力後、個別に指示を出します〟と記されていた。

大希はすでに入力を終えているので、指示を待つだけだ。

その指示はみなと通から土佐堀通に入った直後に来た――〝そのままホテル咲洲に留まり、指示を待つこと〟

大希は戸惑った。もうホテルからは出てしまっている。報告していないし、業務用端末の位置追跡機能が死んでいるので、西谷には伝わっていないのだ。

それにしても、〝指示を待つこと〟とはなんだ？　まるで天川煌の警護はしなくていいと言わんばかりではないか。

改めて現況を報告すべきか、大希は悩んだ。最大のネックは煌と桃葉を乗せて運転中であるということだ。警護を打ち切るべきか、当の対象者と同じ空間で話す度胸はない。メールを打つにしても、音声入力は避けたかった。

「ちょっと失礼します」大希は車を路肩に停めて、指で返信を西谷課長へ打った――〝すでにホテルを出ました。警護対象者さまをアマツワタリ総本部ビルまでエスコートしています〟

走行を再開するとすぐ、「西谷課長からの電話です」とスマホが知らせた。

うんざりしたが、出ないわけにはいかない。

「繋いで」と言った。

「ダイヤルアップ接続が切断されます。構いませんか？」と警告される。

なぜ電話に出るのに、ネット接続が遮断されなければいけないのか、咄嗟に理解できず、理不尽に感じた。そしてこれを、西谷からの電話に出ない口実に使えないものかと考えたが、結局、「構わない。電話を繋いで」と命じた。

「いま、どこだ？」と西谷。

大希は後席の様子を窺った。二人はスマホの画面を覗き込んでいる。ニュースでも見ているのだろう。

「西区を走行中です」と可能な限り声を潜めて答える。

「しょうがない、アマツワタリまでは行け。そこで、警護対象を降ろしたらすぐホテルへ戻るんだ」

「それは、天川さまの警護を中止しろ、というご指示でしょうか」

「問題あるまい。行き先は教団本部だろう。いわば自分の城だ。危険はないはずだ」

そうとは思えなかった。沢良木教団代表が信徒ではなく水都グループの社員にボディーガードを任せたのは、教団内部に煌を付け狙う人間がいると疑っているためだ。沢良木から契約解除を申し渡されでもしないかぎり、煌が教団に帰ってからも、大希は彼女を守るつもりだった。

だが、そう主張しても西谷は翻意するまい。彼にとって煌の安全などどうでもいいことに違いないのだから。

大希は別の論点から反論を試みる。

「お言葉ですが、それは五百住オーナーも同意されたことでしょうか」

「オーナーがこの件に構う余裕はないと思うな」

「つまり、同意はえていないと?」

「同意がなければ、おれの言うことなどきけない、ということか」西谷の口調には険がある。

「現在の警護業務に関しては、オーナーからの直接指示を受けています。中止といった重要事項は……」

「なるほど。本社の社員さまとしては、曾孫会社の課長ごときに指図される謂われはない、と仰りたいわけだ」

「いえ、そんなことはありませんが、やはりオーナーの許可がないと……」

「おまえ、クライアントが女性で浮かれているんじゃないのか。まさか警護対象者とできてやしないだろうな」

「はあ?」大希は唖然とした。「そんなことはいっさいありません」

「高校生に手を出すほどトチ狂ってないってか。だが、もう一人は、おまえとお似合いの歳だな」

「仕事にプライベートな感情を持ち込んだことはありません」大希は憤った。

「そうか。女にのぼせていないならいい。とにかく、人が足りないのだ。いまはおまえも貴重な戦力だ。遊ばせておくわけにはいかん」

興味が湧いた。

「いったい、なにをさせようと仰るんですか。役員の警護ですか」

「いや、警護するのは政治家だ」

「政治家？　誰です？」

「おまえをどなたに付けるか、まだ決めていない。候補は何人かいる。たまたま移災に巻き込まれた国会議員の先生たちを集めて警護しろ、との指示だ。これもオーナー直々の特命だぞ」

「オーナーから課長に指示が？」

「いや、このオペレーションは、本社の松尾常務が担当する。だから直接には、常務から指示を受けた」

「松尾常務ですか？」意外だった。ここで、あの老人の名を聞くとは予想していなかった。

「では、せめて常務に確認してください。現在の警護業務を放棄してもよいのか」

「わかった」不機嫌そうな声だった。「少し待っていろ」

「お願いします」

通話を終えて、煌と桃葉の様子を確かめる。彼女たちは、相変わらずニュースに夢中のようだ。

電話を切ったあと、またスイツールがダイヤルアップ接続を要求してきた。だが、面倒なので、放置する。

そして、松尾常務が寄越す回答を予測した。マホロバ建設計画も先代との約束ももう意義を失ったと見るべきだろう。だから、西谷の指令を追認する可能性は大いにある。

〈そうなったら、どうする？〉大希は考えた。

業務命令に従うのか、無視して警護を続けるのか。五百住正輝は水都グループを大きな家族にすると言ったが、大希はまだその一員に加わると決意したわけではない。会社の命令に絶対服従するつもりはなかった。

大希は警護を続けたかった。煌と桃葉には危機感が薄いように感じられる。放ってはおけない。彼女たちは最初の単独業務の対象者であるだけではなく、一カ月、生活をともにした。西谷が勘ぐったような下心はないが、情がある。

だが、続けるにしても、大希の一存では決められない。煌に拒否されればそれまでだ。強引につきまとえば、ストーカーと変わらない。

そんなことを考えているうちに、注意が疎かになったらしい。

「岡崎さん！」桃葉が叫んだ。「後ろにっ」

大希ははっとして、リアカメラのモニターを見た。

後方から爆音とともにライトの群れが近づいてくる。

自動車の集団だ。二輪と四輪が半々というところか。車種も雑多だった。

車列の先頭はスラロームする二台のバイクだ。その後ろに四輪バギーが走っている。バギーのリアシートで大きな旗が左右に振られていた。

独立自警団・魁物の旗である。

ベーサー団体によるこれほどあからさまな示威行動は、大希の記憶にない。やりたい放題だ。取り締まりのないことを見越しているに違いない。

〈まずいな……〉大希は緊張した。

一月前、岐阜県の山中で揉めたベーサーが属していたのは、魁物ではない。だが、その友好団体ではあった。

後ろから迫り来るグループの目的が天川煌だとは考えにくかった。しかし、接触は避けるべきだ。どんなトラブルに発展するか、わかったものではない。

大希は、運転席の傍らに置いた傘を一瞥した。チタン合金製でバールよりは強力な武器となりうる。だが、これ一本では威嚇になるまい。

幸いここは街中だ。原野の一本道ではない。たまたま遭遇しただけの相手を躱《かわ》すのは難しくなかった。

大希は次の交差点で左折した。ビルの谷間にある、一方通行の細く短い道に入る。すぐ行き当たる丁字路を曲がって車を停め、「やり過ごします」煌と桃葉に告げた。

窓を開けて、耳を澄ます。エンジン音は遠ざかっていく。

静寂が戻り、ほっと一息ついたとき、西谷から電話がかかってきた。

「待たせたな」声から判断する限り、西谷は打って変わって上機嫌だった。

「いえ」大希は嫌な予感がした。

「現在の警護業務を継続しろ。そして、ホテル咲洲へ可及的速やかに戻るんだ」

「え？」大希は混乱した。「どういうことでしょう。警護を続けるのですか、止《や》めるのですか？」

「常務からの言葉をそのまま伝えるぞ。『お嬢さんをいま、手放すわけにはいかん。なにがなんでも、五百住の手の内でお守りせんなん』だそうだ」

「つまり……天川さまといっしょにホテルへ戻ってこい、と？」

「そういうことになるな」

難問だった。

「もし天川さまが教団本部に留まりたいとのご意向だったら、どうしましょう？」

「さあな。おれはこの件に関してはアウトサイダーだ。わからんよ。もう、おまえはおれの部下じゃない」

「はあ……」

「報告を上げるのも、指示を仰ぐのも、常務にだ」

「オーナーや神内秘書には報告しなくていいのですか」

「それも常務に訊け。じゃあな」

電話は切れ、大希は途方に暮れた。

「お話、終わったの？」

リアシートから煌に話しかけられ、大希はどきりとした。

「ええ。引きつづき、天川さまのガードに専念するよう指示を受けました。改めまして、よろしくお願いいたします」

「そう」

煌は嬉しそうに見えた。大希の願望がフィルターをかけたせいかもしれないが。

「すみません……」スマホ画面を見つめたまま、桃葉が言った。「塚口って近くじゃなかったですか？　わたし、土地勘がなくて……」

「総本部から西南へ三キロってところでしょうか」大希は教えた。

「塚口がどうしたの？」と煌。

「いまニュースをやっているんですけど、なにか大変なことになっているみたいです」桃葉は明らかに戸惑っていた。「ミヨシさま……。ここってほんとうにトコヨなんですか？」

第五章　異境の現実

〈意外と薄情な連中やな……〉出灰万年青は恨めしい思いで、サッカー部の友人、古川と大平の背中を睨んだ。

生態系不連続線のほうから悲鳴がいくつも聞こえた瞬間、古川と大平は振り返りもせず塚口駅へ駆けだしたのである。

万年青が出遅れたのは、双子の妹、鈴蘭が気になったからだった。

振り返ると、鈴蘭の走っている姿が見えた。彼女の友だちも一緒だ。

「なにぐずぐずしてるんっ」すれちがいざまに、鈴蘭は万年青を叱りつけた。

万年青が走りはじめたそのとき、鈴蘭は躓《つまず》き、派手に倒れた。なにしろ線路だ。走るには適していない。しかも、暗い。

一緒にいた女子生徒は足を止めたが、万年青を一瞥して、また走りだした。

どうやら任されたらしい。ちなみに古川と大平を含む他の生徒たちは、鈴蘭の転倒に気づきもしなかったようだ。

「大丈夫か、鈴ちゃん」万年青は妹に手を差し伸べた。

「もうっ、あんたがぼんやりしてるからっ」鈴蘭は身を起こしながら、非難した。

「え？　ぼくのせい？」

「心配やから、足下がお留守になった」

「人のせいにすな」

そう言ったとたん、背中に衝撃を受け、万年青は前のめりに転《こ》けた。

立とうとしていた鈴蘭も尻餅をつく。

「すまん、後ろを見ていたもんやから」ぶつかった男はおざなりに謝って、走っていった。

〝後ろ〟でなにが起こっているのかを訊きたかったが、その暇もなかった。

万年青は立ち上がって、掌に食い込んだ砂利を払った。鈴蘭を起こしながら、生態系不連続線のほうを見る。

電車の灯りも消えていたので、暗くてよくわからない。ただ声だけが風に乗って聞こえる。

――痛っ、刺された！

――痺れて……。

――嚙まれたっ、なんや？

――なんかおるっ。

〈ほんまに、なにがどうなってるんや……〉万年青は呆然とした。

「なに、ぼんやりしてるん？　はよ行こ」鈴蘭が促した。

万年青が頷いたとき、今度は前から悲鳴が聞こえた。

さきほど万年青にぶつかった男がもんどりうって倒れた。そのまま動かない。転倒した拍子に頭を強く打ちでもしたのか、それとも……。

「ちょっとだけ待っとき」万年青は鈴蘭に声をかけ、走り出そうとした。

男の様子を見て、危険の有無を確認するつもりだった。

だが、「動いたらあかんっ」と声をかけられた。

下縁メガネをかけた同級生だ。

「なんで？」と万年青。

「動いたら狙われる」下縁メガネは言った。

「なにに？」

「おそらくオプスィウラ、視尾類の一種や。向こうにとっては、おれらが見慣れん生き物やねん。せやから、動かなんだら、生き物とはわからんはずや」

下縁メガネの同級生の言うことを鵜呑みにしたわけではなかったが、万年青は動けなくなった。

「視尾類いうたら、たしか……」

「しっ」と鈴蘭。

たしかに、動きに反応するなら、音に反応する可能性もある。

例の男は相変わらず倒れている。距離は十数メートルといったところ。

線路にもとから街灯がないうえに、停電している。かろうじて、駅の照明やマンションの非常灯などが薄明かりを生み出していた。その頼りない光のなかで、男に猫ほどの大きさのものが忍び寄るのが見えた。

それは男の身体に跳びついた。

男は一度だけ、大きく長い絶叫を上げた。そして、静かになる。

彼の受難はホームからも見えたはずだ。救助のためか、男が二人、ホームから線路に飛び降りる。だが、一人が倒れ、もう一人は彼を介助して這々《ほうほう》の体で引き返した。

フェンスの下の隙間からなにかの影が何体も線路に入り込み、倒れている男へ群がった。

男に駆け寄っていれば、万年青も謎の生物に集《たか》られていたはずだ。鈴蘭を巻き込んでしまったかもしれない。

〈下縁くんのおかげやな〉万年青は思ったが、口に出すのは控えた。同級生には、あとでゆっくり感謝すればいい。

だが、そのチャンスがあるだろうか。

男に対する同情心は湧かなかった。突き転ばされた恨みがあるからではない。他人を思いやる余裕などないのだ。いま頭にあるのは、自分自身と鈴蘭の安全だけだった。

駅のほうから女性の悲鳴が聞こえた。駅でも混乱が始まった。

万年青は目だけを動かして、線路脇のほうを見た。

フェンスの向こうの様子はよく見えない。だが、線路沿いの道にあの生物が満ちているような気がしてならなかった。

鈴蘭の様子を確かめたかったが、存在を嗅ぎつけられそうで、頭を動かすのも怖い。それどころか、息を吸うことすら怖い。まるで金縛りにあったよう。

目の前で倒れている男のうえでは、生き物が蠢いている。

裏地球の匂いに血の臭気が混じり、万年青は吐きそうになった。

だが、吐くわけにはいかない。

プラットホームの上からは人影が消えた。

万年青は泣きたくなった。そして、鈴蘭を思った。

彼女もすぐ側で恐怖に耐えているはずだ。だが、励ましてやることすらできない。

唯一の救いは遠くからサイレンの音がいくつも聞こえることだ。警察か消防かはわからないが、救助に来てくれているのだろう。

だが、楽観はできなかった。災害の規模は大きいのだ。万年青たちにまで手が回らないかもしれない。

サイレンに防災放送が重なった。

音が割れて聞きとりにくいが、耳を澄ますうちに、こう繰り返しているのがわかった。

「……危険なチェンジリングがいます。決して外へ出ないでください。外にいらっしゃる方は、速やかに屋内へ退避してください。戸締まりは厳重に。窓やドアはきっちり閉めてください。繰り返します……」

〈そんなん、言われても……〉万年青はますます暗澹《あんたん》たる気分になった。

いまの彼にできることは一刻も早い救出を祈るだけだ。

せっかく近づきつつあったサイレンが止んだり、遠ざかったりして、生きた心地がしない。

何時間も立ち尽くしていたような気がしたが、実際には十分ぐらいだろうか。

ようやくサイレンの音がすぐ側までやってきた。線路沿いの細い道に緊急車両の車列がやってきたのだ。

車のヘッドライトが、俯せになった男の姿をくっきりと浮かび上がらせた。

明らかに死んでいる。

死体には数体の生き物が取り付いていた。

胴体は楕円形だ。脚は胴体の下にあるらしく、よく見えない。代わりに太い尾が印象的だった。屹立する尾には節があり、緩やかにカールしていた。そして、その先端には二つの目が光っている。

〈モンゴリアン・デス・ビートル……〉

テレビで何度か見た、おぞましい生き物にそっくりだった。ただ大きさが違う。モンゴリアン・デス・ビートルに比べれば、十分の一ほどしかない。とはいえ、それを幸いと感じる余裕はなかった。

モンゴリアン・デス・ビートルは、有笛《ゆうてき》動物門というタクソンに属していた。地球では発見されていないが、裏地球ではきわめて優勢な種族だ。逆に、地球で繁栄している脊椎動物は裏地球での存在が確認されていない。

有笛動物の最大の特徴はアウロス器官と呼ばれる呼吸器だ。鞴《ふいご》の役割を果たす気嚢《きのう》から吸気管と呼気管が一本ずつ突き出ている。有笛動物の体側には、このV字型の器官が並んでいた。

モンゴリアン・デス・ビートルは有笛動物の中でも視尾類に分類される。視尾類の特徴は、消化器系と呼吸器系がそれぞれ別の外部構造に納められていることである。

消化器系は胴体に内包されており、呼吸器、つまりアウロス器官は尾部に集中している。尾の側面に吸気孔と呼気孔が列をなしているのだ。尾は上に伸びており、その先端には視覚器と聴覚器がある。

これまで発見された視尾類は、主に淡水域の水深が浅い部分に棲息している。胴体を水没させ、尾だけを水面上に出す彼らの姿が、突然変移領域の湖沼ではよく見られた。だからといって、陸に上がらないわけではない。例えばモンゴリアン・デス・ビートルは、水中でよりも陸上で行動する時間のほうが長い。

同級生が推理した通り、眼前の生物はモンゴリアン・デス・ビートルの仲間なのだろう。その視尾類の胴体の下に隠されているのは脚だけではない。口も底面にあるようだ。それもかなり大きく、鋭い歯を備えているに違いない。死体に遺された傷痕がそれを証明していた。すでに両腕はなく、背中は大きく剔《えぐ》れ、骨が見えている。

つい数分前まで走っていたとはとても信じられない。

すぐ後ろで短い悲鳴が上がった。

万年青は反射的に振り返る。

鈴蘭が口元を両手で押さえていた。

また遺体へ視線を戻した。

これまでの状況を考えると、この視尾類もモンゴリアン・デス・ビートルと同じく毒針を飛ばすに違いない。毒針の射出器官はアウロス器官が変化したもので、モンゴリアン・デス・ビートルの場合、尾の先端に四つある。

おそらく、この視尾類も尾の先に射出器官を持っている。

その危険な尾が自分を向いたとき、万年青は固まった。

このままじっとしていれば、獲物と認識しないでくれるのではないか――そんな計算は吹っ飛んでいた。

車列は通りすぎたが、生態系不連続線の手前で停まった。ヘッドライトは裏地球の沼を照らしているが、回転灯は僅かな明るさを万年青たちに分けてくれる。

赤い光のなかで、尾を左右に振りながら、ゆっくり近づいてくる視尾類の姿がはっきり見えた。

自分たちが獲物と認識されていることを、万年青は直感した。

横に逃げるのは駄目だ。

フェンスはそれほど高くない。一メートル数十センチといったところ。乗り越えるのは容易いだろう。

だが、視尾類も楽々と下の隙間を抜くことができるのだ。なにより、フェンスの向こうにも視尾類がいるだろう。一匹残らず、どこかに消え失せているか、車に轢かれていればいいが、期待はできない。

絶望的な選択肢しかないが、その中では、電車に引き返すのがいちばんましだろう。

なにより、誰かに助けてほしかった。

救助のプロが来た以上、彼らに頼るのは当然だった。

だが、脚が動かない。

肌に嫌な感じの汗が浮かぶ。

視尾類がスピードを速めるのを見ても、どうすることもできない。気づいていないだけで、もう毒針を打ち込まれたのではないか、と愚かなことを考えた。

「そこの人、大丈夫ですか」と背後から拡声器で問いかけられた。

その言葉でようやく金縛りが解け、身を翻す。

レスキューの一部がもう降車していた。先ほどの呼び掛けは彼らだろう。

鈴蘭がそちらへ駆けていくのを見て、後に続く。

だが、同級生は動かない。万年青がその横を抜けても、その場に踏みとどまっていた。

数歩はそのまま走ったが、やはり気になり、振り返った。

同級生は両腕を頭上で振っていた。

「下縁くんっ」万年青は思わず足を止め、叫んだ。「なにしてんねんっ」

「女子がおんねん。しゃあないやん」と泣きそうな声で返事がある。

鈴蘭を逃がすためには自分が囮《おとり》になるしかない、という意味だろうと、万年青は解釈した。

レスキュー隊もこちらへ走ってくる。

鈴蘭がまず保護された。

さらに数人の隊員がこちらへ向かってくる。

だが、ただ待っていては間に合わない。視尾類に襲われてしまう。

「鈴ちゃんはもう大丈夫や。ぼくらも逃げよう」と同級生の背中に呼びかけた。

しかし、彼は応えず、「ひゃっ」と小さく叫んだ。

思わず駆け寄ろうとしたが、後ろから肩を摑まれた。

「下がって」

そう指示して万年青の前に出た男は、バイザー付きヘルメットを被り、プロテクターを着込んでいた。プロテクターの背には白文字で「環警」と記されている。環境警備官だ。

環警は同級生の前に走り出て、仁王立ちした。

乾いた音が連続する。銃声だ。

突然、万年青は腕を引っ張られ、なにかに抱きつかれた。顔に硬い布のようなものがあたる。

万年青は混乱し、藻掻いた。

「落ち着いて、助けに来た」と言われて、相手が身を挺して毒針から庇ってくれているのだ、と理解した。

彼も環警だった。

万年青が冷静になると、無防備な背中に盾があてがわれる。

「子どもか。怪我は?」環警は気遣った。

「大丈夫です」万年青は答えた。

「そうか、よかった。よく頑張ったな。お友だちも助けるから、きみは頭を低くしていな
指示されるままに身を屈めながら、透明な盾越しに、下縁メガネの同級生のほうを窺う。

同級生の傍らにいる環警は四人に増えていた。

環警たちがなにやら慌てた様子で、同級生の上着を脱がしている。ついにはシャツも脱がし、上半身裸にしてしまった。代わりに保温アルミシートを着せかけた。

同級生は自分の脚で立っていたし、環警と受け答えもしているようだ。

とりあえず無事なのだろう、と万年青はほっとした。

やがて、同級生は環警に護衛されて、やってきた。

万年青と同級生を五人の環警が取り囲む。

「電車のほうへ行きます。ぼくらがガードしますから、安心してください」と環警の一人が説明した。

「ありがとうございます」万年青は環警に礼を言い、同級生に話しかけた。「きみもありがとうな。鈴ちゃんも感謝してる、思うわ。刺されへんかったん?」

「大丈夫や」同級生は声を震わせながらも、饒舌《じょうぜつ》だった。「毒針は数に限りがあるねん。一発撃ったら、次のを生成するまでに何日もかかるはずや。あいつは撃ち尽くしたみたい

で、毒液吐くことしかできへんかってん。かかってもうたから、びっくりしたけど……」

　突然、同級生は口を噤んだ。

　訝しむ万年青の眼前で、同級生は崩れ落ちた。

「おいっ」万年青は慌てて手を伸ばす。

　しかし、周囲の環警が一足早く動いて、同級生の身体を支えた。

「早くその子を連れていって。担架を持ってきて」とリーダーらしき環警が指示する。

「はい。きみはこっちへ」

　万年青は二人の環警に挟み込まれ、両脇を抱えられた。

　その態勢で電車のほうへ足早に移動する。

　万年青は抵抗するどころではない。呆然とするうちに、歩かされていた。

　脱線車両の手前に人が集まっていた。乗客とレスキュー隊員が入り交じっている。漫然と集まっているのではなく、円陣を組んでいる。

　いちばん外周にいる人間は、防護盾を持っていた。レスキュー隊員だけではない。乗客らしい者も盾を手に周囲を警戒していた。中には金属製の棒を振りかざす者もいた。あれでチェンジリングを殺すつもりだろうか。

　万年青は人の輪の中に押し込まれた。

「万年青」と鈴蘭の呼ぶ声がした。

「大丈夫か、鈴ちゃん」万年青は気遣った。

鈴蘭はこくっと頷いた。「田淵《たぶち》くんは？」

「ようわからんけど、具合悪いみたい」万年青は控え目に告げた。「担架でどこかへ運ばれるみたいや。彼、田淵くんっていうんや」

「なに、言うたはんの」鈴蘭は眉根に皺を寄せた。「万年青がそう呼ばはったんやん」

「いや……」万年青は鈴蘭の勘違いに気づいた。「それは、下縁メガネをかけてたから、下縁くんってぼくが勝手に呼んだだけで、本名は知らへん」

「なんで知らんのん？」鈴蘭は咎めるような口調だった。

「鈴ちゃんこそ知らんのん？　クラスメートやろう」

「うん、思い出されへん」鈴蘭は悲しげな顔で認めた。「わたしら薄情やな、助けてもろたのに」

鈴蘭は咽《むせ》び泣きはじめた。

＊

岡崎大希は不穏な空気を感じた。

まず車内の空気が不穏だった。

中村桃葉が口を利かない。彼女が手にするスマホは次々と凶報を受信し、ここが楽園でないことを告げていた。

天川煌も黙っている。ニュースを視聴するのはやめ、唇を一文字に結んで、まっすぐ前を見ている。

大希は気まずい思いでいっぱいだった。

そして、車外も不穏だった。

三人の乗ったエスクァイアはアマツワタリ総本部ビルの玄関が見える位置まで来ていた。

大希は車を停め、ビルの様子を遠目に窺った。

ビルの前には十数人ほど集まっていた。煌を出迎えるため待っている信者にしては、雰囲気がおかしかった。なにやら騒いでいる。

ウィンドウを降ろして、耳を澄ましてみる。シュプレヒコールの類は聞こえなかった。ただ無秩序に怒鳴っているだけだ。

声が重なって、なにを言っているのかよくわからない。だが、言葉の端々から、彼らがアマツワタリの信者で教団になにやら不満を持っていると、大希は推測した。

だが、彼らの前に煌が姿を現したとき、なにが起こるかまでは予測できなかった。

縋ろうとするのか、詰《なじ》ろうとするのか。いずれにしろ、混乱は免れるまい。

「どうしたの、岡崎さん」煌が静かに言った。「すぐそこよ。ビルの前に車をつけてほしいのだけれど」

煌にも群衆が見えているはずだった。

「この状況はあまりよくありません。ホテルへ引き返してはいかがでしょう。あるいは別の場所でもご希望があればお連れいたします」

ホテルへの帰還は松尾常務の意向に添うことではあるが、煌にとってもいちばんいい選択だと考えた。もし会社の方針に逆らうことになったとしても、ボディーガードとしての職業意識から、同じことを提案しただろう。

煌は無視した。そして、桃葉に声をかけた。

「降りるのを手伝ってくれない？　それとも、もうわたしと一緒にいるのは嫌になった？」

「そんなことはないですけれど……」桃葉はいまにも泣き出しそうだった。「岡崎さん、わたし、どうしたらいいんでしょう」

「あくまで個人的なアドバイスを申すなら、いったんホテルへ戻られたほうがいいと思いますが」

「二人とも手を貸してくれないの？」煌の口調は落ち着いていた。「いいわ。でも、岡崎さん、車椅子のリモコンは貸して」

車椅子のリモコンとは、サイドリフトのコントローラーのことだ。この車のセカンドシートはサイドリフトによって、利用者を乗せたまま、車外へ降ろすことができた。そして、シートは脱着可能で、車椅子になる。スイッチを押す力があれば、足が不自由でも、介助されずに乗降できる。

いつもなら大希か桃葉が操作するが、複雑なわけでも、コツが要るわけでもない。煌にもできるだろう。

だが、問題外だった。煌が降りるなら、大希もいっしょに降りなければならない。

「危険です」大希は説得を試みた。「あの集団の目的がわかりません。無理にビルへ入る理由はないでしょう。電話が通じるんですから」

「あの人たちはうちの信者よ」と煌。「危険なんかない」

「申し上げにくいのですが」大希は思いきって言った。「現在の状況が教義と大きく異なっているので、期待を裏切られた、と感じているのではないでしょうか。現況、興奮状態にあるようです。天川さまを前にしたとき、冷静さを取り戻すとはあまり期待できません」

「だったら、冷静になってもらう」

「できるのですか?」つい荒い口調で問う。

「できなかったら、わたしがこの世界へ来た意味がない。わたしはミヨシ。ミヨシとは船の舳先のことよ。トコヨへ移住する人々を導く役。わたしはそうなるべく育てられてきた。

正直、嫌でたまらないこともあった。チャゴス異変前は、学校の友だちに馬鹿にされるの。そりゃそうよね、純粋培養のオカルト少女だもん。遠巻きにされて当然。むしろわざわざ馬鹿にしてくれるって優しいほうかも。異変後は異変後で、わけのわからない人たちにちょっかいかけられる。家に帰れば、馬鹿みたいに難しい勉強を詰め込まれる。苦労したのはわたしだけじゃないわ。わたしの教育費を出すために、小父さんたちはずいぶん無理したの。昔、教団は本当に貧乏だったの。公立じゃイジメがひどいだろうって中学から私立に入れてくれたけれど、ほんとうはそんな余裕なかったのよ」

煌は最初のうち冷静に話していたが、しだいに早口になる。

「それに岐阜のこともある。わたしを庇って三人も大怪我をした。一人はとうとう亡くなったわ。あの人たちがいなければ、わたしが死んでいた。ほかにもいっぱい、尽くしてもらったの。きっとわたしが知らないところでも。桃葉さんもそう」

自分の名が出てきて、桃葉ははっとしたようだった。

「桃葉さんが朝から晩までずっと、わたしなんかを世話してくれたのは、わたしがミヨシだから。がっかりさせちゃったみたいだけど」

「いや、そんな……」と桃葉。「ちょっとびっくりしただけです。思っていたのとあんまり違っていたので」

「ありがとう、桃葉さん。けど、わかっている。ほんとうはがっかりしたでしょ。あの人たちもそう。岡崎さんの言うとおりよ。きっと失望している。怒っているかもしれない。でも、皆を力づけるのがわたしの宿命なの。そうしないと失望が絶望に変わる。そうなったら、なにもできない、なにも進まない。絶望のほうへよろめく人の手を引いて、希望を示して、あっちへ行こうと言うのがミヨシの役目なの。そのために、小父さんたちもみなもわたしも頑張ってきたの。ここで逃げたら、それが全部、無駄になってしまうっ」

大希はこの仕事を命じられたときのことを思い出した。あのとき、五百住正輝オーナーは彼の任務をこう説明したのだ——〝女王となるべく育てられたお嬢さんのボディーガード〟。

彼女が背負っている使命感に大希は驚くと同時に、教団に怒りを感じていた。まだ高校生なのに、いや、もっと幼い頃から彼女は重い責任と義務を負わされてきたのだ。

「あのぅ」桃葉がおずおずと切り出した。「正直言うとちょっと裏切られた気分ですけど、一つだけ聞かせてください。ミヨシさまはがっかりなさっていますか?」

「いいえ」煌は即答した。「ミヨシは失望しない。失望する権利なんてないのよ」

「やっぱりミヨシさまはミヨシさまです」桃葉は晴れ晴れと言った。「わかりました。お供します。ミヨシさまのお側がわたしの居場所です。岡崎さん、ミヨシさまのシートを降ろしてください。あとはわたしがやります」

「それには及びません」大希も覚悟を決めた。「多少のアドバイスはいたしますが、原則として天川さまのお望みの場所へお連れします」

「岡崎さんは決してわたしをミヨシと呼ばないのね」

「とくに深い意味があるわけではありません。そのほうがよければ、ミヨシさまとお呼びしますが」

「いいの。好きに呼んで」

試されているのかな、と大希は思った。「ミヨシさま」と呼べば、その瞬間、女王に忠誠を誓ったことになるのだろうか。

まあ、考えすぎだろう、と結論づけた。いずれにしろいまは、煌にかしずくつもりはない。命に代えても護るつもりはあったが、あくまでボディーガードとしてである。下僕ではない。

「わかりました、天川さま」と答えた。

「呼び方と言えば、わたし、中村さまっていうのはなんだかこそばゆいんで、桃葉って呼んでください」

今度は裏の意味などないのだろうな、と判断し、希望に添うことにした。

「わかりました、桃葉さま」

「さん、でいいです、さんで」

「はい、桃葉さん」大希は本題に戻った。「さて、いまから総本部ビルにお供しますが、裏口から入られてはいかがでしょう？」

「裏口なんて使ったことがないから、知らない」

「わたしは存じております」

会社から渡された資料の中には総本部ビルの見取り図もあった。詳細に暗記しているわけではないが、出入口の位置ぐらいは憶えている。周辺の地理も把握していた。人だかりを迂回して、ビルに入る自信があった。

「ミヨシは裏口を使わないことになっているの」

「そう仰ると思っていました。では、状況を電話で確認するのは？　沢良木さまか久保さまか、あるいは別の方でも構いません。なんなら、わたしがかけても……」

「要らない。小父さんはどうせ電話に出ないし、久保さんは必要があると思ったら、あっちからかけてくるでしょう」

「しかし……」

「それに、状況はこの目で確認している」煌は頑なだった。「その上で決めたの。わたしは正面玄関から帰ります」

無駄な冒険に思えた。だがたぶん、煌は自分の身の安全を最優先に考えていない。こそこそと人目を避けて総本部に入れば、なにかが傷つく、と彼女は判断しているのだろう。

大希には、煌の判断が正しいのかわからない。社会人としての意識は、いまからでも引き返すべきだと主張している。なんといっても、大希はサラリーマンであり、命じられたのは天川煌の身の安全なのだ。

だが、大希はさほど悩まなかった。

大希がボディーガードになったのは、「なんとなく」でも、「しかたなく」でもない。誰かを護りたいから志したのだ。そして、護るからには、身体だけではなく、魂も護るべきだ。

「わかりました」大希は諦めた。「でも、車を駐める場所だけはわたしに決めさせてください」

「わかった。お願い」

大希は群衆から見えない位置に車を回した。

「裏口のほうじゃない」と裏口など存在すら知らないと主張したばかりの煌が言った。

「ご安心を。ちゃんと正面から入っていただきますから」

車椅子を降ろすあいだは、ほとんど無防備になる。群衆の見えるところでは作業をしたくなかった。ここなら、ビルが彼らの視線を遮ってくれる。

サイドリフトの操作と車椅子の取り外しは、いつものように桃葉に任せた。

作業のあいだ、大希は愛用の傘を地に突き立て、警戒した。

ビルの前にいたグループは車に気づいただろう。煌が乗っていることにも気づいたかもしれない。彼らが悪意を持って押しかけてこないとは言いきれない。

いきなり、裏口が開いた。

「やっぱりミヨシさまだ」男が出てきた。

大希は素早く男の前に立ち塞がる。

顔見知りだった。天川煌が退院を強行した夜、ホテルの前で彼女を出迎えた古参信者の峠である。彼は、煌の物心がつく前から、総本部ビルに住んでいるという。

「大丈夫よ、岡崎さん」と煌が言うので、大希は身を引いた。

峠は車椅子に駆け寄った。

「ミヨシさま、なぜ戻ってきたんですか」峠は煌に訊いた。「まさか久保さんが……」

「ええ」煌は頷いた。「久保さんに戻るよう言われたわ」

「やっぱり」峠は不快げに眉を顰めた。

「どういうこと？」

「いえ、なんでもありません。しかし、ホテルへ戻られた方が……」

「峠さんも、わたしを総本部から遠ざけておきたいのね。なぜ？」

「それはまあ、こんな状況ですから……」

「こんな状況だから、帰ってきたんですけど」と煌。「別に久保さんに言われたから帰ってきたわけじゃないわよ」

「でも、ビルの前の連中を見たでしょう」

「すみません」大希は会話に割り込んだ。「あの方たちはなんなのですか?」

「東京派ですよ」峠は答えた。

「ここは大阪なのに?」

「大阪にだって東京派はいます。少なくとも、広い意味での東京派は」

東京派というのには二通りの意味があった。狭い意味では、岩尾颯馬東京本部長が教団の実権を握るべきだ、と考え、教団内で権力闘争を行う人々を指す。しかし、広い意味では、教団の運営に興味がなく、単に岩尾の説く教えを信奉する人々も含んでいた。

岩尾の教えとは、こうである——ミワタリで移る先は、おぞましい生物の蠢くカタスだ。ただし、心正しき者は砂金のように選り分けられて、身一つで完全無欠の楽園であるトコヨへ招かれる。

教団の公式見解ではない。いわば異端である。しかしだからといって、排斥されているわけでもない。そのため、少なからぬ数の信者が、教団公認の教えと誤解していた。

「それで、なにを要求しているんですか」

「とりあえず、入れろ、って言っていることだけは確かです。でも、ほかにもごちゃごちゃと。まあ、まともに聞いている暇はないですよ」

「どうして入れてあげないの?」と煌。

「久保さんの指示です。でも、おれも入れないほうがいいと思いますよ。彼ら、自分たちは選ばれなかった、と思い込んでいる。そんなことはない、と言い聞かせようとしたんですが、連中にしてみれば、われわれもみんな、選ばれなかった不心得者ってことになりますから、耳を貸してくれないんですよ。中へ入れて、暴れられたら、かないません」

「言い聞かせようとしたのは、峠さん？」

「いえ、久保さんです」

「小父さんは……」

「沢良木さんはウテナに籠もっています」

「でしょうね」煌は納得顔で頷いた。「まあ、出てきても役に立たないだろうし」

「やはり裏口から入るべきでは？」しつこいかな、と思いつつも、大希は提案した。

「とんでもない」意外なことに否定したのは峠だった。「ミヨシさまがこそこそ裏口から出入りしてはなりません」

「ほらね」煌はなぜか得意げに言った。

「どうしても、引き返すのは駄目ですか」大希は言った。

「もう一度、わたしにあの恥ずかしい説明をさせるつもり？」

やっぱり恥ずかしかったんだ、と大希は思った。

「わかりました。では、正面に回りましょう」

煌は大希に頷くと、峠へ顔を向けた。

「表口の鍵はかけているの？」

「当然でしょう」峠は答えた。

「じゃあ、開けておいて」

峠は煌を無言で見つめた。やがて、笑みを洩らし、しぶしぶといった体で頷いた。

「お嬢は言いだしたらきかないからなあ。わかりました」

「峠さんならわかってくれると思った」

「はいはい」

峠は裏口に消えた。

「では、ちょっとお待ちください」

そう言い置いて、大希はビルの陰から正面玄関を窺った。群衆は相変わらずだ。煌がここにいることに気づいた様子はない。

「岡崎さん」背後から煌に声をかけられた。「あんまりボディーガードっぽくしないでね。ドライバーっぽくして」

「威圧するな、ということでしょうか」

大希には煌の意図が今一つつかめなかった。

「そうよ。うちの信者を脅さないでください。大切な方たちですから」

煌は信者とのあいだに心理的な壁をつくりたくないのだろう。

大希は車椅子の後ろに回って、車椅子の手押しグリップを握ると、煌に囁いた。

「わかりました。ドライバーらしくします。ですから、車椅子をドライブさせてください」

車椅子は電動式である。ジョイスティックで運転できる。煌は、腕にギプスを嵌めていたころは桃葉に任せていたが、とれてからは自分で運転するのを好んだ。いまも彼女がジョイスティックを握っており、桃葉は横に立っている。

「え～」

「そのぐらいはさせてください」

煌は不満げだったが、頷いた。

これで背後はガードできる。それ以外の方向から危険が迫ったときも機敏に対処できるだろう。電動モーターより人間の脚のほうがスピードを出せるのだ。

大希はゆっくりと車椅子を進め、ビルの角を回った。

さすがに、気づかれた。

初老の男性が「ミヨシさまや！」と叫んだのだ。

水を打ったように静かになった。

「今晩は、皆さん」煌は人々に声をかけた。「大変な夜ですね」

「なんでミヨシさまがここにいらっしゃるんだ？」男が言った。

「いけませんか？」と煌。「ここがわたしの家ですよ」

「ここはカタスじゃないのですか？」中年女性が問うた。

「こんなところがトコヨのはずがないでしょうっ」青年が金切り声を上げる。

「だったら、ミヨシさまがカタス行きになったと……」

「教えてください、ミヨシさまっ」一人の女性が摑みかからんばかりの勢いで言う。「わたしにはなにもかもわかりません。いったい、なにを信じていいのか。それを教えてほしいのに、幹部の皆さんは立てこもっているし、寒いのに、中に入れてくれへんし、わたしらをなんやと思っているのか……」

危ないな、と大希は思った。女性はずいぶんヒステリックな様子だ。万が一の場合に備えて、ガードの手順を幾通りか、頭の中でシミュレーションする。

「お答えいたしますよ」煌は冷静だった。「ただ脚がまだ悪いものですから、このような格好でお話しするのはご容赦ください」

「ああ、すみません……」煌が怪我人であることを思い出したのか、女性はたじろいだ。

「それで、なにをお訊きになりたいのです？」

「ここはトコヨなんですか、カタスなんですか」女性の口調は打って変わって落ち着いている。「わたし、日頃の行いが悪いから、カタスへ飛ばされた、と落ち込んでいました。

でも、ミヨシさまがいらっしゃる。これはどういうことなんですか？」

「行いの悪い方がカタスへ行く、などと説いたことはありませんよ」煌は言い聞かせた。

「一部の幹部がそう誤解されても仕方のないことを口にした、と漏れ聞いておりますが、わたしはそのようなことは申しておりません」

「つまり、岩尾先生は間違っている、と仰るんですか？」

岩尾先生とは東京本部長・岩尾颯馬のことだ。

「そうね。間違っています。岩尾だけではなく、沢良木も」

「沢良木先生もですか？」

「ええ。カタスなんて名前、父は一度も出していません。ですから、ここはトコヨです」

「でも、でも……」

「トコヨの真の姿が、どんなものであるか、父も悩みました。父に許されたのは送られてくるメッセージを受けることです。曖昧で限られたイメージからトコヨの姿を組み立てねばなりませんでした。確かに、父は楽観的すぎたかもしれません」

「そんな……」女性はショックを受けたようだった。

「でも、忘れないでください。父はトコヨに行けば、なんでも揃うなどとは申しませんでした。トキジクがあるから、生きていくことだけはできる。だが、人間らしい暮らしをするなら働かなくてはならない、と教えたはずです。道ばたに生えているものを食べているだけなら、獣と変わらない。人が人として生きていくためには、働かなければいけない。これが父の考えです。父はトコヨへ行くのを楽しみにしておりました。父は画家でもありました。父はトコヨを真っ白なキャンバスと考えていました。そして、美しい絵を描くのを楽しみにしておりました。でも、自分だけでは描けない、とも申しておりました。だから、できるだけ多くの方たちのお力を借りたい、と考え、教団を創設したのです。父亡き後、トコヨのための絵筆はわたしに受け継がれたのです。しかし、わたしはまだまだ父に及びません。父ですら独力で達成できないことを、わたしが誰にも頼らず成し遂げることなどできようはずもありません。皆さんのお力が必要なのです」

群衆は押し黙った。中には、感激したのか、目頭を押さえている者さえいた。

大希は感心した。煌の弁舌に淀みはなく、説得力があった。ただちょっと粗雑であるように感じた。

例えば、トキジクである。人類にとっての完全栄養食があるのとないのとでは、生存条件がずいぶん変わってくる。もしなければ、アマツワタリの教義は根本から崩壊することにならないか。そして、信者でない大希には、トキジクのような便利な果物が実在すると思えなかった。

だいたい、先代のころ、ミワタリは宇宙船での移住を意味したはずである。その辺りの整合性はどう取るのだろう。

信者たちが感激のあまり突っ込みを忘れているうちに入ってしまおうと、大希は車椅子を押した。

群衆は自然に道を空けた。

扉のむこうでは峠が待っていた。車椅子が近づくと、ドアを開け、煌を迎え入れる。

ドアを潜ると、煌は振り向いた。

「さあ、皆さん、入って下さいな」

峠は苦笑を浮かべたのみで、なにも言わなかった。

＊

独立自警団・魁物の南森町ベース第一会議室には、いざというときに司令部になる機能が与えられていた。そして、まさにいまこそ「いざというとき」だった。

田頭誠司は、部屋のいちばん奥に置かれた革張り椅子に体重を預けていた。左腰に末長から献上されたマカロフPMをぶち込んでいるほか、備前長船《びぜんおさふね》の業物を抱えて、忙しく働く幹部やスタッフを眺めている。

部屋の中央には巨大なテーブルがある。誠司から見て手前、三分の二ばかりは、地図で占められていた。インフラが失われた場合に備えて、魁物には時代遅れの備品があった。

紙の地図もその一つだ。国土地理院発行の一万分一地形図である。大阪周辺と京都、奈良の分が南森町ベースには備わっていたが、いま、広げられているのはそのうち二十四枚だった。のこりは転移範囲外だから、仕舞い込まれたままだ。

地図の上には、卓上旗が何十流も翻っている。これも「いざというとき」のために準備された特注品だ。ポールはプラスチック製で、金メッキ、銀メッキ、アイボリーの三種がある。魁物のベースの位置には、金メッキのポールに魁物の旗を靡かせたものが置かれている。友好団体のベースに置かれているポールも金メッキだが、旗は違う。銀メッキのポールは中立の施設だ。独立自警団の旗がついたポールも見えるが、いちばん多いのは、警察旗を掲げたものだ。セブンスターをはじめとした敵対組織の旗も見える。それはメッキの施されていない、アイボリーのポールにつけられていた。

部屋の片隅には三台の無線機が準備されているが、いまのところ電話が通じるので、使用されていない。無線機の反対側には長テーブルが壁にくっつける形で置かれ、そのうえには飲食物が用意されていた。さすがにアルコールはない。その代わり、エナジードリンクの缶が並べられていた。

「アンタコの野郎が、ここを押さえろってうるせぇんだが」ヘッドセットをつけた井上本部長が、指示棒で地図を指した。

誠司は腰を上げて、指示棒の先を覗き込む。有名な空調機器メーカーの名前があった。

「エアコン工場なんか押さえてどないする？」誠司は首を捻った。

「なんでも、ここで自衛隊向けに砲弾を造っているんだってよ」

「へえ、こんなところで」誠司は意外に感じた。「ライフルやピストルの弾を造っているんか」

「いや、銃弾はつくってねぇそうだ。大砲の弾だけだ。あと、手榴弾なんかも造っているみてぇだ。材料の火薬もあるはずだって言ってる」

「それは、ぜひとも欲しいな。取れや」

誠司が頷くと、スタッフがエアコン工場に銀メッキのポールを置いた。旗はただの白旗だ。

「だが、人数に余裕がない。末長のとこの兵隊は空いていないのかい」

井上は末長率いる掩護隊をあてにしているようだ。

「北島が使いたい、言うて、待機させてるねん。わしも気になるから、ちょっと話してみるか」

誠司はテーブルの反対側を見た。

北島渉外委員長は急遽、情報局を立ち上げていた。

情報局は三グループに分かれている。電話やＦＡＸでの報告を受け付ける通信グループ、テレビやラジオから情報をとる放送グループ、そして両グループからのメモを纏める記録グループである。

電話グループと放送グループは別の部屋を臨時オフィスとして使っているが、記録グループは第一会議室にいた。テーブルのドアに近い部分に陣取っている。北島もその中にいた。

北島自身、メモに目を通したり、自分で電話連絡したり、と忙しそうだったが、誠司に呼ばれると、やってきた。

「やることようさんあって、かないまへんわあ」北島はじつに楽しそうだった。

「そんなら、末長にやらせとる仕事、手放すか?」誠司は尋ねた。

「いやいや、なに言うてはりますねん。佳境に入ったとこですがな。いま、末ちゃんに連絡したところです。もうそろそろやでって」

「一体、なにをやらしてるんだよ」井上が言った。「くだらねぇことに使うぐらいなら、弾薬の確保を優先してほしいんだが」

「警察と一般市民に対するアピールですわ」北島はにやにや笑った。

説明を受け、承認したので、誠司は北島の計画を知っている。

以前から、北島は不良グループを手なずけていた。本来なら団員に勧誘すべきところだが、敢えて魁物の名は出さず、食わせたり飲ませたり抱かせたり、ときには小遣いを与えて、飼っていた。北島自身は彼らと接触しない。なにしろ若い連中だ。じかに接するには同世代よりちょっと上ぐらいの男がいい。だから、彼らとの間には若い部下を挟んでいた。北島はその部下を〝猿使い〟、彼に操られるグループを〝猿軍団〟と呼んでいた。猿軍団のメンバーは、自分たちが魁物の手下などとは知らないはずだ。

「猿軍団は順調なんか」誠司は訊いた。

「猿使いは苦労したみたいでっせ。なんでも最初は、女子高を襲う、言うて、聞かんかったそうですわ。『時間、考えろ』、て叱っても、ぽかんとしていたそうです。『おれ、暗うても、女の隠れ場所は匂いでわかります』てなこと抜かすアホまでいる始末。『とっくに下校時間を過ぎとるやろ、人がおっても、警備員のおっさんぐらいやぞ』て言い聞かせて、ようやっと納得させたみたいで」

「あんまり頭のようない連中やなあ」誠司は呆れた。

「まあ、賢すぎても扱いづらいですから」

「うっかり訊くのを忘れとったが、猿使いはどないすんねん？　ヘタ売ったら、掩護隊にぶち殺されるぞ。覚悟の上か？」

「事前にうまいこと抜けるように指示してますわ。末ちゃんには話通してありますけどな、修羅場ではなにがあるや、わからん」

「なるほど、ぼんやり絵図が見えてきた」井上が口を挟んだ。「調子に乗った連中を暴れさせて、そいつを末長に鎮圧させる、という段取りか」

「ご明察」北島が頷く。

「で、どこを襲わせるんだ」

「警察の官舎ですわ」

「はあ？　大丈夫なのかよ」井上は顔を顰めた。

「いまが狙い時ですわ。非番のお巡りまで駆り出されてますからな。お留守番しかおれへん。そのお留守番の中に、府警本部長はんのお嬢さんがおられるんですわ」

「府警本部長が官舎住まいかよ」

「いやいや。お嬢さん、キャリアでもなんでもない警官といっしょにならはってな、いま、赤ちゃん抱えて専業主婦をしてはりますねん。ご両親に頼ったらもっとええお宅に住めるんでしょうが、あくまでノンキャリ警官の妻として、官舎で暮らしてらっしゃるんです。けなげなお嬢さんで、府警本部長も鼻が高いでっしゃろな。孫もえらい可愛がってはります。自慢の娘と孫を助けたら、本部長さんの覚え目出度いでしょ。たいていの無理はきいてくれるはず。もちろん、他のお巡りさんもわしらに感謝しますわ。おれたちの留守宅は魁物に守ってもらおう、てなもんや」

「そんなにうまく行くか？」井上は懐疑的だった。「だいたい、女子高を襲おうって連中が、警官の宿舎なんか襲うのかい。お目当ては女だろう？　留守番の奥さんや娘さんで満足するのかい。それぐらいだったら、手近な住宅街かマンションでも襲うんじゃないのか」

「女性専用マンションやって騙したんですわ。女子大生やＯＬがみっちり住んどるって信じとります」

「気の毒に」井上は笑った。「まあ、そういうことなら、末長の兵隊は諦めるとして、自衛隊の具合を知りたいな。このエアコン工場に警備を配備しているのかどうか。どうだ？」

「ああ、ちょっと待っておくんなはれ」北島は自分の部下たちに向かって叫んだ。「自衛隊係、ちょっと来てくれ」

記録グループから色黒の若い男がやってきた。

「自衛隊係？」井上が片眉を上げる。

「ああ、警察とか、自衛隊とか、あとブスタの連中とか、それぞれに担当を決めて、動きを記録させてますねん」北島が紹介した。「こいつは元自衛官やから自衛隊関係の動きを見させてます」

そして、井上の質問を改めて伝えた。

「断言はいたしかねますが、自衛隊にその余裕はないものと考えます」自衛隊係ははきはきと答えた。「転移した部隊は、陸自の中部方面航空隊のみです。現在、淀川の決壊にともなう災害救助のため、寝屋川市などに展開しており、ごく少数が八尾駐屯地に残っている状態です。とても、私企業の防備に回すほど戦力に余剰があるとは思えません」

「なんとかなりそうか？」誠司は井上に訊いた。

「ベースから掻き集めて、臨時部隊を編成してみるか」井上は頭を掻きながら、スマホ本体を取り出した。「まずは偵察だな」

ほぼ同時に北島のケータイが鳴った。

「猿使いからですわ」北島は嬉しそうに告げると、電話に出た。「ご苦労さん。猿軍団から抜けたか？……え？」表情を険しくした。「わかった。おまえは早う逃げぇ。猿軍団のことなんかほっとけ」

「おい、どないした」誠司は心配になって声をかけた。

だが、北島は頷いただけで答えず、別のところに電話をかけた。

「末ちゃん。北島や。計画は中止や。いったん引き上げてくれ。この埋め合わせは考えとくさかい。すまなんだな」

北島が次の電話をかけようとするので、誠司は怒鳴りつけた。

「手短でええから、報告せえやっ」

「すんまへん。宿舎に警官がいるみたいですわ。猿軍団が撃たれました」

それから北島は方々に電話をかけ、部下と話をして、情報を収集しはじめた。

その結果、官舎の警備は公的でも組織的でもないことが判明した。どうやら、少なからぬ数の警官が武装したまま職務放棄しているらしいのだ。彼らの一部が自主的に家族を守っているというわけだった。

職務放棄者たちがピストルだけでなく、特殊銃と呼称されるサブマシンガンやアサルトライフルも持ち出している、との情報もあった。

由々しき事態である。だが、現在の警察には取り締まる力がないらしい。

「じゃあ、自衛隊も武器持って、脱走しよったヤツがおるんとちゃうか」

「そうですな」

北島はまた自衛隊係を呼んだ。

「そのような情報は入っておりません」自衛隊係は即答した。「ただ気になるのは、予備自衛官の招集がいまだに行われていないことです。戦力不足なのですから、もうかかっていてもよさそうなものですが、規律が緩むことを恐れているのかもしれません」

「いや、単純に人数が足りてるからとちゃうか？」と北島。

「ありえません。自衛隊は現在、淀川の氾濫を寝屋川導水路で食い止めるべく、土木作業の補助をしています。同時に周辺住民の避難誘導、危険な異源生物の駆除にも奮闘中です。八尾駐屯地の留守部隊も最小限との情報があります。人手はいくらあっても足りないはずです」

「その招集は誰がするねん？」誠司は訊いた。

「現況では、大阪地本の河原田本部長だと思いますが、自分にはよくわかりません」

「その河原田とかいうおっさんはフォローしてへんのかい」誠司は北島に尋ねる。

「おばちゃんですわ」北島は訂正した。「河原田陸将補は女性ですねん。それで、フォローはあいにくできてません。すいません。なんつうか、女のお偉いさんに取り入るには、男で培ったノウハウが通用せんので、つい後回しにしてもうたんですわ」

「まあ、ええ」

そのとき、井上がやってきた。上機嫌だ。

「たまたま耳に入ったんだが、自衛隊が手不足だってのは本当だと思うぜ。エアコン工場に自衛隊はいなかった。会社の警備員もいなかったみたいだ。ブツは押さえた」

「末長の手が空いたが、ほな、あいつの兵隊は要らんな」

「ああ。あとは運び出すだけ。いま、トラックで取りにやらせているところだ」

「護衛は？」

「ちゃんとつけるが、末長の手は借りない。あいつらに護衛なんて難しい仕事が務まるとも思えねぇ」

「そうやな。ともかくご苦労さん」

誠司はスタッフに指示して、工場の位置を示す卓上旗を取り替えさせた。銀メッキのものから金メッキのポールへ変えたのである。

地図上には卓上旗だけではなく、ポーカーチップに似た、丸い駒も置かれている。これはグループを表すもので、だいたいの人数によって中央部の色が違う。縁も陣営によって色分けされている。卓上旗のポールと同じく、味方が金、中立が銀、敵がアイボリーである。もちろん、特注品だった。

取り替えられたばかりの卓上旗の足下に、金色で縁取られた緑の駒が置かれた。緑は五十人内外の集団を表す。

「これで、弾薬はほぼ押さえたな」井上が、満足げな表情で地図を見渡す。

銃砲店や射撃場など、銃弾を保管している施設の多くに、金ポールの卓上旗が置かれていた。

旗が多すぎて邪魔だな、と誠司は思った。中心部など、どこを示しているのかわからないほど密集している。卓上旗は重要拠点だけにして、それ以外はピンかなにか場所をとらないもので勢力を表したほうが、情勢を把握しやすいかもしれない。

実用性はともかく、地図上に無数の卓上旗が翻るさまは壮観ではあった。

「警察を取り込まなくてもいけるか」誠司は呟いた。

「ああ。脱走警官をリクルートするって手もあるしな」と井上。

「おお、それええな。指令を出しといてくれるか」

「いいぜ。けど、重用はできないぜ。エスを送り込まれちゃかなわねぇ」

誠司は吹き出しそうになった。井上自身に公安警察のエス、つまりスパイという疑惑があったからである。

噂を流した張本人がエスだったことが判明して、井上の疑いは晴れた。彼は自分が疑われていたことにすら気づいていないはずだ。

「そうやな」笑いの衝動を押し殺して、そう答えた。

ふと気づくと、北島が情報局の若者と話していた。険しい表情で話を聞いている。

話を終えると、彼は暗い表情でやってきた。

「団長、すんません。またヘタ打ってしまいましたわ」

「どないしてん?」

「それがですな……」

北島の説明によると、大阪に滞在している国会議員を保護しようとしたのだが、一足早く、別の組織に攫われてしまったのだという。他の国会議員について所在を確認してみたところ、すでに宿泊先を引き払っていたらしい。

「別の組織って、どこや? まさか、ブスタのボケどもやないやろうな」

「いや、水都グループですわ」

「水都グループ? サラリーマンどもか。誰かに頼まれたんか」

「わかりまへん。なんの目的で集めとるのか……」

「おまえはなんのために集めようとしたんや？」

誠司はそもそも、北島が国会議員を集めようとしていることさえ知らなかった。個々の幹部が自分の手勢だけで実行する作戦には、報告を求めていない。そんな細かなことにまで嘴を挟んでいては、身体がいくつあっても足りないのだ。

「もちろん、行政にプレッシャーかけるためですわ。府議会や市議会の議員さんにも粉かけてますけど、やっぱ、国会議員のインパクトも捨てがたい」

「萩原ちゅう副知事は押さえたんやろ」

「へえ。あのおっさんはばっちり手の内ですわ」

「ほな、それでええやん」

「けど、副知事だけやとやっぱ押さえが弱い気ぃがするんですわ」

「ええがな。行政なんかもう気にするな。まして国会議員なんか、東京と連絡がとれん以上、なんの役にも立つかいな。日本なんか忘れてもうてええねん。わしらが新しい国をつくるんや」

誠司はみょうに清々しい気分になった。

移災前は、なにをするにしても、法の網に搦め捕られるのを警戒してきた。法に対する恐れが身に染みついている。だからこそ、北島の姑息な計画にも乗った。

しかし、今さら法律や官庁を気にするなどばかばかしい。法律も官庁も、これから自前のものを造っていけばいいのだ。

かつては、汚泥の中を這いずっている気分がした。日の当たらぬ場所で怯えながら、同族を喰らってきたのだ。

だが、いまや魁物は汚泥を飛び出した。これからは、上空で優雅に舞っていた連中が泥の中で藻掻くばんだ。泥にまみれるのを拒むなら、死んでもらうまでだ。

今夜からは魁物が君臨し、大地を見下ろすのだ。恨みがましい目で見上げている奴がいたら、蹴爪で引き裂いてやる。

新世界に必要なのは、誠司に忠誠を誓う者のみ。それ以外の連中に居場所は要らない。

高揚する誠司とは裏腹に、北島はしらけた表情をした。

「はあ。ほな、わしの仕事もだいぶ、のうなりますなあ。ええとこなしや、情けない」

「なに言うてんねん。これからが渉外委員長の腕の見せ所やないか。警察を傘下に収めてしまえ。府警本部長を味方にするなんて、せこいことはどうでもええ。警察署をうちのベースにしてやるんや。お上の代わりに面倒を見てやる、言うて、警察署ごと魁物に引きずりこんだれや。こんなんになって、税金なんか誰が払うかい。公務員はみんな失業や。お上の代わりに面倒を見てやる、言うて、警察署ごと魁物に引きずりこんだれや。けど、ただの役人は要らんぞ。書類仕事の上手いだけのヤツは用無しや」

「けど、団長。どうにも腹の虫が治まりませんわ。水都のアホども、サラリーマンの分際で人の計画、ワヤクチャにしやがって……」

「ほな、ぶっ殺したったらええがな。水都の社長あたり、首を晒《さら》して、見せしめにしたれ。けど、手の空いたときにしてや。まず力や。警察を乗っ取ってしまうんや」

「わかりました」北島は頷いた。「やってみますわ。自衛隊も呑み込めたらよろしいな」

「おう、頼んだで」

ケータイが鳴った。末長からの着信だ。

「団長、暇や。わしら、このままお月見でもしとったらええんかい」末長は不満げだった。

「おお、そうやな。ほな、ちょっとブスタでも潰してもらおうかい」

「パーティー始めてええねんな」

「おお、存分に楽しめや。もしお巡りが邪魔しに来たら、潰してかまへん。誰がいっちゃん強いか思い知らせたれや」

「おおっ」末長は咆《ほ》えた。「パーリィィィイイッ」

電話の向こうで掩護隊隊員たちの歓声が爆発した。

＊

これまで大希はアマツワタリ総本部ビルに入ったことがなかった。

築四十年ばかりの建物は、外観も冴えないのだが、内から見るとさらにみすぼらしく、とても大教団の総本山とは思えない。

エントランスに入ると、煌は峠に、東京派信者に休憩場所を提供するよう指示した。そして、自分はさっさとエレベーターに乗り込んだ。

大希と桃葉も当然、ついていく。

「最上階でいいんですか」と桃葉。

煌が頷くと、ボタンを押す。

「ううっ、狭い」ドアが閉まると、煌が顔を顰めた。「帰ってきたって気がするわ」

エレベーターは車椅子と大人二人を入れるといっぱいだった。しかも、立っている二人は平均より大柄なのだ。ホテル咲洲のエレベーターに慣れてしまうと、息苦しい印象を受けてしまう。

幸いなことにビルは五階建てに過ぎないので、到着まであまり時間がかからなかった。

ドアが開くと、大希がまず出て、警戒した。廊下には人影がない。

「そんなこと、しなくていいのに」笑いを含んだ声でそう言うと、煌はスティックコントローラーを倒し、真っ先に出た。

エレベーターを出て、廊下の突き当たりの部屋へ行く。

部屋のドアには貼り紙があった――〝この扉より彼方に嫌煙権は存在せず〟。

煌は桃葉にドアを開けさせた。

そのとたん、煙草の匂いが廊下にまで溢れだした。

煌は慣れているらしく、気にする様子もない。車椅子を突っ込ませた。

「小父さんっ、いるんでしょう?」と叫ぶ。

当然のように、桃葉も続く。

〈勝手に入ると抗議されるかも……〉と大希は危惧したが、中へ入る。

大希は、一人の人間として煌を守ろうと決意していた。である以上、依頼主のご機嫌を損ねるとか、社内での立場が悪くなるとか、そんなことは二の次だ。

部屋は雑然としていた。車椅子の通り道を確保するため、桃葉が床の上の本や雑誌を片づけはじめた。

部屋の中央にはしごがあり、天井に開いた四角い穴からぶらさがっている。大希の記憶によれば、四角い穴は、教団で〝ウテナ〟と呼ばれる天体ドームへ通じているはずだ。

煌は穴を見上げて、「小父さんってば」と呼んだ。

「お帰り」と沢良木の声で応答があった。「すぐ行く。もうちょっと待ってくれ」

「小父さんはいつも、『もうちょっと』が長い」

「すぐ行くって」

「どうせしばらくかかると思う」煌は大希と桃葉に言った。

予言通り、五分経っても、沢良木は降りてこなかった。

大希は、テーブルの上の写真立てに興味を惹かれた。男性三人、女性一人の四人の若者が並んだ写真だ。ファッションが古くさいので、昔の写真だとわかる。左端の男には、沢良木の面影があった。その右隣の男は天川飛彦の若き日の姿だろう。さらにその右に立つ女性は、煌となんとなく似ている。

「それは天川プロダクションの創立記念写真よ」煌が説明した。

天川プロダクションとは、アマツワタリの前身となった事務所である。

「なるほど。お父さまと沢良木さまはわかります。この女性はどなたですか?」

「わたしはよく知らない。会ったことないもの。イラストレーターだって聞いたことはあるけど。いちばん右の男の人と結婚して退社したって、聞いているわ」

「鳥井《とりい》さんだ」天井から沢良木が顔を覗かせた。

五分ほどして、沢良木が降りてきた。歳のわりに機敏な動作ではしごを下りる。

「小父さんにしては、早かったわね」と煌。

「そうだろう」沢良木は胸を張った。

「いつになったら、小父さんは皮肉って概念を理解してくれるのかしら」

「してるよ。でも、いまの話になんの関係があるのかね?」

「さあ」煌は諦め顔で言った。

「ともかく、これは懐かしい写真だ」沢良木は写真立てを手に取ると、大希に言った。

「もう何十年になるかな。ぼくに天川さん、鳥井さんに今城《いましろ》さん。この中じゃ、ぼくがいちばん若かった。みんな、若かったがね。ぼくと今城さんはライター見習いで、短い文章を任されもしたけど、だいたい天川さんの仕事の下調べをやらされていた。当時はネット検索なんて便利なものはないからね、毎日、図書館通いだ。たまに古本屋巡りをしたり。鳥井さんはイラスト担当のアシスタントだな。天川さんは、メカを描くのは得意だったんだが、人物、とくに女性を描くのが苦手でね、それを鳥井さんに助けてもらっていた。天川さん原作、鳥井さん作画でマンガを描くって話もあったんだが、その矢先、彼女は今城さんといっしょに退社しちゃった。その頃にはスタッフも増えていたんだが、事務所の雰囲気はずいぶん宗教がかった感じになっていてねえ、それが耐えられないってことだった。二人が結婚したのは、その後だよ。ぼくも天川さんも結婚式に呼ばれたけど、行かなかった。意地になっていたんだねえ、なにしろ鳥井さんはぼくらのマドンナだったから」

「なるほど」

相槌を打ってみたものの、大希は戸惑っていた。そんな昔話をされても、どうしようもない。だが、同時に、沢良木の友好的な態度にほっとしていた。どうやらここにいてもいいようだ。

「小父さん」煌がうんざりした調子で口を挟んだ。「そんなことより、教えてほしいんだけど」

「おお、なにかね」

「まず、これ」煌は紙ナプキンを取り出して、沢良木に突きつけた。「この番号はなに？」

「なんだ、これ？」沢良木は目を細めた。

「いや、これを見つけなきゃって小父さんが言ったらしいんだけど」

「ああ」沢良木は頷いた。「数字の4じゃないよ、アルファベットのCだ。３４２７３じゃなくて、３Ｃ　２７３。ケンブリッジ電波源カタログ第三版の二七三番という意味だな」

「だから、それはなによ？」

「クエーサーだ。準星だよ。二十四億四千三百万光年ほど彼方にある。うちの望遠鏡で観測できるなかでは、もっとも遠くの天体だ。それが観測できないんだよ」

煌は拍子抜けしたようだった。

「そう。でも、望遠鏡の買い換えはとうぶん、難しいと思うわ」

「買い換えるなんてとんでもない」沢良木は言った。「ぼくはとても気に入っているんだ。永年、使っているんで、相棒のような気がする。わが親愛なる相棒は故障していない。３Ｃ　２７３が消えているか、位置がずれているんだ。別の場所を探しているが、簡単じゃない。つまり、これがなにを意味するか、わかるかね？」

沢良木はなにかを期待する目で煌を見た。煌が首を横に振ると、桃葉に顔を向けた。桃葉も困ったような笑顔で首を横に振る。

そしてついに大希を見た。

「申し訳ありません。見当もつきません」大希は正直に答えた。

「アムボーンが正しかったってことだよ」

「ええと、それは人名でしょうか」

「ムンバイ工科大学のアムボーン准教授だよ」沢良木は勢い込んで話しはじめた。「収束説を唱えた。実証は難しい。まだ主流じゃない。だが、なんということだ。こっちから観測すれば、簡単に実証できるじゃないか。ぼくの手元にあるのは、古い、低スペックの機材に過ぎないというのに！」

「収束説、ですか……」

「そうだ。みんな大好き、シュレーディンガーの猫だよ」

「はあ……」

どうだ、といわんばかりの沢良木の表情を見て、大希は途方に暮れた。ひょっとしてこれは、聖域を侵したことへの罰なのだろうか、とも考え、どうすれば罪を贖《あがな》ったと認めてくれるのだろう、と悩んだ。

「そのナントカの猫ってなんですか？」桃葉が煌に訊いた。

「誤解を恐れずに、簡単に言うと」煌は答えた。「猫を箱に入れて、半殺しにすることよ」

「わあ」桃葉は顔を顰めた。

「わたしは好きになれそうにないです」

「恐れたまえよ、誤解を」沢良木は叫んだ。

「ぜんぜんちゃうわ。半殺しではなく、生きた状態と死んだ状態が重なり合っているんだよ」

「なんだか、もっと残酷に感じます」と桃葉。

「感じ方はそれぞれだが、つまりだね……」沢良木は説明を始めた。「密閉した箱の中に猫とラジウムと青酸ガスの発生装置を入れる。発生装置は、ラジウムからアルファ粒子が放出されると、それを感知して作動する仕組みだ。要するに、ラジウムがアルファ崩壊すると、青酸ガスが箱を満たし、猫を殺す。崩壊しなければ、猫は生きたままだ。ラジウムからアルファ粒子が出るのは、確率によって決まる。そこで、一時間以内に五〇パーセントの確率でアルファ崩壊するだけの量、ラジウムを用意する。そして、一時間後、箱を開ける。猫が死んでいる確率は五〇パーセントだ。だが、生きているか、死んでいるか、箱を開けるまではわからない。箱が開くまで、猫は生きた状態と死んだ状態が重なり合って存在しているんだ。そして、箱を開けた瞬間、生か死に収束する」

「なんだかよくわかりませんけど、猫を殺したいんだってことは伝わってきました」桃葉は言った。「がっかりです」

「いや、別にぼくが殺すわけじゃない」沢良木は言った。

大希も疑問を感じた。

「なにもガスを発生させる必要はないのでは？　アルファ粒子を感知してスイッチを入れるなら、ライトかなにかでよいのではありませんか？」

「それは……」と言いかけて、沢良木は首を傾げた。「そういや、なんでだろう。シュレーディンガーは猫が嫌いだったのかな。ペットのモルモットを喰われた、とか？」

「ライトでもいいなら、炬燵《こたつ》でもいいですよね」と桃葉。

「わかった、わかった。ガス発生装置の代わりに炬燵を置こう。ついでに、猫を桃葉の猫と名づけよう」

「いや、どうでもいいでしょ」煌が口を挟んだ。

「そうだ、どうでもいい。とにかく重要なのは、二つの宇宙が収束しようとしているってことだ」

「宇宙が、ですか？」

話が壮大すぎて、大希はついていけなかった。

「そうとも。この突然変移現象は地球だけの局地的な現象ではない。全宇宙的な事件なのだよ」沢良木は明らかに自分の言葉に陶酔していた。

「さっぱりわからないんだけど」煌が言った。「クエーサーとやらが見つからないからって、どうして宇宙が収束する、なんて話になるの？」

「ああ、要するにだね、一千万光年以内の天体はだいたいあるべき場所にある。もちろん、まだごくごく一部しか調べていないがね、観測したかぎりでは、突変前と天体の配置に変化が見られない。ちなみに肉眼で見える最も遠い天体はさんかく座銀河で、せいぜい三百万光年離れている程度だから、星空は変わらないはずだ。ええと、なんの話だったかな？」

「クエーサーと宇宙の収束の話だと思っていたけど？」と煌。

「そうだった。つまり、遅くとも一千万年前には、天体の位置は収束している、と考えられる。言い換えれば、あっちの宇宙とこっちの宇宙とで、天体の配置が一致している。けれど、二十四億四千三百万年前はそうじゃなかった。位置がずれている。いや、そもそも3C　273は存在しないのかもしれない」

「距離の話をしていたんじゃないの？」

「距離が時間を表すんだ。一千万光年向こうに見えるのは、一千万年前の風景ということだよ。同様に二十四億四千三百万光年の彼方に広がるのは二十四億四千三百万年前の宇宙の姿だ。要するに、二十五億年ほど前、あっちとこっちの宇宙は懸け離れた姿をしていたんだ。それがだんだん似た姿になっていった。どんな過程を取ったのかは、ぼくにはわからない。離れた位置にあった天体がしだいにズレを修正して、同じポジションに納まったのか、それとも、もう一方の宇宙に合わせて新しい天体が誂《あつら》えられたのか。ううむ、ぼくが天文学者でちゃんとした機材が揃っていればなあ。でも、悲しいかな、現実にはぼくはただの科学オタクだ」

「宗教団体代表ではないのですか？」大希はつい言った。

「宗教者が科学に興味を持ってはいかんかね」

「いえ、そんなことはありません。でも……」大希は口ごもった。

「でも、なんだね？」沢良木はニコニコした。「イメージじゃないかね」

確かにイメージではなかった。宗教者とは、もっと確固たる信念を奉じている、平たく言えば、教義に幾重にも縛り上げられている、と思い込んでいた。しかし、考えてみれば、アマツワタリはしょっちゅう教義を変更している。頻繁に修正を受け入れるがゆえに、生き残っているのだ。

「そうですね、ちょっとわたしのほうが固定観念に囚われていたようです」大希は言った。

「いや、きみの感じることはもっともなんだが、アマツワタリとはそういう集団なんだ。ぼくは宗教と思ったことはないよ。ただプロダクションという会社形態で続けて行くには無理があった。天川さんは法人格をほしがったんだが、会社以外となると、宗教法人しかとれなかっただけだ」

「じゃあ、なんなのです？」

「反知性主義運動体かな。メインストリームの科学に飽き足らないはぐれ者が仲間を求めたのさ。でも、これからは、知性主義へ方向転換するつもりだ。なにしろ、こっちではもう正統な近代思想が保たれるか心許ないから」

「それって、わたしたちが背負い込まないといけないの？」と煌。

「べつの誰かが背負い込んでくれるなら、託してもいい。けど、それまでは担ぐ。近代科学を守っていかなくては」

「ちょっと待ってください」桃葉が言った。「あの、なんだかあっちとこっちの世界が一緒になるように聞こえるんですけど、そうなんですか？」

「ああ。ぼくはいまのところそう考えている。収束とは、二つの宇宙が一つに融合することだ。決してどちらか一つが消えるわけじゃない。そう、そもそも二つの宇宙じゃないんだ。こっちの宇宙とあっちの宇宙は同一だ。単一の宇宙だが、二つの状態が重なり合っているんだ。そして、ぼくらには両方を同時に観測することができない。内部にいるからな。どちらか一方の状態しか観測できない。別の理由で、外部からも両方を同時に観測することはできない。外部から観測された瞬間、一つの状態に収束してしまうんだ」

「ええと、それって、どういう……？　宇宙はいいです。地球はどうなるんですか。トコヨと……ああ、ここがトコヨでしたっけ、こっちの世界と、もといた世界が融合するんですか」

「じつにいい質問だ、桃葉くん」

「ありがとうございます」桃葉はあんまり喜んでいないようだった。

「しかし残念ながら、いまのぼくにはなにも断言はできない。すまないな。でも、アムボーン説をぼくなりに解釈したところによれば、その通り、一つの地球になり、生態系も融合する。生物種のいくつかは間引かれるかもしれないが、基本的にはどちらの世界のものも生き残るだろう。どちらも同じ地球で仲良く進化したことになるんだ。同じ地層で脊椎動物と有笛動物の化石が発掘される。わかるか？　どちらかが別の宇宙から横入りしてきたとは、いかなる方法をもってしてもわからなくなるんだ」

「それでは、われわれの記憶はどうなるんです？」大希は訊いた。

「ええと、きみは誰だっけ。五百住さんのところの人だったっけな？」

いままでよくわかってなかったのか、と大希は愕然とした。この人の安全意識はどうなっているのだろう。

「はい。水都セキュリティーサービスの岡崎です」大希は改めて名乗った。

「そもそも記憶とは曖昧なものだ。きみはいま名乗ってくれたが、前に別の名前を使っていたとしても、憶えていない以上、ぼくには確かめようがない。あれ？　前に会ったとき、名前を教えてもらったかな。そもそも、会ったことがあったっけ」

「ホテル咲洲で何度かお目にかかっております。名前も確かに申し上げました」

「そうか。それは失礼。人の名前を憶えるのが苦手だから、似顔絵付きのメモをとっていたこともあるんだが、ぼくは絵も苦手なものだから、あんまり実用的でなくて……、ああ、そうだ。人間の脳にある記憶だけが問題なのではないな。記録もある。さまざまな媒体の膨大な記録。ともかく、アムボーンはこれに重きを置いていない。地質さえ造り換えるのだから、記憶や書物ぐらい簡単に変化し、あとから検証することはできないはずだ、と考えているんじゃないかな。ぼくの知る限り、彼が人間の記憶について深く考察した形跡はない」

「でも、変じゃない？」煌が口を挟んだ。「猫は生きるか死ぬかに収束するんでしょう。生と死の中間に収束するなんてことがありえるの？」

「おお、すばらしい。さすがは、われらがミヨシさまだ」沢良木は相好を崩した。「生か死の二択に限定するのは、あくまで量子力学の話だ。あの比喩はスピンの方向とか、二択で済む問題を説明するための話だ。こちらの対象は宇宙のありようだ。実際には膨大な要素を含む状態群が収束する。ここはそうだな、桃葉の猫を採用しよう」

「なんだかわからないけど、ありがとうございます」桃葉が頭を下げた。

「まず、炬燵に猫を入れて密閉する」

「酸欠に……」大希は思わず指摘しようとした。

「忘れろ」と沢良木。「炬燵の温度は確率によって変動する。猫の都合なんぞお構いなしに、ね。暑すぎたり、寒すぎたりするわけだ。猫がいくら抗議しようと是正されない。密封された炬燵のなかでは、のぼせている猫と凍えている猫が重なり合った状態にある、と考えよう。誰かが炬燵布団をはぐった瞬間、温度は一つに収束する。猫にとって不幸なことに、適温になるとは限らない」

「やっぱりよくわからない」煌が首を傾げた。「瞬間的に収束するの？　だって、小父さんの話じゃ一千万年以上前から収束が始まっているんでしょ」

「そこなんだよ。観測者からは瞬間的に収束すると見えるんじゃないかな。ぼくらにとっては何千万年、何億年という永遠に準じた時間も、彼らにとってはプランク時間より短いんだ」

「観測者って誰？」

「知らないね。この宇宙の外に存在するなにかだ。そいつは、この宇宙のすべてを知ることが出来るが、好きな形へ変えることはできない。全知にして無能なんだ。全知無能なる者の眼差しが宇宙を収束させる」

「でも、わたしたちの視点からは時間をかけて収束するってこと？」

「そう。アムボーン曰《いわ》く、時空はモザイク状に置き換わり、やがて融合する。まず巨視的な段階で一致し、しかる後、細部の調整が行われる。ぼやけた画像のピントが合うんだ。大雑把に言えば、まず天体の位置が同一になり、次に個々の天体の地形が一致する。生態系の融合が行われるのはその次だ。そして最後に量子レベルでの調整が行われて、二つの宇宙が、いや、一つの宇宙の二つの姿が収束する。一つの宇宙に二つの姿という、ごく当たり前の状況に落ち着くんだ」

「待ってよ。人間は人間でいられるんでしょうね」

「わからない。ある日、目がさめたら、ぼくらはアウロス器官で呼吸しているかもしれない。そして、それをちっとも不思議と思わないんだ」

「ぞっとするわね」

「じつはもうそれが起こった、と解釈することもできるぞ。ぼくらは肺でもアウロス器官でもないわけのわからないもので呼吸していた、いや、そもそも息などしなくても死なない存在だったのかもしれない。なのに、収束が起こって、いまのような哺乳類になったんだ。そして、ずっと昔から哺乳類だったと信じこんでいる」

「ばかばかしい」と煌。「小父さんが相手じゃなければ、宗教でも興したらって勧めているところよ」

「いいね。でも、いまの最大の関心は、あっちにこの発見を伝えることだ」

「どうせ二つの世界は一つになるんでしょ」煌は指摘した。

「それじゃ遅い。アウロス器官で呼吸したくない人だっているだろう」

「そうね。わたしもごめんだわ」

「それに、収束の果てになにが起こるかはわからない。二つの宇宙の死を意味するのかもしれん。そうでなくても、人類が絶滅するぐらいは大いにありうるな。だから、この発見を一刻も早く、向こうの世界に伝えないといけない。あっちには本物のサイエンスとテクノロジーがある。こっちじゃ手も足も出ない難問も、あっちじゃ簡単に解けてしまう。でも、収束説が正しいことを証明できるのは、こっちにいるわれわれなんだ。そこでモグワイの出番だ」

「また、あのコンピュータ？」煌は呆れたように言う。

「そうだよ。まだよちよち歩きの赤ん坊だが、順当に成長すれば、地球上で最高の知性になる。なにより量子テレポーテーションができる」

「テレポーテーション？」大希は興味を惹かれた。「もとの世界へ帰れるのですか」

「最終的にはできるかもしれないが……、まあ、いまのところ実現性が高いのは、通信だよ。収束説では、あっちとこっちでは量子もつれが保たれる。だから、量子テレポーテーションが……。量子テレポーテーションによるネットワークが両時空で確立されたなら……」

沢良木は俯いて、部屋をぐるぐる回りはじめた。

大希は落ち着かない気分になったし、桃葉も不安げな表情を浮かべたが、煌は慣れているらしく平然としていた。

「小父さん。これからのことを話し合いたいんだけど」

「これからのこと?」沢良木は立ち止まって煌を見た。「そうだ、どうも息苦しいと思ったら、忘れていた」

沢良木はポケットから煙草のパッケージを出し、一本引き抜くと、オイルライターで火を付けた。そして、深々と吸い込む。

「少しは考えがまとまった?」と煌。

「待て待て。ニコチンが脳に回るまで待ってくれ。そうだ、そうだな、モグワイ。まずモグワイを保護しなくちゃならん。こちらの世界でも量子コンピュータを保持しなくちゃいけないんだ」

「最優先なの、それ?」煌は眉根に皺を寄せた。

「そうだよ。万能量子コンピュータは高度なテクノロジーの産物だ。こちらの限定的な技術で建造はまず無理。維持管理すら難しい。だが……」

「いや、そんなことより生活でしょう」煌は反論した。「みんなはここをカタスだと思っているわ。思っていたより住みづらそうだから。でも、ここはトコヨよ。お父さんが描いた絵みたいに美しい場所に変えていかなきゃいけない。その方法を考えてほしいの」

「まあ、そのためにもモグワイは不可欠なんだが……」

「そうなの?」煌が沢良木に向ける視線には、猜疑心が満ちていた。

ふいにドアが開いた。

入ってきたのは、久保事務局長だった。

久保は冷たい目で大希を見据えた。

「なぜ部外者がここにいるのですか」

もっともな疑問だが、大希は答えあぐねた。たぶん、どう答えても、彼女の気に入らないだろう。

しかし、大希が答える前に沢良木が騒ぎはじめた。

「久保くん、ちょうどよかった。モグワイだ。今後、どうやってあれを守っていくか、協議しなくちゃいけない。ぼくはこれから懐徳堂大学へ行ってくる」

「困ります」久保はぴしゃりと言った。「ミヨシさまが一般信者を招き入れてしまったので、その対応が大変なんです」

「でも、外に立たせておくわけにはいかないでしょ」と煌。

「入れたことをいけないとは申しておりません。でも、準備の都合というものがあるのです。この建物の広さをお考えください」久保は沢良木に視線を移した。「コンピュータなどより、信者の皆さんが大切です。皆さんの落ち着き場所を確保しなくてはなりません」

「ああ、五百住さんに借りている倉庫を使おう。倉庫はこっちに来ているんだろう」

「ええ。ミワタリしました」

「よかった。かなり空きスペースがあるはずだ」

アマツワタリ教団は、信者から献納された物資を保管するために、水都ロジスティクスから倉庫を数棟、借りていた。〝五百住さんに借りている倉庫〟とはそこのことだろう。建物自体の維持管理はロジスが担当しているが、荷物の出し入れは教団が行っていた。したがって、内部になにがどれだけ蓄えられているのか、水都グループ側は把握しておらず、当然、大希も知らなかった。

「人間が泊まるには、ファウンデーションがいいのではありませんか」

「ファウンデーションは倉庫じゃないっ」沢良木は目を剝いた。

「そう。倉庫と違って冷暖房もあるし、住環境が優れています」

「どのみち、収容能力はたいしたことないよ。倉庫のほうも使わなきゃ」

「まあ、そうですね」久保は頷いた。「それで、移動はどうしましょう？　倉庫もファウンデーションも舞洲です。どうやって信者の皆さんを連れていくんです？」

「車はないのかね？」

「ありますけど、数が足らないんじゃないでしょうか」

「でしょうか、じゃない。ちゃんと確認してくれ。車に乗ってきた信者もいるんじゃないのか？　相乗りしてもらえば、なんとかならないか。ちょっとくらい定員オーバーしてもいい。調整してみてくれ」

「わかりました」

「そうだ、この際、拠点を舞洲に移す。ミヨシさま、一足先に行ってくれ」

「ええ？」煌は不満げだった。「わたしに総本部を見捨てろっていうの？　そんなの、皆に示しがつかない」

「だから、総本部を移すっていってるじゃないか。ここへ押しかけられても困るから、信者には、舞洲へ行くよう、伝える。ファウンデーションを本部とするが、あそこも手狭だ。避難希望者は倉庫の空きスペースに振り分けよう。荷物を移動して、避難所を集約してもいい。とにかく、向こうのスタッフの指揮を執ってくれ。なに、面倒なことは仁科《にしな》くんがしてくれる」

「仁科さんが仕切ったほうが話が早いんじゃない？」

「彼女は優秀だが、教団の肩書きがない。一般の信者を納得させるには、ミヨシさまがいなきゃ。指揮と言っても、形だけでいいんだ。きみは仁科くんに『よきに計らえ』と言っていればいいさ。あとはミヨシさまの命令ってことで、仁科くんが職員や信者を動かす」

「小父さんは行かないの？　バカ殿役なら小父さんのほうが似合うと思うけど」

「舞洲には天体望遠鏡がない」

「はいはい」煌は溜息混じりに言った。「モグワイもないしね」

「そうだ、モグワイ！　懐徳大に行かなきゃならないんだった」

「ですから、行かないでください」と久保。

「わかったよ、まず連絡する」沢良木は乱雑な机からスマホを拾い上げ、画面をスワイプしはじめた。

第六章　権力闘争

出灰万年青は淀陽学院の最寄り駅、十三《じゅうそう》に着いた。妹の鈴蘭のほか、同じ学校の生徒数人も一緒だった。ただ友人の古川と大平の姿は見えなかった。

徒歩で学校まで戻るのを覚悟していたのだが、事件現場まで黄色い軌道モーターカーがやってきて、脱線した電車の乗客を、園田駅まで乗せていった。怪我人が優先だったが、万年青たち年少者も最初の便に乗ることができた。

モーターカーのスピードは遅く、徒歩よりはやや早いぐらいのものだった。

途中、塚口駅を通過した。

駅のホームには、銀色のシートが張り巡らされていた。

万年青は、シートの中へ担架が運び込まれるのを目撃し、臨時の診療所になっているのかな、と推理した。あの下縁メガネの同級生もあの中にいるのかもしれない、と万年青は思った。

園田駅からは電車が動いていた。梅田との折り返し運転である。もちろん、時刻表通りというわけにはいかないが、短い距離を往復運転しているものだから、むしろふだんより頻繁に運行がある。

おかげで、万年青たちもあまり待たずに乗り換えることができた。

驚いたことに十三駅の改札口には、淀陽学院の旗を持った教師が立っていた。帰宅不能になり、学校へ避難する生徒を迎えに来たのだという。チェンジリングの危険だけではなく、治安の悪化もあり、徒歩で移動するのは避けたほうがいいとの判断だった。

淀陽学院はマイクロバスを一台、保有していた。運動部が遠征する際に使われる車だが、この夜は学校と駅とのシャトル便に充てられていた。

教師と一緒にいた最上級生にバスまで誘導された。

「出発は席がいっぱいになるまで待ってくれ」ドライバー役の教師が言った。「ガソリン、節約せなあかん」

すでに席は半分ほど埋まっていた。

万年青は、空いている二人掛けシートの窓側に坐った。このところ距離を取りたがる鈴蘭も、今日ばかりは素直に隣の席に坐った。

「お母さんに電話するわ」腰を落ち着けるなり、鈴蘭はスマホを取り出した。

「うん」

万年青は携帯電話をなくしたので、母との連絡は鈴蘭だよりだった。

鈴蘭はスピーカーモードで電話をかけた。

すぐ母が出たので、万年青はひとまず安心した。

「ごめん。まだ職場」母は言った。

「なにしてるん？」万年青は訊いた。

「仕事。決まってるやん」

「こんなときに？」

「こんなときやからこそ、忙しいの。そっちはもう学校に着いた？」

「まだ十三の駅や」鈴蘭が答えた。「すぐ学校に着きます。お母さんはまだ出られはらへんの？」

「いまは無理。JRは止まっているし、車はないし、ちょっと身動きが取れへん。それになんや、ややこしいことを言うてきはる人がおらはってなあ。スポンサー筋やから無下にもできへんし……」

「ぼくらががんばって、そっちへ行かんなん？」と万年青。

「どうやって来るのん？」母は呆れたようだった。「歩くつもりか」

母の勤め場所に行くには大阪市を横断しなければいけない。JRが運行しているなら、大して時間はかからないが、徒歩なら数時間はかかる。

「夜のうちは無理やけど、朝になったら……」

「いや、危ないから、やめて。駅から学校までは歩きか？」

「先生がバス、用意してくれた」

「へえ。さすがは淀陽学院、行き届いたはるわ。夜明けまでにはなんとかするから、学校で待っとき。くれぐれも安全第一に、な」

「わかった」鈴蘭が締めくくった。「学校に着いたら、またかけます」

　車内にはラジオニュースが流れていた。

　塚口周辺に大きな被害をもたらした生物は〝ヌマオノメ〟というらしい。元からあった和名なのか、今夜になって急遽、命名されたのか、ニュースからははっきりしなかった。が、万年青は後者に違いない、と確信した。〝沼・尾の目〟とはいかにも急拵《きゅうごしら》えの安易なネーミングだし、なによりもとから名づけられていたのなら、くだんの同級生が知らないはずはない。

　ヌマオノメで警戒すべき毒針だが、貫徹力はさほどでもない。厚手のジャンパーやコートで防ぐことができた。問題なのは針にまとわりついている毒液だ。皮膚に小さな傷でもあると、そこから浸透し、神経を侵す。いまのところ治療薬はない。ラジオでは繰り返し、毒針が服に刺さったら、すぐ脱ぎ捨てること、針を決して素手で触らぬことを注意していた。

　電車から遠望した伊丹方面の爆煙についても報じられていた。どうやら友人・大平の、空港ではないか、という推測は当たっていたようだ。詳細な調査は行われるのかどうかすら未定だが、目撃者や関係者の話で大雑把な事実は判明している。

大阪国際空港は、ターミナルなど主要な部分は移災を免れた。だが、生態系不連続線は空港を横切り、B滑走路の三分の一ほどが転移した。

移災発生の瞬間、羽田発の旅客機がまさにB滑走路へ接地したところだった。パイロットは異変に気づき、再度離陸しようとしたらしい。成功しかけたのだが、生態系不連続線の向こうに出現した崖に着陸ギアが引っかかり、旅客機は機首から大地に叩きつけられた。旅客機は縦に半回転し、爆発炎上した。乗客乗員に生存者は見つかっていない。

転移領域の周辺部では事故が続出していた。生態系不連続線に身体を両断された犠牲者もいたし、道路の消失により、転落や衝突した自動車も多いようだ。もちろん、ヌマオノメのような有害チェンジリングによる被害も相次いだ。

一方、転移領域の中心部では、治安が急速に悪化していた。ベーサーどうしの抗争が発生し、商店の略奪が始まっているという。

混乱を収める動きも出てきた。〝暫定最高評議会〟というものが発足したらしい。だが、その実態は、ラジオのアナウンサーにもよくわかっていないようだった。

万年青が乗って数分ほどでバスは満席になった。神戸方面だけでなく、京都方面からも帰宅不能生徒が戻ってきていた。それだけではない。わざわざいったん帰宅してから戻ってきた生徒もいた。自宅にいるのが危険と判断した親の指示で、避難するのだという。その生徒は万年青と同じく、学校で家族と合流する予定だが、家族一緒に避難してくる生徒も多いらしい。

やがて席がほぼ埋まり、バスが動き出した。

淀陽学院の校門には異様な風体の男たちがいた。ベーサーだ。七つの星をあしらった旗を立てている。

ベーサーの一人が乗り込んできたので、生徒たちが動揺した。

「心配要らん」教師がハンドルを握りながら説明した。「こう見えて、こいつ、卒業生や。自主的に守りに来てくれているんだ」

淀陽学院は進学校である。お行儀のよい若者が旅立ち、ほとんどが大学へ進学する。だから万年青は、先輩にベーサーがいるのを意外に感じた。

卒業生だというベーサーは、教師と短い会話を交わしたあと、すぐ降りていった。

バスは校庭へ入った。

校庭にもバイクに乗った男たちが屯していた。ぽつりぽつりと一斗缶の焚き火台が置かれ、炎を上げていた。

生徒たちの姿は見えない。皆、屋内に入っているようだ。

「みんな、体育館に集まっているねん」教師が言った。「きみらも行け」

生徒たちはバスから降り、体育館へ向かった。体育館には、ちょくせつ入るより、校舎を経由した方が近道だった。

校舎の廊下には灯りが点いていた。

「今のうちにお手洗いへ行っておくわ」鈴蘭が女子トイレの前で言った。

「そうか。ほな、先へ行っとくな」万年青はなにげなく答えた。

「あのなあ」鈴蘭は呆れたようだった。「お姉ちゃん、万年青の将来が心配やから、アドバイスしてあげるけどなあ、こういう場合に適切な受け答えというものが……」

「ごめん」万年青は謝った。「ちゃんとここで待ってます」

「なんで最初からその言葉が出てこうへんの？」

「ええから、早よ行っといで。ぼく、そのあいだにお母さんに電話するわ」

鈴蘭は無言でスマホを取り出し、万年青に渡すと、トイレへ入った。

万年青は母に電話をかけた。母のほうでは状況に変わりなかったので、学校への到着を報告しただけで、用は済んだ。

廊下にいた他の生徒たちは、皆、体育館へ行ってしまったようだ。鈴蘭はまだ出てこない。

一人になった万年青はぼんやりと窓から外を眺めた。

なにやら騒がしい。

ベーサーたちが校庭でバイクを乗り回していた。最初は遊んでいるのかと思ったが、どうやら争っているようだ。それも、仲間内の喧嘩ではない。ベーサーの人数が倍ぐらいに増え、あちらこちらで道具を使った叩き合いが起こっている。

どうやら、くだんの卒業生の属しているグループとは別の勢力が押し寄せてきたらしい。

なにかが燃えていた。校門でベーサーたちが掲げていた旗だ。

その燃える旗竿でつつかれている男がいた。羽交い締めにされている。距離があるのではっきりとしないが、万年青には彼が、バスに乗り込んできた卒業生に思えた。

警察に通報しようとしたが、思いとどまった。これだけの大騒ぎだ。誰かがもう知らせているだろう。

代わりに母へ電話をかけた。

「学校が襲われている」と冷静に告げる。

「誰に？　いや、そんなんはあとでええわ。あんたら、大丈夫なん？」

「いまはまだなんともないけど、これから先のことはわからへん」

「物騒やな。逃げられそうか」

万年青は校門を見た。ベーサーたちが乱闘している。とても通り抜けられそうにない。

「正面からは無理やけど、裏門からなら、もしかしたら……」

万年青の位置から裏門の様子は確認できないので、曖昧な答えしか返せなかった。

「裏門か。鈴蘭といっしょに、すぐ行き。迎えを出してもらえるよう頼んでみるから」

「誰に？」と訊いたが、電話は切れていた。

校庭の闘争は一進一退というところだった。羽交い締めにされていた男は解放されていた。彼を拘束していた男や、旗竿でこづいていた男は、逆に滅多打ちにされていた。

校門から新手が入ってきた。先頭のライダーが背中に差しているのが、校門にあったものと同じ旗だ。学校を守っていたグループの味方だろう。

鈴蘭が出てきた。

呼びに行く覚悟を半ば固めていたので、万年青はほっとした。こんな状況とはいえ、女子トイレの中へ入ったりしたら、一生、面白おかしく語り継がれてしまうに違いない。

彼女に母の言葉を伝えた。

「わたしらだけ逃げるん？」と鈴蘭。「みんなは、どないするん？　見捨てるん？」

「見捨てるもなにも、先生がいたはるから、大丈夫やろ」万年青は答え、歩きだした。

「あんたも薄情やなあ」と鈴蘭は言ったが、反対するつもりはないらしく、素直についてきた。

裏門に人影はなかった。

鈴蘭が母に電話したが、話し中で繋がらない。

やむなく塀の内側で身を潜めていると、五台ほどのバイクが校舎の陰から現れた。

鈴蘭が身体を寄せてきた。小刻みに震えている。

幸い、一団は万年青たちに気がつかなかったようで、そのまま裏門から出て行った。

万年青はほっとしたが、校庭での騒ぎはまだ続いているようだ。

しばらくすると、校外から女性の声が聞こえた。

「出灰先生の坊ちゃんとお嬢さんっ。いませんかあ」

万年青は用心しつつ、外の様子を窺った。

一台のワンボックスカーが停まっており、その横で背の高い女性が手をメガホンの形にして叫んでいた。

鈴蘭に万年青は言った。

「鈴ちゃんはそこにおって」

「わかった。気ぃつけてな」

万年青は裏門から出て、女性に声をかけた。

「あの、出灰はぼくですけど」

「出灰先生の息子さん？」

「懐徳堂大学の出灰教授のことなら、母です」万年青は答えた。

双子だという中学生男女は、すんなり乗車してこなかった。電話で話している。相手はたぶん、母親の出灰教授だろう。

無理もない、と岡崎大希は思った。見知らぬ車に安易に乗るべきではない、というのは、日本人がもっともはじめに教えられる安全知識の一つだ。

だが、あまりこんなところで時間をとられたくない、と苛立ったのも事実だった。

そもそも、なぜ中学生を乗せなければいけないのか、大希はまだ納得していない。

出灰教授の子どもたちを舞洲まで連れていくのは、沢良木の発案である。

なんでも、万能量子コンピュータ・モグワイ03の設置されている懐徳堂大学は低地にあり、水害の影響を受けやすいそうだ。そしていま、淀川が氾濫している。大学に差し迫った危険はないようだが、今後、浸水する可能性は高い。

それにインフラの問題もある。とくに停電はコンピュータに致命的だ。大学にも非常用発電機ぐらい備わっているだろうが、それも水浸しになれば役に立たない。

そこで、沢良木はモグワイの移転を主張し、出灰教授も同意した。だが、新たな設置場所については対立した。

*

教授は、まだ時間があるので慎重に検討したい、との立場だったようだ。だが、沢良木は一刻も早く〝ファウンデーション〟へ移すことを主張した。

ファウンデーションというものの存在を大希は知らなかった。天川煌に訊いてみたところ、混生代防災研究所資料棟を教団内でそう呼ぶらしい。謂われを尋ねたところ、煌は顔を顰めて、「小父さんの趣味よ」とだけ答えた。

交渉がまとまりそうになかったので、先に煌はファウンデーションに向かおうとした。もちろん、運転手は大希であり、介助は中村桃葉である。大希にとって幸いなことに、久保事務局長はカーシェアリングの調整のため席を外していた。もしいれば、異議を唱えられたことだろう。

ところが、部屋を出る直前、出灰教授から緊急の要請が入った。総本部ビルからほど近い淀陽学院に教授の二人の子どもがいるのだという。学校周辺の治安も悪化しているらしく、早急に避難させてくれないか、というのだった。

沢良木はたちまち、子ども二人をファウンデーションで保護し、なるべく早く出灰教授もモグワイ03とともにそこへ移るようにと、話を纏めてしまった。

傍らで聞いていて、大希は沢良木を〈意外と腹黒い人なのではないかな〉と考えた。子どもを人質に取ったようにも思えたからである。

子どもたちを便乗させると言いだしたのは、煌である。

幸か不幸か、大希の運転するエスクァイアには、二人を乗せる余地がじゅうぶんにあった。しかも、教団総本部ビルから舞洲に行く場合、淀陽学院に寄るのはさほど遠回りではない。

子どもとはいえ、未知の人物を乗せるのはセキュリティー上、問題がある。しかし、煌の提案では仕方がない。

淀陽学院の裏門辺りは、大希たちを除けば人影すら見えないが、校舎の向こう側は騒がしい。けたたましいエンジン音が幾重にも重なり、耳障りな音楽を奏でている。電気自動車の普及してきた近ごろでは珍しい。エンジン音の合間には怒鳴り声や悲鳴らしきものも聞こえた。

ふと気づくと、煌が車内から学校を眺めていた。

大希は、彼女がまだ淀陽学院の在校生であることを思い出した。

「お友達が心配ですか」と声をかける。

「同級生はいるでしょうけど、友達はいるのかな」

煌に学園生活のいい思い出があまりないことを、大希は思い出した。

「失礼しました」

「なぜ謝るの？」

「いえ、なんとなく……」大希は言葉を濁した。

「まあ、いいわ。別に、いい気味だ、とまで思っているわけじゃないわよ」

「そんなこと、微塵も疑っておりません」

「どうだか。でも、いまは信者さんのことがいちばん。わたしはアマツワタリのミヨシだもの。正直、ほかのことまで気にかけるキャパはない」

煌の口調は、自分に言い聞かせているかのようでもあり、寂しげでもあった。

ようやく中学生たちが乗り込んできた。

躾のいい子どもたちで、挨拶と自己紹介を欠かさなかった。

「お邪魔します。出灰鈴蘭、淀陽学院中等部一年です」

「おなじく出灰万年青です。よろしくお願いします」

最後に桃葉が乗り込んだのを確認し、車を発進させた。

ベーサーとかち合うと面倒なので、裏道を選んで進む。騒音を聞き逃さないために、寒風が吹き込むのも厭わず、窓を開けた。後席にまで吹きかからないよう、隙間は最小限にしたが。

用心のかいあって、物騒な連中とは出会わなかった。車自体が少ない。ガソリンや軽油はこれから貴重になるだろう。電気もいつ停まるかわからない。少しでも節約しておきたい、というのが自然な感情だ。それに、ニュースによると、車や燃料が略奪の対象になっているらしい。

双子を乗せて十分ほど走った頃、フロントガラスになにかがぶつかり、貼りついた。後席で誰かが短い悲鳴を上げた。

悲鳴こそ上げなかったが、大希もその物体を目にしてぎょっとした。

異様な生物だ。細長い身体に脚と翅《はね》が何対も生えている。

「ソラヘビや……」万年青が言った。

「そういえば、中心部にも飛んできているってニュースで言っていました」と桃葉。「光に引き寄せられるみたいです」

有笛動物多胸類のうち、飛行するものを俗にソラヘビと呼ぶ。ソラヘビは代表的なチェンジリングだった。突変領域には付き物と言っていい。

ソラヘビは青い体液をフロントガラスにぶちまけていた。だが、死んではいないらしく、弱々しいながらももぞもぞと動いている。

大希はワイパーを動かし、ソラヘビを排除した。瀕死のソラヘビが道路に落ちても、青い体液がガラスに残った。ウィンドウウォッシャーを作動させる。

拭い取られていく青い体液を眺めながら、これからあのようなチェンジリングがカラスやハトと同じぐらい身近な存在になるんだな、と実感し、げんなりした。チェンジリングに比べれば、あの虚無に満ちたハトの目すらも愛くるしく思える。

抗争を遠くに望んだり、爆発音を耳にしたりしたものの、慎重に道を選んだおかげで、道中、とくにトラブルもなかった。

しかし、舞洲に入るには、長い橋を渡らなければならない。裏道などないのだ。

大希は常吉大橋を選んだ。此花大橋から入るよりは目立たないと判断したからである。

工場地帯を抜けて、橋のたもとに来た。

封鎖されている。

しかし、封鎖しているグループの服装には見覚えがあった。水都セキュリティーサービスの制服だ。

大希はほっとしたが、すぐ、疑念を抱く。数時間前までの秩序が崩壊している。はたして、同僚たちはまだ大希の仲間なのだろうか。

電話で確認しようかと考えたが、誰にするべきか悩んだ。そのあいだに、警備員たちが駆け寄ってくる。

先頭の男は顔見知りだった。大希の記憶が正しければ、警備第一部機動課の所属だ。警備第一部は施設警備を担当し、担当施設に部員を常駐させている。だが、機動課は担当施設を持たず、臨時に派遣する人員をプールしておく部署だった。機動課には係長が数人おり、先頭の男はその一人だったはずだ。

大希は電話確認を諦め、社員証を手元に用意した。

窓を全開にし、自分から声をかける。

「ご苦労さまです、係長」

係長も大希を憶えていたようだ。

「ご苦労さまです」と言うと、封鎖線に合図を送って、エスクァイアのために道を空けさせる。

社員証の提示を求められるどころか、形式的な質問すらなかったので、大希は拍子抜けした。

「いいんですか？」と思わず訊く。

「厳しく問い詰めたほうがいいですか？」係長は薄く笑った。「ベーサーが暴れまくっているらしいんで、警戒しているんです。一般の方なら、大通しですよ」

「セキュサの人間だから特別扱いってわけじゃないんですね」

「そういうことです。もっとも、こんな夜にわざわざやってくるのは、ほとんど水都の関係者ですが」

水都グループの五百住正輝オーナーの呼び掛けに応じて、続々と従業員が出社してきているようだ。

「でも、ベーサーが集団で押しかけてきたら、対抗できるんですか？」

係長は背後の警備員を指し示した。彼らは銃らしきものを担いでいた。

「先ほど非常事態が宣言されましてね、指定会社の警備員に銃器で武装する資格が与えられたんです。いまのところ指定されているのは我が社だけですが」

「非常事態？　大阪府が宣言したんですか？」

「いえ、最高評議会でしたっけ。なんかそんな名前です。まあ、どうでもいいじゃないですか、名前なんて」

「できたばかりですか」松尾が国会議員を集めていた件と関係しているんだろうな、と大希は思った。「それじゃあ、わたしも銃を所持しても構わないんですか」

「いまのところ、社内規定で、競技か狩猟で鉄砲所持許可を持っている者に限られます。あと、警官か自衛官の前歴があればＯＫです」

「じゃあ、わたしは駄目ですね」

「社内研修を受けたら、持てるようになるそうですよ。明日にも始まるんじゃないですか。なにしろ戦力が足りない」

「肝心の銃は足りるんですかね」

「さあ？　どうにかするんじゃないですか」

バリケードに車一台分の隙間ができた。

短い挨拶を交わし、大希は車を発進させた。

舞洲には混生代防災研究所の付属施設が集中している。

混生代防災研究所の最大の課題は、異世界へ転移したあとの食料確保である。チェンジリングを食材にする研究も行っているが、本筋は、人類に馴染み深い作物や家畜をトランスアノマリーの大地で育てられるようにすることだった。

もちろん、同種のテーマは世界中で研究されているが、混生代防災研究所はこの分野の最先端の一角を担っていた。なかでも、防災牧場に力を入れている。

防災牧場には、ウシ、ブタ、ウサギ、そして数種類の家禽が飼われていた。飼われているのは、基本的にメスだけである。しかし、凍結精液が備蓄されており、オスが存在しなくても、繁殖できる。その他の家畜の精子、卵子、受精卵も冷凍保存されている。受精卵さえあれば、ウシやブタを母胎としてヒツジやヤギを生み出す技術も、確立していた。

野菜工場は商業的に成り立つようになり、近ごろは都市部で急速に普及している。最終的に防災牧場も独立採算を目指している。いまでも牛乳や食肉を生産しているが、とうていコストに見合わず、利益を上げるめどは立っていない。

混生代防災研究所の防災牧場は敷地に余裕があるので、牧場とは直接の関係がない施設も内包している。資料棟もその一つだった。

混生代防災研究所の主なスポンサーはアマツワタリ教団と五百住四郎商店である。研究員は世界中から人材を集めているが、理事の半数近くは教団幹部だったし、事務員にも教団関係者が多かった。とくに資料棟は仁科棟長以下全員が教団から送り込まれた人材だった。自分たちの委託研究に専念させる、という名目で、資料棟にかかる費用は教団が全額を負担している。

水都グループは防災牧場の売り込みに熱心で、すでにいくつかの自治体と建設へ向けて話を進めている。また、防災牧場を無理やり採算ベースに乗せるために、その生産物に多額の補助金をつける法案の実現にも暗躍しているという。

政治家の視察を受け入れることも多いので、牧場の門は立派である。

閉ざされた門の外に車を停めると、門の傍らの守衛所から制服姿の女性が懐中電灯を片手に出てきた。

大希は車内灯を点け、窓を全開にした。念のため、傘も手元に引き寄せる。

「こんばんは」守衛は車内を覗き込み、煌の姿に目を留めた。「ミヨシさま。よくお越し下さいました。いま、開けます」

大希が一言も発しないうちに、守衛は自己完結した。

おそらく前もって連絡を受けていたのだろう。そして、彼女もアマツワタリの信者に違いない。そう、大希は思った。

資料棟の前では仁科棟長の出迎えを受けた。彼女はここに住んでいるらしい。その前は、教団本部で暮らしていたという。もっとも、入信はチャゴス異変以降だから、古参幹部というわけでもない。歳も三十を超えたばかりである。

「いらっしゃいませ、ミヨシさま、皆さま」仁科は頭を下げた。「問題が発生しました」

……と」煌はうんざりした様子だった。「明日じゃ駄目？」

「もうすっ……きておりますよ」

……よ」煌は溜息をついた。「なにがあったの？」

「立ち話もなんですので、まずは中へどうぞ」仁科は一行を招き入れた。

混生代防災研究所資料棟の最終目的は、科学技術文明の崩壊に備えて、ネット上の情報を紙やマイクロフィルムの形で保存することだった。最近、論文などは電子データでしか発表されないことが多い。コンピュータがなくても、科学技術の維持、もしくは復興に必要な情報にアクセスする手段を確保しておくべきであるという考えは、広汎な支持を集めている。

にもかかわらず、資料棟がアマツワタリの資金のみで運営されているのは、沢良木がここを独占したいと考えているためだった。

一行が通されたロビーは三階分が吹き抜けになっており、壁は天井まで本棚になっていた。本棚にぎっしり詰まっているのは、市販されている書籍ではなく、電子データをプリントアウトしてファイリングしたものだ。

大希は、もっとこぢんまりとした、黴臭《かびくさ》い空間を想像していたので、圧倒された。

ロビーに入るなり、煌は出灰の双子に言った。

「あなたたちは休ませてもらったら？」

「ええ。そうさせてもらいます」鈴蘭が応じた。

「すみません」仁科が言った。「ミヨシさまのお部屋しか用意していないのですが……」

「まだ部屋はあるんでしょ？」煌が訊いた。

「あります。用意ができていないだけです」

資料棟に宿泊室があるのは、大希も知っていた。いつ移災に遭ってもいいように、常に職員が泊まり込みで当直しているかららしい。どうやら部屋数には余裕があるようだ。

「兄弟なんだから、同じ部屋でいいわね」煌は双子に確かめた。

二人は顔を見合わせたが、しぶしぶといった体で同時に頷いた。

「大丈夫です」とこれも声を合わせて言う。

「じゃあ、わたしの部屋をこの子たちに使わせてあげてください」煌は仁科に言った。

仁科はカードキーを取り出し、鈴蘭に手渡した。

「あいにく案内できませんけど、部屋番号はこれで、案内図はあそこにあります」と手振りを交えて説明する。

子たちは礼を述べ、就寝の挨拶をして、去った。

しはミヨシさまのお部屋の用意をします」桃葉が申し出て、仁科から別の
、束の間考えたが、ここはボディーガードらしく、煌

の横に立ったまま控えていることにした。

「それで、問題ってなに？」

「倉庫へアクセスできません」

「倉庫って、うちで借りている倉庫？　預けた荷物を出せないってこと？」

「ええ。立ち入りも阻止されました」

「誰がそんなことを……」

仁科が大希に目を向けた。

「水都グループです」

煌も大希を見た。

大希はひどく居心地の悪い思いをした。

「理由は？」煌は大希を見つめたまま訊いた。

「わかりません」と仁科も大希から視線を外さず答えた。

「念のために申し上げると」大希は思わず言った。「わたしにも見当がつきません」

煌は大希の言葉を無視した。

「小父さんや久保さんには連絡した？」

「もちろん」

「で、なんて？」

「久保局長は、不甲斐なくて申し訳ないが、対処している時間がない、と仰っていました」

「小父さんは？」

「よきに計らえ、と」

「バカ殿……」煌は溜息をついた。「本当に眠いのだけれど、まだ休めそうにないわね」

「しかし……、わたしも、水都ロジスティクスの責任者と話をしようとしているんですが、多忙を口実に断られてしまいます」

「じゃあ、もっと上と話をするわ。岡崎さん」

「はい。なんでしょう」

「五百住さんと話したいのだけれど、セッティングをお願い」

〈一介の平社員になにを期待しているんだ……〉大希は困惑した。

「やってみますが、期待なさらないでください」と先に言い訳をしておいて、スマホを取り出す。

ここでは水都グループのイントラネットに無線接続が可能だった。

スイツールを起動し、グループ・オーナーのスケジュールにアクセスした。むろん、詳細なスケジュールがわかるわけではない。空き時間だけが表示される。グループ幹部は、空き時間に自分との面会を自由に設定できる。むろん、大希にそんな権限は与えられていない。できるのは空き時間を見つけて、面会を申し込むことだけだ。むろん、申請が却下されることはよくある。

残念ながら、空き時間そのものがなかった。

裏口を使うしかない。

五百住正輝に直接、連絡をとるのは難しい。しかし、神内秘書なら電話に出るかもしれない。

そう考えて、画面を連絡先リストに変えたとき、松尾常務の存在が頭をよぎった。天川煌に関しては、松尾に報告を上げることになっているはずだ。うまく行けば、松尾に話を通してもらえるかもしれない。

大希は松尾に電話した。

松尾はすぐ出た。

時間がないので、挨拶もそこそこに用件を切り出す。

「天川さまは現在、防災牧場にいらっしゃいます。なんでも、教団からお預かりしているお荷物をロジスが返さず、クレームにも対応しないようです」

「ああ、それはあれや」松尾は言った。「テンコーキョーのに限らず、どなたはんからのお荷物もお返しせんことになったんや」

「それはどういう理由で……」

「まあ、詳しいことはそのうち発表があるやろう」

煌は待ってくれないだろうな、と大希は考えた。

「この件につきまして、天川さまは社長との会談を望んでいらっしゃいます」

「まあ、そうなるわなあ。ホンマやったら、わしも立ち会うて、あれこれせんなんねんけど、これから用事がある。国会議員の先生をスカウトせなあかんねん」

「では、神内秘書に連絡してみます」結局こうなるか、と思いつつ、大希は言った。

「神内には、わしも連絡することがある。わしの用事が済んだら、おまはんへ電話するように言うておくさかい、ちょっと待ってくれ」

「わかりました」

神内からの電話は、それから五分ほどしてかかってきた。

「午前〇時四十分から午前一時まででよいのなら、社長の時間をお取りできます、とお伝えください」神内は言った。

大希がそれを伝えると、煌は疲れ切った笑みを浮かべた。

「こんなに夜更かしするのはいつ以来かな」

「それで構わない、と仰っています」大希は神内に言った。「本社の社長室にお連れすればよろしいですか？」

＊

「なんやねん、暫定最高評議会って」田頭誠司はぼやいた。

「まったくだ」井上本部長が苦々しげに言った。「生まれたばかりの赤ん坊のくせに、なんてスピードで仕事をしやがる。物事を決めるときはじっくりゆっくり慎重に、各方面への根回しを欠かさず、他との兼ね合いもきっちり整えてから、という日本古来の美徳を忘れちまったのかよ。だいいち、あいつらは誰に指示を出しているんだ？」

暫定最高評議会という謎めいた組織ができたのを誠司が知ったのは、たかだか二時間ほど前である。それから暫定最高評議会とやらは、非常事態を宣言し、立て続けに許可や命令を乱発している。とくに誠司の気にかかったのは、「ある条件の下で特別に銃刀の所持を許可する」という発表だった。内容はよくわからない。ニュースでは肝心の「条件」を読み上げなかったからだ。今日の夕方までなら、ネットで公式発表を探すところだが、いまはテレビとラジオだけが頼りだった。明日の朝、運がよければ新聞が発行され、詳細が掲載されるかもしれない。しかし、いまはまったく未知数だった。問い合わせようにも、どこへ連絡すればいいのかもわからない。

誠司はミキの肢体を想った。性欲はあるが、いま抱くと確実に眠ってしまうという予感があった。眠くはないのだが、頭が冴えているわけではない。異常な興奮状態にある。

誠司は地図を見た。セブンスターをはじめとする、敵対的なベーサー集団はほぼ駆逐した。自主的に魁物の軍門に降《くだ》ってきたグループもあった。

だが、銃刀特例法によって新たな武装勢力が生まれるかもしれない。

〈関係あるかい〉誠司は自分に気合いを入れた。〈どんなんが出てこようと、蹴散らしてみせるわ〉

しかし、暫定最高評議会は不気味だった。警察や自衛隊は、上層部が混乱しているうちに手の内に納めるか、各個撃破するつもりだったが、暫定最高評議会に指揮権を掌握されると、まずいことになる。

いくら粋がっていても、独立自警団など烏合《うごう》の衆であることは、誠司自身、痛いほどに知っている。肝の据わった男などほんの一握りだ。末長率いる掩護隊といえども、プロの実力組織とぶつかれば、一溜まりもあるまい。

「暫定最高評議会の裏で糸を引いているんがわかりましたわ」と北島渉外委員長がやってきた。「やっぱ、水都のカスどもですわ」

「そうか。確定したか。あいつら、いきっとるのう」

水都グループが国会議員を集めていることはわかっていた。その集められた国会議員が結成したのだから、暫定最高評議会は水都グループの傀儡《かいらい》ではないか、という推理は簡単に成り立つ。

だが、確証はなかった。水都グループの系列であるホテル咲洲では今夜、とある府議会議員の政治資金パーティーが開かれており、主賓として大物国会議員が出席していた。彼の依頼で水都グループが動いた可能性も否定できなかったのだ。実際、水都からの使いは国会議員を説得する際に、それらしいことを匂わせていた。

「まあ、ほっとくわけにはいきまへん。団長は手ぇの空いたときにせぇ、言うてはりましたけど、水都の連中、今のうちから、しばくべきやないですか」

「水都の社長のタマでも獲るんか？」

北島は首を横に振った。「グループ・オーナーは五百住正輝いうボンボンですわ。どうせボンボンは御輿《みこし》、実際にグループを動かしとるのは、古株連中でしょう。中でも、この評議会関係を仕切っとるんは、松尾いう爺さんですわ」

「ほな、そいつ、どないかできるか」

「わし、ええとこなしでしたからなあ」北島はニヤッと笑った。「そろそろ汚名返上しよう思いますねん」

「汚名なんぞおまえは被っとらんが、ええ心懸けや。それでどうやって返すつもりや？」

「国会議員がいる、いうて騙して、ご老人をホテル・ゴアドに呼びだしてますねん。間違いでした、えらいご足労かけました、と言うて穏便に帰ってもらうこともいまやったらできますけど、どうしまひょ？」

「決まっとる」

誠司は親指を下へ向けた。

＊

大希は煌を夢洲の五百住四郎商店社屋へ案内した。同行するのは、ほかに桃葉だけだった。仁科も一緒に行くべきか話し合ったが、彼女は資料棟での仕事だけで手に余るほどだというので、本来の職場に留まった。

仁科の言葉の端々から大希が読み取ったところでは、この会談で物事が解決する可能性は低い、と彼女は判断しているらしかった。べつに煌をバカにしているわけではなく、最善が叶わない場合に備えて次善、三善の対策を用意するのが自分の役割と心得ているようだった。

どうにも違和感を覚える。大希の偏見と言われればそれまでだが、新興宗教の信者というのはもっと無批判に教主を崇めていると思っていたのだ。沢良木にしろ久保にしろ、そしてこの仁科にしろ、この教団の幹部は妙に冷めている。

ただ、変な熱狂のないほうが異教徒としては仕事がやりやすい。

とにかく大希としては、煌の安全を図ることだ。そのことだけを考えて、エスクァイアのハンドルを握った。

途中、夢舞大橋で検問にあったが、たいしたトラブルもなく、社屋の駐車場に車を入れることができた。

社屋前はいつになく物々しかった。水都セキュリティーサービスの警備員が警戒に当たっているのだが、全員が猟銃を肩からかけている。

エントランスへ入るまで、二回、社員証を提示しなければならなかった。

深夜にもかかわらず、エントランスは煌々と照らされていた。受付にも人がいる。平常時のように営業スマイルの魅力的な女性だった。ただし、服装はセキュサの制服だ。カウンターの下に銃を忍ばせていても不思議ではない。

大希は受付で来意を告げた。

「アポイントメントはキャンセルになっております」受付係は笑顔で言った。

「キャンセル？」大希は耳を疑った。「そんなはずはありません。もう一度、確認をお願いします」

「再度確認しましたが、やはり天川さまのアポイントメントはキャンセルになってございます」

「誰がキャンセルしたんですか？」大希の背後から煌が訊いた。「当方ではキャンセルしておりませんし、連絡すら受けておりません。どういうことです？」

「連絡を怠りましたことに関しては、まことに申し訳ありません」受付係は席を立って謝罪した。

「どなたがキャンセルなさったかをお伺いしたいのですけれども」

「直接の連絡は社長秘書の神内からございました」

「神内さんがご自分の判断で約束を反故《ほご》になさったんですか？」

「申し訳ございません。わたくしどもではわかりかねます」

「冗談じゃないわ」煌は憤った。

確かに今夜は五百住正輝にとって忙しい夜だろう。予定が変更になってもおかしくはない。だが、だからこそ、会えるときに会っておかないと、次にいつチャンスがあるかわからない。

煌が焦るのも無理はなかった。

「神内に連絡します」大希は煌に申し出た。

「お願い」

神内はワンコールで電話に出て、「すぐ受付まで参りますので、待っていただけるよう、お伝えください」と言った。

それを聞いても煌は疑わしげだったが、神内は本当にすぐ来た。

「ご足労いただきましたのに、まことに申し訳ございません」神内は煌に深々と頭を下げた。

「謝るということは」煌は目を細めた。「五百住さんには会わせていただけないわけですか？」

「いえ、謝罪はご不快にたいしてです」神内はみょうに気弱な様子を見せた。「じつは悩んでいるのですが……、やはりミヨシさまにはお会いいただきましょう」

「特別扱いしてくださるの？」

「先代の遺言もありますし、なんといっても、御教団とは協力する方針でした」

「それにしては、ずいぶん乱暴なことをしてくださいましたね。当方で借りている倉庫にうちの者が入ろうとしたら、追い返したそうじゃありませんか」

「ふだんから、営業時間を過ぎてのご利用は遠慮いただいておりますが」

「詭弁ですね」

「これは手厳しい。では、こちらへどうぞ」神内は煌を促して、歩きはじめた。

煌は自分で車椅子を操縦して、神内についていく。

大希はその横を歩く。さすがに愛用の傘は持っていない。

煌の車椅子の後ろには桃葉が無言で付き従う。

神内はノックもせずに社長室のドアを開けた。

「社長、ミヨシさまがいらっしゃいました」

「誰が来たって？」正輝の声がした。

正輝は大きなデスクの向こうにいた。ドアに背を向け、窓の外を眺めている。

「アマツワタリの天川煌です」と煌が名乗った。

正輝は振り返った。

「これはこれは、ミヨシさま」と坐ったまま挨拶する。「ようお越し」

煌は眉を顰めた。

「五百住さん、酔っていらっしゃいますの」

「ええ。いささか聞こし召しておりますよ」と琥珀色の液体と氷が入ったタンブラーを掲げる。そして、ひそひそ話にしては大きな声で神内に言った。「誰も通すな、言うたやないか、キュー兄ちゃん」

「キュー兄ちゃん？」煌が驚いたように聞き返す。

「わたしの名前、究極の究と書いて『きわむ』ですので」神内がばつの悪そうな表情で説明する。「昔からプライベートではそう呼ばれております」

「ああ、じゃあ、お二人、ご親戚なんですね」桃葉が言った。

「子どもの頃はそう思い込んでました」正輝が言った。

「違うんですか？」

「ええ」と神内。「幼馴染みといったところでしょうか。母親同士が中学時代から仲がよかったらしく、小さなころからよく会っていました」

「ぼくのほうが三カ月、年下なんですよ」と正輝。「そのおかげで学年は一つ下になって……」

煌が咳払いした。「そんなことはどうでもよろしいですわ」

「まあまあ」正輝はタンブラーに口を付けた。「そうカリカリせいでもええやないですか、ヘサちゃん」

「ヘサちゃん⁉」煌は目を白黒させた。

「そやかて、ミヨシって舳先のことでしょ。舳先ちゃんは呼びにくいから、ヘサちゃん……」

「ユーモアがおありなのね」煌は心底、呆れたようだ。「愚にもつかない思い出話だけでも充分でしたのに、不愉快な渾名まで頂戴して、感激しました。ありがとうございます」

「どういたしまして。感謝の印に出て行ってもらえますか」

「ふざけないでください！　なぜそんなに腑抜けていらっしゃいますの」

さすがにあんまりだ、と大希も思った。

「本当にどうなさったんです？」と神内に訊く。「夕方の社長のメッセージを聞いたときには、水都の社員で本当によかった、と思ったんですが」

「松尾常務が亡くなってからこの調子です」神内は答えた。

「常務が亡くなった?」大希はびっくりした。「どういうことですか。さっき電話で話したばかりですよ」

「亡くなったんちゃう」正輝が訂正した。「殺されたんや」

「松尾さんが?」煌も驚いたようだった。「殺されたって、誰にですか」

「ふん、名前を言うのもけったくそ悪いわ。口が穢《けが》れる」正輝は煌に視線を向けた。「それで、御用はなんですか」

「うちの荷物を返してほしいんです」煌は答えた。

「なんや、そんなことですか」正輝は頷いた。「構いませんよ。今となっては意味のないことや。キュー兄ちゃん、手配して差し上げて」

「社長……」神内は悲しげな目をしていた。

「ほな、これで用はお済みですね」正輝は煌に言い、ドアを指さした。「それでは、お休みなさい」

「まだお約束の時間は残っております」煌は動かなかった。

「ミヨシさまは未成年でしょ」正輝はタンブラーの氷をからからと鳴らした。「飲み交わすわけには……」

「要りませんっ」

「そりゃよかった。マッカランはもう手に入らへんやろうし、本音言うたら、他人にあんまり飲ませとうない」

「五百住さんも飲むのを止めてください。祝杯にとっておかれてはいかが？」

「なんの祝い？」

「わかりませんけど……、なにかお望みはありませんの？」

「そりゃ家族と会いたいですね」

重苦しい沈黙が場を支配した。

「社長のご家族は？」大希は神内に小声で尋ねた。

「奥様と二人のお嬢さま、上は三歳、下は五カ月です。芦屋のご本宅にいらっしゃるはずです。お母さまもご健在です」

「それは辛いですねえ」桃葉が言った。「あの、神内さんのご家族は大丈夫なんですか」

「わたしの自宅は大阪市内ですので、妻子とは連絡が取れてございます」

「ご家族をほったらかして、仕事をなさっているんですか？」桃葉の口調はまるで詰問するようだった。

「この近くへ避難させましたので、お気遣いなく」神内は言った。「それに移災の瞬間、社長はずいぶんへこたれておりました。松尾が叱咤して、ようやく気を取りなおしたのです。しかし、その松尾まで死んでしまって、この体たらくです。ここでわたしが見放したら、どうなるかわかったものじゃありません。社長本人にはともかく、お母さまには世話になったのです。奥様はうちの妻の友人ですし、お嬢さんがたも可愛らしい。ほんとうに、社長本人はどうでもいいのですが」

「聞こえとるで、キュー兄ちゃん」正輝が不快げに言った。

「聞こえるように言うとんねや、正くん」

「お客さんの前や、その呼び方、やめてくれるか」正輝は自分を棚に上げた。

「あの」桃葉が正輝に話しかけた。「わたしには難しくてよくわからないですけど、沢良木先生は二つの宇宙が収束している、と仰っていました。ですから、生きてさえいればそのうち、奥さんやお嬢さんと再会できるんじゃないですか」

「そうやったらよろしいけど……」正輝はまるで信じていない様子だった。それでも、タンブラーを置き、腕時計を見た。「まあ、ええでしょう。約束は約束や。でも、時間になったら、帰ってください」

神内が冷たい水を正輝に差し出した。正輝がうるさそうに手で押しのけたので、神内はテーブルに置いた。

「まず理由を教えてください。なぜわたしたちの財産を返し渋ったのか」煌が質した。

「わたしから説明させていただきます」と神内が言った。「わが水都グループはこれからこの地における食料生産を主力事業といたします。その原資とするため、お預かりしている物品を弊社で一元管理するつもりです」

「そんな勝手な……」

「お返ししようにも、寄託者さまと連絡の取りようのない物品も少なくありませんので」

「うちの荷物には当て嵌まりません」煌は指摘した。

「仰るとおりですが、御教団からお預かりしているものには、弊社の目的にとり欠かせぬものがとくに多いのです」

「ですから、それはそちらの都合です」

「ええ。混生代防災研究所のこともありますし、御教団とは協力すべきと考えております。明日にも協議をお願いするつもりでした」

「キュー兄ちゃん」正輝が口を挟んだ。「それはもう終わった話や」

「終わっていません」神内は険しい口調で言った。「諦めるのは早いですよ」

「わたしもそのお話にたいへん興味があります」煌が言った。「話し合いもしないうちに、勝手に終わらせないでほしいですね。いったい、どうしたんですか。松尾さんにはわたしも何度かお目にかかりました。父の葬式にもいらしてくれました。心からお悔やみ申し上げます。わたしも悲しいですけど、だからって、なぜ五百住さんが飲んだくれているんです？　さっぱりわかりません」

「弊社ではかねてより移災に遭遇した場合の行動指針を策定しており、松尾はその最高責任者でした」神内が説明した。「その最高責任者が殺害されたものですから、現場が混乱しているのです」

「それは痛手でしょうけど……」煌は納得できない様子だった。

「松尾の代わりならなんとかなるのです。弊社はそこまで人材に困っておりません。ただ……」神内は言い淀んだ。「まあ、この際ですから、申し上げましょう。連絡可能な国会議員に集まっていただき、法的な問題の解決をお願いしていたのですが、議員の諸先生を説得するのも松尾が前面に出ておりました。松尾は古い人間ですので、重要なことは手帳に書き記す習慣がございました。ですから、集まっていただいた議員のお名前と電話番号もメモされていたのです。どうやらその手帳を奪われたようで、ベーサー集団が議員個別にプレッシャーをかけています。府か市かわかりませんが、役所が接触している、という情報もあります。暫定最高評議会は瓦解直前です」

「でも、いまさら法律なんて関係ないのでは？」

「ヘサちゃん」正輝が言った。「ペンは剣より強し、という言葉をご存じですか？」

「言論は暴力より強いって意味でしょう」煌は正輝を睨んだ。「それから、ヘサちゃんは止めてください」

「じゃあ、ミヨシさま」正輝は言った。「あの言葉は、リットン男爵という劇作家が書いた台詞ですわ。この場合のペンとは許可書や命令書にサインするペン、つまり権力の象徴です。言論の比喩とするのは、まあ、これだけ普及したら一概に誤用とは言えんのですけど、本来は違うのです。日本風に言い換えると、『判子は剣より強し』ってとこかな、ちょっと締まりませんけど。ただ、あの台詞には、前提があるんです。全体を言うと、『まことに偉大な人間の統治のもとでは、ペンは剣より強し』となります。つまり統治がなければ、サインにしろ判子にしろなんの意味もない。権力者が持ってこそ、ペンは剣を従わせることができる」

「要するに……、暫定最高評議会の皆さんが偉大な人間で、その方々に統治していただき、ペンはご自分が持つつもりだったと、仰るのですか」

「いやいや。ちゃんとした統治はこれからぼくらで形作っていかんなんって思うてましたよ。でも、急場に間に合わせるには、細かいことには目を瞑《つぶ》らんなんのです。でも、とりあえず国民に選ばれた方々や。ぼくら被災者の代表になってもらうのに、いちばん適している、と思うたんですけどなあ」

「ペンを持つつもりだったことは否定なさらないですね」

正輝は苦笑いすると、タンブラーを置き、かわりに冷水のコップを取って、一気に飲み干した。「なかなか鋭いですね、ミヨシさま」

「それはどうも」

「でも、それももう、はかない夢や。こっちがペンに力を持たせる前に、あいつら、剣に物言わせよった。もう何日かあったら、ペンに従う剣を並べることができたんですけどなあ」

「ずいぶん諦めがいいんですね」

「そうですよ」大希も思わず口を挟んだ。「われわれも銃を持てるようになったのでしょう。わたしも剣になりますよ」

「銃があらへん」正輝は言った。「猟銃、競技用ライフル、空気銃まで掻き集めたけど、足らん。やっぱ警察と自衛隊を味方につけな」

「自衛隊なら、塚本社長が力になるのでは？」

塚本社長は自衛隊の出身だ。しかも、自衛隊大阪地方協力本部の河原田本部長とは親友である。

「もちろん、口は利いてもらった。けど、自衛官はやっぱり融通が利かん。災害救助で忙しい、言うから、うちから人員や機材を提供する代わりに、形だけ警備を寄越してプレゼンスを示してくれ、と提案したんやけど、合法的な命令がないと動かれへんそうな。それで、うちの法務部に命令書原案を起草させて、あとは議員方の採決をもらうばかりになっていたんやが……」

「なんだか、すごく癒着と腐敗の臭いがしますね」煌は眉を顰めた。

「そうですか。どうも最近、鼻が鈍うて。花粉症かな」

「お大事に。しかし、スピードが大切なのは、理解できます」

「いえ。今後は政治とクリーンな関係を保っていく所存です」

「とんでもない。ずぶずぶの関係を続けてもらいますわ。アマツワタリもいっしょに腐っていきますから」

「いや、ぼくらは降りますわ」

「なぜですか、今さら。でしたら、最初からしなければよかったじゃありませんか」

「覚悟が足らんかったんやと思いますよ」どこか他人事のように、正輝は言った。「剝き出しの剣に向かい合う覚悟がなかった。番頭はん……、いや、松尾が殺されて、はじめて実感したんですわ。ぼくが鈍いんは鼻だけやなかったんです。これからもうちの社員が死ぬ。敵とは互角ですらない。人間の質ではこっちのほうが上やと自負しておりますけどね、武器の量はおそらくあっちが上。しかも、こっちには的や動物を撃つための銃しかないのに、敵はそれに加えて、非合法な、つまり対人用の銃も揃えている。戦えば、うちの従業員がぎょうさん死ぬでしょう」

「それは……」

「つまるところ、ぼくは商売人や。切った張ったは性に合わへん。もしミヨシさまがペンを持ちたいなら、議員の先生方にご紹介してもええですよ。けれど、五百住は手を引きます」

「そんな……」煌はスカートをぎゅっと握った。

大希には彼女の思いがわかるような気がした。アマツワタリでは、組織力が足りない。急成長したものの、それはもっぱら東京本部の力による。総本部は、不安を訴えて縋ってくる信者たちの面倒すら、満足に見ることができないのだ。

要するに、水都グループの移災対策を引き継ぐのは、アマツワタリの手に余るのだ。しかし、プライドが邪魔するのか、煌はそれを口にできないでいる。

「社長」大希は言った。「戦わなければ、われわれは死なないのですか」

「そら、戦わんのやから、死人も出えへんやろ」

「わたしはそう思いません」

「皆殺しにされるとでも？」正輝は鼻で嗤《わら》った。「考え過ぎや。たしかに、行儀の悪い連中かもしれん。敵対組織を叩き潰している。けど、一般市民には手ぇ出してへん。それどころか、契約者はちゃんと守っとるねん。付き合い方さえ間違えなんだら、血ぃ見んで済む」

「なにを仰っているんです？」大希は呆気にとられた。「やつらは松尾常務を殺したんでしょう」

「そやから、付き合い方次第や、言うてる。彼らも喰わんなん。農場経営をぼくらがきっちりやれば、簡単には手出しできへんはずや」正輝は疎ましげな目を大希に向けた。「それにしても、僭越やで、岡崎くん。きみはボディーガードに過ぎん。それとも、いつの間にかアマツワタリの幹部にでもなったんかいな」

「差し出がましいのはお詫びします」大希は心を欠片も込めずに言った。「しかし、社長は水都を大きな家族にする、と仰いました。ですから、わたしも家族の一人として、申し上げているんです。家族を殺されて悔しくないんですか」

「まだ家族とちゃうし、これから家族にするのも止めたって」

「わたしには妹がいました」大希はかまわず話を続けた。「でも、殺されました、ぼくの目の前で。わたしに力があれば、守ってやれたのではないか、と悔やんでおります」

「ご愁傷様」正輝は眉根に皺を寄せた。「それはいつの話？」

「わたしが小三、妹は幼稚園児でした」

「ああ、この移災とは関係ないんか。でも、妹さんは本当に気の毒や」

「両親にはひどく責められました。おまえが代わりに死ねばよかった、とまで言われましたよ」

「きみが責められる謂われはないやろ。こんな言い方したらなんやけど、十歳やそこらの子どもになにができる」

「その通りです」大希は認めた。「しかし、いま、わたしは十歳の少年ではありません。守りきれなかったときに、幼かったからしょうがない、と自分を慰めることはもうできません。妹を殺した犯人は近所の住人でした。とくに親しかったわけではありませんが、あの人に傷つけられるなんて考えもしませんでした。その程度には信頼していました。いま、わたしはベーサーを欠片も信じていません。家族を守らせてください、社長」

「きみはそれでええやろう。銃を持って、最前線に立てばええ。あるいは、誰かを庇って、敵と対峙すればええ。ぼくは、そういうわけにはいかんのや。あのな、番頭はんが殺されて悔しゅうないんかって訊いたな。悔しゅうないわけないやろ。番頭はんは生まれたときからの付き合いや、それこそ家族みたいなもんやった。悔しゅうて悔しゅうて、涙も出ぇへん。こんな思いはしとうないねん。家族が増えたら、そんだけ悔しい思いをすることも多なるんちゃうか。それどころやない、場合によっては、家族を自分の前に立たせて、死んでくれって、情けないことを言わなあかんのや。きみにはそれができるか」

「わたしならできますわ」煌が言った。

「そうですか」正輝は苦い表情をした。「さいぜんから申しているように、ミヨシさまがペンを持ちたい、言うんなら協力いたしますよ。もちろんお荷物は返しますし、なんなら混生代防災研究所のうちの持分もお渡ししましょう。議員先生への紹介もするし、うちでつくった法案もご参考までにご覧に入れます」

「五百住さんにも降りていただくわけにはいきません」

「ひょっとして、うちの従業員を盾にするつもりですか」正輝は険しい表情をした。「いくらなんでも、それは受け入れられません。いや、ぼくが承知しても、みんなはついて行かんでしょうな」

「ペンは五百住さんがお持ちになればよろしいですわ。わたしはサインされたものを読み上げましょう」

正輝はしばらく黙って煌の顔を見つめた。そして、神内にもう一杯、水を持ってこさせて、飲んだ。

「それは、ミヨシさまが最終的に承認するものしか効力を持たない、という風に聞こえるんですけれど、誤解かな？」

「どういう形にするかは、いま決めなくてもいいとおもいます。わたしはただ、責任を五百住さんと分かち合いたい、ということです。言い換えれば、アマツワタリは水都グループと共同でこの困難に立ち向かっていきたいのです」

「それは沢良木先生の考え？」

「いえ、わたしの考えです。ですが、沢良木も同意するはずです。わたしはミヨシなのですから」

正輝はしばらく考え込んだ。

「そこは納得しましょう。でも、共同で戦ったところで、ぼくの重荷が消えるわけやない」

「ですから、わたしが半分、持って差し上げようと申しているのです。残り半分も持てませんか？」

「えらい言われようや」正輝は乾いた笑い声を上げた。「はっきり言うて悪いですけど、ミヨシさまは想像力が足らんのんとちゃいますか。重荷を背負うからには、簡単には死ねません。困難なときの指導者には、殺される権利もない。自分のために人が死ぬ。そのことを実感できてへんのんでしょう、さっきまでのぼくと同じで」

「いいえ」ときっぱり否定したのは桃葉だった。「ミヨシさまは、よくご存じです」

「まあ、信者さんはそう仰るでしょうけど……」

「社長」大希は口添えした。「岐阜でなにがあったのか、天川さまがなぜ車椅子に乗っておられるのかをお考えになれば、想像力の不足でないことがお判りかと存じます」

「なるほど」正輝は真面目な顔で頷いた。「それはぼくがうっかりしていた。そうかもしれん。どうでもええけど、岡崎くん、きみはもう、すっかり教団の人間やな」

「心外です」大希は言った。「わたしは水都グループの一員であることに誇りを持っています。少なくともこの部屋に入るまでは持っておりました。叶うなら、持ったまま、出たいものだと考えております」

「けど、きみがいまぼくに望んでいるのは、決して誇れるようなこととちゃうぞ。この六、七時間でずいぶん汚いこともやってきた。それを続けろ、もっと汚いことせえって、きみは言うてるんやぞ」

「なにを誇るかは、わたしが決めます」

「そうか。まあ、従業員が気分よう仕事できるようにするのも、経営者の務めや、なるたけご期待に添うようにしよう。もっとも、きみがなにを誇るか見当もつかんけどな」

「ありがとうございます」いちおう、大希は礼を言った。

「ミヨシさま」正輝は煌に向きなおった。「申し訳ないけど、はっきり言うときます。ぼくは、完全にお言葉を信じることはできません。なにしろ、ミヨシさまは法的な意味では教団代表やなく、高校生に過ぎません」

「あくまで日本の法律に拘るのですね」煌は呆れたように言った。「わたしはミワタリの瞬間に無視することと決めました」

「五百住と一緒にやるつもりなら、その考えは改めてください。剣どうしの戦いでは、ぼくらの勝ち目は薄いし、人死にもようけ出るでしょう。剣に勝るペンを手に入れんなんのですが、それには法の裏付けが必要で、いまは日本国の法令を実情に合わせて改変しながら使うんがもっとも合理的なんです。そやから、暫定最高評議会が必要なんです」正輝は神内を見た。「議員の先生方はいま、どうしてる?」

「夜も遅いので、お休みかと思いますが」

「政治家いうのは揃いもそろってタフやぞ。こんな夜にのんびり寝てはるもんか。いまから会いに行く」正輝は立ち上がった。「さて、ミヨシさま。しつこいようやけど、いまのぼくにはミヨシさまを全面的に信頼することはできません。なにより、酔うてるもので、自分のことがいちばん信用できへんのですわ。ですから本格的な話し合いは明日以降で。今夜のところはお休みなさい」

「そうさせていただきますけど、倉庫の件は今すぐにでも解決してもらわないと、うちの信者が眠れないのです」

「倉庫の件は現場にすぐ連絡します。いつも通り、好きなように使うてもろうてかまいませんよ」

「ありがとうございます」煌は礼を言った。

「ほな、ぼくは夜明けまで一働きします。できれば、自衛隊を味方に付けたいものやと思います。神内、お送りして。それと倉庫の件、手配、早急に頼むな」

「わかりました」

正輝はウィスキーのボトルに蓋をし、煌と桃葉を見た。

「これは妻と再会したときの祝杯にとっておきましょう。ああ、その頃には下の娘とも一緒に飲めるかも知れん」そして、頭を下げた。「今度こそお休みなさい、ミヨシさま」

「ええ。また明日、お目にかかります」煌は素直に応じた。

第七章　被災民自治政府

移災から二週間が経った。

大阪市を中心とする被災地は表面上、穏やかだった。だが、その政治状況は混迷を極めていた。

移災の発生した十二月六日の午後九時、暫定最高評議会の発足が布告された。自治政府とは、国家中枢と連絡の取れない現状に鑑みて、国権の行使を代行する機関だった。準備会は六名の議員からなり、その全員がたまたま大阪に滞在していた国会議員だった。

しかし、被災者は暫定最高評議会をすんなりと受け入れなかった。

暫定最高評議会は精力的だった。日付が変わるまでに七本の特例法を制定し、夜が明けるまでにさらに二本を加えた。それだけではなく、行政機関への指示をいくつも出した。

さらに七日には、暫定最高評議会は自らの名称から「暫定」の二文字を外したことと、行政機関として被災民自治政府を設立したと宣言する。

あまりに手際がよすぎた。前もって誰かが準備した案にろくな審議もしないまま判をついている、もしくはつかされているとしか思えなかったのである。

被災民自治政府も、その首班を最高評議会議員六名が共同で務めることになっており、実態はなきに等しかった。曲がりなりにも機能したのは、業務のほとんどを水都グループという一企業集団に委託していたからである。

被災民自治政府と称しつつ、その実は水都グループという事実も、人々の不信感を募らせた。

そのため、被災民自治政府の施政は当初、大阪市此花区と住之江区の一部にしか及んでいなかった。旧来の地方公共団体は自治政府への服従を拒否した。より正確に言えば、その存在を無視した。

転移した行政機関のうちでもっとも大規模なのは大阪府庁だった。職員の約半数を欠いているものの、危機管理担当副知事萩原洋太郎《ようたろう》のもとで、まずまず機能していた。さらに萩原は、転移した市役所もほぼ掌握していた。

萩原副知事も被災者たちに全面的に支持されていたわけではない。萩原は官僚である。民意によって選ばれたわけではない。しかも、府庁の生え抜きでもなかった。府知事によって外部からスカウトされてきたのである。その府知事は外遊して難を逃れたので、彼に対する批判、嫉妬も萩原が被る羽目になった。

八日、谷田賢治《たにたけんじ》大阪市長は自分が府知事代行になると宣言した。彼は、「民意によって選ばれたリーダーでなければ、この困難を切り抜けることはできない」と主張した。

谷田市長が声明を発した三時間後、今度は東畑和雄《ひがしばたかずお》大阪府議会議長が府知事代行に名乗りを上げた。明らかに後追いであった。

大阪市内の区長及び大阪以外の市長、そして地方議員は、谷田派と東畑派に分かれ、主導権争いを始めた。

だが、十日には急転換を迎える。萩原のもとで地方官僚たちが淡々と業務をこなしているのを見て危機感を覚えたらしい両派は、話し合いの結果、谷田賢治を大阪府知事代行に擁立することを決定した。さらに谷田が兵庫と奈良の県知事代行も兼任し、被災地全体の最高行政責任者を務めることも確認された。

さすがに萩原副知事もこれを無視することはできず、十二日に谷田市長との会談を行った。

しかし、その帰路、谷田は爆殺される。犯人は不明だったが、被災者たちは、萩原の息のかかった人間が手を下した、と噂した。もちろん、別の噂もあった。それは、むしろ萩原に谷田暗殺犯の息がかかっている、というものだった。事実、谷田暗殺事件の直後から、独立自警団・魁物の構成員が堂々と府庁舎に出入りしはじめた。

谷田のポジションを引き継ぐかと思われた東畑は沈黙し、行方をくらました。

萩原と魁物の癒着があからさまになっていくのに従い、府職員の無断欠勤と失踪が急増し、府庁の行政能力は低下した。大阪市をはじめとする市役所でも同様の傾向が見られた。

警察と自治政府の関係は微妙だった。移災直後から水都ロジスティクスからの強い懇請に応じて、同社の倉庫群に警備をつけていた。暫定最高評議会が発足すると、それが置かれたホテル咲洲を警備するため、倉庫警備の人員の一部を割いている。

ただ大阪府公安委員会は府庁に同調しており、自治政府を無視した。自治政府勢力圏への警官派遣は、あくまで国会議員や企業の要請に基づくもの、というのが公安委員会及び府警本部の公式見解だった。

十四日、福島署事件が発生する。事の発端は、福島警察署に魁物傘下のベーサーが押しかけてきたことだった。彼らは、その前日に逮捕された、強姦事件の容疑者を釈放するよう要求した。署が拒否すると、ベーサーは仲間を呼び寄せた。それに対し福島署も府警本部に応援を要請する。本部は機動隊を出動させてそれに応えた。

機動隊が到着したとき、福島署は魁物の構成員に包囲されていた。囲みを破ろうと、機動隊が突入し、魁物と衝突した。

ベーサーたちはほぼ全員が銃器で武装していた。それに対し機動隊は、幹部が拳銃を携帯しているぐらいで、一般の隊員は警棒とライオットシールドしか装備していなかった。数でも劣った機動隊は多数の死傷者を出し、撤退に追い込まれた。福島署は焼き討ちされ、多くの署員が殉職した。

その後、ベーサーたちは勢いを駆って大阪府警本部へ押し寄せた。警察側はほとんど抵抗せず、本部ビルを明け渡した。ただその際、大量の武器弾薬が持ち出され、自治政府の勢力圏へ流された。

兵庫県警は二警察署が転移し、県警本部との連絡を欠きながらも組織を維持していた。自治政府の下に公安委員会が組織されると、彼らはいち早くその指揮に服することを決めた。こうして、自治政府警察が発足した。

福島署事件以降、大阪府警、および奈良県警の警官も、警察署ごと、あるいは個人で自治政府警察へ移行しようとした。しかし、所属替えに成功した警察署は、淀川の西に位置するものに限られていた。残りの警察署は独立自警団に占拠され、多くは魁物のベースになった。

自治政府警察は、報復の意味もあって淀川以西の魁物ベースを急襲し、構成員を検挙した。さらに、淀川に架かる橋に検問を設けて、魁物の侵入を阻止した。この検問を巡っては、警察とベーサーのあいだで血で血を洗う抗争が繰り広げられたが、二十日現在、すべての橋で検問は健在である。

だが、淀川西岸から魁物の勢力が一掃されたわけではない。淀川の川幅は河口付近でもせいぜい数百メートル。橋を渡らなくても、往来は可能だ。検問も、武器を所持せず、少人数であれば、簡単に通過できた。集団での移動が難しくなっただけで、魁物の構成員たちは自由に淀川西岸に出入りしていた。そして、あちこちで騒ぎを起こした。

淀川西岸でも警察はベーサーを押さえるのに手一杯で、治安は乱れた。

自衛隊は中立を保っているように見える。移災当日、八尾駐屯地の陸上自衛隊中部方面航空隊は萩原大阪府副知事からの要請を受け、部隊の大半を被災地北部へ災害派遣した。

また、移災発生直後、中部方面航空隊は久米島分屯基地の航空自衛隊第五四警戒隊との無線連絡を試み、成功した。久米島は前年の四月十七日に移災に遭い、トランスアノマリーに転移していたのである。判明した久米島の状況は悲惨だった。食料が尽き、餓死者が続出していた。

久米島町役場は緊急の支援を要請、自衛隊大阪地方協力本部長の河原田陸将補は独断でそれに応じた。今後のことを考えると自衛隊の備蓄物資は宝石のように貴重だったが、その一部を久米島救援に充てることとした。

翌七日、戦闘糧食や医薬品を積載した垂直離着陸機V－22オスプレイ三機が八尾空港から久米島へ向けて飛び立った。オスプレイが選ばれたのは、久米島まで無補給で飛行できる航空機が他になかったからである。八尾空港を利用するのは軽飛行機やヘリコプターが中心で、これらは航続距離が足りない。オスプレイにしても、往復分の燃料は積めなかった。久米島空港の備蓄航空燃料はとっくに使い果たされていたので、片道飛行となる。

河原田は海路での追加支援を計画し、府庁及び自治政府に協力を要請した。これに応じたのは自治政府、実質的には水都グループだった。

水都グループは貨物船一隻を仕立て、支援物資とオスプレイ帰還用の航空燃料を積載して、自衛隊に提供した。

ただし、交換条件があった。

水都グループは多くの予備自衛官を雇用していた。彼らを招集して、統合警備隊を編成し、自治政府の勢力圏の治安維持にあたってほしいというのが、彼らの望みだった。

河原田は難色を示した。自治政府の要望を実行すれば、それは治安出動に他ならない。

そして、河原田の見解では、自治政府や最高評議会に出動命令を下す権限はない。

河原田は、予備自衛官の招集は見合わせてもいい、と表明した。その上で、水都グループに雇用されている予備自衛官をもって、自衛隊とは別個の治安組織を設立してはどうか、と提案した。

だが、自治政府側は喜ばなかった。自衛隊の部隊を指揮下に持つことが、宣伝工作上、重要と考えていたからである。

時間がない中で行われた交渉の結果、夢洲に統合警備隊駐屯地を設け、当面、その敷地内で訓練に専念させることで、両者は合意した。統合警備隊が守るのは、自衛隊の施設に限られることとなった。また、久米島に派遣する船は、武装した自衛官を乗せるため、臨時に自衛隊の所属とした。

こうして、十六日、統合警備隊が慌ただしく発足した。隊長には、水都セキュリティーサービス社長で元一等陸佐の塚本香織が自衛隊に復帰して就任した。

武力の不行使を前提としている統合警備隊だが、いざとなったら水都グループの意向に添って動くだろうことを、人々は疑わなかった。

一方で自衛隊は、大阪府庁からの要請に基づく災害派遣も続けており、自治政府に忠誠を誓ったわけでもなかった。

独身の自衛隊員は寮生活をしており、離脱者は少なかった。営外で生活していた妻帯者も家族ごと駐屯地へ移り住んだので、結束はむしろ移災前より強まっていた。

治安出動こそしなかったものの、自衛隊の存在は無視できなかった。福島署事件で大阪府警がほぼ壊滅したあとも、街がかろうじて秩序を保っていたのは、自衛隊が健在だからだったかもしれない。

＊

岡崎大希は目を覚ました。

十二月二十日の朝だ。いつもの年なら、そろそろ街にクリスマスの飾り付けが現れるころだ。今年はさすがに熱心なキリスト教徒以外は忘れているだろうと思うのだが、大希には街の状況がよくわからない。テレビが三日前に停波したからである。

大希は段ボール製簡易ベッドの上で身を起こした。ベッドが置かれているのは、移動式書架に挟まれた通路だった。ファウンデーションこと混生代防災研究所資料棟の書庫の中なのである。いま、資料棟に寝泊まりしている人数は相当なもので、宿泊室の定員を軽くオーバーしている。溢れた人間は、スペースを見つけて潜り込むしかない。この書庫の通路も五台のベッドが一メートルほどの間隔を空けて縦に並んでいる。

資料棟には三種類の人間がいた。

まず仁科棟長をはじめとする資料棟本来の職員である。

彼らの目的はネット上の知識をハードコピーの状態で保存することにある。だが、実際には情報の七〇パーセント以上はまだ電子データのまま保管されていた。さらにその三〇パーセント弱はサーバーのハードディスクに入っているだけで、メディアに移されていなかった。一刻も早くバックアップを取る必要があった。同時に、電力と可動コンピュータがあるうちに、データを紙やマイクロフィルムに出力しなくてはならない。

ハードコピーには紙よりもマイクロフィルムが適している。なにしろマイクロフィルムの耐用年数は五百年である。紙をそれだけ保たすにはよほど保存環境に気を配らなければいけない。マイクロフィルムの閲覧には専用の機械が必要だが、十九世紀レベルの科学技術があればじゅうぶんに製造できるはずだ。マイクロフィルムの最大の問題は、すべてのデータを移すには、数がとうてい足りないということだった。むろん入手は容易ではない。どこかに在庫がないか、と職員は駆けずり回っている。マイクロフィルムに比べれば余裕があるが、紙とインクも足りなかった。

本来の作業が日常の何倍にも増えた上、資材の確保もしなくてはならない。職員たちは多忙だった。

第二に、出灰教授をトップとする懐徳堂大学の面々だ。出灰教授の二人の子どももこのグループに含めるべきかもしれない。双子は六日の夜に大希の運転する車でここに到着したが、教授たちは七日の夕方に万能量子コンピュータ・モグワイ03とともに到着した。資料棟にはサーバー増設のための予備室があり、モグワイ03はそこに納められた。

モグワイ03が新しい場所に納まった後も、ぽつぽつと研究者や学生が教授を訪ねてきて、人数が膨らんでいった。人間だけではない。研究者たちはときどきトラックで出かけていき、山のような機材を乗せて帰ってきた。モグワイ03の周辺機器だとのことだった。人間は周辺の避難所に宿泊して通えばよかったが、機材はそうはいかない。棟内に溢れ、本来の業務を圧迫しはじめた。

そのため、仁科棟長と出灰教授のあいだにはかなり険悪な空気が漂った。もっとも大希の見るところ、苛立ちを見せていたのは仁科棟長のほうで、出灰教授は平然と受け流していた。

大希は第三のグループに属していた。天川煌とその側近である。

大希は腕時計を見た。午前七時過ぎ。

ベッドから降り、敷き布団代わりのマットをはぐ。寝押ししていたズボンを取って、床板を外す。その下は、強度を出すため、立てた段ボールで格子状に区切られていた。出し入れが面倒だが、物入れに使える。

大希はベッドの下からシャツとバッグを取り出した。ワイシャツは移災以来アイロンをかけていないので、皺だらけだ。冬でよかった。夏ならそうとう臭うだろう。

シャツとズボンを身につけて、バッグを開いた。ピストルとホルスター、実包の五十発入りケースが入っている。

ピストルはスタームルガーMkⅠのコピーだ。オリジナルは初心者にも扱いやすく、生産性も高い。このコピーの製造会社は天神精機といい、此花区常吉にある。五百住四郎商店の保有していたデータをもとに、金属用3Dプリンターで金型などの工具をつくりだし、大量生産に取りかかっている。ちゃんとした製品名はまだないので、ごく安易に〝テンジンルガー〟と呼ばれている。

使用するのは二二LR弾。銃規制の厳しい日本でも競技用として需要が大きく、危険物物流を取り扱う水都ケミカル・ストレージが大量に保管していた。さらに、この銃弾も生産性が高く、いくつかの工場で大量生産の準備が進められ、原材料の持続的な調達方法が模索されていた。

治安維持のためだけではなく、有害動物駆除のためにも、銃器は必要だった。これからチェンジリングの跋扈《ばっこ》する地域を開拓しなければ、餓死者が続出するだろう。

帆布製のショルダーホルスターにテンジンルガーを納め、ベッドのヘッドボードにかけていたジャケットを羽織る。バッグのポケットからジャケットのポケットへカードケースを移す。

書庫から出て、洗面所で顔を洗った。資料棟は電気温水器を採用しているので、ガスの供給が停止しても、お湯が蛇口から出る。冬の朝にこれはありがたい。

資料棟の地下に食堂があった。移災前はランチ営業しかしていなかったが、いまは朝食と夕食も出す。ただしメニューは少ない。朝のメニューは、ロールパンとドリンクのセットだけだ。ドリンクは三日前まで、コーヒー、紅茶、オレンジジュースから選ぶことができた。しかし、もうオレンジジュースは選択できない。次はおそらくコーヒーが消えるだろう。

支払いは水都のグループ内通貨〝力〟で行う。日本円は価値を失っていた。水都の従業員には緊急措置として、一カ月分の給与が水都力で前払いされた。今後の給料も水都力で受け取ることになる。混生代防災研究所など関連団体の職員も同様の措置が執られた。

ごく簡単な朝食を終えて、仕事に向かう。いままでも、大希のミッションは煌のボディーガードだった。

煌は中村桃葉とともに宿泊室に滞在していた。ホテル咲洲のアクセシブルスイートには比ぶべくもないが、ビジネスホテルの客室程度には快適なはずだ。

大希は八時ちょうどに煌の部屋のドアをノックした。

準備を済ませていたらしく、煌と桃葉はすぐ出てきた。

煌は杖を使えば歩けるようだが、まだ車椅子を使っていた。たぶん、気に入ったのだろう。療法士がいれば彼女から車椅子を取り上げたかもしれないが、あいにく、医療スタッフも不足していた。

「電話がまたかかりにくくなったような気がする」朝の挨拶もそこそこに、煌が言った。

「そうですか」

しかたがないな、と大希は思った。むしろまだ電話が通じるほうが不思議に思える状況だ。

「ウカミさま、いつまで総本部にいらっしゃるんでしょう」桃葉が言った。

ウカミこと沢良木教団代表はまだ教団ビルにいた。久保事務局長も一緒である。

教団ビルは淀川より西の被災民自治政府の勢力圏にあるので、比較的安全だった。水都セキュリティーサービスから武装警備班も派遣されている。

「後始末にまだまだかかる、みたいなことを言っていた」煌は答えた。

「もう何十年も使っていたから、しょうがないかもしれませんね」桃葉は納得顔で頷いた。

「どうだか」と煌。「どうせ望遠鏡を動かすのが怖いんでしょ」

「動かすのが怖い、とは？」大希は訊いた。

「壊れたら、新品は絶対無理だし、修理できるかもわからないもの」

「沈みでもしたら、取り返しがつきませんしね」

教団総本部ビルとの交通はもっぱら船に頼っていた。淀川にモーターボートを浮かべるのである。秩序が崩壊しつつある陸上を移動するよりは安全だった。だが、水上でも強盗に遭う危険がなくなるわけではない。人間ではなくチェンジリングにボートが襲撃された、という噂もある。また、近距離でも転覆など事故を起こす可能性もある。さらに、ろくな整備もなく酷使されたボートは劣化が進んでいるのだ。

「でも、今のうちに運んだほうがいいと思うのだけれど、小父さんは暢気だわ。夜が暗くて観測が捗《はかど》る、て喜んでいた」

「こっちはまだ電気が生きていますからね」

被災民自治政府、実質的には水都グループの勢力圏では、いまのところ電力供給がなされている。水都グループは自前の石炭火力発電所を持っており、燃料も非常用に備蓄していた。太陽光や風力でも発電している。石炭がなくなると、制限されるだろうが、いまのところ、移災前と変わらず使うことができた。

資料棟を出た。

向かう先は水都ロジスティクス、略称ロジスである。広大な敷地の半分以上は、最先端の設備を備えた物流基地に充てられているが、それとは別に倉庫が立ち並んでいる。倉庫には顧客からの寄託物を保管しているが、大口の顧客には建物そのものを賃貸するケースもあった。アマツワタリ教団が借りているのも、そのうちの三棟である。

一行は防災牧場からも出た。

移災前、トラックが行き交った道路に、自動車はほとんど見ることができない。その代わり、自転車の数がやたらに多い。それに電気自動車が混じっていた。化石燃料を用いる自動車の使用は厳しく制限されているのだ。煌の移動に使っていたエスクァイアもハイブリッドカーなので使えない。

さいわい、資料棟からロジスまでは、大希や桃葉にとって徒歩でも苦にならない距離だ。煌も車椅子に乗っていれば、問題にならない。

ロジスの敷地に西門から入る。教団の借りた三棟はその辺りに固まっていた。そのうち一棟は荷物を他の二棟に移し、アマツワタリ信者で希望する者のための避難所になっている。避難希望者には、移災により帰宅が不可能になった者もいるが、治安悪化を恐れて教団を頼ってきた信者のほうが多かった。

実際、ベーサー集団・魁物が大手を振って跋扈している府庁勢力圏に比べて、被災民自治政府勢力圏では治安が良好に保たれていた。とくに、湾岸の人工島内部では、移災前と変わらず、女性が深夜に一人で出歩くことができるぐらいに安全だった。

この辺りには警官はいない。湾岸地帯の自治政府警察官は大半が大阪水上警察署に詰めていた。水上署は両勢力圏の境界近くにあり、最前線基地の様相を呈していた。大半の警官はそこへ詰め、ベーサーと対峙していた。

咲洲、舞洲、夢洲といった人工島では、水都セキュリティーサービス略称セキュサが治安維持を担っていた。

ロジスの敷地内でも、セキュサの制服が目立った。なにしろここには食料、燃料をはじめとした大量の物資が蓄積されている。警備が厳重なのも無理はなかった。

移災の夜は猟銃や競技用銃を所持している警備員が多かったが、いまはほとんどがピストルに持ち替えている。いま、三時間の講習のあと、審査に合格すると、所持許可証が出る。審査の合格率はほぼ一〇〇パーセントだが、講習を行っているのはセキュサだけで、水都グループに属していない人間はなかなか受講させてもらえない。もちろん大希の場合はなんの問題もなく、受講願を出した半日後には所持許可証を交付され、テンジンルガーを会社から支給された。

アマツワタリ教団の避難所に着いた。倉庫の壁際には奥行き四メートルほどの棚が三段、設《しつら》えてあった。棚には仮設ベッドが並べられ、カーテンで区切られていた。上下の間隔は二メートル以上空いているので、窮屈な印象はない。棚は金属製で丈夫そうだ。だが大希は、〈地震があればどうなるのかな〉と落ち着かない気分になる。

倉庫の中央には長いテーブルが五列、並べられていた。信者たちが什器をセットしている。

煌と桃葉は席に着いた。

大希は坐らず、立っている。

「岡崎さんは、今日ももう済ませたの？」煌が訊く。

「はい」

「べつにこちらで食べてくれてもいいのに、堅いのね」

「けじめは付けませんと」

水都力は電子マネーなので、ＩＣカードがなければ使えない。水都グループ企業なり混生代防災研究所なりに勤めていれば話は別だが、アマツワタリの信者は対応するＩＣカードを持っていない。したがって、水都グループの設けた食堂や店舗を利用することができなかった。その代わり、教団が備蓄した物資を分け合って、暮らしている。この朝食も教団の備蓄から用意されたものだ。

だから、大希は自分にここの食事を口にする資格がないと考えている。

ちなみに今日のメニューは、ご飯に味噌汁、卵焼き、漬物という、二週間前なら質素だが、いまの大阪では贅沢きわまりないものだった。教団の借りている倉庫のうち一棟は冷凍倉庫であり、冷凍食品がふんだんに詰め込まれているのだ。

もっとも、いくら大量に用意されているとはいえ、このペースで消費していては、尽きてしまうのもそう先の話ではないはずだ。

大希は、その疑問を煌にぶつけてみたことがある。

「電気が切られたらおしまいだし、トキジクがあるから大丈夫でしょう」というのが答えだった。

言うまでもないことだが、水都グループも冷凍倉庫を所有している。保管している冷凍食品は教団の何倍にもなるだろう。いざ電力が逼迫《ひっぱく》したとき、水都はまず自分たちの冷凍倉庫を優先して、教団には電力を回さないのではないか、と疑っているようだった。教団は発電機と燃料も備蓄しているが、冷気を保つのにその出力は心細いらしい。

電力に関しては、煌の言うとおりかもしれない、と大希は考えた。だが、トキジクという完全栄養食品の実在に関しては、依然、懐疑的だった。

「おはようございます」古参信者の峠がやってきた。

この避難所を実質的に仕切っているのは彼である。沢良木の構想では仁科が運営責任者に充てられていた。が、彼女は資料棟棟長としての仕事、つまり本来の業務で手一杯で、とても手が回らない。そこで、峠がなんとなく避難信者たちを取り纏める役割に就いていた。

「昨日、第三次調査チームが帰ってきたのはご存じですか？」席に着くなり、峠は煌に訊いた。

「いや、知らない」煌は首を横に振った。

被災民自治政府は原始領域へ調査チームを毎日のように送り出していた。昨日も北九州への船が出港した。地下資源の分布は地球とトランスアノマリーでほぼ一致しているという説が有力なので、筑豊炭田を調べるためである。今日はより小型の船が淡路島へ向かう予定だ。地球の淡路島では、泥炭が埋蔵されていたのだ。泥炭は品質の低い石炭で、量も期待できないが、すぐ掘り出すことができれば、この冬を乗り越える足しにはなるだろう。

第三次調査隊はもっと小規模なグループだった。クルーザーで播磨平野へ行き、開墾の下調べとして土壌調査を行うのが主目的だった。

これにアマツワタリ信者も同行したという。

「それで」と峠は声を潜めた。「トキジクらしいものは見つからなかったんです」

「ほんとうに？」煌は眉を顰めた。

桃葉も戸惑いの表情をのぞかせた。

たとえトキジクが実在しても、わずか二週間なのだから、見つからないのも無理もない、と異教徒である大希は思うのだが、信者にとっては由々しき問題らしい。教祖・天川飛彦によれば、トキジクは雑草のようにトコヨのあらゆる場所に生えているはずなのだ。

保温ジャーと鍋、ポットが来た。桃葉が煌のために飯をよそう。

それを合図に、テーブルに着いた信者たちが飯、味噌汁、茶の用意をする。大希はこの時間、自分がひどく場違いに感じるのだった。

だが、実を言えば、ここで食事をするのは信者だけではない。懐徳堂大学出灰研究室の人々も教団から食事を支給されていた。出灰万年青と鈴蘭も奥の方でしゃもじを使っていた。彼らは大希以上に違和感を覚えているかもしれない。

やがて、準備が整った。

「それでは皆さん」峠が立って、呼びかけた。「ミヨシさまより今朝の挨拶を賜ります」

煌は桃葉の身体に縋って立ち上がった。足下がふらついている。

たしょう演技が入っているんじゃないかな、と大希は疑っていた。

「おはようございます、皆さん」煌は言った。「あいにく、まだちゃんと立てませんが、お許しください」

「ミヨシさま、どうかお坐りくださいっ」と女性の声が飛んだ。

「お気遣い、ありがとうございます」煌は微笑んだ。「でも、大丈夫です。坐っていては、皆さんのお顔がよく見えませんもの。さて、トコヨの有様には戸惑うことも多いですが、日々、発見の毎日です。今日も多くの発見がもたらされると思います。張り切って参りましょう。それでは、いただきます」

いただきます、と一同が唱和し、食事に取りかかった。

「峠さん」坐るなり、煌が言った。「わたし、こっちへ引っ越そうと思うんだけど、手配をお願いできるかな」

「なぜ？」峠は気が進まない様子だった。「資料棟のほうが暮らしやすいでしょうに」

「だからよ。最初の話じゃ本拠をあっちに移すって話だったけれど、仁科さんは忙しくて、教団のほうは見ていられないし、小父さんたちはいつまでもぐずぐずしているし。結局、わたしが住んでいるだけじゃない。どう考えても、アマツワタリの本部はここが相応しいでしょう？　いまの状況じゃ、わたしが楽しているだけみたいじゃない」

「別に問題ないでしょ。ミヨシさまはまだ怪我人だ」

「でも、だからって……」

「とにかく、それは沢良木さんたちが来てからにしたほうがいい」

「なにが問題なの？」

「雰囲気が問題……かな？」

「なに、それ。さっぱりわからない」

「おれを信用してください、ミヨシさま」話を打ち切る勢いで、峠が言った。「いまは怪我の治療に専念して、こっちのことはおれたちに任せてください」

「うう、よきに計らえ」

峠は大希を見て、ニヤッと笑った。

「うちの王女さま、ちゃんと守ってくれよな」

「ええ。それがわたしの仕事です」大希は答えながら、〈まだ女王じゃないんだ〉と思った。

「仕事か」峠は手帳になにか書き付けると、そのページを破って寄越した。「じゃあ、悪いが、残業してくれないか」

＊

エンジン音が轟く。

田頭誠司はキャデラックのシートに納まっていた。

キャデラックは阪神高速道路大阪港線を走っている。その後ろにはトラック、乗用車、そしてバイクの一団が付き従う。

天保山ジャンクションから湾岸線に入ると、そこは天保山大橋だ。

しかし、誠司は天保山大橋を渡りきることができなかった。橋の中央がバリケードで封鎖されていたからである。

バリケードは二重になっていて、外側、つまり誠司たちから見て手前にフェンスが、その奥に銀色のパネルが巡らされていた。二重のバリケードのあいだでは、銃を持った警備員たちが警戒している。

「どないします？」キャデラックのドライバーが訊いた。「突っ込みますか？」

「アホか、ちゃんと停まれ。平和的に行こうや」助手席に坐っていた北島渉外委員長が振り返り、誠司の隣席の男を見やった。「なあ、そうですやろ、前田《まえだ》はん」

「そりゃあ、もう」前田と呼ばれた男は曖昧な笑みを浮かべた。

キャデラックは停まった。

誠司と北島、そして前田が路面に降り立った。

「ほな、団長。後ろでゆっくり見物しておいておくんなはれ」北島が言った。

「わしがおったらあかんのかい」誠司は言った。

「こんなところで怪我でもされたらかないまへん。わしが末ちゃんにどつかれますわ。だいたい、団長が出張るようなことやおまへん」

誠司がここに来たのは、北島を信頼していないからだ。だが、さすがに口には出せない。

「まあ、邪魔はせんわい」誠司は動かなかった。「敵に後ろを見せるような真似、できるかいな」

「そうですか」北島は諦め口調で言った。

後続の車やバイクからもベーサーが次々に高速道路上に降りる。全員が降りたわけではない。それでも、車外に出た人数は百五十人ばかりもあった。

封鎖線の警備員たちに緊張が走る。

財務部長は足を竦ませ、震えていた。

「前田はん、頼みますわ」北島が笑顔で促した。

「ええ……。わかりました」

意を決して、というより自棄《やけ》になった様子で、前田はバリケードへ歩み寄った。

「止まってください」と封鎖線から声が飛ぶ。

「責任者の方とお話がしたい。わたしは大阪府財務部長の前田です」

三十秒ほどののち、反応があった。

「お話は伺いますが、前田部長だけこちらへ入って下さい」とバリケードの向こうで男がトランジスタメガホンで答えた。

前田は振り返って、北島の顔を見た。

北島は、立てた人差し指を振った。

「いえ、ここで話します」前田は封鎖線へ叫んだ。「そちらの責任者の方がここまでいらしてください」

また間があった。

「出て行くことはできませんが、そこで仰っていただけば、ご用件を承ります」

「簡単です。不法に道路を占拠するのを止め、われわれを通しなさい」

「ですから、前田部長だけでしたら、通っていただいてけっこうです」

「いや、ここにいる全員の通行を要求します」

「正当な理由がない限り、できません」

「理由はあります。われわれは資産を回収したいだけです」

「資産とはなんのことですか」

「大阪府の資産です」前田はファイルを掲げた。「リストはここにあります。これだけの荷がその先の倉庫に保管されています。それを返還してもらいたいだけです」

財務部の仕事も移災前から変化していった。ほとんど信用のなくなった日本円で物資を買い集めるのが主な仕事となっていた。それも、現金はあまりないので、もっぱら手形を切って必要な物を買う。

魁物の武力が後ろ盾にあるから成り立つ仕事である。喜んで売る者などいない。押し買いされるほうも対策を打つ。手元にある物資は隠して、容易に取り出せない物を売る。容易に取り出せない物とは、たとえば、自治政府勢力圏内の倉庫に保管されている物資だ。

魁物の縄張りでは物不足が深刻だった。とくに燃料がない。火力発電は停止し、風力と太陽光が頼りだ。食料はまだあるが、末端にまで行き渡らない。そろそろ餓死者が出そうだ。

その点、被災民自治政府とやらの勢力圏には余裕があるようだった。夜は覿面《てきめん》に明るさが違う。電力が豊富なのだ。食料事情も漏れ聞く限りではいいようだ。供給が強力に統制されているらしい。さぞかし貯めこんでいるだろう。

薄汚い連中だ、と誠司は思った。どうせ食い物も平等に配分していると見せかけて、偉い連中がこっそり美味いものを食い散らかしているに違いない。

いま、誠司が喉から手が出るほどにほしいのは、銃弾だ。

銃は、魁物きってのガンマニア、アンタコ団員による生産が軌道に乗って、末端の団員にまで行き渡るようになった。中折式単発銃で、三〇八ウィンチェスター弾を使用するライフルタイプと、一二番径の散弾銃タイプがある。

だが、銃弾はまだ生産できない。団員どもが後先考えず景気よく使うもので、そろそろ底を突きかけている。リローディング用のガンパウダーや雷管も半分以上消費してしまった。

アンタコが中心になって、銃弾生産を企んでいるが、なかなか難しいようだ。

ある銃砲店店長は、輸入した弾薬はいったん舞洲の危険物倉庫に預け、少しずつ店に移していた、と語った。他の銃砲店も似たような形で在庫を管理しているという話だった。

当然、銃砲店の寄託した弾薬類も、前田の持つファイルに挙げられている。

「それはできません」封鎖線から応答があった。「会社特例法、倉庫業特例法により、すべての寄託物は指定会社に管理されております」

「大阪府はそのような法律を認めておりません」

「そう言われても困ります。わたしを含め、ここにいる者には、法律の有効性を判断する権限がないので」

「では、権限のある方との話し合いを要求します」

「ですから、前田部長だけでしたら、ご案内します」

前田はまた北島のようすを窺った。

北島が団員にトランジスタメガホンを持ってこさせて、口に当てた。

「わしら、大阪府に頼まれた運送業者ですわ。荷物さえ運ばせてもろうたらよろしいねん。なんで通ったらあかんのか、理解できませんなあ」

味方の言うことながら、白々しい、と誠司は思った。なにしろ、誠司が引き連れてきた者たち全員が銃を持っているのだ。それも隠してさえいない。

むろん、彼らは魁物の団員である。団旗も堂々と掲げている。

「その通り」前田が叫んだ。「話し合いがまとまれば、即刻、荷物を引き上げたい。そのために運送業者の同行は不可欠です」

またしばらく反応がなかった。どこかと連絡をとっているのかもしれない。

五分ほど待たされて、声が返ってきた。

「いいでしょう」警備責任者は言った。「ただし、危険物の持ち込みは困ります」

「わしら、危ないもんなんか、持ってまへんでえ」北島が叫んだ。

メガホンの応酬の真ん中で立ち竦む前田に、誠司はほんのちょっと同情した。「業者の皆さん車両の移動はこちらで行います」相手は北島の言葉を完全に無視した。「業者の皆さんは一人ずつこちらへ来て、ボディーチェックを受けてください」

「そのような要求が通るとは自治政府側も考えていないだろう。

「信用しなはれ」と気怠げに北島が右の方を指した。「わしら、遊園地で遊びたいだけですねん」

北島の指さした先には、テーマパークが広がっていた。もちろん、いまは休業している。

「貨物を取りに来ただけじゃなかったのですか」と突っ込みが入る。

「ついでに、遊園地で遊ぶぐらいよろしいでしょう」

「だったら、皆さんの持っている物騒な代物をとっとと捨ててくれませんかねえ。でしたら、歓迎しますよ。あのパークには気色悪いチェンジリングが住み着きだしたんで、そいつらを駆除する人手がほしかったところです」

「それは観覧車に乗るより楽しそうやな。けど、駆除にはこいつがあったほうがええんとちゃいます？」北島はメガホンを拋り投げ、ジャケットの下からコルトガバメントを引き抜いた。

路面に落ちたメガホンが不快な音を発する。

バリケードのむこうでは、警備員たちが銃を構える。

「予想通り、埒《らち》明かんかったのお」誠司は北島に話しかけた。

「素直に通してくれたら、びっくりですわ。ほな、団長、よろしいな」

「端《はな》からおまえに任せたある」

「おおきに」北島は空いている左手でキャデラックのボンネットを叩いた。

タイヤを軋ませて、キャデラックが急発進する。

キャデラックはそのままバリケードへ突っ込んでいった。

警備員たちが慌てふためく。

「乾杯の音頭はとらせてもらうで」誠司は、腰にぶち込んだマカロフPMを引き抜いた。

「へえ、お願いします」北島はガバメントのスライドをひいた。

「乾杯っ」誠司は発砲した。

それを合図に、団員たちが発砲をはじめた。

警備員たちも応戦する。彼らの武器はピストルがメインのようだ。それも、銃声から判断するに、二二口径の豆鉄砲だ。

前田部長はその場で頭を抱えて、坐り込んだ。

キャデラックの停まっていた位置にＢＭＷが滑り込んできた。

誠司は車のドアを開いた。だが、乗り込まず、ドアの陰にしゃがみ込んで、マカロフを撃つ。

一方、キャデラックはフェンスを突き破り、パネルにのめり込んで停まった。

自治政府側はパネルゲートの向こうに、コンクリートを詰めたドラム缶を並べていた。キャデラックはその一つと正面衝突し、大破したのだ。

だが、ドライバーは生きていた。傷の度合いはわからないが、車内から発砲する程度には元気だった。

フロントを鉄骨で補強した四トントラックが突っ込んだ。その荷台に潜んでいた団員が警備員たちに銃弾をお見舞いする。

警備員たちも応戦するが、荷台のあおり板を盾にして高い位置から撃ってくる敵に圧倒されている。しかも、トラックに気をとられて、側面からの射撃も受ける。

警備員たちはパネルの向こうに後退する。

薄いアルミ製のパネルゲートは盾にならない。たちまち穴だらけになり、襤褸《ぼろ》切れのようになって、海風に吹き飛ばされてしまった。

警備員たちはコンクリート入りのドラム缶の陰から射撃していた。

バイクの一団が突入した。ライダーたちは銃撃の合間に、リンカーンから血まみれのドライバーを引っ張り出す。他にも何人かの負傷者を救助して、ミニバンに放り込む。

〈ざっと二、三十人ってとこか〉誠司は敵の人数を目算した。

人数ではこちらが圧倒している。

警備員たちは撤退しはじめた。

だが、魁物は容赦ない。走って逃げる警備員の背に銃弾を浴びせ、彼らの車両を蜂の巣にした。たまらず橋から安治川に身を投げる警備員もいた。結局、警備員は誰も逃げおおせなかった。

勝敗は決した。

誠司はざっと辺りを見回して、前田部長が倒れているのに気づいた。生死は不明だが、怪我をしているようだ。流れ弾にでも当たったのだろう。

「おい、あいつ、助けたれ」誠司は、手近にいたライダーに指示した。

誠司はＢＭＷに乗り込んだ。フロントガラスに穴が開き、ヒビが走っている。

そのままでは前が見えないので、ドライバーがハンマーでガラスを叩き割った。

反対側のドアから、北島も乗った。

ＢＭＷの助手席には無線オペレーターが坐っていた。近ごろでは携帯電話があてにならないので、確実な連絡には無線機が欠かせない。

「団長、委員長」無線オペレーターが報告した。「末長隊長のほうも始めはったそうです」

「そうか」

　末長率いる掩護隊は、移災後、規模を拡大したが、魁物の精鋭部隊であることに変わりない。その掩護隊を中心とした別働隊が水上署から出動した警察と対峙し、誠司のいる本隊が挟撃されることを防いでいる。

　それだけではない。状況が許せば、大阪港咲洲トンネルを制圧し、夢咲トンネルから一気に夢洲まで雪崩れ込む予定だ。

「ほな、団長、行くんですか？」北島は気が進まないようだ。

「おう、行かいでか」

　団員たちがドラム缶を路肩に寄せた。

　ドライバーがＢＭＷを発進させ、警備員の死体のあいだを擦り抜けた。

「此花大橋でよろしいんですか、団長」ドライバーが確認する。

「おお、間違っても逆に行くなよ」

　阪神高速を降りて、此花大橋と逆に行くと、テーマパークがあるのだ。

　ドライバーは追従めいた笑い声を上げた。

　此花大橋は天保山大橋から目と鼻の先にある。

　ＢＭＷを先頭とする車列は、すぐ湾岸舞洲出口に差しかかった。

だが、ここの出口も封鎖されていた。やはりフェンスとパネルゲートの二重の封鎖線だ。魁物の車列は停車した。どうせぺらぺらのパネルの向こうには、コンクリ入りのドラム缶が隠れているのだろう。

不思議なことに人影はない。

「誰ぞ先に行かせて、障害物を片づけさせますか」北島が提案した。

「いや、待て」

誠司は悪い予感がした。

そのとたん、銃声が鳴り響いた。

咄嗟に誠司は身を伏せた。

銃撃は正面からではない。横からだ。

「どこからやっ？」と叫ぶ。

「反対車線からっ」ドライバーが叫ぶ。

誠司は身を起こし、窓から状況を確認した。

入口側には料金所がある。その屋根から撃たれているのだった。

それも、二二口径のピストルだけではない。大口径のマシンガンも使われている。

「こりゃまずいな」諦めがよいのも自分の長所だ、と誠司は考えていた。「今日のところは退こう」

「安心しましたわ」北島が言った。

「おいっ」末長と連絡をとりたかったので、誠司は無線オペレーターの肩を揺さぶった。

だが、無線オペレーターはぐったりしている。

「そいつ、あきません」ドライバーが告げた。

無線オペレーターは頭を撃ち抜かれていた。

ドライバーの右半身が血に染まっていることに、誠司はそのときになってはじめて気づいた。無線オペレーターの血を浴びたのだろう。

「おまえは行けるんかい」誠司はドライバーに訊いた。

「行けます」

ＢＭＷがタイヤを軋ませてターンし、高速を逆走した。

「えらくやられましたな」北島は満面の笑みだった。

「なにが嬉しいねん」さすがに誠司は不快になった。

「せやかて、これであいつらの非道が宣伝できる。自衛隊を味方にできるかも知れませんわ」

「宣伝がそんなに大事なんか」

「ペンは剣より強しって諺《ことわざ》がおますやろ」北島は得意げに言った。

＊

「ベーサーの襲撃は撃退されたみたいです」大希は歩きながら、煌に報告した。

咲洲、舞洲、夢洲の三人工島では、無線ＬＡＮで水都グループのイントラネットにアクセスすることができた。ベーサー襲撃に関するニュースはいち早くスイツールから通知された。

ニュースには動画も添付されていたが、煌に見せるのは憚られた。あまりにグロテスクだったからである。死体にモザイクをかけてさえいない。

「そう。よかった」煌は頷いた。

「物騒になってきましたねえ」と桃葉。

「桃葉さんも装備をお持ちになったらいかがです？」大希は言った。

「装備？」

「これです」大希はジャケットをめくって、ピストルのグリップを見せた。

「いや、いいですよ」桃葉は困ったような笑顔で手を振った。「それに、いくらなんでも勝手に持っちゃいけないんでしょ」

「形だけ弊社の社員になれば、問題ないと思いますよ」

ここでいう弊社とはセキュサこと水都セキュリティーサービスを指す。大希はもともとここの所属で、五百住四郎商店に籍を移してからも、表向きはセキュサの社員を名乗っていた。被災民自治政府発足以来、逆のケースが増えている。水都グループの従業員がもとの会社に籍を残して、セキュサに出向するのだ。最高評議会の制定した銃刀特例法では、指定会社の有資格警備員にも、職務のため銃砲と刀剣の所持が認められた。いまのところ、指定会社はセキュサ一社だけなので、警官、自衛官、あるいは環境警備官でない人間が銃器を所持するには、セキュサにはいって有資格警備員と認められなければならない。

「スカウトは遠慮してもらえる？」煌が言った。

「形だけですよ、形だけ」

夢舞大橋に差しかかった。潮の香りも突変前と後ではずいぶん違う。

人影は見当たらないが、大希は先頭に立って警戒する。その後ろを車椅子の煌と桃葉が並んで進む。

「あれ、なんでしょう？」橋の半ばまで来た辺りで、桃葉が海を指さした。

なにか黒っぽい尻尾のようなものが波間にのたくっている。

「大型チェンジリングですね。ウミゲソじゃないですか」大希は冷静に答えた。

移災前なら大騒ぎだろう。だが、いまやチェンジリングは見慣れたものになっていた。

大阪湾はほとんどが原始領域に属していた。海棲チェンジリングは魚類を圧倒し、淀川にも入り込んでいる。岸壁に上がってくるチェンジリングを駆除するのは、人工島に住みつづけるには欠かせない日課だった。ソラヘビが飛ぶのを見ない日はないし、物陰に潜んでいた小型の有笛動物に驚かされることはもう日常の一部になっていた。いいことではない。チェンジリングの中には危険な生物もいる。この地の新参者である人類には、グロテスクなだけで無害な生物と、グロテスクなうえに有害な生物との見分けがつかないのだ。チェンジリング対策の専門家である環境警備官は少なすぎる。神崎川周辺から有害異源生物を排除するのにリソースをとられ、とても啓発活動にまで手が回らない。

「ウミゲソなら、怖くないですね」

大希の聞いた話では、ウミゲソは海中のプランクトンなどを食べるごく穏やかな生き物だ、ということだった。その真偽はわからないが、近づかなければ大丈夫だろう。まさか空を飛んだり、火を吐いたりはすまい。

そのうち、ウミゲソらしき生物は水面下に消えた。

夢洲に入る。

目的地は夢洲の五百住四郎商店本社である。エネルギー事情が逼迫しているとはいえ、電気自動車を使ってもいい距離だと、大希は思う。しかし、煌が車椅子での移動を主張したのだ。どうやら電動車椅子の操縦が気に入ったらしい。

本社社屋に着くと、スムーズに社長室へ通された。

社長室では、五百住正輝と神内秘書が待っていた。

大希はドアの傍らに控え、煌と桃葉を見守った。

「今日はお招きにあずかりましてありがとうございます」煌が言った。

「どういたしまして。さて、お食事の前に、用を済ませてしまいましょうか」

「気ぜわしいこと」

煌は桃葉に合図して、書類を出させた。

表紙には〝新連名会社（仮）定款案〟とある。

正輝はファイルをぱらぱらとめくった。

「赤が入っていますね」

「新会社の設立自体については、有意義であり、必要であると認めます」煌が応じた。

「でも、やはりこのままでは受け入れがたいのです」

「それはそうでしょうねえ」

連名会社とは、移災後の世界に対応するためにつくられた企業形態だった。有限責任社員によって構成される持分会社だが、その出資形態が特殊だった。現状、通貨制度が混乱しているので、金員での出資は制限されていた。持分を評価するために日本円換算はするが、物資や労務で拠出することになっていた。さらに特異な点は、持ち主と連絡の取れない資産を無断借用し、その責任を社員で分担することが可能なことであった。

現在、水都グループなどが保管している物資を有効活用するためには必要なことだった。この物資を使い果たした後にも、土地所有権、あるいは使用権の問題が待っている。

地球とトランスアノマリーは別の惑星であるという説が有力になっている。これが正しいとすれば、原始領域の土地は誰のものでもなく、切り取り放題と見なすことができる。

しかし、一年前の久米島移災では、異なる法的取扱がなされていた。地球上に転移した裏地球の久米島は無主地とは扱われなかった。日本の領土であることに国際社会から異議はまったく出なかったのだ。

これは日本だけの特殊事情ではない。BN異常帯のように複数の国家に跨がる突変領域では、移災前の国境線が移災後も維持された。

さらに日本政府は久米島の地主に、立ち入りを制限するのと引き替えに、借地料を払っていた。大半の地主は久米島とともに転移したが、政府は律儀に彼らへの地代を供託している。

だとすれば、こちらの原始領域の土地や資源にも所有者がいることになる。

こちらで開発された土地が再転移して、地球に出現したとき、所有権の問題は紛糾するだろう。有史以来、土地の持ち主が曖昧であった場合、必ず揉め事が発生すると決まっているのである。

連名会社という仕組みは、土地などの所有権や使用権にまつわる混乱を最小限にする、と期待されていた。

すでに水都グループは水都連名会社を設立している。さらに、水都はアマツワタリ教団に、一般財団法人・混生代防災研究所を母体とする連名会社の設立を提案した。研究所の基本財産は水都とアマツワタリが共同で拠出したし、理事も同数を送り込んでいる。研究所を会社化するには、両者の同意が不可欠だった。

移災前なら、メールで済むが、インターネットは停止している。東淀川区の総本部ビルへ定款案を送ったときにはＦＡＸが使えたが、修正されて夢洲へ送り返されたときには、プリントアウトを船で運ぶしかなかった。その後、電話や無線で確認や追加の修正についてのやりとりをするという、古典的な方法で、教団側の修正案が纏められた。

長々と協議をしている時間はない。もうすでに時間を使いすぎてしまった。まず定款だけをつくり、その後、社員で話し合って細かな取り決めをすればいい。拙速こそ尊ぶべきだった。

「沢良木は、モグワイ03の管理を会社の目的に盛り込むよう強力に主張しています」

「あのコンピュータですね」

沢良木が万能量子コンピュータにご執心なのは、正輝もよく知っているようだった。

「ええ」

「しかし、あれは懐徳堂大学の財産では？」

「無断借用のために連名会社をつくったのでしょう」煌は呆れたように言った。「それに、研究所にも権利があります」

「いや、まあ、そうなんですが……」と正輝は口を濁す。

「ひょっとして懐徳大ともいい関係を築いていきたい、とお考えなんですか？」

「この地に移ってきた仲間全員と仲良うしたいと考えてますよ」正輝はあまり誠実さを感じさせない口調で言った。

「そうですか。では、モグワイの所有権についてはアマツワタリが話をつけます。新会社の発足はその後になるでしょう」

「定款から外せば済むことやないですか。そもそも、特定の機械を管理するという項目は、定款にそぐわない。新会社が懐徳大と交渉すればよろしいやないですか」

「沢良木は納得しないでしょう」

「ミヨシさまご自身はどうお思いなんですか」正輝は探るような目をした。

「わたしももちろん沢良木と同意見です」煌は即答した。

「しかし……」神内が口を出した。「モグワイを維持するのはいかがなものでしょうか」

「どういうことです？」

「これから工業製品、とくに電子部品をはじめとする精密なパーツの供給が滞ると予測されます。維持は難しいでしょう。むしろ解体して、もっと優先順位の高い機器の保守に有効活用すべきではないかと考えます」

「ええと、つまり」煌は眉を顰めた。「モグワイを部品取りに使いたい、ということでしょうか」

神内は頷いた。「専門家の見立てによると、本体より周辺機器に利用価値があるそうです」

「どうでしょう」正輝が提案した。「この件に関して、沢良木先生とじかに話をさせていただくわけにはいきませんか」

「決してミヨシさまを蔑ろにするつもりはないのです」神内が口添えした。「ぜひモグワイの重要性を沢良木先生にお伺いしたいのです」

「沢良木に話してみます」煌は言った。「わたしから一つだけ言わせていただくと、モグワイは二つの宇宙を繋ぐ可能性を秘めています。安易に捨てるべきではありません」

正輝と神内は顔を見合わせた。

「それは……、モグワイがあれば、もといた世界へ帰れるってことですか?」正輝が訊いた。

「そこまでできるかは。まず目指しているのは並行宇宙間の通信です」

「しかし、なにもわれわれが管理する必要はないのではありませんか」神内が言った。

「こっちが懸命に維持しているあいだに、もとの世界では日進月歩の勢いで進歩している。たぶん、あっちでは十年もしないうちに、万能量子コンピュータもごくありふれた製品になっていますよ。こっちは十年、メンテしつづけると考えただけで、気が遠くなりそうです」

「通信機だと考えてください。こちらの手元になければ、相手側に優れた機材があったとしても、意味ありません」

「なるほど、仰ることはわかりました」神内は頷いた。

正輝も頷いたが、大希の見るところ、二人とも量子コンピュータが並行宇宙間通信に使用可能ということ自体、あまり信じていないようだった。大希も同感だった。使えたらいいとは思うものの、沢良木の言説を鵜呑みにはできない。

「まあ、細かいことは、沢良木先生と話をさせていただいてからにしましょう」正輝は言った。

「沢良木はわたし以上に頑固ですよ」

「こちらの考えを押しつけるつもりはありませんよ。ミヨシさまや沢良木先生の仰ることが正しいのかもしれません」正輝は立ち上がった。「でも、そろそろお腹も空いてきました。どうぞこちらへ」

社長室の隣室には、白いクロスのかかったテーブルがセッティングされていた。

　ちゃんと大希にも席が用意されていた。

「ここでボディーガードの必要はあらへん」戸惑う大希に正輝が言った。「きみもお坐り。たまには立場を離れて喋ろう」

「はい。ありがとうございます」

　大希は素直に坐った。

　ウェイターたちが料理を運んでくる。まず、植物工場産野菜のグリーンサラダ、アンチョビソースがけが供された。

「コース料理ですの？」煌は料理に手を付けず言った。「ご馳走していただくのに不作法ですけれども、ちょっと贅沢すぎませんか？」

「別にぼくらだけ、こっそり食べているわけやないですよ」正輝が説明した。「ここの社員食堂で出しています。お金さえ払えば、どなたにでも召し上がっていただけます」

「お金って、御社の社員証でしか使えない電子マネーでしょう」

「混防研の職員証なんかでも使えますよ。ちなみに、いまはＩＤカードだけでなく、プリペイドカードも発行しています。従業員の家族やアルバイトのための、ね。そろそろカードものうなってきたので、紙幣と貨幣の発行を検討しているところです」

「そういった状況ですので、モグワイは諦めていただきたいのですが」神内が言った。

「そう。科学技術の衰退を食い止めるため、生贄《いけにえ》に捧げませんか」正輝が芝居がかった口調で言い、サラダを口に運んだ。

「いまどこかから、諺が聞こえてきました」煌はフォークをとって、言った。「焼け石に水、と」

正輝は笑った。「ミヨシさまは、もう科学技術文明を捨てる覚悟ができた、と仰るんですか」

「そうではありません。テクノロジーを保つのはわたしたちの心懸け次第でしょ。駄目なときには、コンピュータ一台を犠牲にしたからってどうなるものでもありません」

「もちろん、心懸けは大切ですよ。その上で、溺れるときに摑むものはなるべく多く確保しておきたい。藁《わら》でも束ねりゃ、舟になりますからね」

「わたしはむしろ、モグワイを動かしつづけるために、テクノロジーの維持が必要、と考えております」

傍らで聞いていて、大希は意外に思った。煌自身がこれほどモグワイ03に拘るとは思っていなかった。むしろ無関心だと感じていたのである。目前にいればなにかと反発しているが、本心では沢良木の判断を完全に信頼しているのだろうか。

「しかし、こうは考えられませんか」神内が言った。「移災はこれからもあるでしょう。先ほども申したように、万能量子コンピュータはごくありふれた、だれもが持ち歩いているような製品になるでしょう。だとすれば、なにも旧式コンピュータを後生大事に守らなくても、後から最新機種が転移してくるのを待てばよいではありませんか」

「それを仰るなら、他のテクノロジーだって同様でしょう」煌は反論した。「なにより、向こうの世界と通信ができたら素敵だと思いません？」

「それはそう思いますよ」正輝は言った。単なる相槌にしては、実感がこもっていた。

「まあ、並行宇宙間通信ですか、その可能性についてなお検討せなあかんでしょうね」

植物工場産グリーンピースのポタージュが運ばれてきた。

テーブル上の会話はもっぱら日常生活についてに移っていった。

「きみはどこで寝泊まりしてはるの？」正輝に大希は訊かれた。

「資料棟の閉架書庫です」大希は答え、段ボール製仮設ベッドの寝心地や、シャワーを浴びるのにも苦労する入浴事情について語った。

「大変そうやな。セキュサの宿舎に移ったらどうや」正輝は勧めた。「プライバシーはあるし、風呂は入り放題やで。先のことはわからんけど」

「いえ、せっかくですが、通勤に時間がかかります」大希は言った。

「自転車でも借りたらええやん」

警護対象と同じ建物で起居しないと、緊急事態に対応できない恐れがある、と思ったが、なぜかそのまま正輝に告げるのは憚られた。

「寝付けないときに、書架からファイルを拝借するんです。読むと、すぐ眠れます。最近のお気に入りは、〔アントニンの前を行くマーテルの成熟的平均からプリブラメ〕というファイルです」

「なにそれ？」

「評伝みたいです。原文はチェコ語ということなんですが、訳文が酷すぎてなにが書いてあるのかよくわかりません。三ページも読むと、なにもかもどうでもよくなってぐっすり眠れます」

「それはいいですね」と神内。「わたしは睡眠薬が手放せないんです。でも、この状況じゃ、手に入るかどうかわかりません。睡眠薬がなくなったら、そのファイルを借りてみましょう」

「不眠症なんですか？」桃葉が尋ねた。

「ええ」神内は頷いた。「仕事上のストレスがとてつもないもので、たぶんそのせいです」

「気の毒になあ」正輝が能天気に言った。「ぼくなんか、毎晩、ぐっすりやで」

「そうでしょうとも」

コースは、オイルサーディンのパン粉焼き、缶詰白桃のソルベ、コンビーフのクロケットと続いた。最後にデザートとコーヒーが出る。

「おいしゅうございました」煌が言った。

「食材は限られていますけれど、シェフの腕は抜群ですからね」正輝が言った。

「うちの皆さんにもご馳走してあげたいけれど、水都のお金がないから、無理ですね」

「ちなみに、今日のコースは一人前三万力。なにかの記念日には楽しんでもらえる価格設定です」

「高いのか安いのか、よくわかりません」

「一力一円ぐらいの感覚で設定してあるのですが、材料が缶詰メインであることを考えると、ちょっと高いかしれません。けど、缶詰もストックを使い果たしたら、おしまいですから、しゃあないんです」

「確かに。安くても、わたしは一文無しですから払えませんけど」

「新会社ができれば、ミヨシさまも社員にならはります。報酬は水都力で払われる予定ですよ。ところで新会社の名前もそろそろ決めんなんのですが、こんなのはどうでしょう」

正輝は手帳を開いて見せた。そこには〝寓地連名会社〟と記されていた。

「寓地……ですか？」煌はぴんと来ないらしく、首を傾げた。

「寓というのは、仮住まいという意味です。寓地というのは、こっちの世界を指します。ここはチェンジリングの世界や、人間の住むべきところやない。いつかきっと、人間の世界へ帰る。そんな願いを込めたネーミングですわ」

「トコヨにしませんか」煌は提案した。

「こうですか」

正輝は〝寓地連名会社〟の横に、〝常世連名会社〟と書き付けた。

「いえ、カタカナで」

「けど、漢字のほうが格好よろしいやん」

「わたしは真剣です」煌はむっとした様子だった。「わたしはこの地を仮住まいとは考えておりません。父の約束した新天地だと考えております。つまり、トコヨと。カタスでも寓地でもありませんわ。アマツワタリではトコヨはカタカナで表記すると決まっているんです。ですから、カタカナのトコヨでなければならないのです」

「わかってますよ」正輝は微笑んだ。「むしろだからこそ、カタカナのトコヨは避けたいんです。こんなん言うたらなんですけど、あんまり宗教色は強くしたくない。新会社は御教団だけのものやないんです」

「しかし……」煌は言いかけて口を噤んだ。反論したいのだが、言葉が見つからない、といった様子だった。

「確かに、この世界に対する愛着も必要かもしれません。その意味では、寓地という名は新天地にたいして敬意を欠く。けど、やはりカタカナのトコヨは……」

そのとき、スマホの通知音が鳴った。大希のものではない。

神内がジャケットからスマホを取り出した。画面を一瞥して、正輝になにごとか囁く。

正輝は驚きの表情を表し、「治安出動？」と呟いた。

魁物・大開《おおひらき》ベースはもともと大手運送会社の流通センターだった。それを移災後、魁物が乗っ取ったのである。

大きな駐車場があり、建物内部も広々としている。なにかと便利なので、魁物の重要な拠点になっていた。

流通センターには、支店として使われていたオフィスビルがある。そこの一室が診療室になっていた。

＊

阪神高速湾岸線での抗争では、多くの負傷者が出た。重傷者は病院へ搬送されたが、傷が軽いものはここで手当てを受けた。

誠司自身は掠《かす》り傷一つ負っていないが、怪我人の見舞いと労いのため、診療室にいた。

団員たちと談笑しながらも、誠司は一人の女性看護師を目で追っていた。美人ではないが、スタイルがよく、妙な色気がある。

誠司は欲情した。

むさ苦しい男たちとの会話は適当に切り上げて、看護師を空き部屋に連れ込もう、と考えていたとき、北島が入ってきた。

「治安出動ですわ」北島が嬉しそうに言った。

「自衛隊が出動したんかい」誠司は訊いた。

「いえ、まだ。萩原はんが首相の代理として命令しただけです」

「なんや」誠司は失望した。

「いやいや、画期的なことでっせ」

北島は興奮した様子で、説明をはじめた。

自衛隊は移災の当日に、大阪府の要請を受け、災害派遣を行っている。だが、非武装で行動する災害派遣と武力を誇示する治安出動では、重みが違う。

災害派遣なら、自治体の要請を受け、自衛隊の指揮官が命令を出すことができる。

治安出動の場合も、都道府県知事は要請することができる。だが、その要請先は内閣総理大臣である。自衛隊に直接、出すわけではない。首相が要請を受け、自衛隊に命令してはじめて治安出動が行われる。つまり、大阪府知事が府庁にいたとしても要請する先がないのである。ましてや、三人の副知事の一人に過ぎない萩原には、要請する権限すらない。

誠司にとってはありがたかった。もし移災の夜に自衛官が小銃を持って街角に立ったなら、魁物がここまで勢力を拡大することはなかっただろう。府庁の役人にしても、魁物の専横をゆるしたはずがない。誠司や北島たちを投獄か銃殺に処したに違いなかった。

移災後、魁物は自衛隊の力を削《そ》ぎにかかった。正面衝突しては勝ち目がないので、北島が中心となって謀略をしかけたのである。

その結果、切り崩しはかなり進んでいる。自衛官を何人も脱走させて引き入れ、内通者も確保した。

幸いと言うべきか、八尾駐屯地にはもともと戦力があまりない。八尾に司令部を置く陸上自衛隊中部方面航空隊は、主にヘリコプターを運用する部隊である。隷下に対戦車ヘリコプター隊もあるが、これは三重県の明野駐屯地を基地にしており、今回の移災は免れた。八尾に配備されているのは、偵察・連絡用のヘリコプターと輸送用の垂直離着陸機である。

さらに弱体化したいまの自衛隊になら、勝つ見込みが出てきたのだ。

むろん、味方についてくれるなら、これほど頼もしい集団はない。偵察用ヘリコプターでも武装は可能だし、陸戦用の小火器も装備している。なにより軍事訓練を受けた、健康な若者の集団なのである。

当初、誠司は自衛隊との連携に積極的ではなかった。力の差がありすぎ、魁物が粛清されかねなかったからである。

しかし、組織がじゅうぶんに固まってからは、自衛隊への治安出動要請を出させようと、北島を通じて萩原をせっついていた。

移災発生時、大阪副知事だった萩原は、三日前から〝大阪府及び兵庫県、奈良県臨時知事〟という長い肩書きを名乗るようになっていた。兵庫県の転移領域は被災民自治政府が実効支配しており、大阪府や奈良県についても、彼の実質的な権限はあまりない。つまりは名目的なものだが、この嵩上げした地位ですら、治安出動を命じるには低すぎるのだった。

萩原の基本は官僚である。魁物からの要請を「法的権限がない」と断ってきた。ところが、大阪府の財産を引き取りに出向いただけの前田財務部長が排除され、重傷を負ったことで、事態は大きく動いた。

萩原は一府二県の臨時知事から首相代理へ自らを昇格させ、陸上自衛隊・八尾駐屯地司令へ治安出動を命令したのだった。出動の目的は、被災民自治政府と称する団体によって占拠されている地域の秩序回復である。

いままで萩原と彼をいただく行政機構は被災民自治政府を無視していたのだが、今回、明確に敵であると表明したのである。

「ん？　こっちの自衛隊のトップは大阪地本の本部長ちゃうんかい」誠司は訊いた。

「あのオバハンは自治政府側でっしゃろ。ややこしゅうなりそうですから、無視ですわ」

自衛隊大阪地方協力本部長・河原田陸将補は、自治政府の要請に応じて、予備自衛官からなる統合警備隊を編成した。警備隊の司令は水都セキュリティーサービスの社長だ。武器や需品も水都から供与されているらしい。実質、水都グループの私兵と見なしていいだろう。しかも警備隊は、大阪地本のある大阪合同庁舎に部隊を派遣している。それどころか地本は、合同庁舎に入っている他の地方支分部局とともに、自治政府勢力圏への移転を準備している、という噂もあった。

北島の判断も無理からぬところだった。

今回の移災に伴い、法令では、八尾駐屯地は河原田の指揮下に入ったはずだった。転移したなかでは、彼女がもっとも階級の高い自衛官だからである。事実、移災直後、中部方面航空隊は河原田の命令を受けて、久米島へ救援物資を輸送している。だがその後、八尾の部隊が河原田の命令で動いた形跡はない。

「統合警備隊とやらだけやったら、そんなに怖ないからの」誠司は言った。

「そういうこと。分断策ですわ。自衛隊どうしで戦わせとけばええんですわ」

北島はいつでも楽観的だ、と誠司は思った。

「それで、出動しそうなんかい」

「さあ」北島は首を捻った。「どうですやろ」

「頼んないなあ」

北島の思惑通りに事が運んだら儲けものぐらいに考え、期待しないことにした。

*

「悪いな、夜遅くに」峠が言った。

「いいえ。業務に関することでしたら、気になさらないでください」大希は言った。

「デートに誘ったつもりじゃないから、安心してくれ」

朝、峠から渡されたメモには、「二十二時、十七号倉庫」とあった。十七号倉庫は、アマツワタリ教団が借用している倉庫の一つである。宿泊所としては利用されていないので、ふだんは施錠されている。

だが、仕事を終えた大希が指定された時間通りに訪れてみると、鍵は開いていた。中では峠が一人で待っていた。

「それで、どのようなご用でしょうか」

「身内の恥になるが、岡崎さんには知っておいてもらいたいことがある」

「はい」

「信者のあいだに妙な噂が流れている」峠は囁いた。「ここはトコヨじゃない、カタスだ、って言うんだ」

「ええ。存じています」

大希は拍子抜けした。ここがカタスである、と主張する信者は突変直後からいた。耳新しい事実ではない。

「それだけじゃない。カタスへ飛ばされた原因は、ミヨシさまが贋者《にせもの》だからだ、と言っている」

「ええと、つまり、あの方は本物の天川煌さまではない、と?」

「違う、違う」峠は苛立たしげに首を横に振ると、小声で言った。「先代ミヨシさま、つまり飛彦先生と血が繋がっていないってことだよ」

「実子ではない、ということですか」

「噂だ、あくまで」

大希は驚いたが、すぐ納得した。父との親子関係を否定する噂を流された者は多い。DNA鑑定すれば、真偽ははっきりするが、当事者が噂を無視すればそれまでである。

大希は、煌が教祖の実の娘であろうが他人であろうが、興味がなかった。警護対象はあくまで天川煌という個人だ。その出自など関係ない。

しかし、信者にとっては重要な問題だ、と想像できた。

「噂を信じている人間は少数でしょう」

「わからん。誰が信じていて、誰が信じていないのか。噂自体は昔からあった。それこそチャゴス諸島沖異変以前からね。正直なところ、わりとどうでもいいって、みんな、思っていた。とくにチャゴス以降の信者は、飛彦先生のことをろくすっぽ知らない。飛彦先生のご息女だからミヨシさまを崇拝するって感覚はあまりないはずだ。でも、もしお嬢が本物のミヨシさまじゃないせいでこの災難に巻き込まれたってことなら、話は違う。飛彦先生の血をひいていないことは、ミヨシさまが贋者だってことの決定的な根拠になる」

「そうなんですか？」

「ああ、岡崎さんの言いたいことはわかる。変だよ。論理もへったくれもありゃしない。そもそも、飛彦先生はカタスなんて名前は口にしなかったんだ。ましてや、ミヨシさまが正しければ、ユートピアに行けたはず、なんてのは、科学的にはもちろん、おれたちの教義から言っても支離滅裂なんだ。選別された人間だけがトコヨへ行く、なんてのは岩尾の戯言だ。でも、連中の中では筋が通っているらしい」

「天川さまを害すれば、元に戻れる、あるいはユートピアに行ける、と考えているのでしょうか」

「さあな。そのぐらい考えていても、不思議じゃない。あるいは単に復讐したいだけなのかも。ともかく、おれは、世迷《よま》い言《ごと》を抜かすやつを説得している。説得しきれないときは、岡崎さんに一働きしてもらわなきゃならない」

「注意すべき人間を教えていただけると、ありがたいのですが」

「そのつもりだ」峠は封筒を差し出した。「この中にリストが入っている」

「ありがとうございます」

大希は、中身を確かめ、軽い失望を味わった。文字情報だけのリストだ。字が手書きなのはいいとして、写真がない。リストにある名前の大半を顔と結びつけることができなかった。

そのことを言うと、峠は頭を掻いた。

「すまないな。急拵えなもので、我慢してくれ。おいおい、追加する」

「いえ、こちらこそすみません。それで、この中でも特別に警戒すべき人物はいますか？」

「梅木原《うめきはら》という男だ」峠は即答した。「こいつが、ばかげた噂の中心人物だ。ただ、避難所にはいない。あっちこっち動いているみたいだ」

アマツワタリの信者全員が避難所や総本部に避難しているわけではない。大部分の信者は移災前と同じく自宅で暮らしている。梅木原は彼らを訪問したり、集会を開いたりしているらしかった。

「了解しました。しかし……よほど深刻な状況のようですね」

峠と深い信頼で結ばれているわけではない。彼にとって大希は、仕事上の知り合いでしかないはずだ。だが、古い付き合いの信者仲間よりは、ビジネスでガードしている部外者のほうが信頼できるのだろう。そこまで彼は追い詰められているのだ。

「まあな」峠は暗い表情で頷いた。「お嬢が誰の子であれ、おれたちの境遇に責任はない。もともと、カタスなんて沢良木さんの苦しまぎれのでっち上げなんだ」

大希はあることに気づいて、愕然とした。

〈この人も、彼女が教祖の実子じゃないと考えているんだ。いや、むしろ知っているんじゃないのか……〉

*

出灰万年青は資料棟の宿泊室で寝泊まりしていた。母親と妹の鈴蘭も同室だ。資料棟には人が溢れているから、親子三人で一室に押し込められたことに不満はない。だが、ひどく手狭なのは事実だった。

鈴蘭はベッドで、母はソファで、そして万年青は床で寝る。寝袋でもあればいいのだろうが、あいにく、寝具も不足している。クッション代わりに段ボールを何枚か重ねて敷き、シーツ代わりに毛布を被せて、寝ている。寝苦しくて仕方がない。

母は、兄妹二人にベッドを使うよう言ったのだが、鈴蘭が拒否した。確かに、宿泊室のベッドはシングルだから、中学生二人が横たわるにはやや狭い。万年青は我慢するつもりだったので、耐えられないと言うなら、鈴蘭が床で寝るのが筋だと思ったのだが、ベッドから追い出されたのは万年青のほうだった。

鈴蘭はもちろんのこと、母もとくに不思議と思っていないらしい。万年青だけが理不尽に感じ、なぜか父の顔が瞼に浮かんだ。

さいわい、宿泊室に閉じ込められているわけではない。部屋に帰るのは眠るときだけで、あとは一日、部屋の外で生活している。とはいえ、あまりあちこち、出歩くわけにはいかない。

自然、居場所は限られてくる。母の作業場にいることが多かった。

作業場は広かった。もとは、いま使われているサーバールームが手狭になったときに備えて設けられた空間らしい。サーバーが入っていないだけで、空調設備やOAフロア、無停電装置など、サーバールームに必要なものは揃っている。

作業場の中央には万能量子コンピュータ・モグワイ03が設置されていた。だが、万年青は見たことがない。

彼がはじめてこの部屋に入ったとき、周囲に配置された機材で本体は隠されていた。機材の森に分け入れば本体の姿を拝むこともできるだろう。しかし、機材群は標識ロープで囲まれており、関係者以外は立ち入りを禁じられていた。

ロープの外側には、テーブルと椅子が乱雑に配置されていた。長テーブルが一つ、古い応接セットが一セット、四つ葉のクローバー型のテーブルが五卓、パイプ椅子がたくさん。研究員たちがディスカッションや休憩に使う。

万年青と鈴蘭は、クローバー型テーブルで自習のふりをして、一日の大半を過ごす。席が半分以上埋まることはまずないが、遠慮して二人で一つのテーブルを使うようにしていた。なにしろ彼らはここの責任者の子どもというだけで、部外者なのだ。

標識ロープを潜って母が出てきた。

彼女がまっすぐ自分たちのほうへやってくるのを見て、万年青は急いで、読んでいたファイルを閉じ、ノートでタイトルを隠した。

パイプ椅子に腰を下ろすなり母は、万年青が恐れていたとおりのことを口にする。

「時間、空いた。たまには勉強、見たろ」

「いや、お母さん、疲れたはるやろ。ぼくらのことは気にせいでゆっくり休んどいて」万年青は言った。

「可愛いこと言うなあ、あんたは。心配せんかて、あんたらの勉強なんて、クールダウンにも物足らん」母は、万年青の隠していたファイルをひょいと取り上げ、ぺらぺらとめくった。「アドベンチャーゲームのプリントアウトか。ゲームブック形式になってるやんか」

怠けて遊んでいたことを咎められなかったので、万年青はほっとした。

「資料棟の研究員の人がわざわざ紙でも遊びやすいように、手ぇ入れはったんやて」

「こんなんこそ、これからの世界には必要かしれんなあ。万年青、勝手に持ち出したんちゃうやろな」

「そんなこと、せえへん。その研究員の人に借りたんや」

「そうか。ほな、きれいに使わなあかんなあ」

「わかってる。せやし、メモとか書き込まんようにしてるねん。お母さん、そろそろええやろ。返して」

「言うたやろ、勉強、見たろって。ちょっと待っててな、いまから全部、解いてあげるし」

「お願いやし、やめて」万年青は懇願した。

「それから、この本、貸してくれはった人の名前も教えてな。明日にでも、お礼をせんなん」

「やめて。恥ずい」

そう頼んだとき、万年青は電動モーターの音に気づいた。

鈴蘭がファイルから顔を上げ、「佐藤先輩、今晩は」と挨拶した。

電動車椅子に乗った少女がやってくる。淀陽学院高等部二年の佐藤煌だ。彼女は移災前からほとんど在宅で授業を受けているという。万年青は校内で彼女の姿を見かけたことはない。名前も、ふだんは宗教名の天川煌を使っているそうだ。しかし、彼女は「天川さん」とか、「天川先輩」と呼ばれることを嫌った。一般人になら気にならないのだが、在校生に「天川」と呼ばれると、なにやら暗い記憶が掻き立てられるらしい。だから、万年青と鈴蘭は本名で呼んでいる。

「今晩は」万年青も挨拶した。

「ええ、今晩は」煌は微笑んだ。「今夜は教授もいらっしゃるんですね」

「いらっしゃい」母は椅子をテーブルから一つ除いて、車椅子の入るスペースを空けた。

「恐縮です。大学教授にこんなことをしていただいて」煌はテーブルに車椅子を寄せた。

「いえ、気の利かん子どもを持った母親の務めです」母は万年青を睨みながら言った。

〈なんで鈴ちゃんを見ぃへんねん〉万年青はまた父を想った。

「今夜はお話、よろしいのですか」と煌。

彼女は一人だった。いつも一緒にいるボディーガードと背の高い女性はいない。

「ええ、前にもいらしてもろうたみたいで、すみませんでしたなあ」

煌がこの部屋を訪ねるのは今夜が初めてではなかった。もう三回目になる。

はじめて煌がここを訪ねたとき、母は仕事中だった。煌は万年青と鈴蘭を相手に雑談して帰った。

はじめは勧誘されるのではないか、と警戒したが、煌は双子の前ではあくまで上級生として振るまい、宗教のことなどおくびにも出さなかった。

二回目もやはり母は仕事中だった。鈴蘭が、呼んできましょうか、と申し出たが、煌は、仕事の邪魔をしちゃ悪いから、と断った。

そして、ようやく今日、面会が叶ったわけである。

「家族水入らずだったのでは？」

「いえ、かまいませんよ。この間は慌ただしかったけれども、今夜はもうちょっと時間、とれますよ」

「初対面ちゃうかったん」万年青は訊いた。

「ここに機械を運び込むときにな、アマツワタリの信者さんたちに手伝うてもろうてん。そのときにな」

「却って邪魔だったのではないか、と気にしていたところです」煌が控えめな態度で言った。

「いいえ、とんでもない。重たいものも、ようさんありましたから、ほんまに助かりましたわ」

「いまはどんな研究をなさっていらっしゃいますの？」

「研究いうか、作業ですなあ。音声入力を実装しようとしています。マイクつけるのは簡単ですけど、入力された音声情報を処理できへんので、仮想ウェルニッケ野の構築で解決しようとしているんですけど、なかなか手間取ってます」

「意外ですね。最新式のコンピュータに音声入力ができないなんて」

「制限されているからですよ。モグワイには、人間がよう吟味した情報しか与えたらあかんのです。耳があったら、要らんことも拾ってしまうかもわかりません。スピーカーはあるけど、マイクはないんです。同じく、ディスプレイはあっても、カメラはない。モグワイにセンサをつけるには、ものすごい制限があるんです」

「そういえば、ネットに繋いではいけないそうですね」

「もってのほかです。モグワイに自力で情報を収集させる手段を与えないこと、これが原理原則です。そんだけ恐れているんです。モグワイが勝手に進化するのを」

「人類が、ですか?」

「主語はそこまで大きゅうありません。サムスケが恐れているんです」

サムスケがモグワイの製造会社の名であることは、万年青も知っていた。母がしょっちゅう、同社の干渉について愚痴を零していたからだ。

「教授は恐れていらっしゃらないんですか」

「ええ」母は頷いた。「要らんこと、見て、聞いて、要らんこと、考えて。それが面白いやないですか。わたしだけやない、サムスケに批判的な研究者は多いんですよ。ここは、あの会社の査察もないし、好きにさせてもらいます」

「機材集めが大変ですね」

「そうですのん。それがいまいちばん心配で……」

「教授」煌は真剣な目つきをした。「沢良木が申した量子コンピュータによる並行宇宙間通信の可能性、どうお考えですか」

「この間のお話ですね。あの後、沢良木さんにも電話で話を聞かせてもろうたんですよ。

桃葉の猫のお話も」

「すみません」煌は恥じたように目を伏せた。

「いやややあ、なにを謝ることがありますのん。面白いやないですか。アムボーンさんの論文、うまいこと、ここのサーバーにダウンロードされてましたから、読ませてもらいました」

「それで、どうお考えです？」

「この間も言いましたように、わたしは普通に量子情報処理が専門で、宇宙論には不調法なもんですよって、アムボーンさんの宇宙モデルをきちんと評価するのは、手に余るんです。ただ一つ言えることは、宇宙についてのアムボーン・モデルが正しいなら、確かに両宇宙間の量子通信は理論的に可能やということです」

「そうですか」煌の表情が明るくなった。

「うちのモグワイにも読ませてみましてん。そしたら、おもろいこと、言うてましたわ」

「なんと？」

「記憶の改竄《かいざん》のメカニズムについてまったくと言っていいほど考察されていない、と。まあ、アムボーンさんが結論を急ぎ過ぎてはるきらいはありますわなあ」

「つまり、アムボーン准教授は間違っている、ということですか」

「それも急ぎ過ぎはった結論ですなあ」

「すみません」

「モグワイは、『物事を時系列に沿って憶え、関連づける知性が存在するがゆえに、宇宙は収束できずにいる、とも考えられる』って言いだしたんです。『内なる観測者が収束を妨げている』と表現していましたわ。わたしが『人類が二つの宇宙の楔《くさび》になるんか。最強の人間原理やね』って茶化したったら、『知性の主体が人類とは限らない』とこう返してきました」

「異星人ということですか？」

「そうでもかまいませんねえ。けど、モグワイは自分のことを言うたんやと思います」

「コンピュータが、ですか？」煌は驚いたようだった。

「ええ。わたしはあの子を神様の卵やと思うてます。ちゃんと孵《かえ》ったら、人類を遥かに超える知性を獲得するでしょう。神様いうても、疫病神かも知れませんけどなあ」

母はモグワイの置かれている辺りへ視線を向けた。

その表情に、万年青は軽い嫉妬を覚えた。

「なんだか、サムスケの方たちのほうが正しく思えてきました」

「そうかしれませんなあ。そうそう、モグワイはこんなことも言ってましたわ。『もし桃葉の猫が、寒さに震える自分と暑さに茹《う》だる自分を同時に知覚できたとしたら、宇宙はそれでも収束するのか』って」

「桃葉の猫もお教えになったんですか」煌はますます恥ずかしそうにした。

「ええ。そやかて面白いやないですか。両宇宙間通信が実現したら、二つの宇宙に跨がった量子コンピュータネットワークが出現するんです。ネットワークで連結されれば、その場合、宇宙の二つの側面を同一の内なる観測者が凝視していることになります。そのとき、宇宙はどうなるのか。宇宙にとって知性とはどんな意味があるのか。これは面白いテーマやと思いませんか」

「でしょうけど、話が大きすぎて、ついて行きかねます」

「じかにお喋りしてもろうたら、話は早いんでしょうけど、モグワイと会話できる人は選別させてもろうてますねん」

「サムスケの規制が理由ですか」

「この点に関しては、わたしも賛成です。ただサムスケ基準は緩めようとは考えています。試験にパスした人に簡単な講習を受けてもろうて、モグワイとの討論に参加していただく予定です」

「わたしも試験を受けて構いませんか」

「もちろん。ただ予定は完全に未定ですけど。今年中は無理でしょうなあ」

「うちの沢良木が真っ先に申し込むと思いますわ」

「沢良木さんなあ、あの方も本当に面白いお方ですなあ。移災前から、ようちの研究室を訪ねて来はりました」

「さぞかしご迷惑を……」

「いえいえ、とんでもない。そう言えば、モグワイ制御の研究に役立つかと思うて心理学の学位を取ったとき、それを知らはった沢良木さんが『日本のスーザン・キャルヴィンだ』って、偉い感激しはったんです。わたし、キャルヴィンさんのこと存じ上げなかったものですから、こっそり検索してみたら、大昔のSFに出てきはる架空の人物やそうで」

「信じていただけないでしょうが、沢良木は褒めているつもりだったのです」

「わかってますって。けど、沢良木さんとモグワイに話させるのは、気が進みませんなあ。なんや、意気投合してしまいそうで」

「モグワイの性格って、そんなに……？」煌はショックを受けたようだった。

それから煌と母の会話は沢良木の人物評に移った。

万年青は、両宇宙間通信というテーマに興味を惹かれ、耳をそばだてていた。だが、沢良木という人物を知らなかったので、彼に関することは退屈な話題だった。さらに二人は、モグワイ維持のためにアマツワタリ教団になにができるかという、実務的な話をしはじめ、万年青をさらに退屈させた。

万年青は母の手元を見ていた。まだゲームのファイルを持っている。

「お母さん、ぼくはもう寝る」と手を伸ばす。「ええ加減、それ、返して」

「ほい」母はあっさり返して寄越した。

「終わったら、わたしにも貸してな」

「はいはい」

万年青は鈴蘭を見た。涼しい顔でファイルを読んでいる。まだ部屋に引き上げるつもりはないらしい。

「ほな、佐藤先輩、失礼させてもらいます」万年青は立ち上がって、煌に挨拶した。

「お休みなさい」煌は微笑んだ。

*

その夜、誠司は南森町ベースへ帰らなかった。

大開ベースの、もとはオフィスだったらしい部屋で、例の看護師を抱いた。

よかったが、反応がいちいち大袈裟すぎて、その道のプロなのか、と思った。

事務椅子に裸の尻をおろし、煙草に火を付ける。

「おまえ、ほんまに看護婦か」誠司は訊いた。

「免許ありますよ」看護師はソファに寝そべったまま気怠げに答えた。「いま持っていませんけど」

「いや、別に見とうはない。結婚は?」

「バツイチです」

離婚した夫が風俗好きの男だったに違いない、と誠司は思った。

もう一度、するかどうかぼんやり考えていたとき、近ごろでは珍しく携帯電話が鳴った。

ミキからだ。

「おっ、通じた」誠司が出ると、ミキは驚いたようだった。

「よかったな。運を使い果たしたんちゃうか」誠司は言った。

「なにがやねん。十回以上かけて、やっとや。いつでも通じた頃が懐かしいなあ」

「それで、なんの用や」

「あんた、隠し子がおるの？」

「なんや、いきなり。そんなん、知らんで。誰ぞ名乗り出てきたんかい」

「いや、ちゃうけど、おらへんの？」

「知らん。身に憶えはありまくりやけど。結婚もしとるしな」

「なに、あんた、結婚しとったんっ？」

「しとった、やなくて、しとるねん。まだ離婚してへんから」

「なんやて？」ミキは噛みつかんばかりの勢いだった。

電話越しで助かった、と誠司は思った。

「ぎゃあぎゃあ、ぬかすな。田頭、いうのは嫁はんの苗字や。名前変えたかっただけや」

まだ個人番号制度ができる前、改姓によって不都合な履歴と訣別することが可能だった。そもそも誠司も、妻の姓を名乗ることで、いくつかのリストと繋がりを断つことができた。そもそも結婚自体、新しい姓を手に入れるためだった。

「奥さんはどないしてはるん？」

「行方知れずや」

妻は十年ほど前のある日、買い物に出かけたまま、帰ってこなかった。誠司は探さず、行方不明者届も出さなかった。その後も連絡はなく、生死すらわからないが、法律上はまだ夫婦のはずだ。

「ほんまかいな」ミキの口調は猜疑心に満ちていた。「まあ、ええわ。ほな、奥さんの子かな」

「それやったら届けが出てもええと思うけど。で、なんやねん。隠し子のことなんか、いま、わざわざ通じにくい電話で訊いてくることか」

「そやかて、帰ってきたら話そう思うとったのに、今夜は前線に泊まり込みで警戒するっていうんやもん。ほんまなん」

「ほんまやで。いまおるのは最前線や」大希は看護師の肉体を眺めながら答えた。「それで、明日でもええ話をなんでいま、せんなんねん？」

「あんな、ケリーのバッグ、貰うてん」

「なんの話や」誠司は話についていけなかった。「わしからもなんぞプレゼントせえってか」

「くれるんやったら貰うけど、ちゃうねん。バッグくれた人がな、代わりにあんたの煙草の吸い殻がほしいって。それでピンと来たんや、DNAがほしいんやって」

「それで、渡したんかい」誠司は不快だった。何者かに遺伝子を採られるというのは初めての経験だが、想像以上に気持ち悪い。

「そら、渡したで。ゴミの代わりにバッグくれるんやもん。それに、あんた、子ども、ようさん欲しい、言うたやん。もう生まれているんやったら、これから生まれてくる子たちのお兄ちゃんや。頼りになるで」

「娘かもしれんやろっ」誠司は怒鳴った。

電話を切って、看護師を見た。

「姐《ねえ》さんからですか?」

「姐さんって、誰やねん」

もう一戦交える気はすっかり失せていた。

第八章　大晦日

その年も残すところ一日となった。

岡崎大希は相変わらず、混生代防災研究所資料棟の書庫で寝泊まりしている。ベッドも変わらず段ボールの簡易ベッドだ。意外と丈夫で、まだしばらくは使えそうだ。

床板の下の荷物もほとんど増えていない。銃弾の種類が増えたぐらいだ。ラットショットと呼ばれる散弾が支給されたのである。二二LR弾の弾頭に散弾を詰めたもので、その名の通り小型の動物を撃つための弾である。大希の持つテンジンルガーからも発射が可能だった。

もちろん、チェンジリング対策だった。転移領域は日毎に原住の生態系に浸蝕されている。

大希は人間相手に発砲したことはないのだが、チェンジリングは毎日のように撃っている。普通の拳銃弾を詰めたマガジンは予備とし、ピストルにはラットショットを装填していた。

身支度を調えて、書庫を出る。

食堂にはラジオが流れていた。テレビが停波したいま、咲洲ではFM放送局を立ち上げる準備が進められていた。また、水都グループのイントラネットを利用したネットラジオもある。いま流れているのは、唯一残ったAM放送局のものだった。少数のスタッフが自主的に運営しているらしい。

今日のトップニュースは、電話網が完全にダウンしたことだった。移災以来、電話は日を追うごとに通じにくくなってきたが、ついに昨日の夕方頃から、完全に繋がらなくなってしまった。停電の中、非常用自家発電装置で電話網は維持されていたが、それも限界に達してしまったのだ。電話が不通になってしまったのでは、取材も著しく制限を受ける。アナウンサーは悲痛な口調で、ニュース番組は間もなく放送できなくなる、と告げた。

ラジオは他に、自衛隊の動向についても報じていた。

十日ほど前、萩原元大阪府副知事が首相代理として治安出動を自衛隊に命じた。その翌日には、最高評議会が自衛隊の指揮権を主張した。

自衛隊は沈黙を守った。萩原首相代理の命令に反応しなかったし、最高評議会の指揮権も認めなかった。

ニュースによれば自衛隊は、災害派遣も縮小し、八尾駐屯地に引き籠もっていた。自衛隊大阪地方協力本部も、府庁近くの合同庁舎から八尾に移ったらしい。国の地方支分部局の一部も地本について行ったという噂も紹介していた。

取材力が限られているため、内容に曖昧な部分があるのは仕方ない。

自衛隊関連ではもう一つニュースがあった。久米島に派遣した船が間もなく還ってくるという報せだった。

先に島へ飛んだオスプレイ三機は四日前、その船の運んだ燃料で八尾に帰還していた。しかし、八尾空港にも燃料や支援物資の余裕はなく、つぎの派遣は未定だった。オスプレイはとくに急を要する病人を乗せて戻ってきたが、八尾には充分な医療設備がないために、彼らの治療は自治政府が引き受けた。その輸送のため、ヘリコプターが八尾空港と舞洲へリポートのあいだを往復し、萩原とその背後にいる者たちを苛立たせた。

今度還ってくる船も、病人を乗せているという。おそらく自治政府側の埠頭に舷《ふなべり》をつけることになるだろう。どのみち、ほとんどの港湾施設は自治政府側の管理下にあった。

大晦日なので、朝食も少しは豪華かと思ったが、やはりパンとドリンクだけだった。ただ、ドリンクの選択肢にコーンポタージュスープが加わっていた。せめてもの華やぎのつもりなのだろうか。

大希は却って悲しくなった。

食事をほぼ終えた頃、食堂に峠が走り込んできた。彼はふだん、アマツワタリの避難所にいて、資料棟にやってくることはまずない。

大希は緊急事態を予感した。

「どうしたんですか」

「あいつがいた」峠は答えた。「梅木原だ」

梅木原というのは、天川煌にとっての危険人物である。

「避難所にいた、ということですか？」

「ああ。昨日までは絶対いなかったんだが、今朝はいた。昨日の夜のうちに来たらしい」

「それで、なにかアクションは？」

「いまのところはなにも。隅っこに何人か集めてひそひそやっている程度だ」

「梅木原氏を排除することはできないんですか？」

「難しいな。仲間たちが騒ぎ出すだろう。案外、それが狙いかもしれない」

「では、別の手を考えるしかありませんね」

避難所内の雰囲気が大希にはよくわからない。ここは峠の判断を尊重するしかない。

「そこでだ、お嬢を避難所に近づけないでくれ。それで、理由もうまく誤魔化してくれ」

難問だな、と大希は思った。

峠の要望は無理からぬことだった。確かに危険だ。そして、危険である理由を説明しようとすれば、煌の出生にまつわる疑義について触れないわけにはいかない。彼女は傷つくだろう。たとえ傷つけるとしても、真実を伝えるべきではないか、という考え方もできる。

なにしろ、彼女は教団の指導者なのだ。しかし、峠にとって煌はいまでも「お嬢」なわけだし、社会通念上も彼女は未成年であり、保護されるべき存在だ。

峠から指示を受ける立場にないが、アドバイスと受け取り、従うことにした。彼からのアドバイスはまだ必要だ。

「今夜のパーティーは出席しても安全とお考えですか」

教団避難所では年越しパーティーを行う予定である。煌は、『こんなときだから、豪華なのは無理でしょうけど、賑やかに騒ぎたいわ』という意向だった。

「いや、どうかな」峠は首を捻った。

「沢良木さまもご出席と承っておりますが、それでも、危険でしょうか」

沢良木教団代表はまだ東淀川区の総本部ビルにいた。年越しパーティーには参加する予定で、昼過ぎに到着することになっていた。

「わからん。そもそも来るかどうかもわからないな。久保さんが止めているらしい」

「事務局長が？　なぜです？」

「移動が危険ってことらしい。淀川にチェンジリングも増えているらしいから」

大希はときどき見かけるウミゲソを思い浮かべた。穏やかな生物らしいが、モーターボートぐらい簡単に転覆させるだろう。そして、川にはもっと小型だが、凶暴な肉食チェンジリングが棲み着いている。

気にしすぎとも思えた。淀川にはまだ頻繁に船舶の通行がある。柴島《くにじま》船着場と北港マリーナを繋ぐ淀川定期便が運航されているが、いまのところ事故はない。移動が危険だというなら、総本部に留まるのも危険ではないのか。ひょっとすると、移動の危険性は単なる口実で、久保には別の思惑があるのではないか。

「とにかく、頼んだからな。おれはみんなを抑えてくる」

峠は食堂から出て行った。

＊

出灰万年青は妹の鈴蘭とともにアマツワタリ教団の朝食会に出た。母である出灰教授は、昨日も遅くまで仕事をしていて、まだ眠っている。もともと朝食を食べる習慣のない人だった。

教団が出灰研究室の助手や学生へ食事を提供するのは、沢良木教団代表からの指示による。だがやはり、面白からず思う信者も少なくない。食料は限られており、追加される予定もない。

研究者にも空気の読める者はいる。一部信者からの冷たい眼差しには気づかざるをえなかった。

の中にいた。

そのような理由で、懐徳大関係者はいちばん末席に固まっており、もちろん双子も彼ら

この朝のメニューは塩結びと沢庵、味噌汁だった。ふだんに比べれば質素だが、その分、年越しパーティーに力を入れるためなのだろう、と万年青は期待した。同時に不安も感じた。教団は自分たちもパーティーに招いてくれるだろうか？

「佐藤先輩、来はらへんなあ」と鈴蘭が呟いた。

確かに天川煌が遅れている。アマツワタリの食事は煌の挨拶で始まる。彼女がやむをえない事情で欠席するときは、代理が挨拶する。時間は厳密で、朝食の場合は八時二十分だ。もう五分も過ぎている。

一人の男が駆け込んできた。ときどき煌の代わりに挨拶する峠という男だった。

「お待たせしました、皆さん」峠は言った。「ミヨシさまは急遽、ウカミさまご一行をお迎えする準備に取りかかることとなりまして、今朝のお食事にはいらっしゃいません。代わって僭越ながらわたしが……」

「嘘だっ」と大声を上げた者がいる。

長髪痩身の中年男だった。

「静かにしてください」峠は取り合わず、話を続けようとした。「ええと、今日は皆さんご存じのとおり、パーティーの支度で……」

「誤魔化すんじゃない」男は激昂した様子で立ち上がった。「おまえたちがミヨシさまを隠しているんだろう」

「根拠のない言動は慎んでもらおう」さすがに峠は無視するわけにいかなかったようだ。「ミヨシさまを隠した？　誰が？　おれが、か？　なぜ隠さなきゃならないんだ。とにかく坐れ、梅木原。話は食事が終わったら聞いてやる。それまで……」

「いや、ここで皆に聞いてもらおう」梅木原と呼ばれた男は引き下がらなかった。「われわれがトコヨでなく、カタスに来てしまったのは、日頃の善行が足りなかったからだ。しかし、なぜミヨシさまがカタスにいらっしゃるのか、皆も疑問に思っているはずだ。真っ先にトコヨへ行かねばならないはずなのに」

「くだらん」峠は吐き捨てるように言った。「皆さん。わざわざ言うまでもないことですが、この際、はっきりと皆さんに申し上げます。ここはカタスではありません。トコヨです。カタスなんて土地は存在しません」

だが、彼にとって残念なことに、誰も納得していないようだった。

「では、ウカミさまが嘘をついたと言うんですか」ある女性信者が言った。

「それは……」峠は明らかにたじろいでいたが、すぐ立ちなおった。「間もなくウカミさまがいらっしゃいます。ウカミさまご本人に教えていただきましょう。とにかく、ここはトコヨです」

「トコヨだと言うなら、トキジクはどこにあるの？」女性は追及を止めなかった。「先代ミヨシさまも嘘を仰ったというの？」

「それは……」峠は口ごもった。

「いいから認めろ、峠くん」梅木原が言った。「ここはカタスだ。なぜここに来てしまったか。それは、今のミヨシさまが先のミヨシさまと血縁がないからだ」

「黙れっ」峠は怒鳴った。「証拠もなしに、くだらないことを言うんじゃない。坐れっ」

「証拠ならある」

「黙れと言ってるんだ。おい、あいつを放り出せっ」峠は周囲の信者に指示した。

同時に怒号が渦巻いた。

「いや、喋らせなさいっ」

「証拠があるなら、見たい」

「古株だってだけで威張るなっ」

「そうだ。峠こそ坐れ。黙っていろ」

「叩き出せっ」

峠側の信者は席から立ったものの呆然としている。

「証拠はあるんだっ」勝ち誇った様子で梅木原はジャケットの内ポケットから封筒を取り出し、掲げた。「ＤＮＡ鑑定書だ。昨日、手に入れた」

「馬鹿馬鹿しい」峠が叫んだ。「そんなもの、信用できるか。飛彦先生が亡くなってから何年、経つと思っている？　いったい、なにから試料をとったんだ」

「誰が教祖さまのＤＮＡを鑑定したと言った。これは煌とその実父との親子関係を証明するものだよ」

「馬鹿な。でっち上げだ」峠は決めつけたが、その声は心なしか弱々しかった。

「なぜでっち上げだと断言できる」

「決まっているだろう。ミヨシさまのお父上は先代のミヨシさま、飛彦先生以外にいらっしゃらないからだ」

「おまえこそ根拠もなしに、言い切るな」

「根拠がないだと？　飛彦先生が今のミヨシさまを実のお子様と認められたのだ。これ以上の根拠が必要か」

「別に父親が判明したんだから、しょうがないだろう。いいか、よく聞け。ミヨシさまの血縁上の父親を教えてやる」

「必要ない。血縁上も飛彦先生に決まっている」

「いいや、あの魁物の田頭団長だっ」

とたんに、峠は弾けるように笑った。

「なにを言い出すかと思えば……」目尻の涙を指でぬぐいながら、峠は言った。「ずいぶん突拍子もない。ベーサーの親玉がミヨシさまの父親だと。どこからそんな馬鹿げた話を仕入れてきた？」

「DNA鑑定が証明している」

「そんなもの、あてになるか。移災前ならともかく、いまの大阪のどこにまともなラボがある？」

「移災から一カ月も経っていない。探せばあるよ」梅木原は少しムキになって言い返した。

「とにかく馬鹿げている。なんでミヨシさまがベーサーの娘なんだ。接点がないだろう」

「接点はある。田頭は昔、総本部に住んでいたんだ。そこで、煌の母親と交渉を持ったんだよ」

「言葉に気をつけてもらおう」峠は険しい顔つきで言った。「おれはミヨシさまが生まれる前から総本部ビルでやっかいになっているが、田頭なんて男は知らん。そんなやつは住んでいなかった」

「田頭というのは、奥さんの苗字だと。旧姓は今城。今城誠司といったんだ。その男なら知っているんじゃないのか？」

峠はなにも答えなかった。蒼白になり、驚きの表情で梅木原の顔を凝視している。

万年青は、隣で鈴蘭がごそごそしているのに気づいた。見ると、塩結びと漬物をハンカチに包んでいる。

「あんたも早よし」鈴蘭は囁いた。「なんや知らんけど、ややこしゅうなりそうやから、逃げるで」

＊

田頭誠司はまだベッドの中だった。

熟睡していたのに、突然、叩き起こされる。

「起きぃ。あんた、やっぱ、隠し子、おったやん」ミキが喚いた。

「なんの話や」

誠司はミキに背を向け、目を瞑った。まだ眠り足りない。

「重要な話でっせ、団長」

その声を聞いて、誠司は跳ね起きた。

北島渉外委員長だった。

「なんでこんなところまで上がり込んでいるねん」誠司は不快になった。

ここは南森町ベースの最上階、誠司のプライベートスペースである。幹部といえども、めったに招き入れない。寝室にまで入られると、みょうに恥ずかしくてならなかった。

これでけっこうシャイなところがある、と誠司は自分を評価していた。

「すみません、急いでお耳に入れたいことがありますねん」

誠司はベッドの上に身を起こした。全裸だが、その点はとくに恥ずかしいとは感じない。

「ほな、早う言え」

「団長の娘さんが見つかったんです」

「ほんまか?」さすがに誠司は驚いた。

「ほんまですねん」北島はにこにこした。「一刻も早うお知らせせんとあかん、思いまして」

「なんや、感動の再会でも準備してくれてるんか」そう言ってから、誠司は気づいた。

「いや、生まれたことすら知らなんだのに、再会もへったくれもないな。けど、ほんまにわしの娘なんか」

「そんなんはどうでもよろし」

「どうでもよろしって、なんやねん」

「娘さんの名前が大事ですねん。天川煌、アマツワタリの教主はんや」

思いがけない名を耳にして、誠司は唖然とした。

「飛彦先生の娘やないんかい」

「托卵でしょ。まあ、ようある話ですわ」

「なるほど。あの娘はいくつやったかいな」

「十七ですな」

誠司は考え込んだ。自分がアマツワタリ総本部ビルに身を寄せていた時期を考えると、計算は合う。

〈由美の子なんか……〉彼は、若かりし頃、食い物にした女の名を思い出した。

「どうも頭が働かん」誠司は口の前に二本、指を立てた。

ミキがその指にメビウスを挟ませ、火を付ける。
二、三服、紫煙を肺の奥深くまで入れて、ようやく頭が回り出す。
「アマツワタリは大騒ぎですわ」北島は詳しい状況の説明を始めた。

移災前から天川煌が教祖・天川飛彦の実の子ではない、という噂は根強かった。

なにしろ彼女は父が五十過ぎてからの子である。不自然というほどではないが、やはり稀だろう。しかも、両親は結婚していない。

しかし、煌は生まれてすぐ飛彦の認知を受けているので、生物学的にはどうあれ、法律上は紛れもなく実子である。教団の内でも外でも、彼女は教祖の血脈を継ぐ者として扱われてきた。

移災後、飛彦と煌の血縁に関する疑惑が教義上の理由で燻《くすぶ》りはじめた。誠司にはなぜそうなるのかさっぱりわからないが、移災で裏地球へ飛ばされたのは、煌が教祖との血縁関係を欠くのが原因だ、と一部の信者が主張していたらしい。

今日まで大きな騒ぎにならなかったのは、両者の血の繋がりを証明できない代わりに、否定することもできなかったからである。

それがDNA鑑定で煌の血縁上の父親が判明し、それがよりによって魁物のボスだったということで、アマツワタリ教団は混乱している、というのである。

「やったなあ」ミキがバンバンと誠司の裸の背中を叩いた。「お嬢さんが見つかったやん。しかも、アマツワタリのリーダーやろ。すごいやん。わたしのおかげやで」

「痛いわっ、アホ」誠司は文句を言った。「おまえは、バッグに目が眩《くら》んだだけやろうが」

「そんな言い方……」ミキは唇をとがらす。

「ところで、なんでおまえは知ってんねん?」誠司は北島に訊く。

「手の者を教団に何人か潜ませていますよって。無線もちゃんと持たせてます。そのうち一人が、連絡してきよったんですわ」

「信用できるんか。そいつがホラ吹いているだけちゃうんか」

「せやから、潜らせているのはそいつだけやないんです。なんせ、信者の振りしたら、試験もせいで受け入れてくれはるんやから、チョロいもんや。ちゃんと裏はとれてま」

「で、DNA鑑定は誰がやらせたんや。おまえの手の者か」

「いや、まさか。熱心な信者さんでしょう。信じとらん者にしてみれば、アマツワタリの教主がどこの馬の骨でも……、いや、失礼。団長のお嬢さんやなんて思うてもおりませなんだから、血筋には関心なかったですわ」

誠司は煙草を燻《くゆ》らせながら考え込んだ。自分に子どもはいないと、さっきまで信じていた。いきなり大きな娘の存在を知らされて、戸惑っている。

娘に愛情があるか、と問われれば、よくわからない。会ってみたいとも思わなかった。顔を合わせれば話が変わってくるかもしれないが、いまのところとくに興味も湧かなかった。

彼の頭の中にあったのは、利用できるのか、ということだった。

「それで、どの程度の騒ぎやねん。つけ込めそうか」

「いま、ガンガン焚きつけてます」北島はニヤリと笑った。「中山《なかやま》先生にも働いてもらうつもりですけど、よろしいか」

北島が最高評議会の議員と連絡を取っていることは知っていた。とくに中山という議員とは移災前から面識があり、通信機を渡して、ホットラインを築いたらしい。だが、被災民自治政府の態勢が固まるにつれ、対応が冷たくなってきた、という報告も受けていた。

「ちょう待て。詳しいことは、服、着てから聞くわ」誠司はベッドから降り、北島に命じた。「おまえは今のうちに、本部長と末長を呼んどいてくれ」

大希は、煌、桃葉の二人とともに資料棟の食堂にいた。沢良木が到着するまでここで待機するつもりでいる。

*

煌を言いくるめる言葉が大希には思いつけなかった。しかし、彼女は素直に、朝食会の欠席を承知してくれた。たぶん、なにかを察したのだろう。あるいは、大希をそれだけ信頼しているのかもしれない。

信頼されているのなら、それに応えなければならない。大希は改めて身を引き締めた。

大希は朝食のトレイを煌と桃葉の前に置いた。ドリンクはコーンポタージュスープを選んだ。

「水都のお金がない」煌は言った。

「お代は不要ですよ」

「岡崎さんの奢《おご》りなんですか？」桃葉が訊いた。

「いえ、経費で落ちます」大希は微笑んだ。「たいしたものではないので、遠慮されると却って恐縮です」

「遠慮はしていないけれど、食欲がない」煌はトレイを桃葉のほうへ寄せた。「桃葉さん、わたしの分も食べて」

「はあ」桃葉は困ったような笑顔になる。「ええと、わかりました」

「では、コーヒーでもいかがですか？」大希は煌に勧めた。

「お気遣いなく」

居心地の悪そうな表情で二人分の朝食を食べる桃葉を見て、〈余計なことをしたかな〉

と大希は反省した。

彼のジャケットの内ポケットから、スイツールの通知音がした。

「失礼」そう断って、スマホを取り出す。

メッセージが来ている。神内秘書からだ。

〝教団避難所で天川煌さまに関して暴露。天川さまの遺伝上の父親は独立自警団・魁物団長、田頭誠司とのこと。ＤＮＡ鑑定書あり。真偽不明。アマツワタリ信者に動揺広がる。この件につき、速やかに連絡してください〟

その文章に添えられたアイコンは五百住正輝のものだ。

大希は席を立ち、煌たちのテーブルから離れて、アイコンをタップする。

スイツールが通話モードになり、呼出音が鳴るとほぼ同時に正輝が出た。

「そっちの状況はどうや？」正輝は訊いた。

「いまのところ平穏です」大希は答えた。「まだ天川さまはなにもご存じありません。場所は資料棟食堂です」

「一緒にいるのは？」

「中村さまだけです。教団関係者は見当たりません」

「そうか。ほな、きみ、ミヨシさまを本社までお連れしてくれ」

それがいい、と大希は思った。資料棟はアマツワタリの避難所に近いし、それ以前に多くの信者がここで働いている。事故を避けるには、夢洲の五百住四郎商店本社に移るのも有効だろう。

「用件はどのように申し上げましょう？」

「せやな。常世連名会社の件で、とでも言っといてくれ」

混生代防災研究所を母体として設立する新会社の名称は、常世連名会社に決まった。だが、まだ定款は定まっていない。正輝が希望した、沢良木教団代表との会見もまだだった。新会社の発足は来年早々の予定だから、時間的余裕もない。大晦日に緊急の用件が発生しても、不自然ではない。

そこまで考えて、大希は疑問を感じた。正輝は煌を守ろうとしているのだ、と無邪気に信じていたが、本当にそうなのか？

会社にすれば、教団と手が組めるなら、別に煌がいる必要はない。大希にわからないだけで、煌の不在がむしろ会社の利益になるのかもしれない。あるいは、教団の財産を一気に乗っ取るために、煌を利用しようとしている可能性もある。

「了解しました」大希は応答した。「あの、わたしは天川さまへの危険を排除すればよいのですね？」

「当たり前のことを……」正輝は呆れたようだったが、なにかに気づいたようだった。

「あのな、岡崎くん。ぼくはヘサちゃんの出自なんかどうでもええねん。先代の遺言で五百住には、あの子が二十歳になるまで守る義務がある。小っちゃい頃から知っているから、情もある。変な下心ちゃうで。たとえ教団と縁が切れても、あるいは、べーサーの親分の跡継ぎになろうと、関係ない。天川煌に傷一つ付けることは許さん。業務命令や。ええな」

「はい。愚問でした」

大希は通話を終えた。

二人のいるテーブルに戻る。

桃葉はもうほとんど食べ終えていた。

〈彼女は信頼できるのだろうか〉大希は気になった。

「なんですか？」見つめられて、桃葉は困惑したようだった。

「いえ、お口に合わないかなあ、と」大希は誤魔化した。

「大丈夫です。とてもおいしいです」語学の教科書でも読み上げているような口調で、桃葉は言った。

「よかったです」疑っていてはきりがない。峠の気持ちがほんの少しわかった。大希は視線を煌に向けた。「天川さま。社長が新会社について話し合いたいことがある、と申しております。大晦日の朝から恐縮ですが、これから夢洲の弊社へお越し下さいませんか」

煌は眉根に皺を寄せた。まるで、大希の心を覗き込もうとしているかのようだった。やがて、口を開いた。

「訊きたいことがいくつかあるんだけど、後にする。いいわ、行きましょう、岡崎さん」

「車を呼びますので、お待ちを」

残念ながら、ウェルキャブ仕様のエスクァイアは使えない。ガソリンが要るからだ。

大希はスイツールから電気自動車を手配した。

エントランスへ向かう。

ロビーに出たとき、ドアから数人の男女が走り込んでくるところだった。

大希は彼らに見覚えがあった。避難所で暮らすアマツワタリの信者だ。だが、全員ではない。先頭の長髪の男は見かけた記憶がない。

煌を見つけた彼らは、「ミヨシさまっ」と呼びつつ、駆け寄ってくる。

敵意は感じられないが、大希は煌の車椅子を背後に庇った。

信者たちは足を止めた。

「おいっ」長髪の男が大希を睨みつけた。「あんた、水都の人だろう。おれたちはミヨシさまと話さなきゃならない。外してくれ」

「それはできかねます」大希は拒んだ。「天川さまはお急ぎですので、失礼いたします」

「大丈夫よ、岡崎さん」煌が言った。「皆さん、どうぞお話を聞かせてください。でも、できれば手短にお願いします」

「ありがとうございます、ミヨシさま」男は礼を言うと、大希の胸を突いた。「おい、聞こえただろう。そこをどけ」

　大希はその場から動かず、両手を広げた。

「声は届くでしょう。どうぞその場でお話しください」

「なんだと……」男は顔を赤らめた。

「ええと、梅木原さんよね」煌が訊いた。

「そうです、ミヨシさま」長髪の男が喜色を表した。

　この人が梅木原か、と大希は男の顔を見つめた。

「峠さんは一緒じゃないのですか」

「峠？　彼がなんの関係があります？」梅木原は不快げに眉を顰めた。

「避難所のことは峠さんに仕切ってもらっているものですから」

「避難所のことなんかより大きな話をしたいのです」梅木原は言った。「われわれのこれからの暮らしについて。立ち話ではなく、落ち着いてお話を聞いていただきたい。場所を移しましょう」

「まず峠さんがどうしているか、聞かせてください」煌は頑なだった。

「存じませんよ。まだ避難所にいるんじゃないですか」

「そう。じゃあ、お話はなんでしょう」

「端的に言えば……」梅木原は大希を睨んだ。「水都グループとは手を切っていただきたい」

「なるほど」煌はじつに冷静だった。「ご要望、承りました。それでは、ごきげんよう。道を空けてくださいな、梅木原さん」

だが、梅木原は動かなかった。

「真剣に聞いてください、ミヨシさま」

「梅木原さま」大希は言った。「どいてくださいませんか」

「なんだと……」

「天川さま」大希は振り返らずに煌に問う。「排除して構いませんか」

「乱暴はしないで、岡崎さん」煌は止めた。「話せばわかってくださるはずよ。そうですよね、梅木原さん」

「いやっ、冗談じゃない。わかってほしいのはこっちのほうだ」

梅木原は、煌の血縁上の父親が教祖・天川飛彦ではなく、独立自警団・魁物団長の田頭誠司であること、その証拠としてDNA鑑定書があることを一気に喋った。

煌はまったく動揺を表さなかった。

「わたしが父と血の繋がりがない、というのは聞き飽きた噂です」

「いや、しかし、DNA鑑定書が」

「それがどうしたというのです」実際に聞き飽きていたらしく、煌はすらすらと反論を口にした。「たとえ血縁がなくても、わたしは天川飛彦の娘です。DNAがなんですか。そんなものより、皆さんには父の言葉のほうが重いはず。第一、わたしが天川飛彦の娘でないというのなら、あなたはなぜミヨシと呼ぶのですか。ミヨシは父から受け継いだ称号です」

「いいえ、あなたが教祖先生の実のご令嬢なら、トコヨへ行けたはずなのです。なのに、カタスにいる。それはあなたが、トコヨではなく、カタスの女王となる運命だからです」

「ユニークなお考えですね」煌は溜息をついた。「よろしい。ここがカタスと思いたいのなら、それでけっこうです。でも、なにが変わるのです？　わたしは皆さんのよりよい暮らしのため努力するだけです」

「だって、あなたのほんとうのお父上は田頭団長なのですよっ」

「わたしの父は天川飛彦ただ一人です」

「わからないのですか。ここはトコヨじゃない。トキジクなんてない。ここがカタスなら、今みたいにぬるま湯的じゃ生き抜いていけない。ところが、あなたはベーサーたちの女王たるべき方だった。われわれと彼らを併せて率いる存在だったのです。これは天の配剤だ。荒くれたベーサーこそおぞましいカタスを制するに相応しい。われわれが手を結ぶべきは既存の政治家や企業ではなく、彼らなのです」

「お話はわかりました」煌は冷たい声で言った。「お正月にでも考えてみます。今日のところは通してくださいな」

「いえ、そういうわけにはいきませんっ」

梅木原が煌に近づこうとしたので、大希は身体を張って阻止した。

「下がってくださいっ」

「どけっ」梅木原は怒鳴った。「ミヨシさま。来年では遅すぎる。年明け早々にも水都と共同で会社を設立するそうじゃないですか。相手はプロですぞ。共同とか言っても、美味い汁はあいつらに吸われてしまうに違いないんだ。今すぐ避難所へお越し下さい。そして、新会社設立の撤回を宣言してください」

「下がってください」ふたたび言って、大希は梅木原を押し返した。

脚をもつれさせた梅木原は尻餅をつく。

「なにをするっ」「乱暴するな」と他の信者たちが非難する。

「申し訳ございません。しかし、下がってください。お願いします」

「ミヨシさまっ」梅木原が尻餅をついたまま叫んだ。「こんな横暴を許しておいていいのですか。あまりに情けないですぞ。ミヨシさま、こんなやつの言いなりにならないでくださいっ」

「そうです、ミヨシさま」他の信者たちも同調した。「早く避難所にお越し下さい」

「わたしたちをお導きください」

「水都の犬は帰れ」

「そうだ、ミヨシさまから離れろ」

信者たちの興奮は、目に見えて高まった。

大希は愛用の傘を持ってこなかったことを後悔した。この局面でピストルは刺激的すぎる。

「皆さん」煌が言った。「避難所には後で参ります。皆さんとともに新年を迎えたく存じますから。不安に感じられるのはわかりますけれど、今日と明日ぐらいは、過ぎ去った一年を想い、新しい年を慶びましょう。まずは失礼させてくださいな」

「これだけ言っても、まだわからないのかっ」梅木原は喚いた。「やっぱり、あんたはミヨシさまなんかじゃない。贋者だ。あんたのせいで、おれたちは、こんなおぞましい土地へ飛ばされたんだ。おまえなんかを信じたためにっ。このクソビッチ……」

煌は無言だった。顔面は蒼白で、唇を真一文字に固く結んでいる。

「じゅうぶんでしょう」大希は職務と関係なく、うんざりした。「ただちに口を閉じ、立ち去ってください」

「冗談じゃない、だれが退くものかっ」

みょうに顔色の悪い男がなにやらぶつぶつ言いながら、持っていた鞄に手を突っ込んだ。

大希はもう躊躇しなかった。テンジンルガーを引き抜く。装填されているのはラットショットで、対人殺傷能力はなきに等しく、射程距離は極端に短いが、発砲しなければばれるまい。

「動かないでっ」銃を男に擬し、警告する。

だが、男は動きを止めなかった。

「おまえのせいでーっ」と叫びながら、なにかを取り出す。

リボルバーだ。

やむをえない。

「桃葉さん、天川さまを！」大希は叫んだ。

「はいっ」桃葉の返事を背中に聞きつつ、引き金を絞る。

ラットショットだ。この距離では空砲と変わらない。つまり、威嚇射撃にはうってつけだ。

続けざまに撃つと、信者たちが悲鳴を上げ、一斉に伏せた。

だが、肝心の男は萎縮せず、中腰になって銃を構えた。興奮のあまり状況が見えなくなっているのか。狙いは大希ではない。その背後の誰かだ。

「やめろっ」大希は銃口の前に立ちはだかる。

銃声が響き、大希は右の脇腹に焼けるような痛みを感じた。

「岡崎さんっ」煌の悲鳴が上がった。

「さっさと逃げてっ」

大希は激痛に耐え、テンジンルガーを男の眉間に突きつけた。

さすがに男は怯んだ。両腕で顔を庇い、蹲《うずくま》る。

大希は残りのラットショットを撃ち浴びせた。痘痕《あばた》のような傷ぐらいはできたかもしれない。マガジンが空になると、一気に男との距離を詰めた。体当たりで、男を突き飛ばす。

ピストルをホルスターに納めて両手を空け、男の右腕をねじり上げる。

男の手から銃がこぼれた。すかさず、脚で信者グループから遠ざける。

なおも手を緩めず、男の右肩を脱臼させた。

悲鳴を上げる男を蹴り飛ばし、距離をとると、テンジンルガーの弾倉を交換した。予備弾倉には二二ＬＲ弾が詰まっている。低威力だが、じゅうぶんに人を殺すことのできる銃弾だ。

ボルトを引き、銃口を信者たちに向けた。

「さっきのは空砲でした」大希はわかりやすいよう事実をわずかに歪曲した。「いま、実弾を装填しました。お引き取りください」

「そんなことより、あなた……」女性信者が言った。「怪我してはるやないの。治療せな」

「お気遣いありがとうございます。立ち去ってください」

銃弾は急所を外れているようだ。だが、痛いものは痛い。

大希は傷口を押さえてもいないので、血が流れるままだ。シャツやスラックスが濡れて、気持ち悪い。血液だけではない。汗も全身から吹き出た。

確かに早急に治療が必要だった。

大希は天井に向けて一発、放った。そしてすぐ、銃口を信者たちに向ける。

気を失う前に、梅木原だけでも撃って後顧の憂いを取り除こうか、と狙いをつける。

「わかった。早まるな」梅木原が言った。

信者たちは、右肩を押さえて呻《うめ》く男を連れて引き上げた。

その背中が見えなくなると、大希は片膝をつき、傷口を押さえた。

そして、周囲の状況を確認する。

煌と桃葉はいなかった。もう逃げたのだろう。

彼女たちと連絡を取り、会社にも報告をせねばならない。

ひょっとすると電話が通じるかもしれないし、スイツールのおかげで会社との連絡は問題ない。

だが、まず手の血を拭い取らなければ、スマホが操作できない。大希は手を拭く。前の彼女にプレゼントされたダンヒルのハンカチはたちまち血に染まったが、手はたいしてきれいにならない。

大希はポケットティッシュを探した。たしかあと一パッケージだけ残っていたはずだ。尻ポケットに入っているのを見つけたが、指が震えて、うまく取り出せない。

眠い。ひどく眠い。

そこへタオルが差し出された。

顔を上げると仁科棟長がいた。三人のスタッフを伴っている。タオルを渡そうとしているのは、スタッフの一人だった。

「ありがとうございます」大希はタオルを受け取った。

「どういたしまして」

仁科はリボルバーを持っていた。大希を撃ったピストルだ。

「よろしければ、そのピストルをお預かりしますが」と大希は手を伸ばす。

仁科はその手を無視した。

「医務室へ行きましょう。たいしたことはできませんけど、傷の応急措置ぐらいはできます」

「それはますますありがたいですが、その前にちょっと連絡を……」

「いいえ、まず傷の治療をしてください」仁科はきっぱり言った。「で、それが終わったら、出て行ってくれません？」

＊

融通無碍で千変万化の教義を持つアマツワタリはこの日、また新たな一派を生み出した。梅木原央《よう》を提唱者とするこの一派は、のちにカタス派と呼ばれることになる。一方、梅木原に与しなかった人々はトコヨ派と名づけられた。

カタス派はベーサーとの連帯を主張した。具体的には、魁物と手を組もう、というのである。もともとベーサーにアマツワタリ信者は珍しくない。ただ、すべてのベーサー信者がカタス派に同調したわけではない。避難所には反魁物勢力の生き残りもいて、彼らは当然、トコヨ派だった。しかし、カタス派の行動を押しとどめるだけの気力はなかった。

午前九時頃、カタス派は舞洲の避難所を出て、集会を催した。集会を先導したのは、梅木原ではなかった。彼はそのとき、避難所におらず、資料棟で天川煌の説得に当たっていた。かわりに、ごく最近、避難所入りした半田《はんだ》という男が音頭をとって、集会を始めた。

入所したばかりにもかかわらず、半田には取り巻きがいた。

梅木原はけっきょく戻ってこなかった。

彼抜きの集会で、自由な交通の実現が決議された。具体的には、検問所をすべて廃止することを意味した。

十時半頃、集会を終えたカタス派は、此花大橋に向かって行進を始めた。此花大橋の東詰には、数十カ所ある中でも最大の検問所が設けられていた。手始めにこの検問所を占拠するのが、彼らの目的だった。

噂を聞きつけて、検問によって不利益を被《こうむ》っている人々が加わった。さらに、検問以外の理由で自治政府に不満を持っている層からも参加者があった。彼らの多くは水都グループに所属していなかった。そのため、自治政府勢力圏内でもっとも使いでのある通貨、水都力を供給されないため、なにかと不便をかこっていたのである。

こうして此花大橋に近づくにつれて、行進の規模は数百人にふくれあがっていった。

自治政府側が手を拱いていたわけではないが、動きは鈍かった。自治政府警察は人手不足の上、組織も固まっておらず、迅速に対応できない。水都セキュリティーサービスにも人員の余裕がなかった。そして自衛隊には、自治政府が出動要請を控えた。

ほとんど制止されることなく、カタス派は此花大橋を渡った。渡りきったところに、目的の検問所がある。多くの検問所と同じく、水都セキュリティーサービスが担当していた。

彼らは武装していたが、一般市民相手に発砲は躊躇した。群衆は検問所に雪崩れ込み、警備員たちと揉み合った。

最初に発砲したのが、誰かはわからない。ともかく、揉み合いの果てに銃撃戦が発生した。

混乱を避けるため、被災民自治政府は一時的に検問所から警備員を引き上げるよう命じた。

これは異例のことだった。

被災民自治政府は六名の最高評議会議員が共同で代表を務めている。命令を下すには、彼ら全員の意見が一致しなくてはならない。それではあまりに効率が悪いので、政策決定にあたっては、だいたい事務方、つまり水都グループで案を取り纏めて、裁可を受けることが多かった。

だが、このときは被災民自治政府共同代表全員が一致して、警備員の退去を命じたのである。人命尊重というわかりやすく、反対しがたい目的の存在が、迅速な意志統一を促したのだ。

正式な命令である以上、不服従は許されない。水都セキュリティーサービスは此花大橋検問所の一時放棄を決めた。同時に会社は、非番の警備員に緊急出社を促した。

＊

誠司は大開ベースにいた。

オフィスとして使われていたその部屋には、無線機が十台ばかりも稼働していた。それぞれにオペレーターがつき、連絡に当たっている。

その後ろに井上本部長がいて、指示を飛ばしたり、メモを書いたり、と忙しげに働いていた。

彼ほど、おのおののベースの人員、資材を把握している人間はいない。メモ帳片手に各ベースに命じて戦闘員を掻き集めていた。

「どのくらい集まった？」誠司は井上に訊いた。

「遊撃隊を入れて二千ってとこか。あと、千五百ばかり足せるが、ちょい時間がほしい。

それ以上は集めても、武器の手当てがつかねえ」

遊撃隊はもとの掩護隊である。隊長は末長のままだが、規模を増し、名前を変えていた。

「弾薬は足るか？」

「まあ、行けるだろう。ベースにもありったけを吐きださせた。まあ、どうせ、へそくってやがるだろうが、下の者の米櫃を覗いて回るような、みっともねえことをしている暇がねえ。それより本部にある分は、正真正銘、もう配っちまったぜ。すっからかんだ」

弾薬自給にはまだ成功していない。もちろん、銃砲店や射撃場の在庫はすべて奪ってしまった。

「かまへん。どうせ残しておいたかてじり貧や。初日の出を夢洲で拝めんのやったら、死ぬだけや」

一方、被災民自治政府、というより水都グループはまだ豊富に弾薬を保有しているらしい。弾薬製造に成功したという噂すらある。

だが、売ってくれと言っても応じてくれまい。

弾薬を入手するには、水都から奪うしかないのだ。

「縁起でもねえ」

ドアが開いて、北島渉外委員長が入ってきた。

「団長、うまいこと行きました。半田のやつと議員先生があんじょうやりましたわ」

「此花大橋か」

「へえ」

「自衛隊はどうや」

「いまのところ、八尾に動きはありません。自治政府も自衛隊にはコンタクト取ってへんはずです」

「動いても、しがらみが発動する」井上が言った。

移災以来、八尾駐屯地の周囲には重点的にベースを増やしている。井上はこのベース群を〝八尾のしがらみ〟と呼び、ある任務を与えていた。自衛隊が魁物に敵対的行動を取った場合、しがらみから一斉に団員たちが八尾駐屯地に押し寄せる。そして、出動を阻止するか、あるいは、部隊が出動して手薄になった基地を占拠する。

しがらみに所属している団員は移災以降に入団した新規がほとんどだ。古参から見れば根性が据わっていないし、武器も貧弱だ。銃を持っているのは三人に一人、あとはせいぜいナイフかチェーンぐらいしか持っていない。ただ、数だけは多い。撃退するには大虐殺を覚悟しなくてはいけないだろう。平和憲法下に組織された自衛隊にそれはできない、と井上は期待していた。

「統合警備隊とやらは？」

「こちらも動きはありませんけど、まあ、そんなに怖ない」北島が答えた。

北島の摑んだ情報によると、統合警備隊の人数はせいぜい二百名。自衛隊の制式兵器は与えられておらず、武装はベーサーと同等と見られる。

北島の言うとおり、恐るるに足りない。魁物が全力を挙げれば、粉砕できる。

「水都の本社に人はいそうか」

夢洲にある五百住四郎商店社屋はできれば無傷で手に入れたい。どの倉庫になにがどのくらいあるのか、そういったデータが蓄えられているはずだ。さらに、水都グループは原始領域に農場をつくろうとしているらしい。この事業に関する資料もあるはずだ。

いちばんいいのは、水都グループをまるまる魁物の支配下に置くことだ。経営陣を放逐して、魁物の幹部会が成り代わるのだ。本社社屋を物理的に押さえれば、乗っ取りもやりやすくなる。また、経営の乗っ取りが成功しなくても、各種データやイントラネットを入手できれば、活用のしようはいくらでもある。誠司のもとにも、専門家がいるのだ。

「大晦日やのに、主立った者は出てきているようですわ。社員は、正月は諦めたけど、来年の盆くらいには休みたいなあ、みたいなこと、ぼやいとるそうで」

「はん、熱心なことやの。ほな、そろそろ行こうか」誠司は腰を上げた。

「なあ、団長は後続部隊を束ねて、後から来てくれねぇか」井上は言った。「先鋒はおれたちに任せてさ」

「断る。いちばんおもろいところから、ハブにせんといてくれ」

誠司はトランジスタメガホンを持ち、窓を開けた。

七階建てのビルの最上階である。眼下には駐車場がある。広大な駐車場は改造車やバイクで埋め尽くされ、旗が林立していた。旗はベース旗である。各ベースの象徴として、大切にされていた。

誠司の横で、団員が一人、マイクの準備をした。団長の言葉をすべてのベースと部隊にむけて放送するのだ。

誠司はメガホンを構えた。

「魁物団長、田頭誠司や」

駐車場がどよめいた。二千人のベーサーが歓声を上げている。

「みんなよう聴け。これから、被災民自治政府を討伐する。ご大層な名前を掲げとるが、その実態は水都グループや。たかが民間企業が政治家を御輿に担いで役所ごっこしとるに過ぎん。そもそも、なにが政府や、ちゃんちゃらおかしいわ。政治家なんてもん、利権漁りしかせん。実業家なんてもん、金儲けしか考えてへん。政治家と実業家の悪い部分を掛け合わしたんが、被災民自治政府や。けったいな法律をつくって、他人様から預かった荷物を独り占めや。こんなことが許されるわけがない。許してはいかんのや。ええか、大阪府庁もそうや。自称自治政府よりはだいぶましやけど、所詮、役人や。信用ならん。結局、法律なんてもんは誤魔化しや。選挙も一緒。あんなもん、結果が不正に操作されとっても、庶民にはわからん。移災前、わしらが当たり前と思うてた社会は腐りきって、誤魔化しに満ちとった。権力者が自分らに都合のええ道徳や倫理を押しつけてきよったんや。お上の倫理でわしらを責め立てる連中が、反体制気取りやったりするから、笑うわ。人権がどうやら言うやつに限って、わしらの人権なんぞ歯牙にもかけん。あんまりアホすぎて自分らが権力に利用されていることがわからんかったんやろうな。誤解したらあかんぞ、道徳も人権も大切や。大切やからこそ、間違った道徳は排除せなあかん。誰の人権も守らなあかん。わしは正しい道徳を知っとるぞ。それはこの戦いが終わったら、ゆっくり教えてやる。まずは、汚い誤魔化しを一掃し、新しい社会を創らなあかん。わしらが創るんや。自治政府をぶちのめすんは、その第一歩や。綺麗な公園を作るために、ゴミ屋敷を解体して、更地にしたるんや」

さらに大きな歓声が沸き、誠司コールが起こった。

誠司は一分ばかり、自分の名が称えられるのを堪能した。

「出撃っ」誠司は号令を下した。

末長率いる遊撃隊が先頭を切った。約七百人の隊員は全員がバイクに乗っている。

遊撃隊の最後尾がベースを出た頃には、誠司も駐車場に降り、指揮車に乗り込んでいた。

指揮車は、ある観光会社が運用していた、十一人乗りフォード・リムジンである。通信設備は増設したが、豪華な内装はもとのままだ。

井上と北島、ドライバーや無線オペレーターを務める団員五人も乗り込む。

指揮車は遊撃隊に続いて、北港通に入った。

リムジンにもとから備え付けられていたモニターには、遊撃隊先頭からの映像が映し出されていた。隊員に持たせたワイヤレスカメラからの映像だ。カメラからの電波は微弱なので、増幅しているが、それでもときどき途切れる。

だが、火蓋が切って落とされる瞬間は、見逃さずに済んだ。

戦いはUS東交差点で始まった。ここでは、水都セキュリティーサービスが車三台で検問を行っていた。

モニターには、警備員たちが慌てて車に乗り込む様子が映った。とうてい敵わないと判断したのだろう。賢明な判断だ。

車の一台が爆発した。

「おお、派手やな」誠司は手を打って喜んだ。

「擲弾《てきだん》ってやつか」井上がニヤッと笑った。「アンタコのランチャー、うめえこと、動くらしいな」

遊撃隊の使用した擲弾は、九六式四〇ミリ自動てき弾銃専用の弾薬である。摂津市の工場で造られており、魁物は移災の夜に入手した。だが、肝心の発射器がないので、魁物の武器製造担当アンタコ団員が単発式のグレネードランチャーを手作りしたのだった。

発射器は手製でも、弾薬は自衛隊制式の兵器である。威力は充分だった。

さらにもう一台、水都セキュリティーサービスの車両が吹っ飛んだ。

残る一台は発進したものの、たちまち、遊撃隊のバイクに追いつかれた。

遊撃隊の隊員は左右から警備車両にピストルを撃ち込む。

すぐに車は道を外れ、停止した。

遊撃隊員たちが群がって、ピストルを撃ち込んだ。

「あいつら、弾を無駄遣いしやがって」井上が唸る。

「景気づけ、景気づけ」北島が言った。

指揮車は焼け焦げた警備車両の横を走り抜けた。

やがて、此花大橋の検問所がモニターに映った。

道路は一車線を除いて、コンクリートを詰めたドラム缶で封鎖されていた。隙間なく並べられたドラム缶の向こうには、コンテナがあった。コンテナには銃眼が空けられている。重火器はないものの、腕のよい狙撃手が配置されている、という噂だった。

要塞である。

魁物の持っている武器で通用しそうなのは、擲弾ぐらいだが、それも数がじゅうぶんにあるわけではない。押さえることができたのは、出荷前の分に過ぎず、五十発しかなかった。落とす前に、擲弾が尽きる。

自治政府の本拠地に攻め込む計画はあったが、ここや常吉大橋、咲洲トンネルなどに設けられた検問所を抜くのが難しかった。十日前には、大阪府庁の役人を利用してソフトに入り込もうとしたが、あえなく失敗した。

だが、いま検問所は見るからに無力だった。群衆が占拠している。コンテナの上にも、明らかに警備員ではない人々が登っていた。

「行けそうやな」誠司は自分の顔が綻ぶのを感じた。

「ええ」北島が頷いた。「いつもやったら、バスが道を塞いでますねん。鋼板打ち付けたごついバスが通せんぼしとるんですわ。いま、おれへんでしょ。半田が退かしたんですわ」

「どうする？　寄って、お世話になった堅気の衆に挨拶するかい」井上が訊いた。

「そんな暇あるかい。けど、そうやな、全隊に改めて、堅気の衆に手を出すな、って念押しといてくれ。ぶち殺してええのは、水都のボケどもと警官だけや」

「おお、わかった」井上はメモを手早く書き付け、無線機のオペレーターに渡した。

オペレーターはすべての部隊に向けて、誠司の指示を伝達した。

遊撃隊が検問所を無抵抗で走り抜けていく。

ひょっとして群衆が歓呼の声で迎えてくれるかと誠司は期待したが、そんなことはなかった。彼らはただ無言でベーサーのバイク集団を見送った。

「あいつら、後悔してるんじゃねえの」井上が言った。

「たとえそうでも、後で感謝するようにしたるわい」

遊撃隊に続いて、指揮車が検問所を通過した。

直に見る群衆の顔は暗い。そこはかとない不安を感じているかのようだった。

魁物の自治政府討伐部隊は無言の群衆に見送られて此花大橋を渡り、舞洲に入った。

そのまままっすぐ夢舞大橋へ向かった。

被災民自治政府は咲洲のホテル咲洲に置かれているが、名目だけなのは明らかだった。本体は水都グループであることは明らかだ。そして、水都グループの中枢は夢洲にある。

誠司は、一気に水都グループの本社を制圧するつもりだった。

舞洲には防災牧場や危険物倉庫など、魍物にとって喉から手の出るほど貴重な施設があるが、これらを押さえるのは後でいい。したがって、舞洲は素通りするのが当初の計画だった。

夢舞大橋に遊撃隊が到達した。

橋の手前では、大型トラックが横に停車して、道を塞いでいる。

「停車してください」とトラックがアナウンスする。「水都セキュリティーサービスでは、住民の皆さんの安心安全のため、危険物のチェックを実施しております。ぜひご協力……」

返事代わりに、遊撃隊は擲弾を放った。

「アホっ」誠司は思わず悪態を漏らした。

トラックは爆発炎上したが、却って厄介な障害となった。

燃え上がるトラックの手前で虚しく走り回る遊撃隊員たちへ銃弾が降り注いだ。

道路の東側に建つビルから狙撃されているのだ。

モニターには混乱した様子が映る。

映像が突然、回転し、地面を大写しにしたところで止まった。カメラを装着した隊員が撃たれたらしい。

その頃には、指揮車からも現場が視認できた。

敵の潜むビルには擲弾が放たれている。すでに数カ所から炎と煙を噴き上げていた。

指揮車が停まった。

理由を訊くまでもない。前が詰まっているのだ。

誠司は地図を広げた。

「ビルの裏側や」井上に地図を示す。「こっちへ別働隊を回してくれ」

「わかった」

井上はたちまち十ばかりのベース隊を選び出し、第三ブロック長を指揮官に据えて、別働隊を組み上げた。

選ばれたベース隊は隊列の最後尾近くに固まっており、まだ此花大橋を渡り終えていなかった。

前方で、擲弾のものより大きな爆発音がした。

自治政府側が遊撃隊に爆発物を投げ込んだのだ。

「あいつらも爆弾、持っているんか」誠司は呟いた。

「マイトだろう」井上が言った。「手製爆弾かもしれねぇな」

「ちゃんとした手榴弾やないなら、まだましですな」と北島。

「逆だ、逆」井上は苦虫を嚙み潰したような表情をした。「素人の手作りのがたち悪い。釘だのパチンコ玉なんぞを混ぜて、えげつない効果を狙う」

　誠司は怒った。

「うちの者相手に、汚い爆弾、使っとんねやったら、あとでキャン言う目にあわせたらんなんな」

「まあ、こっちも似たようなことをしているんやし」北島が苦笑した。

「こっちが汚いことやったら、相手も汚いことやってええ、言うんか。こっちには大義がある。わしらに許されることでも、あいつらには許されんのじゃ」

　誠司が言い切ったとき、道路の西側の公園に赤い車両が現れ、魁物の隊列に大量の水を浴びせかけた。

「放水か、馬鹿にしやがってっ」井上が忌々しげに言う。

　バイクやオープンカーに乗っている団員にはたまったものではない。

　水流に動きを封じられたところへ、銃弾が降り注ぐ。

　さらに公園からは、爆弾が道路に投げ込まれた。

「車を降りて戦う」誠司はマカロフＰＭをホルスターから引き抜き、指示した。「ビルは別働隊に任せえ。残りは公園を占領する」

「了解」井上が具体的な命令に変えて、各部隊に伝達する。

その途中、放水が指揮車を襲った。だが、車内には一滴の水も入らない。

「おお、おお、きれいに洗車してくれたわ」北島が馬鹿にしたように言うと、誠司に顔を向けた。「団長、わし、喧嘩は弱いねん。ここで待っといてよろしいか」

「かまへんけど、爆弾の直撃受けたら、この車、保たへんのちゃうか」

「それもそうですな」北島は考え込んだ。

放水が指揮車からずれた。

誠司はもう北島にはかまわず、車から降りた。

地面に靴底を付ける瞬間、〈そう言えば、おれの娘はどうしているんだろうな〉と思った。

第九章　決戦

岡崎大希は目を覚ました。どうやら医務室のベッドで眠っていたようだ。

最後の記憶は仁科との会話だった。

仁科は、治療が終わったら出て行ってくれ、と要求した。

大希は理由を尋ねた。

彼の理解したところ、仁科は、梅木原の主張に関心はないのだが、資料棟が騒ぎに巻き込まれるのは避けたいのだった。それで、水都グループの人間には、少なくとも騒ぎが落ち着くまで資料棟から離れていてほしい、ということだった。

大希としても否やはない。梅木原たちと揉めたときも、夢洲の五百住四郎商店へ行こうとしていたのだ。だが、天川煌を置いては行けない。

煌の居場所を訊いたが、仁科は『わたしも存じません』と答えた。

嘘か本当かを見分けようとしているうちに、大希は失神したのである。

大希は、仁科の言ったことはじつに正しかった、と思った。気を失っているあいだに応急措置はされたようだが、たいしたことは施されていない。傷口を消毒し、包帯を巻いただけに思える。少なくとも傷は縫われていない。おそらく、弾丸も体内に残っているだろう。

医務室には誰もいなかった。

ベッドを降りてみる。脚がふらつき、眠い。血が足りないのを実感する。

大希は病衣に着替えさせられていた。

枕元にメモがある。

〝目が覚めたら、退去をお願いします〟とメモにはあった。

目を覚まさなかったらどうするつもりだったんだろう、と苦笑したが、案外、それを期待していたのかもしれない。死体なら、火種になりようがない。

とはいえ、大希が失神しているうちに放り出さなかったばかりか、傷の手当てをし、ベッドに寝かせたところをみると、仁科は非情に徹しきれなかったのだろう。

手当てには感謝した。が、情にほだされて、素直に出て行くつもりは毛頭なかった。

血まみれのシャツとスラックスは無造作に籠に入れられていた。血が固まって、とても着られたものではない。

スマホとピストルはどこを探してもなかったが、腕時計ははめたままだった。時間を確認し、途方に暮れた。もう昼過ぎだ。ずいぶん、長く気を失っていたらしい。

煌たちは無事でいるだろうか。

大希は病衣のまま、ジャケットを小脇に抱えて、廊下へ出た。寝床のある書庫へ向かう。途中、何人かと行き合ったが、とくに咎められることもなく着いた。

書庫が片付けられていることを恐れたが、段ボール製の仮設ベッドはそのままだったし、床板を外すと、ちゃんと荷物があった。手早く着替える。もう怪我人には見えないはずだ。ピストルの予備はないが、愛用の傘がある。中棒がチタン合金でできたアンブレイカブル・アンブレラだ。

二度三度と傘を素振りする。やはりふだんより重く感じた。本調子にはほど遠い。体力が万全でなかろうとも、煌を捜さなければならないが、どうすればいいのか、途方に暮れた。スマホを失っただけで、手も足も出ない。大希は自分の無力さに愕然とした。

煌のことが心配だった。

大希を撃った男は、明らかに煌を狙っていた。煌の死を願う信者がいるのは間違いない。

この状況で、煌はどこへ行くだろうか。

教団の避難所へなど行っていないことを、大希は祈った。

煌の居場所についてあれこれと推理を巡らしていても埒はあかない。いまは行動すべきときだった。

大希は傘を持って外へ出た。ピストルと違って、杖代わりになるから、便利だ。

手始めに、煌の部屋に行ってみた。

部屋の前に数人が屯していた。

〈あれはなんだ？〉大希は訝しんだ。

煌を警護しているのか。それとも、監禁しているのか。あるいは……。

「水都のやつだっ」男の一人が大希を指さした。

見覚えがある。資料棟の職員だ。ということは、アマツワタリの信者でもあるはずだ。

「なにかご用ですか」と訊く。

「おい、あんた、贋者をどこへ隠した？」別の男が言った。

「贋者？」

「贋のミヨシさまだ。ベーサーの娘だ」

大希は理解した。

彼らは、煌の敵だ。煌の血筋が正しくないせいで、カタスへ飛ばされた、と信じている愚か者どもだ。そして、ここで煌の帰ってくるのを待ち構えていたのだ。

「存じません。ここにいらっしゃらないのでしたら、わたしも失礼します」

「ほんとうかあ？」男は疑いを顕わにした。

「ほんとうですとも」

煌の安全を考えれば、ぶちのめしておくべきかもしれないが、無用な争いはしたくない。

なにしろ大怪我をしているのだ。

大希は足早にその場を離れた。

さいわい、職員たちはついてこない。

職員たちから見えない場所に移動すると、大希は傘を杖にし、しばし休む。傷口から全身に激痛が走り、全身に脂汗が流れる。

大希は歯を食いしばって、痛みに耐えた。

痛みの波が去った。

喉がひりつき、冷たい水がほしいが、我慢するしかない。

息を整えながら、考える。

資料棟は煌にとって安全な場所ではないことがはっきりして、大希は不安になった。果たして彼女はまだ無事なのか？　無事だとして、どこにいるのか。

教団の避難所はもっと危険だろう。

どこか水都関連の施設に身を寄せているのなら、ひとまず安心だ。

だが、資料棟に留まっているなら、ただちに身辺を警護しなくてはならない。大希にはその義務がある。

いろいろと考えを巡らせるが、まとまらない。思考が千切れていくようだ。

熱っぽく、脳が存分に働かない。

また激痛の波が来て意識を持っていかれそうになったとき、名を呼ばれたような気がした。

＊

出灰万年青が鈴蘭とともに、教団避難所から資料棟の宿泊室に戻ったとき、母はまだ眠っていた。

鈴蘭が起こす。

「朝ご飯、呼ばれてきたか」母は目を擦りながら、上半身を起こした。

「それどころとちゃうのんよ」鈴蘭が一息に、峠と梅木原のやりとりについて説明した。

「そうかあ」母は魔法瓶からコーヒーを注ぎ、呷った。「べーサーと組まはんのは好きにしはったらよろしいけど、水都さんと手を切られるのは困るなあ。沢良木さんもそない思わはるのとちゃう？　それで、他のみんなは？」

懐徳堂大学出灰研究室の関係者たちは、沢良木の好意で教団から食事を給与されている。双子といっしょに教団の朝食会へ出た研究者たちがどうしているのかを、母は尋ねているのだった。

「さあ。ぼくらが出たときは、まだみんな、避難所にいたはったけど」万年青は答えた。

「ぼんやりした子揃いやからな、こういうときに機転が利かはらへん」母はテーブルからスマホを取り、電話をかけようとした。「ああ、あかんわ。全然、繋がらへん」

「ぼくもう一遍、避難所へ行って来ようか?」万年青は申し出た。「呼んできたらええの?」

研究者たちは顔見知りである。それなりに心配だった。

「大丈夫」母は身支度しながら言った。「黙っといても、みんな作業場に来るはずや。わたしらも行くよ」

母に促され、万年青と鈴蘭は廊下へ出た。

途中、エントランスのほうから言い争うような声が聞こえた。

作業場へ最短距離で行くためには、エントランスへの廊下を横切らなければならない。

「遠回りしようか」万年青は言った。

「なにを言うたはんの、時間が惜しいやん」と母が却下したとき、銃声が聞こえた。「やっぱ、遠回りしようか」

母と鈴蘭は踵《きびす》を返したが、言い出しっぺの万年青は好奇心に負けて、エントランスを壁際から覗いた。

佐藤先輩こと天川煌を乗せた車椅子が走ってくるところだった。必死の形相で車椅子を押しているのは、いつも一緒にいる中村桃葉だ。

「お母さん、佐藤先輩が」万年青は知らせた。

母は、エントランスへの廊下へ出ると、無造作に手招きした。

桃葉が車椅子を押して、やってきた。

「わたしら、今から作業場へ行くとこなんですけど、ご一緒しません？」母はのんびりした口調で誘った。

「ぜひ」桃葉が頷いた。

「ほな、参りましょうか」

母は遠回りで作業場に向かう。

作業場にはもう何人か集まっていた。

母はパンパンと手を叩いて、研究者たちの注目を集めた。「皆もご存じでしょうが、ややこしいことになってます。念のため、モグワイをいつでも移動できるよう準備をせなあきません」

「どこへ移すんですか？」学生の一人が質問した。

「さあなあ。まだアテがないねん。大学に戻すんは問題外やしなあ。移さいで済んだら、それに越したことがない」

留学生が英語でなにか言った。早口だったので、万年青にはさっぱりわからなかったが、研究者たちは一斉に笑った。

「ホンマやな」母も笑っていた。「わがまま坊やの言いそうなことや。とにかく、人手はこれから増えます。それまでに段取りだけ決めてしまおうか」

母は研究者たちの輪に入り、細かい指示を出しはじめた。

「あの、ここにいたらお邪魔みたいなんですけど、どこか適当なところはないですか？」

桃葉が訊く。

万年青は鈴蘭と顔を見合わせた。

「隅のほうなら、あんまり煩さないと思います」鈴蘭が答えた。

万年青は煌と桃葉を入口付近から応接セットのほうへ誘導した。

煌は俯いていた。心なしか、顔色が悪い。

「佐藤先輩、ご気分でもお悪いんですか？」鈴蘭が案じた。

煌は答えなかった。

「ミヨシさま」桃葉が言った。「わたし、岡崎さんを見てきます」

煌ははっとして顔を上げる。

「桃葉さんも……、わたしを見捨てるの？」

桃葉は眉を顰めたが、すぐ笑顔になった。

「なにを仰っているんですか」と煌の前にしゃがみ込む。「どなたが見捨てたんですか。なぜそんなこと、仰るんですか。わたし、そんなに信用されていないんですか」

「でも、わたし、ベーサーの娘だって……」

煌は泣いていた。

万年青は見てはいけないものを見てしまったような気がして、目を逸らす。さりげなく距離を取ったが、背後からは二人の会話が聞こえてくる。

「ミヨシさま、大丈夫ですよ」桃葉が慰めていた。「ここはカタスなんかじゃありません。トコヨに決まっています」

「ごめんなさい。なんだか、わたし、気が緩んじゃって……」

「頑張りましたもんね、信者さんたちの前では」

「もう信者さんじゃないわ」

「信者さんは他にいっぱいいますよ。みんな、ミヨシさまを頼りにしているんです」

「だといいけど」

「じゃあ、ちょっと行ってきます」

桃葉は万年青と鈴蘭に会釈して出て行った。

「佐藤先輩」鈴蘭が魔法瓶片手に煌へ近づいた。「コーヒー、いかがですか」

返事を待たず、鈴蘭はコーヒーをプラスチックのカップに注ぎ、差し出す。

「ありがと」煌は受け取り、一口、すすった。

「薄いでしょ」鈴蘭はなぜか得意げに言った。「ドリップバッグ一つで、無理やりポットいっぱいのコーヒーを淹れるもんですから、むちゃくちゃ薄いんです。けど、こんだけ節約しても、いつか飲めへんようになるんですなあ。まあ、わたし、コーヒーはそない好きちゃうからよろしいけど」

「そうね」煌は頷いた。「わたし、今朝、ちゃんとしたコーヒーを断っちゃった」

「それは贅沢ですなあ」

「ちょっとごめんね」煌は電話をかけようとした。だが、すぐ失望を顕わにする。

「やっぱかかりませんか」と鈴蘭。

「駄目ね」

「ああ、そういえば、うちの父がまだ携帯電話が普及してなかった頃……」

鈴蘭と煌はたわいのない会話を始めた。

十分ほどして、桃葉が帰ってきた。一人だ。

「岡崎さんは?」と煌が訊く。

「エントランスにはもう、いらっしゃいませんでした。別のところを捜しに行きます」桃葉は答えた。

彼女は室内を見回して、忙しそうな研究者たちに目を留め、なぜか途方に暮れたような表情を浮かべた。

「なにかお手伝いしましょうか」万年青は言った。

桃葉は万年青の手を取ると、廊下へ連れ出した。

「中学生のあなたにこんなこと頼むのは、どうかと思うんですけど……」桃葉は言い淀んだ。

なるほど、と万年青は思った。ほんとうは誰か大人に頼み事をしたいのだが、皆、作業に夢中なので、話しかけづらかったのだろう。

「なんですか」万年青は促した。

「ミヨシさまをお願いします」桃葉は真剣な目で言った。

「先輩を？」万年青は当惑した。「ぼくになにができるんです？」

「ぜったいに外へ出さないようにしてください。危険なんです」

「危険？」

「ミヨシさまを恨んでいる人たちがうろついているんです」

「ひょっとして教団の人らですか？」

朝食会を思い出しながら、万年青は言った。

裏地球に飛ばされたのは煌のせいだ、と主張する者がいた。むろん、万年青は煌の出自のせいで移災に巻き込まれたなどとは信じていないが、もしもほんとうに彼女のせいでソーシャルゲームもできない世界で暮らす羽目になったとしたら、確かに恨みたくもなる。

「ええ」桃葉は頷いた。

「けど、ここにも来はるんちゃいますか」

「そうなんですけど、懐徳大の皆さんはウカミさまの大切な人たちですから、無茶はしないと思うんです」

それを言うなら、ミヨシさまはもっと大切なんとちゃうんか、と万年青は思ったが、口には出さなかった。

「でも、信者の人やったら、先輩だけ連れ出すのとちゃいます」

「ですから、そういうことがあったら、ミヨシさまを止めてほしいんです。この部屋から出さないで」

「いっそ、ぼくが行きましょうか」万年青は申し出た。「岡崎さんを捜してくればええんでしょ。まだ資料棟にいたはるんですね」

「え？」桃葉は驚いたようだった。

「せやかて、中村さん、いつも佐藤先輩と一緒にいたはるし、目ぇ付けられるんと違います？　それやったら、ここで先輩を守ってはったほうがええと思います。ぼくはよう守りません」

「いえ、でも……」

「それに、中村さん、目立たはりますし。その点、ぼくは教団の人でもないですから」

「けれど、危ないです。岡崎さんも怪我をしているはずです」

「危なくないですよ。ぼくら、ここに住んでいるんです。じゃあ、行ってきます」

万年青は話を強引に打ち切って、その場を離れた。止められることを恐れて、母には告げなかった。

資料棟の案内図は頭に入っていた。ここでの暮らしは退屈なので、しょっちゅう散策していたからである。ただ、不特定多数の人間が入り込んでいる関係で、厳重にロックされているスペースも多い。

万年青はまず宿泊スペースへ向かった。宿泊スペースの廊下では、数人の信者が徘徊していた。彼らはふだんは教団避難所で寝泊まりしているはずだった。

彼らは万年青を見つけてもとくに反応しなかった。

しかし、擦れ違うときに、肩を摑まれた。

「きみ、ミヨシさまを見かけなんだか？」

「いえ、知りません」万年青はすらすらと嘘をついた。

「でも、きみ、教団の子やろ。集会へも行かいで、こんなとこうろうろして。ミヨシさまに言いつかってなにか取りに来たんとちゃうんか」

「いえ、ぼくもここに住んでいるんです」

嘘ではない。万年青が母や鈴蘭と寝泊まりしている部屋もこのスペースにある。信者でないことは、わざわざ言うまでもない、と判断した。

嘘でない証拠に自室へ行き、学校指定の鞄を持ち出し、信者たちに見せた。

信者たちはそれで納得した。

「ミヨシさまになんかご用なんですか」万年青は無邪気を装って訊いた。

「ちょっとな、ミヨシさまに訊きたいことがあるねん」信者は口を濁した。

「そうですか」

万年青はその場を離れた。

確かに、信者というわりには煌に好意的ではない。

煌の宿泊室が駄目なら、岡崎自身の塒《ねぐら》を訪ねるべきなのだろうが、あいにく、万年青は彼と親しくなく、寝泊まりしている場所までは知らなかった。

怪我をしているなら、医務室にいるかもしれない、と思いついた。

万年青は医務室に向かった。

医務室に通じる廊下で、スタッフを連れた仁科棟長と会った。

会釈して擦れ違おうとする。

「待って。あなた、出灰教授の息子さんね」と仁科は言った。

「ええ」嘘をついても仕方がない。万年青は頷いた。

「どこへ行くの？」

「いえ、なんとなく、探検を……」万年青は誤魔化した。

「懐徳大の皆さんは作業場にいるんじゃない？　わたしはそう聞いているけど」

「ええ。でも、ぼくは懐徳大の学生でもなんでもないですし……」

「でも、懐徳大の関係者でしょ。違うなら、出て行ってもらいます」

「あ、いえ、関係者です」

「じゃあ、戻って」

「その前にちょっと医務室に寄りたいんですけど」

「医務室には誰もいないわ。なんの用？」

「けど、妹がお腹が痛い、と言い出したんです。それで薬があれば、ほしいんです」

仁科は疑わしげな目をしたが、スタッフに、医務室から救急箱を持ってくるよう、指示した。

スタッフは小走りで、医務室へ行き、プラスチック製の箱を抱えて戻ってきた。

仁科は救急箱を押しつけるようにして、万年青に渡した。

「胃腸薬も入っています」仁科はスタッフのほうへ顔を向けた。「この子を懐徳大の作業場まで送ってあげて」

「いえ、大丈夫です」万年青は即座に断った。「一人で帰れます。救急セット、ありがとうございます」

仁科はふたたび疑いの眼差しを向けてきたが、頷いた。

「じゃあ、まっすぐ戻るんですよ。作業場から出ないように。それじゃあ、妹さん、お大事に」

万年青は深々とお辞儀をして、踵を返した。

しかし、作業場に戻るつもりはさらさらなかった。

トイレに学生鞄と救急箱を隠して、身軽になり、探索を再開した。

人目を憚り、資料棟の中を動き回る。

だんだん楽しくなってきた。

万年青は時間を忘れて、探索に熱中した。

時間どころか目的まで忘れそうになった頃、万年青は尋ね人を見つけた。

「岡崎さん」

大希は相手の名を呼び、駆け寄った。

「ああ」大希はひどく具合が悪そうだったが、万年青を認めたようだった。「天川さまの居場所をご存じありませんか？」

「いまから連れていきますよ。立てますか？」万年青は言った。

＊

誠司はブルドーザーの陰に身を寄せていた。敵が使うのは小口径銃が主だから、重機は充分すぎるくらいの遮蔽物になった。

怖いのは爆弾だ。

自治政府側はピッチングマシーンのようなカタパルトをいくつも設置し、ダイナマイトを束ねた爆弾を飛ばしてきた。即製爆弾には衝突の衝撃で起爆する信管が取り付けられていたが、不発も多く、その点、助かった。井上の危惧と違って、釘や鉄球といった汚い添加物もなかった。誠司は部下を散開させ、被害を最小限に留めた。

東側のビルは、別働隊によってほぼ制圧された。いまは残敵掃討の段階である。

厄介なのは西側の運動公園だった。

誠司は自ら団員を率いて、公園に突入した。

運動公園には土のグラウンドがある。現在、そこは車置き場になっていた。廃車ではないが、燃料不足で動けない車両や建設機械が集められているのだ。

水都セキュリティーサービスの警備員たちは、車置き場に潜み、ベーサーを攻撃した。魁物は擲弾を打ち込むが、広大な運動場のごく一部にダメージを与えたに留まった。擲弾の数にも限りがあるので、ベーサーたちは肉弾攻撃に移った。

警備員たちはサブマシンガンを装備していた。

誠司には、彼らがどこからそんな武器を調達したのかわからなかった。

どこから来たものであれ、まさにいま、車両と重機の迷路で行われている戦闘では、凄まじい威力を発揮していた。

アンタコの製造した単発ライフルは、射程では勝っているが、市街戦では不利だった。ベーサーたちはピストルとナイフで対抗したが、どうしても押され気味だった。

だが、そのうち、二二LR弾の連射音が間遠になってきた。

どうやら弾切れを起こしたらしい。むろん、敵全員が撃ち尽くしたわけではないだろうが、味方の被弾は着実に減った。

誠司は団員たちに吶喊《とっかん》を命じた。

銃声や罵声がしだいに遠ざかっていく。

そこへホンダCB1300に乗った末長がやってきた。

「おう、団長。こんなとこに隠れとったんかい」末長遊撃隊長がバイクの上から声をかけた。

「人聞きの悪いこと、抜かすな」田頭誠司は言った。

「いいんだよ、あんた、総大将なんやから、前に出てこられちゃこっちが迷惑するわい」

「さっきまではここが前やったで。いまはちゃうけどな」

運動公園の決着はついた、と誠司は判断した。さっきまでの膠着が嘘のようだ。

団員たちは喧嘩慣れしている。銃撃戦には馴染んでいないだろうが、度胸はあるはずだ。

しかも、人数では勝っている。

弾切れを起こすような無様な相手に負けるはずがない、と誠司は確信していた。

「橋のほうも片づいた」末長は報告した。「こんなところで遊んでてええんか?」

「いや、ちゃっちゃっとやってまおうか」誠司は立ち上がった。

さっきまで流れ弾が飛んできたが、もうそれもない。

誠司はマカロフPMをしまい、悠然と道路へ出た。

指揮車は無事だった。銃弾を喰らっているが、傷がついただけのようだ。

さすがフォード・リムジンや、と誠司は感心した。

井上本部長と北島渉外委員長は乗っていた。降りなかったらしい。

誠司は見知らぬ男に目を留めた。水都セキュリティーサービスの制服を着ている。

「誰や、そいつ」と訊く。

「協力者ですわ」と北島。

「おまえの手下か」

北島が水都に潜り込ませた部下かと考えたのである。

「いえ。自主的に協力することになりましてん」と北島。「味方の不甲斐なさに呆れ果てたそうで」

「そうなんですよ」警備員は媚びた笑顔で語りだす。「なにしろ、ぼくら、単なる会社員ですもん。イベント会場の整理をしていた学生アルバイトまで編入されてて、ろくなもんじゃないです。怖いものだから、誰もいないのに、撃ちまくって、早々に弾切れ。警官もいたけど、交番のお巡りさんみたいなのばっかで、頼りになりません。それで……」

警備員は饒舌だった。よっぽど怯えとるんやな、と誠司は憐れんだ。

「もうええ」誠司は遮った。「それより、おまえらのマシンガンについて聞かせたれや。水都は前から隠し持っとったんかい」

「これだ」井上が銃を差し出した。無骨だが、想像していたより小さく、安っぽい。

「プリンキングガンです」警備員は言った。「ピストルと一緒で、輸入物でなく、天神精機って町工場の製品です」

警備員の説明によると、プリンキングガンとは、軍用でも、狩猟用でも、競技用でもなく、ただ撃ちまくる快感を味わうためにつくられた銃だという。多くは軍用銃に似せた外観で、安価で低威力の二二LR弾を連射する。いわば玩具の銃だが、実弾を使用する以上、殺傷力はある。そのことは魁物の団員たちが身をもって学んだ。

この銃のもとは、イタリアのメーカーが製造したミリタリーコピー系プリンキングガンで、外観と内部構造はウージー・サブマシンガンに似せてあるという。オリジナルの使用弾薬は九ミリ・パラベラム弾だが、こちらは二二LR弾を発射する。現物はイタリアから輸入ではなく、データから必要工具を３Ｄプリンターで製作し、天神精機に大量生産させたのだという。

「アンタコが喜ぶんちゃうか」誠司はプリンキングガンを手にとって、矯《た》めつ眇《すが》めつ見た。

「請け合いだ」と井上。

「ほんで、他になんぞ役に立ってくれるのか」誠司は銃を井上に渡し、警備員に尋ねた。

「はい。スイツールにアクセスできます」警備員はスマホの画面を示した。「水都グループ内の連絡用アプリです。人員の配置とか、丸わかりです」

「おまえんとこの社長にも連絡できるんか」

「社長って、セキュサ？　ああ、警備会社のことか。違う。グループの社長や」

「セキュサ？　社長って、セキュサのですか？」

「五百住オーナーですか」

「せや。そいつで話ができるか」

「平社員なもので、こちらからの連絡は、通話が駄目なんです。ＤＭならできます」

「向こうからかかってきたら、通話、できるんか」

「はい」

「ほなら、メッセージ、飛ばせや。魁物団長、田頭誠司が話したい、言うとるって」

「わかりました」警備員はスマホを操作したが、すぐ首を捻る。「あれ？　ログアウトしている。……ログインできない。蹴られたみたいです」

「電波が届かねえんじゃねえのか」と井上。

「いえ。WiMAXはびんびんです」

「裏切りがバレたんちゃうか」北島が言った。

警備員は頷いた。「位置情報でバレたのかもしれません」

「おまえら、GPSまで使えるんかい。狡いのう」誠司は言った。

「いえ、アクセスポイントからの距離で位置を割り出しているんです。さすがに衛星がないとGPSは無理です」

「細かい理屈なんか、どうでもええねん。とにかく、位置がわかるんやろ」

「それは仰るとおりです。でも、スイツールにログインできないと、もうわかりません。他のアプリはインターネットでないと……」

「ほんなら、そのスマホはいま、ただの板かい」

「そうですね」警備員は力なく答えた。

「なんだよ」井上が唇を尖らせた。「それじゃあ、敵の動きもわからねぇんだ。アテにしてたのによ」

「わたしのもと同僚たちは倉庫街へ撤退して、態勢を立て直すみたいです」警備員が言った。「さっきまでスイツールが繋がっていたから、わかるんです。アカウントさえ復活してもらえれば、リアルタイムで見られるはずです」

「じゃあ、復活してもらおうじゃねえか」井上が警備員にメモ用紙を差し出した。「こいつにアカウントを書け」

警備員は用紙に数字を書き付けた。

「それで、おまえに復活できるんかい」誠司は井上に尋ねた。

「おれにできるわけねえだろう」井上は、別の紙に文章を認めた。「手紙を送るんだよ。スイツールだっけ、そいつの管理は本社でやっているのか?」

「たぶん……」警備員は自信がないようだった。

「まあ、いいや。本社に言えばたいていのことは埒が明くだろう。封筒はねえかい」井上は、スタッフから受け取った封筒に手紙を入れると、雑に封をして、北島に差し出す。

「ほれ」

「わしが行くんですか」北島は顔を顰めた。

「あんた、渉外委員長だろう。自分で行かなくていいが、なんとかしてくれ」

「へえへえ。使いっ走り、やらせてもらいます。要するに、団長が話をするために、このアカウントを使えるようにさせたらよろしいねんな」

「頼むわ」と誠司は言った。

「じゃあ、人数、貸しておくんなはれ」北島は要求した。

「末長に連れていってもらえ」誠司は言った。

「それだけでは足りませんって。わしの護衛やないですよ。圧力をかけるためや。ようさん、回してください」

「おう、それは任せとけ」井上が請け合い、記憶だけで十五個あまりのベース隊をリストアップした。手書きで仕上げたリストを北島に渡す。「こいつらは橋のほうにいる。頭から順番に渡らせれば、スムーズに行くはずだ。先頭は末長でなきゃおさまらねえだろうが。あんたはこいつらを率いて、一足先に行ってくれ」

「はいな。末ちゃんの後に行って、五百住にお手紙を届けりゃええわけですな」

「頼むで」と誠司は言った。

北島は車から降りると、近くにいた団員に声をかけた。その団員が運転するカワサキZRXのタンデムシートに納まって、橋のほうへ走っていった。

「それじゃあ、おれもちょっと出てくる」井上が言った。

「どこへ？」

「こいつらの仲間が気になる」井上は警備員を見ながら言った。「倉庫で弾薬を補充されて後ろを突かれちゃかなわねえ」

「皆殺しにするんかい」

「できればな。でも、倉庫に立て籠もられちゃ、そいつも難儀だ。そのときは、押さえに人数を置いとかなきゃ」

「本部長が自ら行く必要があるんか」

「無線頼りじゃ状況がよくわからないんだよ。なんだ、おれがいねえと心細いのかい」

「アホ抜かせ」

「じゃあ、これだけくれ」井上は、十個あまりのベース名の並んだ手書きのメモを示した。

「おお、かまへん。それだけでええんか」

「大きいとこばかりだからな。人数はあるんだよ。それに、長引くようなら、増援もあてにできる」

井上が言うのは、大開ベースに集結しつつある後続部隊のことだろう。

「わかった。任す」

井上も去り、指揮車には誠司とスタッフ、元水都セキュリティーサービス警備員が残された。

周囲を埋め尽くしていた車列も動きだし、ずいぶんすっきりした。それでも、まだ多くの車両が指揮車を取り囲んでいる。

指揮車内の無線機はすべてがフルに活動している。ひっきりなしに入ってくる報告を捌き、指示を出すのは大変だった。誠司は井上の有能ぶりを思い知った。

十数分後、北島から連絡が入った。

「例のアカウントを復活させました」北島の声は得意げに聞こえた。「言うときますけど、手紙を渡しただけやおまへんで。粘り強い交渉の結果ですわ」

「なにが、粘り強い、や。なんぼも時間経ってへんやないか。まあ、ご苦労さん」誠司は呆れつつも、いちおう労い、警備員に視線を向けた。「おい、聞こえたか。アカウントが復活したそうや」

「はい、ログインしています」警備員はスマホを操作した。「できました。けど、くそ、むちゃくちゃ機能が制限されている」

「メッセージは飛ばせるんかい」

「それが……、できるのはビデオ会議への参加だけです」

「はあ？　メンバーは？」

「五百住オーナーは参加します。後はわかりません」

〈なにを企んどるんや……〉誠司は考え込んだ。一対一の話を求めているのに、わざわざ会議へ招待されるとは。おそらく多人数でこちらを言いくるめるつもりだろう。

北島と井上にも参加させようか、とも考えた。スマホがあれば難しくないはずだ。最悪でも、指揮車に呼び戻せばいい。

だが、誠司はまず自分だけで話そうと決めた。

どのみち、機械越しの話で決着が付くとは思っていない。顔をつきあわせ、胸倉摑んで、こちらの要求を通すつもりだった。

「わかった。ビデオ会議を始めようや」誠司は言った。

＊

大希は万年青とともに作業場へ向かった。中学生の万年青とは身長差があり、肩を借りるわけにはいかない。傘を杖代わりにし、歩いた。

作業場のドアは防火扉を兼ねた頑丈なものである。

万年青がドアノブを摑んだが、開かない。

「あれ？　いつも鍵なんかかかってへんのに」

万年青は監視カメラに向かって手を振った。

「あのカメラは作業場には繫がっていないのでは？」大希は疑問を呈した。

「母の大学の人が勝手に設置したんです。巣作りの一環で。作業場でしか映像は見れません」と万年青は事も無げに答えた。

「そうなんですか」

言われてみれば、後付けのワイヤレスカメラだ。

ドアが内側から開いた。

桃葉が出てきた。

「大丈夫ですか?」と大希に声をかける。

「ええ、なんとか」

大希は作業場に入るのが初めてだった。煌が何度か訪れているのは知っているが、ついて行ったことはない。

物珍しい思いで、雑然と置かれた機材と、その回りで立ち働く研究者たちを眺めた。

「岡崎さん」煌が近づいてきた。「無事だったのね」

「天川さまこそ」大希は煌を観察した。疲労の色が濃いが、まずもって元気そうだ。安心した。

「撃たれたの?」

「たいしたことはありません」質問と嚙み合っていないことを承知で、そう答えた。

「感動の再会中、悪いけど」若い女性研究者がやってきた。「あなた、水都の人?」

「そうですが」大希は答えた。

「スイツールだっけ。ださい名前のアプリ。インストしてみたんだけど、ログインできない。アカウント、持っている?」

「ええ。もちろん」

「じゃあ、こっち来て」

スマホを奪われた大希にとってもありがたい話だった。水都系列各社で共用するグループウェア、スイツールが使えれば、深刻な情報不足を補うことができる。

パイプデスクの前に連れていかれた。素っ気ないデスクの上にはノートパソコンだけが置かれている。ディスプレイにはスイツールの初期画面が映し出されている。

大希は指紋で認証し、ログインした。

まずヘッドラインに移動する。移災前は、世界中の最新ニュースが配信されていたものだが、このところは会社からの伝達事項が半分を占める有様だ。だが、まえにもまして貴重な情報源となっていた。

一読して大希は驚愕した。

「魁物が舞洲に？」と誰に問うともなく口に出す。

「知らなかったの？」女性研究者が言った。「ラジオのニュースもそれで持ちきり。でも細かいことがわからなくて、いらいらしていたの」

「残念ながら、ラジオは聴けなかったので」

「こっちのほうが詳しい。地図もついてるし。ログインしてもらってよかった」

他の研究者たちもやってきて、画面を覗き込む。

「見にくいなあ」出灰教授が画面を一瞥して、指示した。「いちばん大きいモニターに映して」

大希は戦闘の推移を確認した。

最初の犠牲者はUS東交差点で出た。ここでは、水都セキュリティーサービス警備第一部所属の警備員が検問を行っていた。第一部は施設警備を担当する部署で、自治政府が成立してからは各地で検問に当たっていた。

US東交差点で起こったのは、衝突などというものではなく、一方的な虐殺だった。十二名の警備員は全員が殉職した。

本格的な衝突は、夢舞大橋の舞洲側で起こった。ここに布陣していたのは、自治政府警察の約三十名とセキュサの約五百六十名、合計六百名弱。セキュサの要員はすべて警備第一部所属で、自治政府の命令によって持ち場を放棄させられた此花大橋検問所常駐班に、特定の担任箇所を持たない機動課が加わっていた。

激しい銃撃戦が発生したが、戦闘は魁物の勝利に終わった。セキュサは二百名以上の死傷者を出し、水都ロジスティクスの倉庫街へ退いた。

夢舞大橋での戦いを終えた魁物は一部を夢洲の五百住四郎商店へ差し向け、包囲しているらしい。しかし、詳しい状況はスイツールから読み取ることができない。

警察は、夢舞大橋の戦闘に少人数が参加しただけだった。それも銃撃戦が始まってすぐ現場を離れている。彼らは、地域課、交通課、生活安全課などに所属する警官のグループで、集団戦闘の訓練もろくに受けていない。ピストルは所持していたが、弾丸の携行数も少なかった。彼らは夢舞大橋が通行できるうちに撤退を開始し、さらに夢咲トンネルから咲洲トンネルというルートを通って、天保山の水上警察署へ帰った。自治政府警察本部の置かれている水上警察署には、他の警官も集結しているが、いまのところ動きがない。福島署事件の後、府警本部を占拠されたのがトラウマになっているのだろうか。

スイツールが使えるという事実は、五百住四郎商店社屋地下にあるイントラネットサーバーが稼働していることを示している。つまり、包囲されているだけで、本社は健在なのだ。

「余っている携帯端末はないですか？」あまり期待せず、大希は周囲に尋ねた。「できれば内密の連絡をしたいので。なければ、モニターを切ってもらうしかありません」

「これ、どうぞ」桃葉がスマホを差し出した。「水都さんから借りたものですから、お返しします」

大希は礼を言って受け取り、スイツールをインストールした。

二重ログインの警告が出たが、生体認証で潜り抜けた。

連絡先一覧を表示した。

塚本社長や西谷課長は健在のようだが、何人か、負傷、あるいは死亡した同僚がいる。

大希は暗澹たる気持ちになった。

五百住正輝と神内秘書はオンラインだった。

大希は、神内秘書にメッセージを飛ばした――〝一時的な意識消失により、業務の中断のやむなきに至りましたが、現在、復帰。警護対象さまのお側にいます〟

すぐ反応があった。

「岡崎くんか」正輝自らが通話してきた。「ヘサちゃんがいてはるんやな。話をさせてもらえるか」

「ここにいます」煌はすぐ横にいた。「ヘサちゃんはやめてください」

「申し訳ありません、ミヨシさま。岡崎からお訊きでしょうが、今朝、ぼくはミヨシさまをこちらへお招きするつもりでした。いま、思うと、せいでよかった」

「そちら、と仰ると、イオショーのビルですか」

「はい。五百住四郎商店社屋です」

煌は眉を顰めた。

「脱出しないんですか。それとも、もうベーサーは撃退されたんですか」

「ベーサーの皆さんはとても元気です。いまのところ、外でおとなしゅうしてはりますが、いつ突入して来るやら」

「逃げるつもりはない、と？」

「ぼくは社長ですよ。社長の椅子、祖父から譲ってもろうただけで、苦労して手に入れたわけでも、それほどほしかったわけでもないですけど、坐ってみると、なかなかぼくの身体にフィットする。ほかすつもりはないですよ」

「意外と責任感がおありなんですね」煌は感心したようだった。

「意外ですか?」正輝は苦笑した。「まあ、よろしい。ここから本題ですが、いまからビデオ会議をします。参加者はぼくと魁物団長の田頭氏です」

煌ははっとした顔をした。

「なんのためですか?」

「この坐り心地のよいとこに納まりつづけるためかな? 田頭氏がミヨシさまのお父さまだと……」

正輝の言葉を煌は遮った。

「わたしの父は、亡くなった天川飛彦ただ一人です」

「それを聞いて安心しました。御教団は弊社とともにある、と考えてよろしいんですな」

「当会は信者の皆さんを第一に考えております。申し訳ありませんが」

「それでええんですよ。当然のことや。意外とわかっていらっしゃる」

「意外と? 仕返しですか?」

「まさか。素直な感想ですよ。それで、ぜひ教団代表として会談のオブザーバーになっていただきたいのです」

煌は眉根に皺を寄せた。

「なにをすればよいんですか」

「傍聴してくれたらええんです。でも、乱入も許可しますよ」

「乱入？　つまり、参加してもいい、と」

「もちろん、どうするかはミヨシさま次第。アプリの操作はそこの岡崎が心得ているはずです」

「お任せください」大希は言った。スイツールによるビデオ会議なら何十回も経験している。

「それでは、ミヨシさま、いったん失礼します。岡崎くん、業務命令に変更はない。以上や」

通話は切れた。

＊

誠司はスマホの映像を大型モニターに映すよう、部下に命じた。

こちらの準備はすんだが、ビデオ会議はなかなか始まらなかった。

じりじりしながら待つこと、数十分、ようやく、三十前後の青年が画面に現れた。ウェーヴのかかった髪を整え、クリーニングの行き届いていそうな三つ揃いを身につけている。

〈こっちは、ろくに風呂にも入れんし、垢まみれの服で我慢しているのに……〉誠司は向かっ腹を立てた。

「お待たせしました。五百住四郎商店の五百住正輝です」相手は名乗った。

「ほんまに待ちくたびれたわ」誠司は言った。「独立自警団・魁物、団長の田頭や。それにしてもなんやなあ」

「なんです？」

「いまどき、五百住四郎商店って、渋い名前やなあ。あんたもそんなスーツを着んと、丁稚の仕着せに前掛けでもしてたらどうや」

「お褒めに与り恐縮です」正輝はにこやかに応じた。「御団体こそ、素晴らしいお名前やないですか。やっぱりあれですか、どこぞの中学校で募集なさったんですか？　応募資格は偏差値四〇以下とか？」

「おう、言うてくれるやないか、ぼんぼん。わしの後輩が一生懸命、考えてくれた名ぁや。腐すなや」誠司はすごんで見せたが、それほど不快ではなかった。「まあ、名前についてはお互い様いうことで、本題に入ろうやないか」

「はい。承りましょう」

「簡単な話や。あんたの会社の財産、すべてわしらに任せ」

「それはまた」正輝は嘲るように唇の端を歪めた。「ずいぶん身の程知らずなおねだりですな。具体的にどうすればよろしいんです？　ぼくらが会社から去んだらええんですか？」

「おってくれてかまへん。ただ、わしらの言うことを素直に聞いて、働いてくれたらそれでええねん。ただし、いまみたいな暴言は許さんぞ」

「暴言って、身の程知らずなおねだりって申したことですか？」

「せや。あんたは、いま、馬鹿にしているやろうが、お互いにとって得な話やで。人には向き不向きいうもんがある。経済はあんたらに任す。得意やろ？　なんでも、農園を作ろうとしとるそうやないか。ええこっちゃ。けど、ここは荒くれた土地や。守りが必要や。その守りをわしらが担当しようやないか。ウィンウィンの関係を築こうやないか」

「対等な関係ではあかんのですか」正輝は肩を竦めた。

その仕草が誠司の気に障る。

「頭が二つあったら、話がややこしゅうなるやろ」

「でしたら、御団体が弊社の傘下に入るということではいかがです？　マネージメントは弊社のほうがうまくできると思いますよ。団長には課長待遇を用意しましょう。他の幹部の皆さんには係長待遇を。その前に特別研修を受けてもらいましょうか。上司に対する口の利き方についてみっちり躾を受けていただきます」

誠司は目を細めた。

「暴言は許さんと言ったはずや」

「ええ。ですから、ぼくは最初から暴言なんて一言も口にしてませんよ。ほんまに身の程知らずなおねだりや」

「身の程知らずはおのれやろう。マネージメントがどうした。そんなもんで、ゴンタクレどもをまとめきれるかい。何度も言わすな、人には向き不向きがあるんや。守りはわしらに任せ。けどな、守ろう思うたら指示に従ってもらわなあかんことも多いんや。事故現場では、警察や消防の指示に従わなあかん。それと同じや。わがまま言うとったら、要らん怪我をする。こっちは世界全体が事故現場みたいなもんや。せやから、わしらが上に立つ。それでこそ、皆を守れるねん」

「御団体からは、弊社の従業員をどうやって守ればええんでしょうねえ」

予想していた質問だった。

「魁物は会員さんはちゃんと守っとる。どこで訊いてもろうてもええ」と胸を張る。

実際、会員に手を出すことは厳に禁じている。禁を破った団員を見せしめに処刑したこともある。誰にも、無法者集団と呼ばせるつもりはなかった。ただ、旧時代の法令より、独自の規律を重んじているだけだ。そして、魁物の規律は日本国の法令より優れている。

「実を言うと、御団体の傘下に入ることを検討したことがあるんですよ」正輝は言った。

「ほう」誠司は興味を持った。

「社員に武器を持たせて業務に当たらせれば、死傷者の出るケースもあるでしょう。何人かは確実に死ぬ。そんな仕事もしてもらわんなんこともあるはずです。ぼくはビジネスマンです。人死にの出るような仕事はしてこなかった。でもこれからはそうもいかん。そのプレッシャーに押しつぶされそうになったんです」

「ようわかっとるやないか」誠司は本気で感心した。

「その点、御団体の傘下に入ったら、ぼくは楽です。命が危のうなったら泣きついたらええ。助けてもらえなんだとき、あるいは逆に御団体の方に危害を加えられたとき、部下のとこに行って、『酷いなあ、辛いなあ、なんでこんな目に遭うんやろうなあ』いうて一緒に泣いたったらええんですから。そっちのほうがよっぽど気が楽です。けどね、ぼくは楽でも、社員にしたら辛いに決まっています。そやから、ぼくは逃げへんことにしたんです」

「あほんだら」誠司は怒鳴りつけた。「辛いに決まっているって、なにを根拠に決めつけてくれとんねん。現に、おまえのとこよりこっちがええ、言うてるやつもおるんやぞ」

警備員をカメラの前に引きずり出そうとしたが、彼はたくみに誠司の手を避けた。

「そうですか。聞いてますよ。そちらの会員さんには、ろくに食べることもできへん人がようさんいたはるそうやないですか。その点、うちの従業員とその家族には、じゅうぶん食べてもろうています」

「それは、おまえらが物資を不当に独占しとるからやろうが。わしらが平等に分配したるから、寄越せ、ちゅうとんねや」

「御団体に、平等な分配が可能とは思えませんね」

「せやから、決めつけるな」誠司は畳みかけた。「逃げへんことにした、やと？　口で言うのは簡単やな。けど、おまえにそんな根性があるんかい。今日はすでに死傷者が出てる。それでも動じなんだから、自信を持ったかもしれん。けどな、今日は優しいわしらが相手やからこの程度で済んどるんや。だいたい、どれだけの殉職が出たのか把握しとるんか？　わかってへんのちゃうか？　後から数字を聞いて、ぶるぶる震えることになるんちゃうか。ほんまに困難なとき、足踏ん張って立っていられるんかい」

「どうですやろうな。そのときになってみな、わかりませんね」

「わかってからやと遅いぞ。その点、わしは逃げへん」

「そうですか。ああ、ここで会議に参加したい、と仰る方が」

「え？」

誠司が戸惑っているうちに、画面が分割された。新たな画面には老人が映った。

「久しぶりだね、今城くん」老人は言った。

誠司には見覚えがあった。二十年近く会っていないが、姿形はほとんど変わっていない。

「ああ……、沢良木さんか？」

「そうだ。同じ大阪に住んでいるなら連絡ぐらいくれてもよかっただろうに、ずいぶん冷たいじゃないか」

「顔出して、歓迎してもらえるとは思えんかったしの」

「そう。逃げ出したからね」沢良木は微笑んだ。

「逃げたわけやない」

「そもそもうちに来たのだって、逃げたからだろう。お父さんからの手紙に書いてあったよ」

「親父の誤解や」誠司は言った。「ともかく、沢良木さん。わしは昔話なんかしとる暇はないんや」

「なるほど、この話題からも逃げるわけだ」

「誰も逃げてへん」誠司は本気で腹を立てていた。「TPOを弁えてくれ、言うとるだけや。関係ないことに口、挟むのはやめて、夜空でも眺めとけ」

「関係なくはない。ご存じないかもしれないが、水都さんとわが教団はパートナーシップを結んでいる。きみが寄越せと言う財産も半分はぼくらのものだ」

「沢良木さん」正輝がにこやかに訂正した。「半分は言い過ぎ」

「それは失礼。しかし、質を加味すればあながち過大評価とも思えんがね」

「沢良木さん、わしもアマツワタリとは手を組みたい、思うてるねん」誠司は言った。「そう考えてる信者も多いんやろう。此花大橋では歓迎してもろうたわ。アマツワタリには、昔、世話になった恩もあるから、悪いようにはせん。それになんでも、わしの娘が教団を継ぐそうやないか」

また新しい画面が出現した。映っているのは若い女性だ。

誠司ははっとした。もう何年も会っていない母を思い出し、その女性が娘だと確信した。

彼女は母親の若い頃に瓜二つだったのだ。

「わたしの父は天川飛彦ただ一人です」娘の眼差しは氷のようだった。「アマツワタリは水都グループとの協力関係を維持します」

「そういうことだ」沢良木が言った。「ミヨシさまがそう仰るなら、従う他ないね。そもそもわが教団と独立自警団とはキャラが被るから相容れないんだ」

「相変わらず、ええ歳してオタク臭いのう」誠司は呆れた。「まあ、ええわ。吐いた唾、飲むなや。五百住のぼんぼん、これが最後のチャンスやぞ。わしの下へつく気はないんか」

「条件次第によっては、御団体にお仕えしてもええですよ」

誠司は意外な返事に驚いた。どうせ本気で膝を屈するつもりはあるまい、と疑いつつも、尋ねた。

「条件をきかせてもらおう」

「うちの松尾を殺した犯人、引き渡してもらいましょうか」

「松尾って誰やったかな？」誠司は首を捻った。本当に思い出せなかった。

「うちの常務ですよ。移災の夜に、御団体に殺された」

誠司は思い出したが、「知らんなあ」と惚《とぼ》ける。

「知らん？　そうですか、ご存じありませんか」

誠司はぞっとした。娘の眼差しが氷だとすれば、正輝のは炎だった。

「もしもうちに犯人がおったとしよう。それで、そのガラを確保してどないするつもりやねん」

「殺しますよ。当然でしょ。でも、安心してください。松尾は苦しまずに死んだと聞いています。ですから、犯人も苦しまんようにして差し上げますよ。気楽に名乗り出てください」

「たいそうな口を利くやないか、ぼんぼん。そこは社長室か」

「そうですよ。五百住四郎商店社屋の社長室です。御団体に押しかけられて迷惑しています。貴重な燃料を騒音に費やすのはやめてもらいたいものです」

「そんなら、わし、そっちへ行くわ」

「団長が犯人やったんですか」

「ちゃうわ、アホっ」誠司は怒鳴った。もっとも、直に手を下したわけではないが、松尾の殺害を許可したのは紛れもなく誠司だった。共犯と見なされても仕方がない。だが、名乗り出るつもりはない。「おまえの思い違いを正したるんや。そこで待っとけ」

「来はるんはご自由ですけど、入れるつもりはありませんよ。五百住は、弊社にお出でいただくお客さまに最低限の礼節を期待しておりますねん。御団体には残念ながら備わっていない」

「押し入るまでじゃ、ぼけ」

誠司は会議から離脱しようとした。だが、その前に娘の顔を見る。

深夜、家に帰ったとき、母はたいてい正座して誠司を待っていた。娘を見て、誠司はそのときの母を思い出した。誠司が帰ってくると、彼女は怒るでもなく、一言、「お帰り」とのみ言って、寝室に引き取ったものだ。それがいやで、誠司はそのうち帰宅しなくなっていった。

いまの娘を見て、誠司はなぜかそんなことを思い出した。

なにか声をかけようとしたが、言葉が浮かばず、誠司はそのまま会議を終了した。

＊

田頭団長の顔が消えても、煌はしばらくスマホ画面を睨みつけていた。

「それでは、ミヨシさま」正輝が言った。「ぼくもちょっと失礼します」

こうして、相手は沢良木だけになった。

ビデオ会議が行われているあいだ、大希は、出灰教授に余ったノートパソコンを貸してもらい、スイツールをインストールしていた。

スマホの小さな画面では、見にくいだろう、と配慮したのだ。セットが完了する前に会議は終了してしまったが、スマホからパソコンにビデオ会議を切り換え、「こちらのほうが見やすいでしょう」とスマホと交換する。

会議が終わったとはいえ、沢良木と話したいこともあるだろう、と考えたのである。なにより、スマホは手元に確保しておきたかった。

「便利だな、このアプリ」沢良木の声が聞こえた。

「小父さん、いま、どこにいるの？」煌が訊いた。

「ボートの上だよ。優雅に淀川クルーズを堪能中だ」

「それは結構なことね」

万年青がやってきた。

「佐藤先輩、岡崎さん」

「なんでしょう？」大希が対応する。

「峠さんがドアの外にいらしてます。母は、入ってもらってもええそうですが、どうします？」

伝えるまでもなく、煌にも聞こえたようだ。

「峠さんが」彼女は顔を明るくした。「教授のお許しがあるなら、入ってもらって」

「わたしがやります」大希は席を立った。

念のため、傘を持ってドアを開けた。

峠が懐徳堂大学出灰研究室の臨時作業場に入ってきた。

桃葉が彼のために席を用意する。

煌と峠、そして沢良木に繋がるパソコンとで、鼎談する形になった。

席に着くなり、峠が話を切り出した。「いまの状況ですが、ミヨシさまはもう安全でしょう」

「それにしては、ずいぶん暗いわね」煌は言った。

彼女の言うとおり、峠は沈んだ雰囲気をまとっている。

「手放しで喜べるような状況でもないんです。いまから説明します」

峠の説明では、避難所のアマツワタリ信者は三派に分かれているのだという。

まずトコヨ派。ここがアマツワタリの教義でいうトコヨだと信じている人々である。天川煌にとってはもっとも忠実な信者と言えよう。ただ全員が煌と沢良木勝久を信奉しているわけではない。信仰は揺れ動いているのだが、他に縋るよすがもなく、しかたなくトコヨと自分に言い聞かせている者も少なくなかった。いや、むしろそういった消極的信者が多数派かもしれない。

次にカタス派。ここが信者に約束された土地、トコヨではない、とする人々だ。心正しき者がトコヨへ迎え入れられ、邪な者がカタスへ飛ばされる、というのは、アマツワタリの教義ではない。だが、岩尾東京本部長がその説を唱え、大いに信者を増やしていた。岩尾の教義に惹かれて入信した人々は東京派と呼ばれたが、関西にもたくさんいた。

彼らの考えによれば、自分たちがトコヨへ招かれなかったのは、日頃の行いが悪かったせいであると納得できるのだが、教団指導者がカタスに堕ちるのはありえないことだった。天川煌がカタスへ堕ちてしまったのは、彼女が贋の教主だからであり、自分たちの不幸は贋の教主をうっかり信じてしまったことに起因する、と彼らは信じた。煌に騙されたと思い込み、彼女を憎悪した。

教団に生活を依存しているためか、彼らは声高に主張してこなかったのだが、梅木原がDNA鑑定書を提示したために、同派の存在が顕れた。

しかし、煌がよりにもよってベーサーのボスの娘である事実が、カタス派を二つに分けた。つまりカタス派は顕在化と同時に分裂したのである。

一派は反ミヨシ派で、相変わらず煌を恨み、憎んでいた。

もう一派は梅木原が提唱した説に共鳴した、親ミヨシ派とでも呼ぶべきグループである。天川煌はミヨシに違いないが、その使命は人々をトコヨへ導くことではなく、カタスで信者たちを率いることである、と考える。梅木原は、天川飛彦を法律上の父とする煌が、遺伝的には田頭誠司の娘であることを確認し、「啓示を受けたようなショックを受けた」と語った。

「でも、梅木原さんにはずいぶん酷いことも言われたわ」煌が零した。

「ああ。転向したみたいだな」話しているうちに、峠の言葉遣いはざっくばらんになったが、煌には気にしている様子がなかった。彼女にとっては、むしろこっちのほうが見慣れた峠の態度なのかもしれない。

「じゃあ、梅木原さんはもう親ミヨシ派じゃないんだ」

「カタス派の親ミヨシは新顔の信者が仕切っている。半田とかいう男だが、おれはよく知らない。沢良木さんは？」

「ぼくも知らないね」沢良木は答えた。

「小父さんが信者さんを把握しているはずがないじゃない。久保さんなら知っているんじゃない？」煌は事務局長の名前を出した。「久保さんはそこにいないの？」

「久保くんは……」沢良木には珍しく、言い淀んだ。「ここにはいないよ」

「まあ、とにかくおれたち、つまりトコヨ派は教団避難所に籠もっている」峠が説明を続けた。「で、カタス派のうち、まだミヨシさまに付いていくつもりのある連中は此花大橋検問所を占拠している。いちばん厄介なのは、カタス派の中でも、お嬢を贋のミヨシさま扱いして憎んでいる連中で、こいつらがお嬢を捕まえに資料棟に押しかけた。おれたちのうち有志がこいつらをいま、片っ端から拘束している。ありがたいことに、此花大橋からも何人か戻ってきてね、手伝ってくれている。ミヨシさまを大切に思う心は同じだからさ。そういう意味じゃ、お嬢は安泰だ」

「でも、カタスの女王になんかなりたくないんですけど」

「それを聞いて、おれも嬉しいよ。でも、情勢は緊迫している」

「ねえ」煌は意を決した様子で言った。「わたしが田頭さんって人の娘だってこと、ほんとうなの？」

「ほんとうだ」パソコンから沢良木の声がした。

大希は、席を外すべきだ、と判断した。煌が何者であろうと、警護対象であることに違いない。出生の秘密を知る必要などなかった。

それに、峠が煌に危害を加えるはずがない。

大希はテーブルから離れようとした。

「いいんだ、岡崎さん。あんたにもちょっとだけ関係する話だ」峠が察して、引き留めた。

「わたしに？」

「もちろん、あんたの仕事にって意味だが。お嬢を岐阜の病院からホテルまで送るとき、ルートがばれていただろう」

「ええ」

「あれ。漏らしたの、おれだよ」

大希は驚いたが、煌はもっと驚いただろう。

「峠さんが？」彼女は叫んだ。

「きみだったのかね」と沢良木も言ったが、彼はあまり驚いているようではなかった。

「理由については、沢良木さんはだいたい察しているんじゃないかな」と峠。

「まあね」

「わたしには見当もつかないのですが……」大希は困惑した。

「順を追って説明したほうがいいな」峠は言った。「お嬢のお祖父さんとお祖母さんの話、沢良木さんがするかい？」

「いや、頼む。ぼくでは客観的に話せそうにない」

「おれだって客観的には無理だけど、まあ、いいや」峠は煌の眼を見た。「田頭誠司はもともと今城誠司と言った。天川プロダクションの創設メンバーの名前、憶えているだろう」

「もちろん。じゃあ、あの今城さんの？」

「そう。創設メンバーの今城さんと鳥井さんの息子だ。昔からあんまり素行がよろしくなくて、故郷にいられなくなった。それで、一時、教団に身を寄せていた。そのとき、お嬢のお母さんと出会ったんだ」

「峠さんも知っているの？」

「今城誠司をか？　それがよく憶えていないんだな。時期的に会っていないとおかしいんだが、印象に残っていない。名前は知っていたよ。お嬢が生まれたとき、やつが姿をくらましていたのも憶えている」

「わたしが、その人の子どもだってことは？」

「知っていたよ。沢良木さんも知っていた。飛彦先生ももちろん知っていた」

「すまなかったな」沢良木が謝った。

煌は下唇を噛み締めた。

大希には、懸命に涙を堪えているように見えた。

「なのに、わたしを認知したのはなぜ？　同情？」

「そりゃ、お嬢が可愛かったからじゃないかな。お嬢のお祖母さん、鳥井さんには、おれは面識がないんだが、飛彦先生や沢良木さんはずいぶん思い入れがあるみたいだった」

「まあね」沢良木が言葉少なに肯定した。

大希の位置からはパソコン画面が見えなかったが、沢良木は赤面しているのではないかな、と思った。

「それは、わたしも知っている」煌は言った。

「飛彦先生にしてみれば、想った人の孫だ。不幸になってほしくなかったんじゃないかなあ」

「みんなで、わたしを騙していたんだ」煌はぽつりと言った。

「そんなつもりはないっ」沢良木が勢いよく言った。「知っていたが、忘れていた。そういう感覚がわかってもらえないか」

「わたしね、うすうす知っていた。お父さんがお父さんでないこと。でも、お父さんやみんなが娘だって言ってくれるなら、それでいいと思っていた」

「それでいいじゃん」峠は微笑んだ。「飛彦先生はお嬢を純粋に娘として可愛がっていた。それを疑うやつがいたら、おれはぶん殴るよ。たとえお嬢でも、ね」

煌は泣きじゃくりだした。

大希は、彼女がまだ十七歳であることを改めて思い知らされた。

桃葉が水を持ってきて、煌に渡した。

「きみが泣き止むまで待ってあげたいが、時間がないんだ」沢良木が優しく告げた。「泣きながらでいいから、小父さんたちの話を聞いておくれ」

「ごめんなさい。大丈夫よ」煌は涙声ながら、気丈に言った。「じゃあ、田頭さんがわたしの……、遺伝上の父だということも知っていたの？」

「ぼくは移災後に気づいた。それまでは、田頭誠司なんて知らなかったからね」沢良木は言った。

「おれは今朝、知った」と峠。「今城誠司の顔なんて憶えちゃいないから、疑いもしなかった」

「でも、梅木原さんは疑ったのね」

「そうらしいね」沢良木が説明した。「どうも彼はここがトコヨじゃないと思い込んで、その理由を調べたらしい。教団の古い記録を漁ったりしたらしいんだが、そのとき、たま たま教団にいた頃の今城くんの写真を見つけて、田頭氏と同一人物だと確信したらしいね。田頭氏の顔は週刊誌で見たことがあったんだと。ただし、田頭氏が今城くんだったってことに気づいたのは梅木原くんが初めてじゃない」

煌は眉根に皺を寄せた。

「誰?」

「久保くんだよ。彼女は移災前から気づいていた」

「そうなの?」

「おかしいと思ったんだ」峠が言った。「ある時期から、久保さんがお嬢を教団から追い出そうとしているように見えた。沢良木さんを差し置いてお嬢が代表になるのが気に入らないのかな、と思っていたが、そうじゃなかったんだ。久保さんはアマツワタリを守ろうとしていたんだ。お嬢の生物学的な父親がベーサーのボスだと世間に知れたら、とんでもないスキャンダルだ。それで腑に落ちた。岐阜でお嬢を襲わせたのも……」

「待って」脚が悪くなければ身を乗り出しかねない勢いで、煌は叫んだ。「あの事故も、久保さんのせいだって言うの⁉」

「そうなんだ」沢良木の声はさすがに沈んでいた。「久保くんが食い詰めヤクザにやらせたらしい。今朝、梅木原くんの暴露事件を聞いてすべて話してくれたよ。ずっと前から、きみとベーサーのボスとの血縁を知っていたことも含めて、全部ね。でも久保くんは、殺すつもりも怪我させるつもりもなかった、と言っていた。岐阜でも脅すことだけ頼んだそうだ。それだけは信じてほしい、と懇願したよ。ぼくからもきみにお願いするよ。それだけは信じてやってほしい」

「ぜんぜん気づかなかった……」

「まあ、沢良木さんの目もあったから、派手に動けなかったんだろう」峠が言った。「でも、おれは久保さんが妙な動きをしているような気がしていた。そこに岐阜の事件だ。おれは愕然としたね。久保さんがお嬢を殺そうとしているんじゃないかって疑ったんだ。妄想かもしれない、妄想であってほしい、と思った。証拠はないから、警察はもちろん、沢良木さんにも言えない。いや、いま思うと、沢良木さんには打ち明けるべきだったんだが、なにしろ当時のおれは人間不信でね。沢良木さんすら心から信頼できなかった。済まないね、沢良木さん」

「気にするな。ぼくだって、ぼくを信じるなんてごめんだ」

「ありがとう。だから、おれはいっそ、お嬢が東京へ行けばいい、と考えたんだ。殺されることはないだろうからね。だから、東京派の知り合いに、退院のことをこっそり教えたんだ。でも、岡崎さんがちゃんとガードしてしまった」

「すみません」大希は反射的に頭を下げた。

「実を言うと、ぼくも久保くんをちょっと疑っていた」沢良木が告白した。「まさか、そんなはずがない、と思っていたがね、ぼくなりにミヨシさまの安全を図ったんだよ。それで、総本部に帰らせず、ホテルで療養させることにしたんだ。移災が始まってからもそうだ。そうすれば久保くんと距離がとれる」

「ひょっとして、小父さんがこっちに来なかったのって……」

「そうだよ。ぼくがきみの側にいて守るなんてできないからね、久保くんを身近において見張っているほうが効果的だ。いままでの実績から身辺警護は水都さんに任せておけば大丈夫と思ったし」

大希は誇らしかったが、煌の様子を見てすぐいい気分は消し飛んだ。

「わたし……」煌は俯いた。「なにも知らなかったのね。みんな、仲がいいんだと思っていた」

「仲はよかったよ」と沢良木。「過去形で言わなきゃならないのが残念だが。きみはミヨシさまで、それ以前にみんなの愛娘だ。でも、久保くんも大切な仲間だったんだよ。ぼくらみんな手を取り合って、教団の困難なときを乗り越え、きみを育ててきた。でも、せめて疑惑を共有し、糾明すべきだった。ぼくは責任を痛感している」

「おれもだ」峠が暗い表情で言った。

「それで、久保さんはどうしているの」煌が尋ねた。

「辞任願と退会届を置いて、姿を消したよ」沢良木が淡々と告げた。

「そう……」煌は目を伏せた。

大希はあることに気づいた。「ひょっとして、久保事務局長が梅木原氏に秘密を伝えたのでは？」

「それはない」峠は言下に否定した。「ミワタリしてしまった以上、暴露したって、教団を守ることに繋がらない。ミワタリしてからは、久保さんはむしろ秘密を守ろうとした。もっとも、どうすれば守れるのかわからず、具体的な手は打たなかったみたいだ。けど、少なくとも、梅木原に秘密を教えるなんてことはしなかった」

「余計な差し出口でした」

「いや、そんなことはない。ともかく、うろついている反ミヨシ派はめっきり減った。いなくなったとまで断言できないから、岡崎さんの責任は重大だが」とプレッシャーをかける。

「でも、親ミヨシ派といっても、半分はベーサーにシンパシーを持つ人たちでしょう」煌は言った。「まだ反ミヨシ派のほうが親しみが湧く」

「シンパシーというか、いま連中を仕切っているのは、ベーサーそのものに見えるがね。そして、仕切られている方は、現状が不安でどうしていいかわからないんだ。ベーサーが好きって感じもしないね」

「仁科棟長はどのようにお考えなのでしょうか」大希は質問した。

「仁科さんはまあ、消極的トコヨ派ってところかな。あの人は資料棟の仕事がしたくて入信した口だ。本音を言えば、ここさえ無事なら、後のことはどうでもいいって感じだろう。トコヨでもカタスでもいいんだが、資料棟のことを考えると、水都と手を切るのはまずい、と考えているはずだ。ベーサーが資料なんて尊重してくれるとは思えないからね。けれど、アテにしないほうがいい」

「彼女は優秀な人だよ」沢良木が言った。

「そりゃ、否定しませんよ。でも、おれの見立てじゃ、混乱した集団を仕切るには向いていない。典型的な治世の人だ」

「なるほど」

大希は仁科の人となりについて深く知っているわけではないが、峠の人物評は妥当と感じた。

「お嬢自身はどう考えているんだ？」と峠。「ベーサーの二代目になるかね」

「冗談じゃない、ここはトコヨよ」煌は言った。「カタスなんかじゃないことをわかってもらう」

「難しいけどな」

「それができなければ、ミヨシの資格がない」煌は言い切った。

「そうか。じゃあ、避難所へ移るか」

「いえ、検問所へ行くわ」煌は車椅子を後退させた。「避難所は小父さんにお願いできる？」

「ボートが着けられるかどうかわからんが……、まあ、やってみるよ」

＊

「そろそろ行くかい」

誠司は夢舞大橋の袂に残っていた本隊に進発を命じた。

橋の袂には焼け焦げたトラックの残骸がある。取り除くのに先発隊は苦労したようだが、車一台が通るだけの隙間は確保していた。

隙間はぎりぎりで通り抜けるとき、左右にハンドルを切らなければならなかった。車体の長いリムジンはテールをぶつけなければ、通過できなかった。

夢洲に入ってからは抵抗がなかった。

五百住四郎商店社屋まえに到着した。

社屋の前には広い駐車場がある。魁物の車列はそこを埋め尽くした。

指揮車は駐車場に入らなかった。用心のため、建物から距離を取ったのだ。

誠司は車を降り、双眼鏡で社屋を観察した。

ぱっと見たところ、建物の外にいるのは魁物の団員だけだ。

カワサキがエンジン音を轟かせて、やってきた。そのタンデムには北島が跨がっている。

「団長」北島は言った。「ご苦労さんです。お姫さんと話しなはったそうですなあ」

「耳が早いな」誠司は苦い思いで言った。「見事に振られてもうたわ。お袋そっくりのツラしやがって、わたしの父は天川飛彦ただ一人です、やと」

「そら、切ないですな」

「しゃあないわい。生みの親より育ての親や」

「なんや、此花大橋の検問所で半田が泣き言、言うてますねん。団長が切ない思いしたちゅう噂が広まったら、えらいこっちゃ」

「そない切のうないわい。今朝までいることすら知らんかった娘に、冷とうされたからってなんで落ち込まなあかんねん。けど、そうやな……」

誠司には、北島の危惧していることが痛いほどわかった。此花大橋検問所を占拠しているのは、アマツワタリの親魁物派を中心とした勢力だ。天川煌が誠司を父と認めなかったと知れたら、彼らは一転、魁物に反発し、検問所を閉鎖してしまうかもしれない。そうすると、増援が通過できない可能性が出てくる。

「わし、ちょっと行って、ネジ巻いてこようと思いますねん」

「おまえが自ら出張るんかい」

「電話が通じへんから、しゃあないです。半田は見込みがある男やが、ちょう手に余るでしょう」

「わかった。頼む」

北島はふたたびカワサキのタンデムシートに乗って、舞洲方面へ去った。

誠司は、団員五名を正面ドアに向かわせた。ドアは反応しない。団員たちは手で開こうとしたが、すぐ誠司のほうを振り返り、肩を竦めて首を振る。電源が切られていただけでなく、鍵もかかっていたようだ。

「おい」誠司は、スイツール担当になった元警備員に言った。「ぼんぼんとは通じんか」

ビデオ会議を終えた直後、ふたたびスイツールのアカウントは使用不可能になっていた。

「すみません」警備員は泣きそうな顔をしていた。「ぜんぜん駄目です」

誠司は水都グループ側とコンタクトを取るのを諦め、トランシーバーで部下に指示を出した。

「ぶち破れ」

団員がドアに向けて散弾銃を撃ち放つ。

ドアが開いた。

建物へ入ろうとした団員たちが、吹き飛んだ。中から散弾銃で撃たれたのだ。

同時に、建物の窓から銃弾が浴びせかけられた。

さらに、ダイナマイトを束ねた即製爆弾が降ってくる。

「散れ、散れっ」誠司は叫んだ。「くそっ、商人の分際でふざけやがって」

彼は怒りに燃えていた。馬鹿にされた、と感じていた。この怒りは水都グループの幹部を皆殺しにしても飽きたらぬだろう。

「とにかく建物に突っ込め」誠司は命じた。

無線を通じて、前線へ誠司の命令が伝えられる。

団員たちはエントランスへ突撃するが、十字砲火に阻まれる。

「かまへん、擲弾を使え」誠司は命じた。できれば建物を無傷で手に入れたかったが、もう拘ってはいられない。もはや面子《メンツ》の問題なのだ。「ありったけの擲弾を撃ち込んだれや」

ありったけ、と言うと景気がいいが、もとから数がない。残弾は十数発といったところ。

しかし、そのすべてが撃ち込まれ、二階建ての社屋は窓から黒煙を吐きだした。

それを確認すると、誠司は双眼鏡を手近の団員に渡し、マカロフPMを引き抜いて、駆け出した。

周囲の団員たちが慌てた様子で誠司を追いかける。

駐車場に入り、一気に駆け抜けようとした。だが半ばを過ぎた辺りで、団員たちに羽交《はが》い締めにされた。

「勘弁してください。前に出るのはわしらに任せてください」

「団長、危ないですっ」

「団長っ」

と泣きながら制止する。

「わかった、わかった、離せ」誠司は、近くにあった車の陰に坐り込んだ。「ここでおとなしゅうしとくわい」

「へえ、お願いします」

誠司は前に出るのを諦めたが、その代わり、団員たちを鼓舞した。

「おらあ、走れやあっ、男を見せいやっ」マカロフを振り上げ、団員たちを焚きつける。

「突っ込め、突っ込め。皆殺しにせえっ」

ようやくエントランスが突破された。

「おっしゃ」誠司は車の陰から飛び出して、自ら突貫しようとした。

だが、そのとき、これまでとは比べものにならない巨大な爆発音がした。

誠司はしゃがみ込み、熱風を避けた。

ふたたび立ち上がってみると、社屋の正面が吹き飛んでいた。

「どういうこっちゃ、誰がやったんや？」と左右に訊いたが、答えが返ってくるはずもない。

味方はあれだけ強力な爆発物は持っていないはずだ。だとすると、敵が自爆したのか。あるいは、弾薬が誘爆したのか。

真相はわからないが、はっきりしているのは味方に甚大な被害が出たことだ。

「くそがっ」トランシーバーを持った団員に命じた。「末長や。末長と連絡を取れ。あいつは無事か」

連絡はすぐついた。

「末長隊長はご無事です」という報告を聞いて、誠司はほっとした。

「よし、末長に指揮車へ来るように言え」と命じて、誠司も状況を把握するため、いったん指揮車に引き上げた。

末長はすぐやってきた。ひどく不機嫌な様子で、「半分ぐらい、いかれたぞ」と報告した。魁物の精鋭である遊撃隊は、すでに半減したのだ。だが、隊長である末長自身は無傷だった。

十分ほどが経過すると、だいぶ様相がはっきりしてきた。

魁物は何人か水都グループの従業員を捕虜にしていた。彼らも役員たちの行方ははっきりと知らないようなのだが、地下に逃げ込んだのではないか、と推測していた。なんでも、五百住四郎商店社屋の地下には巨大なサーバールームなどがあり、むしろ地上部分より地下部分の方が重要なのだという。

確かに地下室はあった。だが、エレベーターはすべて停止し、階段も地階部分は防火扉で固く閉ざされていた。

「防火扉ぐらい開けられんのかい」誠司は、実際に階段を降りた部下に尋ねた。

「単なる防火扉とは思えません。すごく頑丈ですわ。発破でも仕掛けたら破れると思いますけど、銃を撃ち込んだぐらいでは、どないもなりません」

「けったくそ悪いの。上で社員が戦うとるあいだに、地下に逃げ込んだんかい。せやから、経営者いうやつは嫌いやねん。我が身のみ大切や。下の者のことなんか考えとらん」誠司は憤り、無線係に指示した。「本部長に連絡してな、プラスチック爆薬かなにか、扉を破る道具を捜すように言うてくれ。それと、大開ベースや。さっさと来い、と伝えとけ」

「団長」スタッフの一人が空を指し、報告した。「ドローンです」

誠司も窓から顔を出し、空を見上げた。報告通り、数機のドローンが飛んでいる。

ドローンがアナウンスを始めた。

「こちらは統合警備隊です。ただちに武器を捨て、解散しなさい。繰り返す。こちらは統合警備隊です……」

統合警備隊の駐屯地は夢洲にある。つまり誠司たちのいる場所からほとんど離れていない。五百住四郎商店社屋の火災に気づかないはずがなかった。

誠司はもちろん警戒していた。押さえに四天王寺ベース所属の約五十名を置いている。だが、恐ろしいのは統合警備隊が動いたことよりも、ついに自衛隊が介入したという事実だった。

ドローンに射撃が加えられる。

「おい、止めさせ。弾の無駄や」誠司は怒鳴った。「それより、八尾は動いたんか」

「いえ」無線オペレーターが首を振る。「そんな報告は受けてません。八尾ベースへ問い合わせますか」

「そのくらいわざわざ訊かんとちゃっちゃっと動けや」

「はい、すみません」オペレーターは八尾ベースと交信し、すぐ振り返った。「やはり、動きはなにもないそうです」

向こうはしがらみが効いているのか、と誠司は思った。

「わし、出るわ」末長が腰を上げた。

「おおっ、蹴散らしてくれ。統合警備隊ちゃら言うても、二百人ぐらいしかおらへんらしいで」

末長は頷いて、指揮車から降り、愛車のホンダCB１３００に跨がった。

実は、統合警備隊はこのときすでに自衛隊の所属から外れていた。

自衛隊への治安出動命令は下っていない。被災民自治政府は意見の統一ができなかったのである。

統合警備隊長塚本一佐は三週間ばかり前に自衛官へ復帰したばかりだったが、この日、ふたたび自主退官した。そして、部下たちにも退官を勧告した。あくまで勧告であって、命令ではなかったが、部下たちのほぼ全員が従った。

略式で退官手続きを行った塚本と部下たちは即座に全員が水都セキュリティーサービスに雇用された。

部隊まるごと自衛隊から水都セキュリティーサービスに所属が代わったわけだが、名称を変える暇はなかったので、この時点では〝統合警備隊〟である。

一方、八尾駐屯地の部隊はまだ自衛隊に属していた。治安出動命令がない限り動けない。八尾のしがらみと称される魁物ベース群の存在もあり、基地から離れたくない、と言うのも本音だった。

警告は二十回ばかり繰り返された。

「いまより、諸君を強制排除する」アナウンスの文言が変わった。

ベーサーたちは嘲笑し、やってみろ、と囃《はや》し立てた。

ドローンはなにかを切り離した。

そのなにかは落下し、地上一〇メートルほどで爆発した。

「アホの一つ覚えで爆弾かい」誠司は毒づいた。

だが、意外と被害が大きい。

団員の一人が指揮車に駆け寄って、羽根のないダーツのようなものを誠司の前に差し出した。「あいつら、こんなものをっ」

「爆弾から出てきたんか」

団員は頷いた。

ドローンが上空から去ると、誠司は無線機のマイクを握って末長を呼び出した。

しかし、応答したのは末長ではなく、その部下だった。

「団長、すみません」彼は泣いていた。「隊長は死にました。ライフルに頭、撃ち抜かれて……」

「なんやと、ドアホ、隊長、死なせて、ようおめおめと」誠司は怒鳴りつけた。「くそっ、それで、遊撃隊の指揮はおまえが執っとるんかい」

「そうなんですけど、入り込まれて、指揮もなにも」

ぷつんと無線が切れた。

混乱していることだけはわかった。このぶんでは四天王寺ベース隊も壊滅しているだろう。

誠司は決意した。

地下に籠もっている連中など放っておけばいい。

誠司は双眼鏡を手に取り、指揮車のルーフに登った。ベース旗を読み取るためである。

統合警備隊の駐屯地は西にある。

まず道路にいるベース隊から西へ送り出した。次に、駐車場の出入口付近にいるベース隊に出撃を命じる。

しかし、すぐ道路は渋滞した。

「おい、団長、なに、やってんだ」井上の声がした。「危ねぇじゃねぇか、降りろ」

指揮車の傍らに、電動スクーターに乗った井上がいた。

「末長が死んだ」誠司は言った。

「なんだと？　そいつぁ、気の毒な。でも、団長、そこから降りろ。あんたまで死んじまうぞ」

「ああ、わかった」誠司は地面に降りた。

「団長、あんた、泣いているのか」

「アホ抜かせ」誠司は涙を拭った。

「おい、あれ」井上が空を指さした。

ドローンが戻ってきたのだ。

誠司たちの直上でホバリングする。

「危ない」誠司は慌てて、指揮車に飛び込んだ。

恐れていたとおり、ドローンは爆弾を投下した。

指揮車のルーフに何本もの矢が突き刺さる。だが、貫通したものは一本もなかった。

井上は大丈夫か、と外を見る。

彼はスクーターから飛び降り、走って逃げたようだ。まったくの無傷だった。

誠司はほっとし、彼に感謝した。もしもルーフに登ったままだったら、誠司は逃げ遅れていただろう。

井上が指揮車に乗ってきた。

「押し返してしまおうぜ」恩着せがましいことは口にせず、井上は仕事に取りかかった。

統合警備隊の装備は基本的に水都セキュリティーサービスの警備員と変わらないが、充実していた。五人に一人は狙撃手であり、三〇口径ライフルを携えていた。狙撃手以外はサブマシンガンを所持している。ウージー・サブマシンガンにそっくりのプリンキングガンだ。そして、全員が防弾チョッキとヘルメットで防護し、水都グループのイントラネットに接続した携帯端末を持っていた。

遊撃隊と対峙したとき、彼らは的確にリーダーを識別し、狙撃した。混乱した遊撃隊員を着実に倒していく。バイクに乗っている遊撃隊員はじつに狙いやすい的だった。

狙撃に気づいた遊撃隊員たちはバイクを降り、道路に身を伏せた。

そこへ、警備隊員が駆け寄り、至近距離からサブマシンガンを浴びせる。

警備隊はいっさい捕虜を取らなかった。塚本隊長は「ヘッドショットのみを心がけよ」と訓示していた。

リーダー、ドライバーなどを狙撃して、敵の隊列を混乱させ、身を低くして接近して、サブマシンガンで確実に一人ひとり息の根を止めていく。

ベーサーたちは浮き足立ち、車やバイクを捨てて、逃げ出した。

警備隊員たちは放棄された車両に潜み、敵の増援を狙撃し、接近し、壊滅させた。弾切れが近くなると、分隊単位で後退し、補給を受けた。

補給を受けた分隊は徒歩で前方へ進出し、弾切れの近い分隊と交替する。

こうして統合警備隊は、魁物の放棄した車両伝いに本隊へ着実に近づいていった。

井上はてきぱきと指示を飛ばした。

渋滞している車両を間引いて道路を空ける。団員を降車させ、徒歩で移動させる。そして、統合警備隊を包囲し、攻撃した。

統合警備隊も適宜散開し、建物に潜み、反撃する。

一進一退となり、戦線は膠着した。

井上はついに、倉庫街への押さえとして舞洲に残していた部隊を呼んだ。

「こいつらも統合警備隊とやらに差し向けたれ」誠司は言った。

「無理だな」井上は冷徹だった。「ちゃんとした訓練を受けていない連中を大量にぶち込んでも、却って混乱のもとだ。それに、指揮する方にだって教育が欠けている。おれを含めてな」

「ほな、休ませとくんか」

「それもいいな。けど、こいつら、ドリルを見つけてきたぜ」

「ドリル？」

「プラスチック爆薬はなかったんだが、ドリルがありゃ、分厚い扉も開くだろう」

誠司は、地下室に立てこもる水都グループ首脳の存在を思い出した。

「なるほど、あいつらを先に片づけたったら、警備隊もおとなしゅうなるかもな」

「そういうこと」

しかし、今度は東南方面から脅威が現れた。ついに自治政府警察が機動隊を夢咲トンネルから送り込んできたのだ。

舞洲を空にしてまでつくった戦力は、夢咲トンネルへ振り向けざるをえない。

「まあ、しゃあないの」誠司は達観した。「ここに後続部隊千五百を突っ込んだら、勝てるか？」

「七分三分だな。七分はおれたちの勝ちっていう意味で」井上は分析した。

＊

混生代防災研究所資料棟から此花大橋検問所までは一キロメートルほどである。たいした距離ではないが、保安上の理由から、大希は移動に自動車が不可欠と考えた。防弾仕様ならなおいい。

だが、いまの大希には電気自動車一台、手配できなかった。スイツールで要請することはできるが、配車される見込みが立たないのだ。

大希の懸念は峠が解決した。

「お嬢を守るのは、岡崎さんだけの特権じゃないぜ」峠は言った。「そうだな、少しだけ時間をくれ」

数十分後、峠は資料棟と教団避難所から二十人ばかり、信頼の置ける信者を選んで連れてきた。彼らと一緒に行進すれば、たしょう安全だ、というのが彼の主張だった。

自動車移動のほうが安全だ、とは思ったが、できもしないことと比べても仕方がない。大希は検問所までの行進に賛成した。

煌は、出灰教授にかくまってもらったことの礼を言い、出て行くことを告げた。

「よいお年を」という教授の言葉に送り出されて、煌と桃葉、そして大希は作業場を出た。

資料棟の外で信者たちと合流したとき、大希は自分の立ち位置に悩んでいた。

本来なら、先頭に立って、警戒したい。

だが、相手は教団と水都グループの結びつきを厭わしく感じているのだから、水都の社員である大希が目立つのはまずい。むしろ同行しないのがベストではないのか、とすら考えた。

大希の迷いを切ったのは、煌だった。

「岡崎さん。ガードをお願いします」と彼女はわざわざ言った。

側にいろ、と言うことだろう。

「はい。もちろん」大希は答えた。

「でも、怪我は大丈夫？」と気づかいを見せる。

「ええ。もとからたいしたことはなかったようです」

万年青がどこかから持ってきた救急箱の中に、鎮痛剤が入っていた。用量の倍、嚙み砕いたのが効いたらしく、痛みはほとんど退いている。骨髄が働いているようで、失血の影響も残っていない。

「よかった。無理はなさらないでね」煌は言った。

「ありがとうございます」大希はそこでふと思いついた。「だったら、車椅子を押させてください。体力を温存したいので」

「わたしの車椅子は、お婆さんの手押し車じゃない」煌はプライドを傷つけられたようだったが、うなずいた。「まあ、いいわ。バッテリーが上がりかけているから、ちょうどいい」

ささやかな行進が始まった。

先頭には峠が立った。集団の中心にいるのはもちろん煌だ。その横を桃葉が歩く。大希は、愛用の傘を脇に挟み、煌の車椅子を押した。

此花大橋を渡り、検問所が見えてくる。検問所の手前には、鋼板を打ち付けたバスが捨てられていた。

検問所に近づくと、歓声が聞こえた。カタス派の信者たちが煌の来訪を歓迎しているのだ。信者たちは道路に飛び出し、手を振った。

煌はにこやかな表情で、手を振り返した。

大希は気が気ではない。狙撃してくださいと言っているようなものだ。

「早く建物の中へ」と囁き、車椅子をドアへ向ける。

「いえ、あそこに付けて」煌が指さしたのは、外付けの鉄骨階段だ。

「バリアフリーじゃないですよ」大希は言った。

「馬鹿にしているの？」煌はぷいと顔を背けると、桃葉に言った。「お願い」

「はい」桃葉はひょいと煌を抱き上げた。

大希は最初に階段を上がった。続いて峠が上がってくる。

煌を抱きかかえた桃葉も上がってきた。

検問所は道路上に無理やり建てられたプレハブ三階建てで、その屋上には鉄柵が張り巡らされていた。屋上には誰もいなかった。

「桃葉さん、あそこへ」と煌は鉄柵ぎりぎりに立つよう指示した。

演説をするつもりらしい。

やはり狙撃にはうってつけなので、大希は止めたかったが、同時に止めるべきではない、とも考えた。少女はいま、ミヨシとしての責務を命懸けで果たそうとしているのだ。

だが、煌が演説を始める前に、さらに高いところから、声が降ってきた。

「みんな、ミヨシさまがいらしてくださった。ミヨシさまをお迎えしたことで、われわれの正義は証明されたのです。疑っていた者たちも、いまこそ立ち上がるべきとき。チャンスを逃すのは、あまりに愚かです……」

検問所には鉄骨の見張り台がある。そこに男が立ち、トランジスタメガホン片手にがなり立てていた。

「あれが半田だ」峠が煌に教えた。

「確かにあまりお見かけしない方ね」

「引きずり下ろしましょうか」大希は申し出た。

「いや」峠が首を横に振る。「岡崎さんは水都の人だ。まずいんじゃないかな」

「そうですが、あのままにしておくわけにはいかないんじゃないですか」

大希は下の様子を見た。道を埋め尽くす信者たちは半田の言葉に耳を傾けている。

「いいですか、諸君」半田はヒートアップしていた。「いま旧世界の権力者どもが地位にしがみつこうとしています。新時代を築くべき者たちをベーサーなどという蔑称で呼び、圧殺しようとしてるのです。許してはならない。そうでしょう、諸君っ」

峠が頭を掻きながら言った。「おれができればいいけど、歳だからな。若いやつにやらそう。あれ？」と辺りを見回して、不思議そうな顔をする。「どうしてみんな、来ないんだ？」

誰かが上がってきた。しかし、それは資料棟からともに歩いた信者ではなく、見知らぬ男だった。

「やあ、ミヨシさま。ようお越し下さいました。迎えに参じなあかんと思うてたとこでして」男はにこやかな笑顔でいった。

「誰？」煌が小声で峠に尋ねた。

峠は無言で首を横に振った。戸惑いを浮かべている。

男は煌に歩み寄る。背後に二人の男を連れていた。

「失礼ですが、近づかないでください」大希は男たちの前に立ちはだかった。

「差し出がましいわっ」男は怒鳴った。「わしはミヨシさまに謁見賜りたいんじゃ。どいとれや」

大希は一歩も退かなかった。

背後の男たちが大希を睨みつけた。

「われ、耳、ないんかい」と右側の男が唸った。

「顔の両側に付いとるのは、取っ手かい」左側の男が薄笑いを浮かべる。

ますますもって煌に近づけてはいけない類の人間だと大希は確信した。傘の柄を握りしめる。

「あなた、どなた？」煌が尋ねた。

「申し遅れました。北島と申します」中央の男は大袈裟に辞儀をした。「お父さまにはえろうお世話になっておりまして」

「どなたかとお間違いでは?」煌の声は冷たい。「わたしの父は天川飛彦と申します。もう何年も前に亡くなっておりますが」

北島は笑った。「お嬢様も意地が悪い。わかっておられるでしょうに。わたしの申しとるのは、田頭誠司はんのことですがな」

「よく存じ上げない方です。父ではありません」

「ほしたら、ほんとうのお父さまのお人柄についてゆっくり説明させてもらいますわ。お茶の用意させますよってに、こっちへお越し下さい。そのあと、お父さんとこへ参りましょう」

半田のアジテーションは続いている。

「あんなにうるさいと寛げません。あの騒音、なんとかしていただけません?」

「お嬢様のご命令とあれば仕方ありませんな。おい」

北島は左の男に合図した。

男はみょうにチープな造りのライフルを構え、撃った。

半田が仰け反って、見張り台から転落する。

「水都だ」下から叫びが上がった。「水都のやつが半田さんを撃ったぞ」

「ミヨシさまをっ、ミヨシさまを守れ」

下からそんな叫びが聞こえた。最初から打ち合わせ済みだったに違いない。

大希は呆然とした。

「来るなっ」右の男が鉄柵から身を乗り出して叫んだ。「水都のやつ、ミヨシさまを人質に取りよった。けど心配ない、わしらが助けるっ」

「さあ、お嬢様。行きまひょか」北島が勝ち誇った表情をし、リボルバーをちらつかせた。

「こんなものを使わせせんといてください」

「ミヨシを脅迫するのですか、無礼者」煌が静かに告げた。「岡崎さん、この方々をわたしの目の前から排除して」

「はい」

冷静になってから振り返ると、ボディーガードの職務を逸脱していたとしか評価できないのだが、このときは考えるより先に身体が動いていた。

姿勢を低くして、北島との距離を詰め、傘の石突きを相手の喉めがけて下から突き出した。

石突きは剝き出しのチタン合金である。先端が尖っているわけではないが、勢いよく繰り出されれば、人間の皮膚を貫き、気管を潰す。

北島は喉を押さえて、崩れ落ち、その手からピストルが零れた。

右の男は慌てて拳銃を取り出そうとしたが、後ろに吹っ飛んだ。桃葉の強烈なタックルを受けたのだ。

性懲りもなく立ち上がって銃を構えようとする男を、桃葉は背負い投げした。

男は鉄柵を越え、道路の反対側に落ちていく。

大希は金属音を至近で聞いて、そちらを見た。半田を撃ったベーサーがライフルを構えて、大希を狙っている。銃口との距離は一メートルもない。

大希は死を確信した。

銃声が轟く。

だが、大希はまだ生きていた。

ベーサーが頭から血を吹き出し、倒れるのが見えた。

命拾いをしたようだ。

大希は立ち上がり、辺りを見回した。

煌はぺたんと床に坐っていた。桃葉が近づいて、彼女を抱き上げる。

峠はリボルバーを握って尻餅をついていた。北島の持っていたリボルバーだ。

「峠さんが助けてくださったんですか」大希は訊いた。

「うう、まあな」峠は頷いた。

「ありがとうございます」大希は心から礼を言い、手を差し伸べて、立たせた。

北島の傍らに跪き、脈を取る。彼は死んでいた。

「気にすることないわ」背後から煌の声がした。「わたしがお願いしたんだから、わたしの責任よ」

大希は振り返り、微笑んだ。

「わたしを卑怯者にしないでください、天川さま」

「岡崎さんは絶対、わたしをミヨシと呼ばないのね」煌も微笑んだ。「桃葉さん、柵に寄って」

「はい、ミヨシさま」

桃葉が煌を抱きかかえて、柵に近寄った。

煌が姿を見せると、下の信者たちはどよめいた。

「皆さん、わたしは無事です」煌の声はよく通った。「水都の人に人質にされた、というのは嘘です。わたしは誰の人質にもなっていません」

「騙されるな、ミヨシさまは脅されて、喋らされとるんや」と誰かが叫んだ。

「脅されてなどいません。そのような愚かなことを仰るのはどなたですか。アマツワタリのミヨシが脅されて、心にもないことを喋ると本気で信じているのですか。それは、わたしをミヨシと戴くすべての人への侮辱です。わたしを『ミヨシさま』と呼んだ口で、わたしを侮らないでください」

群衆は静まりかえった。

「わたしはいま、自由な意思で皆さんにお話しさせていただいています。その上で申します。皆さん、ここはトコヨです。カタスなどではありません。なぜならわたしはミヨシ、皆さんをトコヨへ導くためだけに生まれてきた人間だからです。わたしがいる以上、ここはトコヨなのです。でも、未完成のトコヨです。ですから、わたしは皆さんと手を取り合って、トコヨを完成させたいと思います。

ひょっとすると、皆さんの仰るカタスとは、完成していないトコヨのことかもしれません。そうであれば、納得です。でも、いつかカタスをトコヨにしたいとお思いになりませんか。

そう、トコヨはここにあります。でも、ここの未来にあります。繰り返します、わたしはミヨシ、皆さんをトコヨへ導く者です。完全なるトコヨは未来にあり、わたしにはそこへ皆さんを導く義務があるのです。

カタスのことなんて忘れなさい。それは過去そのものです。皆さんがトコヨを信じたとき、ほんのちょっとだけトコヨは全き姿に近づくのです。

しかし、カタスを忘れず、囚われる人にとっては、ここはカタスのままです。ですから、ここがカタスだと主張する人はわたしの敵です。そのような人たちにミヨシと呼んでいただきたくありません。そもそも、そういった人たちにミヨシが必要でしょうか。どこかに行きたいとお思いなのでしょうか。忌まわしいカタスこそが心地よいのではありませんか。だったら、カタスに留まっておればよろしい。でも、トコヨへ旅立つ人々の邪魔をすることは許しません。あくまで邪魔をするなら、シュレーディンガーの猫にしてさしあげます。半殺しで済むと思わないでください。生と死、二つの状態の重ね合わせになるのですよ。カタスに留まりたくないと仰るなら、わたしと一緒にトコヨへ歩みましょう。それは長く困難な道です。でも、必ず報われます。皆さん、わたしと一緒に来てください」

信者たちは湧き、ミヨシを称えた。

煌は手を振って答えた。

「桃葉さん」大希は呼びかけた。「さりげなく下がってください」

煌を賞賛する信者たちの中にもまだ暗殺者が潜んでいるかもしれない。狙撃の危険は取り除かなければならなかった。

桃葉は頷くと、後ろへ下がり、煌を降ろした。

信者たちの眼差しから外れると、煌はぐったりした。脚を放り出して坐り込む。

大希は建物周囲の状況を確認した。

「屋内で休まれたほうがいいです」と桃葉が煌に言った。

「そうね。なんだか疲れちゃった」煌は頷いた。

「適当な休憩場所を見繕わなきゃな」峠が言い、男たちの死体に目を向けた。「それからこいつらもなんとかしなきゃ。ちょっと人を集めてくる」

「待ってください」大希は、鉄骨階段へ向かおうとした峠を呼び止め、東を指した。「あれを見て」

東から車列が近づいてくる。今どき、あれだけの燃料を無駄使いする勢力はひとつしかない。

「新手のベーサーか」峠は顔色を変えた。

戦況と照らし合わせて考えると、彼らは増援部隊だろう。だとすれば、検問所は素通りし、舞洲も通過して夢洲に向かうはずだ。

だが、道路に信者がいるこの状況はまずい。

「道からどかせないといけません。建物に入るか、脇に避けるか」大希は言った。

「そうね」煌は頷いた。「峠さん、お願い」

「わかった」峠は身を翻して、鉄骨階段を下っていった。

大希は状況をスイツールに入力し、関連部署で共有した。

すぐスイツール通話が入った。

相手は水都セキュリティーサービス前社長の塚本だった。

「岡崎警護員か。周囲の映像を上げてくれ」

「ベーサーを撮ればいいんですか」

「違う。周囲の映像だ」塚本は苛立たしげに言った。

大希は言われたとおり、建物周辺の動画をスイツールで共有した。

「これでいいですか」

「バスがないな」と塚本。「道路を封鎖しているバスだ」

「あります。近くに駐車していました」

「道路に戻せるか。時間稼ぎしてほしい」

「理由を聞かせてください」

道路を封鎖したら、信者に危険が及ぶ。はい、そうですか、と従うわけにはいかなかった。

「われわれの勝利を確定するためだ」

「バスを置いただけで稼げる時間なんて知れていると思いますが」

「きみは天川煌氏の側にいるはずね」

「ボディーガードですから」

「天川氏と代わってほしい。アマツワタリ教団代表に話がある。ちなみに、わたしは自衛隊をまた退官し、現在、水都セキュリティーサービスの社員で、五百住オーナーの命により、べーサー組織対策の指揮を執っている」

「了解しました」大希は煌にスマホを差し出した。「弊社の塚本がお話ししたいことがあるそうです。魁物対策の責任者です」

煌はスマホを受け取った。彼女は塚本の話に耳を傾けるばかりで、ほとんど喋らなかった。だが、最後に、「わかりました。協力します」と言った。

大希の手元に帰ってきたとき、スマホはまだ塚本と繋がっていた。

「天川氏の許可も得た。心置きなく、バスを戻せ」

それだけ告げて、塚本は通話を打ち切った。

大希は煌を見た。

煌は頷いた。「お願い、岡崎さん。バスは水都の社員でないと動かせないんですって。

それと、もし途中で峠さんと会ったら、ここに来るように伝えて」

「わかりました」

大希は駆けだした。

途中、峠と会った。

「おい、どこへ……」と峠は驚いた顔をした。

「天川さまがお呼びです」

「いや、それはいいが、説明を……」

峠の声を背中に聞きながら、バスに駆け寄った。

社員証で開錠し、車内に入る。エンジンの始動も社員証で可能だった。

検問所を通る道は、上り車線を完全に廃コンテナとコンクリート充填ドラム缶で潰し、
下りの一車線だけが通行可能になっていた。

その一車線にバックで突っ込む。

バックモニターに迫ってくるバイクが映っていた。

バイクは横転した。

クラクションが一斉に鳴る。バックモニターで見るとベーサーたちは罵っているようだが、言葉までは聞こえない。

やがて、彼らは銃を取り出した。

降りるに降りられない。

バスの後部と側面には鋼板が貼られているから簡単には貫通しないだろうが、フロントガラスは銃弾に耐えられないだろう。あるいは、ドアを開けられたら、抵抗しようがない。

銃もないし、傘も置いてきた。

カメラが撃たれたらしく、バックモニターがふいに消えた。

側面がガンガンと叩かれる。

すぐにベーサーがフロントガラスの向こうに現れた。

大希は咄嗟にしゃがみ込んだ。

銃弾が撃ち込まれ、フロントガラスの破片が降り注ぐ。

〈なんだ、やっぱり今日がおれの命日か……〉大希は覚悟を決めた。

いまにもベーサーが車内に躍り込んでくるかと思ったが、一人も来ない。銃声や罵声は相変わらず聞こえるが、遠ざかっていくような気がした。

おそるおそる顔を上げて、外の様子を窺う。

廃コンテナの側面には銃眼が切ってある。そこから銃身が突き出し、ベーサーたち目がけて火を噴いていた。

〈助かったのか……？〉

ふと気づくと、脇腹から出血していた。被弾したのか、と思ったが、昼間に撃たれた傷が開いたのだった。

激しい銃撃音を聞きながら、大希はこの日、二度目の失神をした。

＊

統合警備隊長の塚本一佐は自衛隊に復帰した時点で、水都セキュリティーサービスから退職したが、この日、再び自衛隊を退官し、即時、元の会社に復職した。同時に水都グループオーナー五百住正輝の命令により、対魁物戦の総指揮を執った。

統合警備隊を直率して魁物本隊に迫っていた彼女は、敵増援部隊の接近を知って、危機感を覚えた。その時点で、優勢に戦いを進めてはいたが、もともと人数では劣っていた。新たな敵の参加によって、一気に形勢が逆転しかねなかった。

そこで、塚本は、此花大橋検問所で食い止めることを画策した。

此花大橋検問所には大規模な常駐隊があったが、自治政府の命令によって一時、持ち場の放棄を余儀なくされ、しかも、ベーサー集団との戦闘によって大きな損害を出していた。

その後、彼らは舞洲の倉庫街に逃げ込んでいた。

塚本は彼らに再出動を命じた。

倉庫街には水都ケミカル・ストレージの危険物倉庫があり、そこには弾薬が蓄えられていた。消費した弾薬の補充は容易だった。

だが、大損害を受けた検問所常駐隊の再編成には時間がかかる。塚本の命令を受けた時点で、常駐隊はとても戦える状態ではなかった。

しかし、事態は緊迫していた。

そこで塚本は、アマツワタリ教団に協力を仰ぐことにする。

常駐隊は急いで検問所から撤退しなければならなかったので、武器庫から中身を持ち出すことはできなかった。武器庫はわかりにくい場所にあり、その扉は厳重に施錠されていた。

その武器庫内に納められた銃器と弾薬を、アマツワタリ教団に提供し、新たなベーサー集団を阻止させよう、と考えたのである。

これには法令違反などいくつもの問題点があった。将来に禍根を残すかもしれない。だが、いま、魁物に敗北すれば、将来そのものがなくなる。全責任を取る覚悟をもって、塚本は決断した。

アマツワタリ教団の天川煌に武器庫の場所を教え、遠隔操作でスマートロックを解除した。

その上で、危険物倉庫の常駐隊に「出動できるものから出動せよ」と塚本は命じた。

教団の有志たちが時間を稼いでいるあいだに、常駐隊は散発的に持ち場へ復帰することとなった。

検問所は要害であり、後続が来ることさえ保証されていれば、少人数でも防備可能だった。

最初の一撃を耐えた検問所は時間を追うごとに堅固になっていき、魁物の増援部隊はついに撤退した。

第十章　謹賀新年

「初日の出だぜ、団長」井上本部長が言った。

「まあ、拝んどこうか」田頭誠司は立ち上がった。

海の向こうに見える山から赤い太陽が昇っている。

周りには団員が十名ばかりいた。皆で柏手《かしわで》を打つ。

誠司は腰を下ろし、昨日の大敗を思った。

途中までは勝利を確信していたのだが、後続部隊が阻止されたことで敗北が決定した。団員たちが動揺し、戦線が崩壊した。西から統合警備隊、東南から被災民自治政府警察機動隊に挟撃され、ベース隊が次々に壊滅していった。

誠司は再起を図って撤退を決めたが、陸路では不可能だった。

海岸付近に逃れたところ、たまたま空のゴミ運搬船が係留されているのを見つけ、奪ったのだった。

誠司たちは大阪市街に戻るつもりだったのだが、一艘のボートに進路を妨害された。

「そこにいるのは、今城くんじゃないかね?」とボートからトランジスタメガホンで呼びかけられた。「また逃げている途中かね。なんなら匿ってやろうか。ただし、お父さんかお母さんから手紙をもらっておいで」

忌々しい沢良木の声だった。

腹が立ったので、銃撃したが、距離があり、波も高かったので、命中しなかった。

そうこうするうちに、水都の旗を立てた高速艇がやってきたので、心ならずも沖合への舵取りを強いられた。

気がつけば明石海峡を通過していた。そして、深夜、座礁し、やむなく上陸したのだった。

瀬戸内海の島であることは確実だが、どの島かまではわからない。

「とにかく、こんなところではどうもならん」誠司は言った。「船をなおして、大阪へ帰るで」

「前向きだな、団長は」井上が笑った。「おれはもういいや。いっぺん、ホームレスにまで堕ちて、生きながら死んでいたようなもんだったが、団長のおかげでずいぶん面白い目を見させてもらった」

「おい、縁起でもない。遺言じみたことを抜かすなや」誠司は不愉快だった。

「そうだな、悪かった」

「元旦や、言うのに、酒も呑めんから、情けない気分になるのはわかる」

「違いない。酒はともかく、水が飲みてぇな」

「湧き水でも捜してきます」団員の一人が立ち上がった。

誠司たちがいるのは、石の多い浜辺だった。すぐ後ろには鬱蒼とした森が広がっている。

団員は二人誘い、三人で森へ入った。

すぐ悲鳴が上がった。

「なんや」誠司はマカロフＰＭを抜いた。

団員が一人森からよろばい出てきた。

顔に黒いベルトのようなものを巻き付けている。だが、ベルトでない証拠に、それには無数の脚が生えていた。

「団長、痛い」彼は手を伸ばす。

「おい、どないした」誠司は駆け寄ろうとした。

「近づくんじゃねえ、危ない」と井上が制止する。

よく見ると、ベルト状生物の脚は団員の皮膚にのめり込んでいた。平たかった生物の身体が丸みを帯びる。

それにしたがって、団員の顔色は悪くなり、ついに倒れた。

〈あれは脚ちゃう、蚊の嘴みたいなもんなんや。血ぃ吸っとるんや〉誠司は直感した。

森から耳障りな音が聞こえた。なにかを擦るような、あるいは叩くような音。

木々のあいだからベルトが溢れだした。ベルトは波打つような動きで、前進した。かなり速い。

誠司はマカロフの引き金を引いた。

団員たちもそれぞれに発砲する。

だが、ベルトどもの勢いは止まらない。

誠司の手に一本のベルトが巻き付いた。たちまち、注射針を打ち込まれたような痛みが何カ所も同時に走る。

マカロフが手からこぼれた。

別のベルトが顔に貼りつく。

身体が痺れ、誠司は浜に膝をついた。

その横で井上が銃を咥えた。

〈ああ、くそ、一度ぐらいお父《と》んと呼ばれたかったな……〉

誠司の意識は遠くなっていった。

*

「掛巻《かけまく》も畏《かしこ》き。舞洲資料棟に鎮り坐す。茂具隈之命《もぐわいのみこと》の大前に。恐み恐みも白《もう》さく。千歳経む山松を。さ根こじの根こじにして……」

出灰万年青は万能量子コンピュータ、モグワイ03の本体を初めて見た。それは銀色の円筒だった。

いまモグワイ03には注連縄《しめなわ》が張られていた。その前で学生が祝詞を唱えながら大幣《おおぬさ》を振っている。

大晦日、アマツワタリ教団の分裂、さらにベーサー集団の侵入と混乱が続いた。その中で、万年青の母である出灰教授はモグワイ03の退避を覚悟し、移動の準備を行った。

だが、けっきょく、退避する前に混乱は収束した。

そこで周辺機器を繋ぎなおす復旧作業を行うことになったのだが、そのとき、母が「どうせやったら、初詣の準備しよう」と言いだしたのだ。

万年青にはよくわからないが、手間は似たようなものらしい。

注連縄や大幣をどこから調達したのか、万年青は知らない。知りたくもなかった。

「……新しき年の始の朝日の豊栄昇《とよさかのぼり》に。称言《たたえごと》竟《お》へ奉らくと申す」

祝詞が終わった。

「さあ、みんな、お参りしましょう」母が言った。

まず母がモグワイ03を参拝する。

続いたのは、アマツワタリの沢良木という人だった。みょうに嬉しそうに柏手を打つ。学生や研究者たちも大真面目な顔で二礼二拍手一礼の作法に則《のっと》り、参拝した。しかたなく万年青も参拝した。

本当にモグワイ03が並行宇宙間通信をできるのなら、拝む価値はじゅうぶんにある。同時に、モグワイが二つの宇宙の楔になるという話を思い出し、コンピュータにも誇大妄想ってあるんやな、と思った。

「万年青はなにをお祈りしたん？」妹の鈴蘭が訊いてきた。

「そら、もとの世界に帰れますようにって」万年青は正直に答えた。「それから、学校のみんなが元気でいますように、ともお祈りした」

「いやあ。あんたもつまらん人間やなあ」

万年青はむっとした。

「ほんなら、鈴ちゃんはなにを祈ったん？」

「いやらし。なんでそんなこと、訊くのん」鈴蘭は軽蔑の眼差しを向けてきた。

＊

「明けましておめでとう」五百住正輝は満面の笑みを浮かべていた。「岡崎くん、大変やったなあ。ほんまにご苦労さん」

「おめでとうございます」岡崎大希は半身を起こした。「わざわざお見舞いいただいて恐縮です」

「そのまま、そのまま。いや、気にすることないねん。この病院、うちの社員がようさん入院してるから、順番に回っているだけやねん。花の一つもなくて申し訳ない」

ここは咲洲にある桜島病院外科病棟である。

大希は此花大橋検問所で気を失って、この病院に運び込まれ、年を越す羽目になったのだった。

「手術はまだですか」神内秘書が訊いた。

「さすがに順番待ちがすごくて。弾はまだ体内に残ったままです」傷口を縫い、輸血をされたが、弾丸の摘出は行われていない。「どうせすぐには順番は回ってこないでしょうから、今日中にも退院するつもりです」

「ゆっくりしといたらええがな」正輝が言った。「きみらのおかげでベーサーはおとなしゅうなった。魁物のボスがどこぞへ消えたから、今のうちに締め上げたるわ。そういや、萩原自称首相代理、ホテル咲洲まで来て、評議会議員全員に年賀の挨拶をしたらしいわ。詫びを入れたつもりやろうな。ぼくんとこにも挨拶したい、言うてきはったけど、忙しいから断ったわ。今日は一日、みんなのお見舞いせんなん」

「いや、ようさん亡くなったからな、今年は喪中や」正輝は寂しげな笑みを浮かべた。

「元旦ですのに」

「ああ、そうですね」

「きみは暗い顔したらあかん。よう生き抜いてくれた。これからも頼りにしてるで」

「はい、そう言っていただけると、励みになります」

「その調子。新年早々、忙しゅうなるで。通信網の再建、肥料の調達。急いでやらんなんことが目白押しや。その片手間に政体の整理もせんなん。たぶん、府庁は解体やろうな」

「自治政府に吸収ですか」

「いや、ここだけの話、あんまり政府に力を持たせたくない。役所も連名会社にしてしまうんがええんちゃうかな。自衛隊もや」

「自衛隊を会社に、ですか?」大希は驚いた。

「解体でもええな。あいつら、ぼくらとベーサーを秤にかけよった。我慢ならん」

「誤解があるのでは?」大希は控え目に言った。

「かもしれん。けど、いまのところ、国防は必要ないからねえ。予算、出す者がおらへん」

　海外の転移領域との連絡はきわめて限定的だった。戦争は当面、起こりそうにない。

「社長、そろそろ」神内が促した。

「そうやな。ほな、またな、岡崎くん」

「はい。ありがとうございました」

正輝は病室を出しな、振り返った。

「人気者やな、岡崎くん。また、見舞客や」

正輝、神内と入れ替わりに入ってきたのは、天川煌と中村桃葉だった。

煌は車椅子ではなく、杖をついている。

「明けましておめでとう、岡崎さん」

「おめでとうございます」

煌と桃葉が言った。

おそらく人類はこの世界に歓迎されていない。一年を生き延びるのは困難で、新年の慶びはそれだけ大きいだろう。

「新年、明けましておめでとうございます」

大希は異境で迎える最初の年明けを言祝《ことほ》いだ。

解説　関西大移災！　裏地球の仁義なき抗争のはじまり

牧　眞司

本書『突変世界　異境の水都』は、第三十六回日本SF大賞受賞作『突変』の続篇だ。続篇といっても、作中の時系列としては前日譚にあたる。

両作品に共通する基本設定――物語をSFたらしめているシチュエーション――は、予兆なく起こる変移災害だ。かなりの広さの地域が〝裏地球〟と入れ替わってしまう。最初の移災はインド洋にあるチャゴス諸島の沖合の海域で発生し、漁船の網に八十二種にもおよぶ奇妙な生物がかかった。裏地球に棲む異源生物だ。このチャゴス諸島沖はひとが暮らす地域ではなかったが、それ以降、世界各地で断続的に発生した移災は市街地を含むものだった。『突変』はチャゴスから七年後、本書『異境の水都』は三年後である。

一般にシリーズ作品といえばシャーロック・ホームズやルパンに代表されるように際立ったキャラクターによってつながっていくものが主流だが、SFの場合はまず魅力的な設定があって、そこから多彩なエピソードが生まれるものも多い。『突変』もその系列だ。

先行する物語から時間を遡《さかのぼ》って前日譚が書かれるケースは、それこそ古代ギリシャの叙事詩『イーリアス』→『キュプリア』から綿々とあるが、SFの分野ではA・E・ヴァン・ヴォークト『イシャーの武器店』→『武器製造業者』やジェイムズ・ブリッシュ『地球人よ、故郷に還れ』→『宇宙零年』が有名だ。映画「スター・ウォーズ」も、のちに製作された新シリーズ（エピソード1〜3）が、旧三部作（エピソード4〜6）の前日譚にあたる。余談ながら英単語で前日譚を意味するprequelはいまでこそ広く使われているけれど、sequelから派生した比較的新しい造語であり、アンソニイ・バウチャーが書評で『宇宙零年』に言及した際（一九五八年）に最初に用いたそうだ。

日本SF作家クラブ会員有志が運営するネット・マガジン〈SF Prologue Wave〉に、森岡浩之さんが寄せたコメントによれば、『突変』の霊感源になったのは荒正人『ヴァイキング』（中公新書）である。森岡さんは学生時代にこのノンフィクションを読んで、ヴァイキングのグリーンランド植民地に関心を抱く。この植民地の興亡を決したのは同地に船を提供したノルウェー王室であり、この王室の役割を未来へ拡大投射して構想したのが『星界の紋章』のバックグラウンドになる〈アーヴによる人類帝国〉だという。もちろん、単純に移し替えたわけではなく、ほかのソースからさまざまな要素を取りこみ、まったくオリジナルの設定へと昇華している。そこが一流のSF作家たるところだ。

王室にフォーカスした『星界の紋章』に対し、『突変』『異境の水都』は植民地をクローズアップする。森岡さんご自身は次のように語っている。

そのシチュエーションとは、もとの社会から切り離され、なおかつ限定的に繫《つな》がっている状況だ。

もとの社会は、馴染み深いわれわれの社会とした。

こうして、現代社会の大半と切り離されながらも、科学技術文明の維持に奮闘する人々の世界が思い浮かんだ。

筆者は『突変』を最初に読んだとき、エドモンド・ハミルトンの名作SF『時果つるところ』を思いだした。この作品では、アメリカの地方都市ミドルタウン全体が数百万年先の未来へとタイム・スリップしてしまう。町の外に広がるのは寒冷化によって荒廃した世界で、生きている人間の気配がない。この環境のなか、残されたインフラと乏しい資源をやりくりして、町のひとびとは自分たちの生活と文明を維持するために奮闘をはじめる。

ハミルトンはアメリカSF界の草創期から活躍をはじめた作家で、『時果つるところ』は彼の円熟期に発表された長篇（雑誌発表が一九五〇年、翌五一年に単行本化）だ。物語のなかで主導的役割を果たすのは青年科学者であり、科学技術が苦境を打開する決め手となる。テクノクラシーへの素朴な信頼がまだ通用していた時代の小説といえよう。読者を楽しませることの上手なハミルトンゆえプロットは趣向がこらされているが、主人公の大きな正義は最初から揺るぐことはなく、彼を頂点として小説世界が成立している。

それに対して、二十一世紀の日本SFである『突変』『異境の水都』は一意的な正義はなく、複数の登場人物がそれぞれの事情や思惑を抱え、それらが相互に影響しながら物語が進んでいく。移災という大きなシチュエーションのもとで、いくつもの視点、いくつものエピソードが複雑に絡むのだ。

もっとも『突変』と『異境の水都』とでは、いささかテイストが異なる。それは移災の規模によるものだ。

『突変』で〝裏返った〟のは酒河《さかがわ》市花咲が丘三丁目とその近隣という狭いエリアであり、そのなかに行政組織は含まれていなかった。住民の意見を代表する立場になりうるのがせいぜい町内会長となれば、トップダウン式に物事を動かすわけにもいかない。移災者のなかには酒河市議会議員もいるがリーダーシップは執れず、結局、市井のひとびとがそれぞれ職能や知識を活かしながら自発的・互恵的に協力して移災後の秩序を模索する。

じつは先にふれた〈SF Prologue Wave〉のコメントは、〔病気で死にかけたせいか、単純に歳を取ったせいか、下町人情ものを書きたくなった〕という文章ではじまっている。ひとの心のキメ細かな機微も『突変』の魅力のひとつである。

いっぽう、本書『異境の水都』は、大阪市を含む九一七・五五平方キロメートル、海域も含めれば九四二・三六平方キロメートルという広大な地域が裏地球へ転移する。これをひとびとは「関西大移災」と呼ぶようになった。『突変』とは逆に複数の行政機関が含まれているため、互いの思惑が衝突して移災者全体をまとめる方針が立たない。なんのことはない、もとの世界の権力争いがそのまま持ちこされ、しかも異常事態のため歯止めがきかなくなっている。行政機関とは別に、移災時にたまたま大阪に滞在していた国会議員六人を担いで暫定最高評議会が発足するが、実際の業務は大阪に本拠を置く企業グループが握っており、中立的とはとてもいえない。警察も一枚岩ではなく、最高評議会に与《くみ》する組織もあれば、大阪府庁に同調する組織もある。自衛隊はいちおう中立を保っているが、脱落する隊員も少なくない。警察や自衛隊から人材を引き抜いているのが民間の自警団で、もともと無法者の吹きだまりのようだったのがさらに過激さを増している。……といった具合で、きわめて危ういバランスで勢力が拮抗しており、諜報戦や武力衝突を含めた虚々実々のかけひきがおこなわれる。

共同体のなかで人情が通いあう『突変』とは打って変わり、『異境の水都』は生き馬の目を抜く殺伐とした雰囲気である。それでいて物語がパサつかないのは、個性豊かな登場人物たちのおかげだ。

沈着冷静なボディーガードだが、どこかお人好しなところがある岡崎大希《おかざきたいき》。

父親のあとを継いで宗教団体アマツワタリの指導者を務めている、若いが毅然《きぜん》とした天川煌《あまかわきら》。

煌の後見人にしてアマツワタリ代表だが、徐々に愛すべき変人ぶりがあらわになる沢良《さわら》木《ぎ》勝久《かつひさ》（もしかするとSFファンがいちばん親しみやすい人物かもしれない）。大企業グループの総帥にして、自然体のボケが絶妙な五百住《いおずみ》正輝《まさてる》。正輝と名コンビ、鋭いツッコミ役の秘書、神内《かみうち》究《きわむ》。こてこての関西ヤンキー、田頭《たがしら》誠司《せいじ》。優しくおっとりとした男子中学生、出灰《いずりは》万年青《おもと》。彼の双子の妹でおきゃんな出灰鈴蘭《すずらん》。

『突変』をお読みになった読者は、万年青と鈴蘭の名前に見覚えがあることだろう。息の合った双子の自衛射手である。『突変』では高校生になっており、鈴蘭などはすっかり辛《しん》辣《らつ》で臈《ろう》たけていたが、本書の時点ではまだ子どもっぽさが残っている。

さて、本書でとくに目を引くのは宗教団体アマツワタリの存在だ。先に述べたように転移後にいくつもの勢力が拮抗するが、そのなかで多くの信者を抱えるアマツワタリは独自のポジションを占める。また、教団自体の内部にも運営方針や教義の解釈をめぐって分裂がある。警備会社の社員である岡崎大希が、天川煌のボディーガードとして派遣されたのもそのためだ。ただし、アマツワタリはいわゆるカルトではなく、強引な勧誘や信者からの搾取といった違法行為もおこなっていない。発足したのは何十年も前だが、チャゴス諸島沖異変をきっかけとして急速に勢力を拡大した。教団のもともとの教義だった「無人の宇宙船がトコヨという理想郷へ連れていってくれる」が、突変という超常現象とマッチしたためだ。

『突変』でも『異境の水都』でも、突変にともなう政治・経済・生産・インフラの問題を真っ正面から扱っているが、アマツワタリという要素を加えたことによって思想の側面にも光があたる。「トコヨへの移住」という教義そのものは根拠が希薄な思いこみにすぎないとしても、その解釈に幅を持たせて硬直した原理主義に陥らないようにしているのが面白い。なにしろ教団の創立メンバーのひとりであり現代表を務める沢良木勝久などは、関西大移災を経たのち「これからは、知性主義へ方向転換するつもりだ。なにしろ、こっちではもう正統な近代思想が保たれるか心許ないから」と言ってのけるのだ。まったく食えない人物である。沢良木はある観測によって突変が地球ローカルな現象ではなく宇宙的な事件だと突きとめ、表と裏のふたつの宇宙はやがてひとつに収束するという仮説まで立てる。このあたりの詳しい議論は、本篇を読んでのお楽しみ。

この解説のはじめでふれたように前作『突変』は、第三十六回日本SF大賞受賞作である。日本SF大賞は（1）一般からのエントリー↓（2）日本SF作家クラブ会員による候補作推薦↓（3）選考委員の協議での受賞作決定——という段階を経る。このときの選考委員は、北野勇作、篠田節子、谷甲州、長山靖生、牧眞司の五名。このメンバーでの選考はこれが三回目になるが、前の二回がほとんど満場一致で受賞作が決まったのに対し、この回は紛糾した（谷委員は自作が候補にあがったため、書面での参加となった）。活発な意見が交わされるなか、とりあえず候補にあがった六作品のうち選考委員のふたり以上が強く推す作品に絞ることが合意され、谷甲州『コロンビア・ゼロ　新・航空宇宙軍史』、牧野修『月世界小説』、森岡浩之『突変』が残った。

その後の議論では、じっくりと細部を組みあげた『コロンビア・ゼロ』を推す派と、エッジの立った『月世界小説』を推す派のあいだで意見がみごとに割れたのだが、面白いことにどちらの派も『突変』については意見がほぼ一致したことだ。各委員の選評のなかから抜き書きしてみよう。

〈設定だけ見れば、よくある異世界転移ものという印象を持たれると思う。だが、それがもし現実に起きたときに現実に日常を生きている人たちがどんなふうにその非日常に対処したか、という部分をここまで地に足をつけて描いたSFはないのではないか〉（北野勇作）

〈生態系大好き読者にとってはすこぶる魅力的な動植物が登場する。加えて裏返った世界の中で起きることも、これまでの書かれてきた小説とはひと味違う。パニック、犯罪、英雄の誕生、反対勢力との対立、圧倒的暴力といったもので引っ張っていったりはしない。分断された小世界に社会はそのまま残存し、既成の組織やシステムの中で何とか日常を維持しようと住民が律儀に右往左往する。いいじゃねーか、しょせんエンタなんだし、小説なんだから何でもありよ、の安直さが感じられないのである〉（篠田節子）
〈現在の日本と、それを取りまく悪夢のような異世界の接触が丹念に描かれている。同様の舞台設定は過去にも例があるものの、リアリティーと説得力では決して先行作品に負けていない。元の世界から切り離された地方都市の日常生活が、丁寧に描かれているせいだろう。物語の冒頭では淡々とした描写の合間に、さりげなく「裏返った」とか「チェンジリング（異源生物）」などの言葉が使われている。異様な印象を受けるが、特に説明はない。たくみな伏線に引かれて、読みつづけるだけだ〉（谷甲州）
〈『突変』に関する議論の途中で、ある委員より「『夢の樹が接げたなら』はなぜ受賞していないのか」との発言があり、私が「『星界の紋章』でお獲りになっていたからでしょう」と言った処、事務局から「未受賞です」との指摘があり、慌てた。『突変』の大賞受賞に積極賛成した〉（長山靖生）
〈『突変』は文句なしに面白い。変な言いかたになるけど「文句ないくらいに面白い」ため、かえって文句をつけたくなる。森岡浩之はトガった作品がひしめく短篇集『夢の樹が接げたなら』、もしくは瑞々しいスペースオペラ《星界》シリーズで日本SF大賞をとっくに獲っているべきだった。いまさらこんな円熟したエンターテインメントを持ってくるなんてズルいじゃないか！　半村良が健在だったらライバル認定するに違いない〉（牧眞

司）

長山さんのコメントのなかに「未受賞」という言葉が出てくるが、けっきょくこれが受賞の決め手となった。最終ステージに残った三作の作者のうち、牧野さんはすでに『傀儡后』で日本SF大賞を受賞していた。そうした事情も勘案して、こんかいは『コロンビア・ゼロ』と『突変』が大賞、『月世界小説』が特別賞ということで落ちついた（それにしても、谷さんも森岡さんもこれが初受賞だというのが驚きだ）。

筆者個人としては、日本SF大賞の選考会は鋭い読み手であるほかの委員のみなさんと大好きなSFの話がぞんぶんにできる天国のような機会なのだけど、この選考会ばかりは終わったときにヘトヘトでした。

しかし、そんな疲れなどすぐに吹きとんだ。こちらからの受賞のお知らせと入れ替わりに、森岡さんが嬉しいニュース――『突変』と共通する設定による新作を準備している――を伝えてくれたのだ。

それから首を長くして待ちつづけて約十カ月。

こうして『異境の水都』が届いた。万歳！

二〇一六年一一月

この作品は徳間文庫のために書下されました。
なお本作品はフィクションであり実在の個人・団体などとは一切関係がありません。

徳間文庫

突変世界
異境《いきょう》の水都《すいと》

2016年12月15日 初刷
著者 森《もり》岡《おか》浩《ひろ》之《ゆき》
発行者 平野健一
東京都港区芝大門二—二—二〒105—8055
発行所 株式会社 徳間書店
電話 編集〇三(五四〇三)四三四九 販売〇四八(四五一)五九六〇
振替 〇〇一四〇—〇—四四三九二
印刷 図書印刷株式会社
製本 ナショナル製本協同組合

ISBN978-4-19-894180-2 (乱丁、落丁本はお取りかえいたします)